Alexander Herzen

Wer hat Schuld?

Leseklassiker

Alexander Herzen

Wer hat Schuld?

ISBN/EAN: 9783955630072

Auflage: 1

Erscheinungsjahr: 2013

Erscheinungsort: Bremen, Deutschland

Leseklassiker

Erstes Kapitel
Der General a. D. und der Hauslehrer

Es ging auf den Abend. Alexis Abramowitsch stand auf dem Balkon. Er konnte sich von einem zweistündigen Mittagsschlafe noch immer nicht erholen. Träge öffneten sich die Augen und von Zeit zu Zeit gähnte er.

Da erschien der Diener mit einer Meldung. Aber Alexis Abramowitsch hielt es nicht für nötig, ihn zu bemerken, und der Diener wagte es nicht, seinen Herrn zu stören. So vergingen zwei, drei Minuten. Nach Verlauf derselben fragte plötzlich Alexis Abramowitsch: »Was willst du?«

»Während Euer Exzellenz zu schlummern geruhten, ist der Hauslehrer, den der Doktor engagiert hat, hier angekommen.«

(Was hier eigentlich zu setzen ist, ein Fragezeichen oder ein Ausrufungszeichen, das haben die Umstände nicht entschieden.)

»Ich habe ihn in das Zimmer geführt, in welchem der Deutsche wohnte, den Sie fortzujagen geruhten.«

»Er bat mich, es Euer Exzellenz zu sagen, wenn Sie zu erwachen geruhten.«

»Ruf ihn her.«

Und das Gesicht des Alexis Abramowitsch ward würdevoller, majestätischer. Nach einigen Minuten erschien abermals der Diener und meldete: »Der Hauslehrer ist da.«

Alexis Abramowitsch bewahrte Schweigen, dann sah er den Diener drohend an und sprach: »Hast du vielleicht Mäuse im Munde, du Dummkopf – he? Muffelt, dass man kein Wort versteht.«

»Übrigens«, setzte er, ohne eine Wiederholung abzuwarten, hinzu: »rufe den Hauslehrer her«, und dann nahm er sofort Platz.

Ein junger Mensch von dreiundzwanzig bis vierundzwanzig Jahren, schlank, blass und blondhaarig, in ziemlich engem schwarzem Rock erschien ängstlich und verlegen vor dem General.

»Willkommen, Verehrtester«, sprach der General mit wohlwollendem Lächeln und ohne sich zu erheben. »Mein Doktor hat sich sehr günstig über Sie ausgesprochen; ich hoffe, wir werden miteinander zufrieden sein. Heda, Wasska« (dabei pfiff er), »warum reichst du ihm keinen

Stuhl? Denkst wohl, bei so einem Hauslehrer ist das nicht nötig. Ei, ei, wann schleift man euch endlich ab und macht euch zu einer Art Menschen! Bitte nehmen Sie gefälligst Platz. Also, Verehrtester, ich habe einen Sohn; ein guter Junge, besitzt Fähigkeiten; soll für die Kriegsschule vorbereitet werden. Französisch spricht er bereits, deutsch spricht er zwar nicht, versteht's aber. Der frühere Lehrer, ein Deutscher, war ein Trunkenbold und befasste sich gar nicht mit ihm; übrigens muss ich gestehn, dass ich ihn für gewöhnlich in der Wirtschaft beschäftigte; – er bewohnte das Zimmer, das Ihnen angewiesen worden ist; ich habe ihn fortgejagt. Ich sage es Ihnen ganz offen, es ist nicht nötig, dass mein Sohn ein Magister oder Philosoph werde; indes, Verehrtester, obgleich ich's Gott sei Dank habe, so will ich doch zweitausendfünfhundert Rubel nicht für nichts oder wieder nichts zahlen. Heutzutage, Sie wissen das selbst, verlangt man für den Militärdienst all diese Grammatiken und Arithmetiken ... Heda, Wasska, rufe mir mal Michail Alexejitsch.«

Der junge Mann bewahrte während dieser ganzen Zeit Schweigen, errötete, zupfte an seinem Taschentuch und wollte irgendetwas sagen; es sauste ihm förmlich in den Ohren – so strömte ihm das Blut zu Kopf. Er begriff nicht einmal ganz genau die Worte des Generals; aber er fühlte, dass seine ganze Rede ihm eine Empfindung bereitete, wie wenn man mit der Hand ein Walrossfell zurückstreicht.

Als die Ansprache beendet war, sagte er: »Indem ich die Verpflichtung übernehme, Ihren Sohn zu unterrichten, verspreche ich, alle meine Obliegenheiten mit bestem Wissen und Gewissen zu erfüllen ... selbstverständlich nach Maßgabe meiner schwachen Kräfte ... Übrigens werde ich in jeder Weise bemüht sein, Ihr – Euer Exzellenz Vertrauen zu rechtfertigen.«

Alexis Abramowitsch unterbrach ihn: »Meine Exzellenz, mein Bester, wird nicht zu viel verlangen. Die Hauptsache ist, dass Sie Ihrem Zögling Lust zur Arbeit beibringen, ihn gewissermaßen spielend unterrichten – verstanden? Sie haben doch Ihre Studien beendet?«

»Ja, ich bin Kandidat.«

»Ist das ein neuer Rang?«

»Ein Gelehrtengrad.«

»Leben Ihre Eltern noch – wenn man fragen darf?«

»Ja.«

»Geistlichen Standes?«

»Mein Vater ist Kreisarzt.«

»Dann haben Sie wohl Medizin studiert?«

»Physik und Mathematik.«

»Verstehen Sie Latein?«

»Ja.«

»Das ist eine durchaus unnütze Sprache; die Ärzte können sie freilich nicht entbehren; man kann doch nicht in Gegenwart des Kranken sagen, dass er morgen absegelt; aber was sollen wir damit anfangen, ich bitte Sie ...«

Wir wissen nicht, wie lange die gelehrte Unterhaltung noch gedauert hätte, wenn Michail Alexejitsch – für gewöhnlich Mischa genannt – sie nicht unterbrochen hätte. Es war dies ein Knabe von dreizehn Jahren, gesund, rotwangig, wohlgenährt und mit sonnenverbranntem Gesicht. Er hatte ein Jäckchen an, aus welchem er bereits in wenigen Monaten herausgewachsen war, und machte just den Eindruck, der im Allgemeinen all den Alltagskindern reicher Landedelleute eigen ist.

»Da ist dein neuer Lehrer«, sprach der Vater.

Mischa scharrte mit dem Fuße.

»Gehorche ihm und lerne tüchtig; das Geld spare ich nicht – aber du musst die Gelegenheit zu benutzen wissen.«

Der Lehrer stand auf, machte Mischa eine höfliche Verbeugung, ergriff seine Hand und sagte mit sanfter freundlicher Miene zu ihm, dass er alles tun würde, was in seinen Kräften stehe, um seinem Schüler das Lernen leicht und angenehm zu machen.

»Er hat schon einiges gelernt«, bemerkte Alexis Abramowitsch. »Von der Madam, die bei uns wohnt; dann hat ihn auch der Pope unterrichtet – er ist ein Zögling des Priesterseminars, unser Dorfpope. Und nun, mein Lieber, bitte, examinieren Sie ihn mal.«

Der Lehrer wurde verwirrt, dachte lange darüber nach, was er fragen sollte und sprach endlich: »Sagen Sie mir mal, welchen Gegenstand behandelt die Grammatik?«

Mischa blickte beiseite, zupfte sich an der Nase und sagte endlich: »Die russische Grammatik?«

»Gleichviel – die Grammatik im Allgemeinen.«

»Das haben wir nicht gelernt.«

»Aber was hat der Pope dir denn beigebracht?«, fragte streng der Vater.

»Ja, Papachen, ich habe die russische Grammatik bis zum Partizip und den Katechismus bis zu den Sakramenten gelernt.«

»Nun geh und zeige ihm das Unterrichtszimmer ... Erlauben Sie, Ihr Name?«

»Dmitri«, entgegnete der Lehrer und errötete.

»Und Ihr Vatersname?«

»Jakowleff.«

»Ah so, Dmitri Jakowlewitsch.[1] Wollen Sie nach der Reise nicht einen Imbiss zu sich nehmen – einen Schnaps trinken?«

»Ich trinke nur Wasser.«

»Stellt sich nur so an«, dachte Alexis Abramowitsch, den das lange gelehrte Gespräch im höchsten Grade ermüdet hatte.

Dann begab er sich zu seiner Frau in den Salon. Glafira Lwowna ruhte auf einem weichen türkischen Sofa. Sie hatte ein Hauskleid an. Das war ihr Lieblingskostüm, da jedes andere sie drückte. Eine fünfzehnjährige, wahrhaft glückliche Ehe war ihr gut bekommen. Sie hatte sich unter den Frauen zu dem entwickelt, was unter den Bäumen die *Adansonia boabab* ist. Alexis' schwere Schritte weckten sie; sie hob das verschlafene Haupt, eine ganze Weile konnte sie noch nicht wieder zu sich kommen; und als sei es ihr in ihrem ganzen Leben zum ersten Male passiert, dass sie außer der Zeit eingeschlafen, rief sie verwundert aus: »Ach mein Gott, ich glaube, ich habe geschlafen! Denke dir, so etwas!«

Alexis Abramowitsch begann ihr Bericht zu erstatten über seine Bemühungen um Mischas Erziehung. Glafira Lwowna war mit allem zufrieden und trank, während sie ihm zuhörte, eine halbe Flasche Kwass. Vor dem Tee trank sie täglich Kwass.

Für Dmitri Jakowlewitsch waren mit der Audienz bei Alexis Abramowitsch noch nicht alle Unannehmlichkeiten überstanden; schweigsam und aufgeregt saß er im Unterrichtszimmer, als der Diener hereinkam und ihn zum Tee rief.

Unser Kandidat war bisher noch niemals in Damengesellschaft gewesen; er hegte den Frauen gegenüber ein gewisses instinktartiges Gefühl von Hochachtung. Sie waren ihm von einer Art Nimbus umgeben; er hatte sie entweder auf den Straßen gesehen, geputzt und unzugänglich, oder auf der Bühne des Moskauer Theaters – und dort hatte er alle Statistinnen wie Feen und Göttinnen angestaunt. Jetzt sollte er einer Generalin vorgestellt werden, und vielleicht ist sie nicht einmal allein!

---

[1] Die Form auf *eff* oder *off* beim Vatersnamen ist weniger höflich als die auf *itsch* oder *witsch*. In der amtlichen Sprache entspricht das *eff* (off) dem rohen *der pp.*, das in Deutschland hin und wieder noch im Gerichts- und Polizeistil vor Eigennamen gebraucht wird.

Mischa hatte bereits Zeit gefunden, ihm zu erzählen, dass er eine Schwester habe, dass bei ihnen eine Madam wohne und dass es noch eine gewisse Lubonka im Hause gebe. Dmitri Jakowlewitsch hätte außerordentlich gern gewusst, wie alt Mischas Schwester sei; zwei-, dreimal brachte er die Rede hierauf; wagte es jedoch nicht, gerade heraus zu fragen, da er zu erröten befürchtete.

»Nun, so kommen Sie doch!«, sprach Mischa, der mit jener schlauen Diplomatie, die allen verwöhnten Kindern eigen ist, sich außerordentlich bescheiden und still gegen Fremde verhielt.

Der Kandidat erhob sich; ihm war, als könnten seine Füße ihn nicht mehr tragen; die Hände waren ihm kalt und feucht geworden; er musste eine ungeheure Anstrengung machen, um in den Salon zu gelangen – er war geradezu einer Ohnmacht nahe. An der Tür verbeugte er sich respektvoll vor dem Stubenmädchen, das, nachdem es den Tee bereitet, gerade hinausging.

»Liebe Glafira«, sagte Alexis Abramowitsch, »hier stelle ich dir den neuen Mentor unseres Mischa vor.«

Der Kandidat verbeugte sich.

»Ist mir sehr angenehm«, sagte Glafira Lwowna, ein wenig mit den Augen blinzelnd und mit einer gewissen Gebärde, die ihr einst geglückt war. »Unser Mischa bedurfte schon längst eines guten Lehrers; wirklich, wir können dem Doktor nicht dankbar genug sein, dass er uns Ihre Bekanntschaft vermittelt hat. Ich bitte Sie bei uns keine Umstände zu machen; wollen Sie sich freundlichst setzen?«

»Ich habe fortwährend gesessen«, murmelte der Kandidat, der in der Tat nicht wusste, was er sagte.

»Ja, man fährt doch nicht stehend im Wagen!«, versetzte der General witzig.

Diese Bemerkung brachte den Kandidaten vollständig aus der Fassung; er griff nach einem Stuhl, den er in etwas auffälliger Weise hinstellte, und hätte sich beinah danebengesetzt. Die Augen zu erheben wagte er nicht, als hätte ihm dies das größte Unglück gebracht; vielleicht sind die Fräulein hier im Zimmer; und wenn er sie erblickt, muss er sich vor ihnen verbeugen; aber wie sollte er das machen? Und zudem: Hätte er sich nicht verbeugen müssen, bevor er sich setzte?

»Sagte ich's dir nicht«, sprach der General in halblautem Ton: »ein verschämtes Mädchen!«

»*Le pauvre, il est à plaindre*«, bemerkte Glafira Lwowna, sich in die volle Lippe beißend.

Der junge Mann gefiel Glafira Lwowna auf den ersten Blick; und dafür gab es viele Gründe: zunächst war Dmitri Jakowlewitsch mit seinen großen blauen Augen »interessant«; zweitens bekam Glafira Lwowna außer ihrem Manne, den Dienern, den Kutschern und dem alten Doktor selten Männer, namentlich junge, interessante zu sehen – und sie gab sich, wie wir später erfahren werden, aus alter Erinnerung gern platonischen Träumereien hin. Drittens schauen Frauen von einem gewissen Alter Jünglinge mit jenem unerklärlich hinreißenden Gefühl an, mit welchem die Männer gewöhnlich junge Mädchen ansehen. Es hat den Anschein, als sei dieses Gefühl etwas wie Mitleid, gewissermaßen eine mütterliche Empfindung, als wünschten sie die Hilflosen, Ängstlichen und Unerfahrenen unter ihren besondern Schutz zu nehmen, sie zu hegen und zu pflegen und ihnen Wohltaten zu erweisen. Am meisten glauben das diese Frauen selbst: wir jedoch denken anders hierüber, halten es jedoch nicht für notwendig, zu sagen, was wir denken ...

Glafira Lwowna setzte dem Kandidaten selbst seine Tasse Tee hin; er tat einen kräftigen Zug und verbrannte sich Zunge und Gaumen, verbiss aber seinen Schmerz mit der Standhaftigkeit eines Mucius Scävola.

Dieser Umstand war für ihn von wohltätiger Wirkung: Er wurde dadurch abgelenkt und beruhigte sich einigermaßen.

Nach und nach begann er sogar die Blicke zu erheben. Auf dem Sofa saß Glafira Lwowna; vor ihr stand ein Tisch und auf dem Tische ragte eine ungeheure Teemaschine in die Höhe gleich einem Monument in indischem Geschmack.

Ihr gegenüber – geschah es, um das holde Vis-à-vis zu genießen oder um es hinter der Teemaschine nicht zu sehen – presste Alexis Abramowitsch seinen Großvaterstuhl zusammen. Hinter seinem Stuhl stand ein zehnjähriges Mädchen mit außerordentlich dummem Gesicht; sie blickte hinter dem Vater hervor auf den Lehrer: Und vor ihr hatte der tapfere Kandidat gebebt!

Auch Mischa befand sich am Tisch; er hatte eine Schüssel mit saurer Milch und ein großes Stück Brot vor sich. Unter der Tischdecke, welche in sehr anschaulicher Weise die Stadt Jaroslaff vorstellte, welche nach allen Seiten in einen Bären auslief, streckte ein Hühnerhund seinen Kopf hervor; die Drapierung der Decke verlieh ihm ein gewisses ägyptisches Aussehen: Unverwandt hielt er die in Fett verschwommenen Augen aus den Kandidaten gerichtet.

Am Fenster bemerkte Dmitri Jakowlewitsch in einem Lehnsessel mit einem Strickstrumpf in der Hand eine ganz kleine Alte mit heiterem, verschrumpftem Gesicht, überhängenden Brauen und feinen bleichen Lippen.

Dmitri Jakowlewitsch erriet, dass sie die französische »Madam« sein müsste. An der Tür stand der kleine Kosak, der Leibbursche, der dem General die Pfeife reichte. Neben ihm das Stubenmädchen in einem Kattunkleide mit Linnenärmeln; mit einer gewissen Andacht erwartete sie, dass die Herrschaft die Zeremonie des Teetrinkens beenden würde.

Noch ein anderes Gesicht befand sich im Zimmer, aber Dmitri Jakowlewitsch sah es nicht, weil es sich über den Stickrahmen geneigt hatte. Dieses Gesicht gehörte einem armen Mädchen, das der gute General erzogen hatte.

Die Unterhaltung wollte lange nicht zustande kommen, und als sie endlich zustande kam, wurde sie abgebrochen, unnütz und ermüdend für den Kandidaten.

Dieser Zusammenstoß zwischen dem Leben des armen jungen Mannes und dem der Familie des reichen Gutsbesitzers war sehr eigentümlicher Art. Schien es nicht, als ob diese Menschen bis an ihr Ende leben könnten, ohne sich zu begegnen? Aber es kam anders. Das Leben eines zartfühlenden, guten und dazu gebildeten und tätigen jungen Mannes geriet gleichsam als eine seltsame Dissonanz in das üppige Leben des Alexis Abramowitsch und seiner Gattin hinein – ja geriet hinein, wie der Vogel in den Käfig. Alles änderte sich jetzt für ihn und es war vorauszusehen, dass eine solche Veränderung nicht ohne Einfluss auf den jungen Mann bleiben würde, der nicht die geringste Kenntnis der praktischen Welt besaß und ohne alle Erfahrung war.

Aber was sind dies für Menschen – dieser General und diese Generalin, denen es in glücklicher Ehe so wohl und gedeihlich erging, und dieser junge Mann, der berufen war, Mischas Kopf so weit zu bearbeiten, dass der Knabe in eine Militärschule eintreten konnte?

Ich verstehe nicht Novellen zu schreiben: Vielleicht scheint es mir gerade darum nicht vollständig überflüssig, der Erzählung einige biografische Nachrichten vorausgehen zu lassen – sie sind aus sehr zuverlässigen Quellen geschöpft. Zunächst selbstverständlich –

Zweites Kapitel
Die Biografie Seiner und Ihrer Exzellenz

Alexis Abramowitsch Negroff, Generalmajor a. D. und Ritter, ein dicker großer Mann, der nach dem Zahnen nicht ein einziges Mal krank gewesen, konnte als die beste und vollständigste Widerlegung der berühmten Makrobiotik von Hufeland gelten. Er führte die gerade entgegengesetzte Lebensweise, und diese stand zu jeder Seite des Hufelandschen Buches in diametralem Gegensatz – und doch war er immer gesund und blühend. Er richtete sich nur nach einer Regel der Hygiene: niemals die Verdauung durch geistige Anstrengung zu stören und vielleicht hatte er eben darum das Recht, alle andern Regeln nicht zu befolgen. Strenge und jähzornig, in seinen Reden barsch und in seinen Handlungen oft hart, kann man doch nicht sagen, dass er von Natur ein boshafter Mensch gewesen; wer seine scharfen Gesichtszüge, welche sich in der Fleischfülle nicht ganz verwischt hatten, seine dichten schwarzen Brauen und die glänzenden Augen beobachtete, konnte auf den Gedanken kommen, dass das Leben in ihm mehr als eine Fähigkeit erstickt habe.

Für seine Erziehung hatte teils die Natur, teils eine Französin gesorgt, welche bei seiner Schwester wohnte. Mit vierzehn Jahren wurde Negroff bei einem Kavallerieregiment eingezeichnet. Da er von seiner zärtlichen Mutter viel Geld bekam, so führte er in seiner Jugend ein recht flottes Leben. Nach dem Feldzuge von 1812 wurde Negroff zum Oberst befördert; allein die Oberstenepauletten fielen damals auf Schultern, welche der Uniform bereits müde geworden waren. Der Militärdienst begann ihn zu langweilen; nachdem er noch eine kurze Zeit ausgehalten, fand er sich wegen zerrütteter Gesundheit zum ferneren Dienst untauglich, erhielt seine Entlassung und nahm den Rang eines Generalmajors, einen Schnurrbart, an welchem beim Diner von allen Gerichten etwas hängen blieb, und seine Uniform für feierliche Gelegenheiten mit sich.

Als der General a. D. sich in Moskau niedergelassen, das nach dem Brande bereits wieder aufgebaut worden, eröffnete sich ihm eine endlose Reihe von Tagen und Nächten eines einförmigen leeren langweiligen Lebens. Es gab gar keine Beschäftigung, mit welcher er sich hätte befassen können oder wollen. Er ging aus einem Hause ins andere, spielte Karten, speiste im Klub, zeigte sich im Theater in der ersten Parkettreihe, erschien auf Bällen, schaffte sich acht prachtvolle Pferde an, pflegte dieselben, belehrte Tag und Nacht den Kutscher mit Wort und Hand und weihte selbst den Vorreiter in die Geheimnisse der Reitkunst ein ...

In solcher Weise verbrachte er anderthalb Jahre; endlich hatte der Kutscher auf dem Bocke sitzen und die Zügel halten gelernt, der Vorreiter verstand auf dem Pferde zu sitzen und es zu lenken, und so wurde Negroff von Langeweile verzehrt. Er entschloss sich, auf sein Gut sich zu begeben und dasselbe zu bewirtschaften; er redete sich ein, diese Reise sei notwendig, um eine ernstliche Zerrüttung zu verhüten.

Die Theorie seiner Bewirtschaftung war sehr einfach: Tag für Tag zankte er den Verwalter und den Starosten[2] aus, ritt auf die Hasenjagd und streifte mit der Flinte umher.

Da er durchaus nicht an Geschäfte irgendwelcher Art gewöhnt war, so konnte er sich keine Vorstellung davon machen, was es eigentlich zu tun gab, und so befasste er sich mit Kleinigkeiten und damit war er zufrieden. Der Verwalter und der Starost ihrerseits waren mit dem Herrn zufrieden; von den Bauern weiß ich das nicht; die schwiegen.

Zwei Monate später zeigte sich in den Fenstern des herrschaftlichen Hauses ein schönes Frauengesicht, anfangs mit verweinten, dann einfach mit reizenden blauen Augen. Zu derselben Zeit machte der Starost, der sich mit Dorfangelegenheiten gar nicht befasste, den General darauf aufmerksam, dass die Hütte des Jemelka Barbasch in schlechtem Zustande sei und Alexis Abramowitsch möchte doch die väterliche Gewogenheit haben und dem Jemelka Bauholz geben.

Der Wald war für Alexis Abramowitsch ein Gegenstand besonderer Sorge; selbst für seinen eigenen Sarg hätte er sich nicht leicht Holz herausschlagen lassen ... Aber diesmal war er in guter Stimmung und so erlaubte er dem Barbasch, sich Holz für seine Hütte zu fällen, wobei er gegen den Starost bemerkte: »Dass du mir aber darauf siehst, du rote Bestie, dass nicht zu viel Holz genommen wird; für jeden Balken zu viel einen Rippenstoß.«

Der Starost eilte die Hintertreppe hinauf und teilte der Awdotja, Jemelkas Tochter mit, dass er einen großen Erfolg erzielt, und nannte sie Wohltäterin und Beschützerin.

Die Ärmste errötete über das ganze Gesicht; aber in ihrer Herzenseinfalt war sie doch froh, dass ihr Vater eine neue Hütte bekommen sollte.

In unseren Quellen finden wir wenig Nachrichten über die Eroberung dieser blauen Augen und die Art, wie sie in das herrschaftliche Haus

[2] Schultheiß, Dorfältester.

kamen. Ich glaube darum, weil solche Siege sehr einfach zu erringen sind.

Wie dem sei, auch das Landleben begann Negroff zu langweilen; er redete sich ein, dass er alle Mängel der Wirtschaft abgestellt und was noch wichtiger, derselben eine solche Richtung gegeben, dass sie auch ohne ihn sicher weiter schreiten könnte, und so traf er Vorbereitungen, wieder nach Moskau zu reisen.

Sein Reisegepäck hatte sich vermehrt: In einem besonderen Wagen fuhren die reizenden blauen Augen und ein Säugling mit seiner Amme.

In Moskau wurden dieselben in einem Zimmerchen untergebracht, dessen Fenster nach dem Hof gingen.

Alexis Abramowitsch liebte das Kind, liebte Dunja, liebte auch die Amme – es war seine erotische Zeit! Aber die Milch der Amme wurde schlecht, sie litt beständig an Übelkeit – der Doktor behauptete, sie könne nicht mehr stillen.

Dem General war es sehr leid um sie: eine so ausgezeichnete Amme: So gesund und gut und dienstwillig, und da muss nun die Milch schlecht werden ... ärgerlich!

Er schenkte ihr zwanzig Rubel, gab ihr den Ammenkopfputz mit und ließ sie zu ihrem Mann zurückkehren, damit sie sich kuriere.

Der Doktor riet, die Amme mit einer Ziege zu vertauschen – und so geschah es auch. Die Ziege war gesund. Alexis Abramowitsch mochte sie sehr gern leiden, gab ihr eigenhändig Schwarzbrot und streichelte sie, aber das hinderte sie nicht, das Kind fernerhin zu säugen.

Die Lebensweise des Alexis Abramowitsch war dieselbe, wie bei seinem ersten Aufenthalt: Etwa zwei Jahre hielt er's aus, aber länger war's ihm nicht möglich. Vollständiger Mangel an jeder bestimmten Tätigkeit ist dem Menschen unerträglich. Das Tier glaubt, seine ganze Beschäftigung bestehe darin zu leben, für den Menschen jedoch besteht das Leben nur in der Möglichkeit, etwas zu tun. Obgleich Negroff von zwölf Uhr mittags bis zwölf Uhr nachts nicht zu Hause war, so quälte ihn doch die Langeweile; und diesmal wollte er nicht wieder aufs Land. Lange beherrschte ihn eine missmutige Stimmung, öfter als gewöhnlich gab er seinem Kammerdiener väterliche Ermahnungen und immer seltener verfügte er sich in das Zimmer mit den Fenstern nach dem Hofe.

Einmal kehrte er in ganz ungewöhnlicher Gemütsverfassung nach Hause zurück. Er war mit irgendetwas beschäftigt; bald runzelte er die Stirn, bald lächelte er, schritt lange im Zimmer auf und ab und blieb dann plötzlich mit entschlossener Miene stehen. Es war ihm anzusehen, dass er innerlich mit einem Entschlusse fertig geworden. Und als er innerlich fertig war, begann er so laut zu pfeifen, dass der im anstoßenden Zimmer auf einem Stuhle schlafende Leibbursche vor Schrecken nach der Tür stürzte, welche der richtigen ganz entgegengesetzt lag und dann nur mit Mühe zur Besinnung kam.

»Fortwährend schläfst du, du fauler Lümmel«, sagte der General zu ihm, aber nicht mit jener Donnerstimme, bei deren Klang zugleich väterliche Blitze herabzuckten, sondern in ganz einfacher Weise: »Geh, sage Mischka, er solle morgen ganz früh zu dem deutschen Wagenbauer gehen und ihn zu mir holen.«

Es war deutlich zu sehen, dass Alexis Abramowitsch ein Stein vom Herzen gefallen war und er konnte ruhig schlafen.

Am andern Morgen gegen acht Uhr erschien der deutsche Wagenbauer, und um zehn Uhr war die Konferenz beendet, in welcher mit größter Umständlichkeit und Genauigkeit ein viersitziger Wagen bestellt worden, ein dunkelbrauner Wagen mit hellfarbigen Borden, goldenem Wappen, Paradebocksitz und dreifachem Überzug.

Der viersitzige Wagen hatte nichts mehr und nichts weniger zu bedeuten, als dass Alexis Abramowitsch entschlossen war zu heiraten.

Dieser Entschluss offenbarte sich gar bald in unzweideutigen Zeichen. Als der Wagenbauer fort war, rief er seinen Kammerdiener. In langer und ziemlich konfuser Rede – (was Negroff zu großer Ehre gereicht, denn in dieser Konfusion spiegelte sich etwas von dem, was die Menschen Gewissen nennen) – eröffnete er demselben seine Wohlgeneigtheit für seine treuen Dienste sowie seinen Entschluss, ihn in exemplarischer Weise dafür zu belohnen.

Der Kammerdiener konnte nicht begreifen, wo er damit hinauswollte, verbeugte sich und sprach ehrfurchtsvoll etwa Folgendes: »Wem hätte ich denn sonst treu dienen sollen, als Euer Exzellenz, Sie sind unser Vater und wir Ihre Kinder.«

Diese Komödie langweilte Negroff und so eröffnete er dem Kammerdiener in kurzen aber ausdrucksvollen Worten, dass er ihm erlaube, die Dunja zu heiraten.

Der Kammerdiener war ein kluger, pfiffiger Mensch, und obgleich ihn die unerwartete Gnade seines Herrn sehr überraschte, so hatte er doch in zwei Minuten alle Chancen pro und kontra, berechnet und bat Negroff, ihm für soviel Güte und Wohlwollen die Hand küssen zu dürfen. Der Bräutigam in *spe* begriff, um was es sich handelte; »aber«, dachte er, »die

Dunja kann noch nicht vollständig in Ungnade gefallen sein, wenn man sie nur zur Frau geben will. Ich stehe meinem Herrn nahe und kenne seinen Charakter; und zudem – eine so hübsche Frau zu haben, ist auch nicht übel.« Kurz, der Bräutigam war einverstanden.

Dunja geriet in Erstaunen, als ihr gesagt wurde, sie sei Braut. Sie weinte, härmte und grämte sich, da ihr aber nichts übrig blieb, als zu ihrem Vater in das Dorf zu fahren oder die Frau des Kammerdieners zu werden, so entschloss sie sich zu dem Letzteren. Nicht ohne Beben konnte sie daran denken, wie ihre ehemaligen Gefährtinnen über sie lachen würden; sie erinnerte sich, dass sie zur Zeit ihrer Macht und ihres Ruhmes von ihnen im Flüstertone die »Halbherrin« genannt worden.

Acht Tage später fand die Trauung statt. Als am andern Morgen die Neuvermählten mit Konfekt in den Händen Negroff ihre Aufwartung machten, war dieser in ganz fröhlicher Stimmung und schenkte dem jungen ein paar hundert Rubel und sagte zu dem Koch, der gerade zugegen war: »Merk dir's, Esel; ich weiß zu belohnen und auch zu strafen: Er hat gut gedient, darum hat er's jetzt gut.«

Der Koch antwortete: »Zu Befehl, Euer Exzellenz«, aber auf seinem Gesicht stand zu lesen: Ich prelle dich zwar bei jedem Einkauf, aber mich lockst du nicht auf den Leim; ein solcher Narr bin ich nicht!«

Am Abend gab der Kammerdiener ein Gelage, von welchem die ganze Dienerschaft noch zwei Tage lang nach Branntwein roch. Und in der Tat hatte er keine Ausgaben gescheut. Übrigens kam für die arme Dunja ein peinlicher, bitterer Augenblick. Das kleine Bettchen und mit ihm ihr Töchterchen sollten in die Gesindestube wandern. Dunja liebte ihr Kind über alle Maßen, mit der ganzen Herzlichkeit einer unverdorbenen Seele. Sie fürchtete sich vor Alexis Abramowitsch; die übrigen Leute im Hause aber fürchteten sich vor ihr, obgleich sie niemandem jemals ein Leid zugefügt; in ihrer dunkeln Haremsgefangenschaft verschmachtend, hatte sie ihr ganzes Liebesbedürfnis, all ihre Ansprüche ans Leben auf ihr Kind übertragen. Ihre unentwickelte, gleichsam erstickte Seele war gut; still und scheu, sich durch keine Beleidigung verletzt fühlend, konnte sie doch eins nicht ertragen – die Härte, welche Negroff dem Kinde gegenüber an den Tag legte, sobald dieses ihm nur irgendwie lästig wurde; dann erhob sie die Stimme und zitterte – nicht vor Furcht, sondern vor Zorn. In solchen Augenblicken beobachtete sie Negroff, und es war, als ob Negroff seine demütigende Lage fühlte; denn er überschüttete sie mit Scheltworten, warf die Tür laut ins Schloss und ging fort.

Als nun das Bettchen fortgetragen werden sollte, schloss Dunja die Tür zu, warf sich schluchzend vor ihrem Heiligenbilde auf die Knie, ergriff ihrer Tochter beide Händchen und bekreuzte sie.

»Bete«, sprach sie, »bete, mein Herzenskindchen; wir beide werden viel Kummer zu leiden haben; heilige Muttergottes, nimm dich des kleinen Kindchens an, das an allem unschuldig ist ... Und ich dummes Geschöpf dachte: Ist sie erst groß, dann wird mein Herzenskind in einer Kutsche fahren und seidene Kleider tragen; hinter der Tür würde ich dich dann betrachtet und es dir verheimlicht haben, mein Engel, dass du eine Bäuerin zur Mutter hast ... Jetzt aber wirst du nicht zu deiner Freude groß werden: Vielleicht machen sie dich bei der neuen Herrin zur Wäscherin und deine Händchen werden von Seife gebeizt ... Herr mein Gott, was hat das kleine Wesen gegen dich gesündigt?« ...

Und Dunja fiel schluchzend zu Boden; das Herz wollte ihr brechen; erschreckt klammerte sich das Kind an sie, weinte und sah sie mit solchen Augen an, als wenn es alles begriffe ...

Eine Stunde später stand das Bettchen in der Gesindestube und Alexis Abramowitsch befahl dem Kammerdiener, sich von dem Kinde »Papa« nennen zu lassen.

Aber wer war die glückliche Auserwählte?

In Moskau gibt es eine ganz besondere Gattung des menschlichen Geschlechts. Wir sprechen hier nicht von jenen mäßig reichen, adeligen Häusern, deren Bewohner vollständig vom Schauplatz verschwunden sind und durch ganze Geschlechter in verschiedenen Querstraßen ein bescheidenes Dasein fristen; einförmige Ordnung und ein gewisser verhaltener Groll gegen alles Neue bildet den Hauptcharakter der Bewohner dieser Häuser, welche mit ihren schiefen Säulen und unsauberen Hausfluren ganz hinten auf einem Hofe stehen. Diese heruntergekommenen Adelsfamilien bilden sich ein die Repräsentanten unserer nationalen Eigentümlichkeit zu sein, weil ihnen »Kwass ebenso notwendig ist wie Luft«, weil sie im Schlitten und im Wagen zwei Lakaien mit sich nehmen und das ganze Jahr hindurch von den Vorräten leben, die sie aus Pensa oder Simbirsk bezogen haben.

In einem dieser Häuser wohnte die Gräfin Mawra Iljinischna. Einst hatte sie sich im Strudel der Aristokratie bewegt, war kokett und schön gewesen, hatte Zutritt bei Hofe gehabt, mit dem Dichter Kantemir geliebelt, der ihr in syllabischem Versmaß ein Madrigal, das heißt ein »Lobcarmen« ins Stammbuch geschrieben, in welchem auf »Göttin Minerva« in der folgenden Verszeile die Worte »er da« reimten.

Allein von Natur außerordentlich kalt und auf ihre Schönheit eingebildet, wies sie alle Freier ab und wartete auf irgendeine glänzende Partie.

Inzwischen starb der Vater, und ihr Bruder, der das ungeteilte Vermögen verwaltete, hatte in zehn Jahren fast alles verprasst und verspielt. Das Leben in der Hauptstadt wurde zu teuer; man musste sich bescheiden einrichten. Als die Gräfin ihre heikle Lage vollständig begriff, war sie dreißig Jahre alt, und da entdeckte sie auf einmal zwei schreckliche Dinge: Das Vermögen war zerrüttet und ihre Jugend dahin.

Da machte sie einige verzweifelte Versuche, unter die Haube zu kommen – sie schlugen fehl. Nun verschloss sie im tiefsten Busen einen furchtbaren Groll und siedelte nach Moskau über, da, wie sie sagte, der Lärm der großen Welt ihr lästig geworden und sie nur noch nach Ruhe verlange.

Anfangs trug man sie in Moskau auf den Händen und es galt für einen Beweis gesellschaftlicher Bedeutung, bei der Gräfin vorzufahren. Allein nach und nach entfernte ihre giftige Zunge und ihr unerträglicher Hochmut fast alle aus ihrem Hause. Vernachlässigt, von allen verlassen, wurde die alte Jungfer noch mehr von Unwillen und Hass erfüllt, umgab sich mit verschiedenen schmarotzenden alten Weibern, Frömmlerinnen und Müßiggängerinnen, sammelte aus allen Ecken und Enden der Stadt Klatschereien, geriet in Schrecken vor dem sittenlosen Jahrhundert und rechnete sich ihr ewiges Jungferntum als hohes Verdienst an.

Ihr gräflicher Bruder, der den Rest seines Vermögens inzwischen vollständig verschwendet hatte, entschloss sich, um seine Verhältnisse wieder zu ordnen, zu einer für jene Zeit heroischen Tat – er heiratete eine Kaufmannstochter.

Vier Jahre lang machte er derselben tagtäglich ihre Herkunft zum Vorwurf, verspielte bis zum letzten Kopeken ihre Mitgift, jagte sie dann aus dem Hause, ergab sich dem Trunk und starb.

Ein Jahr später starb auch die Frau und hinterließ ohne alles Vermögen eine fünfjährige Tochter. Mawra Iljinischna nahm das Kind zu sich, um es zu erziehen. Es ist schwer zu sagen, was sie dazu bewog: War es Familienstolz, Teilnahme für das Kind oder Hass gegen den Bruder – wie dem auch sei, das Los des kleinen Wesens war nicht beneidenswert. Das Kind ward aller Freude ihres Alters beraubt, eingeschüchtert, geängstigt, gequält. Der Egoismus alter Jungfern ist entsetzlich: An ihrer ganzen Umgebung möchten sie sich dafür rächen, dass in ihrem erstorbenen Herzen so viel welke Blätter geblieben sind. In trostloser, langweiliger Öde wuchs die kleine Gräfin heran; zu ihrem Unglück gehörte sie nicht zu jenen Naturen, welche sich infolge äußeren Druckes entwickeln. Als sie zu verstehen anfing, da hegte sie in ihrem Innern zwei mächtige Gefühle: Ein unüberwindliches Verlangen nach äußern Vergnügungen und einen heftigen Hass gegen die Lebensweise der Tante.

Beide Gefühle waren verzeihlich. Mawra Iljinischna verschaffte ihrer Nichte nicht nur keine Zerstreuung, sie raubte ihr auch noch sorgfältig alle Freuden, alle unschuldigen Genüsse, welche diese selbst fand; sie glaubte, das junge Mädchen sei nur dazu da, ihr laut vorzulesen, wenn sie schlief und sie die übrige Zeit zu bedienen; sie wollte ihre ganze Jugend verschlingen, gleichsam alle frischen Säfte ihrer Seele aufsaugen – zum Lohn für eine Erziehung, die sie ihr nicht gegeben, ihr aber jeden Augenblick zum Vorwurf machte.

Die Zeit schwand dahin. Die junge Gräfin ward heiratsfähig, ja sogar sehr heiratsfähig – sie zählte bereits dreiundzwanzig Jahre. Sie empfand vollkommen das Bedrückende, Langweilige, Einförmige ihrer Lage, und ihr ganzes Sinnen und Denken drehte sich nur darum, wie sie aus dem Hause ihrer Tante, dieser Hölle sich befreien sollte. Selbst das Grab schien ihr besser zu sein; sie trank Essig, um die Schwindsucht zu bekommen, aber das half ihr nichts; sie wollte ins Kloster gehen, aber es mangelte ihr an Entschlossenheit.

Bald nahmen ihre Gedanken eine andere Richtung. Die alten französischen Romane, die sie irgendwo in einem Kleiderschrank der Tante entdeckt hatte, machten ihr klar, dass es außer dem Tode und dem Kloster noch ganz bedeutende Trostmittel gibt. Sie schlug sich den Totenkopf aus dem Sinn und begann von einem lebenden Kopf mit Schnurrbart und Lockenhaar zu träumen. Tausend romanhafte Bilder quälten sie Tag und Nacht; sie arbeitete sich vollständige Novellen aus: Er entführt sie, sie werden verfolgt, »man verbietet ihnen, sich zu lieben – da knallen Schüsse ... Mein auf ewig!«, sagt er, die Pistole fest mit der Hand umklammernd usw.

Um dieses Thema drehten sich in zahllosen Variationen alle andern Träumereien, all ihre Gedanken und Pläne, und mit Schrecken wachte an jedem Morgen die Ärmste auf, denn sie sah, dass niemand sie entführte, niemand zu ihr sagte: »Mein auf ewig!« – und ihre Brust hob sich so schwer und Tränen strömten auf ihr Kissen herab, und mit einer gewissen Verzweiflung trank sie auf Befehl der Tante Molken, und mit noch größerer Verzweiflung schnürte sie sich dann, wohl wissend, dass niemand mit Wohlgefallen ihre Taille betrachte.

Einen solchen Gemütszustand vermochten die Molken nicht vollständig zu besiegen, er führte geradeswegs zur Sentimentalität und Überspanntheit. Die Gräfin begann nun alle Dienstmädchen unter ihren Schutz zu nehmen und die schmutzigen Kinder des Kutschers ans Herz zu drücken – eine Liebesperiode, nach welcher einem Mädchen nichts anderes übrig bleibt als entweder sofort zu heiraten, das Tabakschnupfen zu lernen oder Katzen und geschorene Hündchen zu lieben und weder zum männlichen noch zum weiblichen Geschlecht zu gehören.

Zum Glück war das Erstere das Los der Gräfin. Ihre Erscheinung war gar nicht übel und namentlich in dieser Epoche musste sie auf unsern Helden Eindruck machen: Das »Sehnsüchtige« ihres ganzen Wesens, ihre schmachtenden Augen, das ungleiche Wallen ihres Busens taten es Negroff an. Er sah sie einmal bei der Heiligengeistkirche – und das Schicksal seines Lebens war entschieden.

Der General erinnerte sich seiner Fähnrichsjahre, suchte jede mögliche Gelegenheit, die Gräfin zu sehen, wartete ganze Stunden vor der Kirche und wurde ein wenig verwirrt, wenn dann endlich aus einem antediluvianischen Gefährt, das von hochbeinigen, dürren Mähren gezogen wurde, welche die Fähigkeit zu sterben verloren hatten, zwei Lakaien die alte Gräfin, die in ihrer Haube wie eine Krähe aussah, heraushoben, und die junge Gräfin, die einer Zentifolie glich, nicht herausspringen ließen. Der General hatte in Moskau eine Cousine ... und wer in Moskau eine Cousine hat, die dort ansässig und ziemlich reich ist, der kann fast jedes Mädchen zur Frau bekommen, wenn er einen Rang und Geld und sie noch keinen Bräutigam hat.

Der General vertraute sein Geheimnis der Cousine – und diese nahm wahrhaft schwesterlichen Anteil an ihm. Seit zwei Monaten verging sie vor Langeweile und da fiel ihr plötzlich wie vom Himmel eine Freiwerbung zu.

Sie ließ sofort in einer Droschke die Frau eines gewissen Titularrats zu sich holen. Die Titularrätin kam; die Cousine jagte die Stubenmädchen aus dem anstoßenden Zimmer, damit niemand sie belauschen könnte. Nach Verlauf einer Stunde verließ die Titularrätin mit erhitztem Gesicht die Cousine, und nachdem sie den Mädchen hastig erzählt hatte, um was es sich handelte, stürzte sie aus dem Hause.

Am andern Tage früh neun Uhr war die Cousine über die Unpünktlichkeit der Titularrätin empört, da sie um elf Uhr kommen wollte und noch nicht erschienen war. Endlich fand sich der ersehnte Gast ein und mit ihr noch eine andere Person in einer Haube; mit einem Wort, die Sache wurde mit ungewöhnlicher Schnelligkeit und in gebührender Ordnung abgemacht.

Im Hause der Gräfin wurden wichtige Veränderungen vorgenommen. Die Vorhänge aus Segeltuch wurden von den Fenstern entfernt, um gewaschen zu werden; die Türschlösser aber sollten mit Ziegelpulver und Kwass (als Surrogat für Essig) geputzt werden.

Im Vorzimmer, wo es schrecklich nach Leder roch, weil dort vier Lakaien Hosenträger verfertigten, wurde das Doppelfenster ausgehoben. Mawra Iljinischna, die von allen Verlassene, war entzückt, dass ein General, und noch dazu ein sehr reicher, um ihre Nichte werbe. Um aber ihre Würde zu wahren, ließ sie sich kaum herab, die Werbung zu gestatten.

Eines Morgens befahl die Gräfin ihrer Nichte, sich sorgfältiger zu kleiden, den Nacken etwas mehr zu entblößen, und betrachtete sie dann selbst vom Kopf bis zu den Füßen.

»Warum soll ich denn heute Toilette machen, Mama? Bekommen wir vielleicht Gäste?«

»Das geht dich nichts an, mein Herzchen«, antwortete die Gräfin, aber in freundlichem, liebenswürdigem Tone.

Das Musselinkleid der Nichte brannte fast von dem Feuer, das ihre Adern durchrollte; sie erriet, ahnte, wagte nicht zu glauben, wagte nicht zu zweifeln ... Sie musste hinausgehen in die frische Luft, um nicht zu ersticken. Im Flur vertraute ihr das Stubenmädchen, dass heute ein General erwartet werde und dass dieser General um sie freie ...

Plötzlich fuhr ein Wagen vor ...

»Palaschka, ich sterbe, ich sterbe!«, rief die junge Gräfin.

»Ach gehen Sie doch, gnädiges Fräulein! Wer wird denn sterben, wenn ein Freier kommt und noch ein solcher Freier ... Habe ich's nicht immer gesagt: Unsere Gräfin muss einen General haben, fragen Sie nur alle, fragen Sie nur.«

Wessen Feder vermöchte alles zu schildern, was das arme Mädchen während der »Brautschau« empfunden! ... Als sie sich ein wenig wieder erholt hatte, war das Erste, was sie überraschte, der Frack des Alexis Abramowitsch; sie hatte so fest an seine Uniform und seine Epauletten geglaubt ...

Übrigens konnte Negroff damals auch ohne Uniform noch gefallen; obgleich er bereits an die vierzig grenzte, hatte er sich doch dank seiner sehr guten Gesundheit wunderbar konserviert, und obgleich von Haus aus nie allzu gesprächig, besaß er doch jene gefälligen Umgangsformen, welche allen Militärs eigen sind, namentlich denen, die bei der Kavallerie gedient haben; sonstige Fehler, welche die Braut etwa an ihm entdecken mochte, wurden reichlich wieder wettgemacht durch den prachtvollen, diesmal elegant zugestutzten Schnurrbart.

Die Hochzeit kam zustande. Acht Tage nach der Brautschau erhielt die Gräfin Mawra Iljinischna die Besuche ihrer Bekannten, welche ihr zu gratulieren kamen - Leute, die man längst für tot gehalten, krochen aus ihren Höhlen hervor, wo sie dreißig Jahre lang hartnäckig mit dem Tode gekämpft, ohne sich zu ergeben, wo sie dreißig Jahre lang ihren Launen gefrönt und Geld gesammelt. Abgemagerte, gelähmte, engbrüstige und stocktaube Menschen. Die Gräfin hatte für alle denselben Spruch:

»Dieses Ereignis hat mich nicht weniger in Erstaunen gesetzt als Sie; ich dachte nicht daran, meine Koko so früh zu verheiraten: Sie ist ja noch ein Kind; aber, meine Liebe, es ist Gottes Wille so! Der Bräutigam ist ein ehrenhafter, solider Mann und er könnte ihr Vater sein: Sie ist noch so unerfahren. Sein Generalsrang und sein Reichtum sind mir Nebensache. Auch unter Gold fließen Tränen. Doch das muss ich sagen, ich genieße nun die Frucht meiner gottesfürchtigen Erziehung.« (Hier hielt sie sich ihr Taschentuch an die Augen.) »Ja in der Tat, was wirkt nicht die Erziehung! Hätte man von einem so sittenlosen Vater - Gott habe ihn selig - und von einem Kaufmannsweibe ein solches Kind erwarten können? Sie werden's nicht glauben: Sie hat noch keine vier Worte mit ihm gesprochen, und ich erteilte ihr nur meinen Rat; sie aber, mein gutes Täubchen, widersprach nicht mit einem Worte; »wenn Sie es wünschen, Maman«, sagte sie, »gut, dann heirate ich ihn ...«

»Das ist ein wirklich seltenes Mädchen in unserer verderbten Zeit!«, antworteten in verschiedenen Tonarten die Bekannten und Freunde der Mawra Iljinischna, und dann ging's über den guten Ruf anderer her mit Klatschereien und gewissenlosen Verleumdungen.

Mit einem Wort, nach kurzer Zeit brachte der mit vier schwarzen Pferden bespannte braunrote viersitzige Wagen den General Negroff, der in voller Uniform steckte, sowie seine Gemahlin Glafira Lwowna Negroff in luftigem mit Bändern geschmücktem Brautkleid nach ihrer prachtvoll ausgestatteten Wohnung. Ein Sängerchor, Illumination, Musik, Gold, Glanz und Wohlgerüche empfingen die junge Frau; die ganze Dienerschaft stand in den Korridoren und drängten sich, um die Neuvermählten zu sehen. Auch die Frau des Kammerdieners war darunter; ihr Mann war als oberster Beamter des Vorzimmers im Kabinett seines Herrn und in dem gemeinsamen Schlafgemach beschäftigt.

Einen solchen Reichtum hatte die Gräfin niemals in der Nähe gesehen, und dies alles gehörte ihr, und auch der General gehörte ihr - die junge

Frau war glücklich, vollständig glücklich. Ihre Träume waren in Erfüllung gegangen, so oder so.

Einige Wochen nach der Hochzeit schenkte eines Morgens Glafira Lwowna, blühend wie ein aufgegangener Kaktus, in weißem mit breiten Spitzen besetztem Hauskleide den Tee ein. Ihr Gatte, in goldgesticktem Schlafrock, eine große Bernsteinspitze zwischen den Zähnen, lag auf einem Faulbett und dachte darüber nach, was für einen Wagen er zu Ostern bestellen sollte, einen gelben oder einen braunen. Ein gelber würde sich recht hübsch ausnehmen, indes ein brauner wäre auch nicht übel.

Auch Glafira Lwownas Gedanken waren sehr mit irgendetwas beschäftigt. Sie vergaß die Teemaschine und stützte träumerisch das Haupt auf die Hand; bald zuckte eine Röte über ihre Wangen, bald verriet sie sichtliche Unruhe. Endlich bemerkte der Mann ihre ungewöhnliche Stimmung und sprach: »Du bist nicht so recht bei Laune, Glaschinka; fühlst du dich nicht wohl?«

»O ganz wohl«, antwortete sie, und dabei richtete sie mit der Miene eines um Hilfe Bittenden die Augen auf ihn.

»Was wünschest du dir? Es geht dir etwas im Kopf herum.«

Glafira Lwowna stand auf, trat zu ihrem Mann, umarmte ihn und sprach im Tone einer tragischen Schauspielerin: »Alexis, gib mir das Versprechen, meine Bitte zu erfüllen.«

Alexis geriet in Erstaunen.

»Wollen sehen; wollen sehen«, antwortete er.

»Nein, Alexis, schwöre mir bei dem Grabe deiner Mutter, meine Bitte zu erfüllen.«

Er nahm die Pfeifenspitze aus dem Munde und sah sie erstaunt an.

»Glaschinka, ich liebe solche weitläufige Umschweife nicht; ich bin Soldat: was ich vermag – das tu' ich; aber sag's mir gerade heraus.«

Sie verbarg ihr Antlitz an seiner Brust und flüsterte unter Tränen: »Ich weiß alles, Alexis, und vergebe dir. Ich weiß, dass du eine Tochter hast, ein Kind verbotener Liebe ... Ich begreife: Die Unerfahrenheit, jugendliche Leidenschaft (Lubonka zählte erst drei Jahr! ...) Alexis, sie ist dein Blut, ich habe sie gesehen: Sie hat deine Nase, deinen Nacken ... O, wie ich sie liebe! Lass sie meine Tochter sein, gestatte mir, sie zu mir zu nehmen, sie zu erziehen ... und versprich mir, diejenigen, von denen ich's erfahren, nicht dafür zu strafen. Liebster, ich bin entzückt von deiner Tochter; erfülle mir meine Bitte, schlage sie mir nicht ab!«

Und ihre Tränen flossen wie ein Strom auf seinen Schlafrock ... Seine Exzellenz gerieten aus der Fassung und wurden im höchsten Grade verwirrt, und bevor sie wieder zur Besinnung gekommen, hatte seine Frau ihm die Erlaubnis abgenötigt und ihn beim Grabe seiner Mutter, bei der Asche seines Vaters und bei dem Glücke ihrer zukünftigen Kinder schwören lassen, dass er seine Erlaubnis nicht zurückziehen und nicht erforschen wolle, wie sie es erfahren.

Das Kind, das zur Lakaientochter degradiert worden, wurde wieder zum Fräulein befördert, und das Bettchen siedelte wieder in die Bel-Etage über.

Lubonka, welche zuerst angeleitet worden, ihren Vater nicht Vater zu nennen, wurde jetzt dahin abgerichtet, ihre Mutter nicht mehr Mutter zu nennen – sie sollte mit dem Gedanken aufwachsen, dass Dunja ihre Amme sei.

Glafira Lwowna kaufte selbst in einem Laden auf der Schmiedebrücke Kinderkleider, putzte Lubonka wie eine Puppe heraus, drückte sie dann an ihr Herz und begann zu weinen.

»Arme Waise«, sagte sie zu ihr, »du hast keinen Papa und keine Mama, ich werde dir alles sein ... Dein Papa ist dort!« – und dabei zeigte sie gen Himmel.

»Papa hat Flügelchen«, lallte das Kind.

Glafira Lwowna weinte noch heftiger und rief aus: »O himmlische Unschuld!«

Die Sache verhielt sich jedoch ganz einfach: An der Decke war nach uraltem Brauch ein mit Füßen und Flügeln zappelnder Amor dargestellt, der Bänder um den schwarzen Eisenhaken schlang, an welchem der Kronleuchter hing.

Dunja wähnte sich auf dem Gipfel des Glücks. Sie betrachtete Glafira Lwowna als einen Engel; in ihre Dankbarkeit mischte sich nicht die Spur einer feindseligen Empfindung; sie fühlte sich nicht einmal dadurch beleidigt, dass die Tochter ihr entfremdet wurde; sie sah sie in Spitzen, sie sah sie in den herrschaftlichen Zimmern – und sie sagte nur: »Wie kommt es doch, dass meine Lubonka ein so schönes Kind geworden? Mir ist, als könnte sie ein anderes Kleidchen gar nicht mehr tragen; welch eine Schönheit wird sie werden!«

Dunja besuchte alle Klöster und flehte überall Gott an, die gute Herrin bei guter Gesundheit zu erhalten.

Viele werden das Verfahren der Exgräfin für eine heroische Tat halten. Ich dagegen bin der Ansicht, dass ihr Schritt die größte Unbesonnenheit, wenigstens eine eben so große Unbesonnenheit war, wie ihre Verheiratung mit einem Menschen, von dem sie weiter nichts wusste, als dass er ein Mann und General war. Der Grund lag augenscheinlich in ihrer romantischen Exaltation, der tragische Szenen, Aufopferung, affektierte edle Handlungen über alles gingen. Indes fordert die Gerechtigkeit hinzuzufügen, dass Glafira Lwowna hierbei durchaus keine bösen Hintergedanken hatte, ja dass nicht einmal Eitelkeit dabei im Spiele war. Sie wusste selbst nicht, warum sie Lubonka erziehen wollte. Ihr gefiel an dieser Sache nur das Rührende.

Alexis Abramowitsch fand, nachdem er einmal seine Einwilligung gegeben, die seltsame Lage des Kindes ganz natürlich und nahm sich nicht einmal die Mühe, zu bedenken, ob er gut oder übel daran getan, hierein zu willigen. ...

Und in der Tat, handelte er gut oder übel? Es lässt sich manches dafür und dawider sagen. Wer als das höchste Ziel des Menschenlebens die Bildung betrachtet, gleichviel, wie sie erworben wird, gleichviel, welche Folgen sie hat – der wird aufseiten Glafira Lwownas stehen. Wer dagegen als das höchste Ziel des Lebens Glück und Zufriedenheit betrachtet, gleichviel, in welchem Kreise und wie teuer diese Güter erworben werden – der wird gegen sie sein.

In der Gesindestube wären Lubonkas Begriffe, wenn sie auch mit der Zeit ihre Geburt erfahren hätte, so beschränkt gewesen, ihre Seele hätte so tief geschlafen, dass das nichts oder wenig zu bedeuten gehabt hätte. Wahrscheinlich würde Alexis Abramowitsch, um sich vollständig mit seinem Gewissen auszusöhnen, ihr einen Freibrief und vielleicht auch ein paar Tausend Rubel zu ihrer Aussteuer gegeben haben; sie würde nach ihrer Vorstellung außerordentlich glücklich geworden sein, sich mit einem Kaufmann der dritten Gilde verheiratet, ein seidenes Kleid getragen, täglich zwölf Tassen Blütentee getrunken und eine ganze Familie von kleinen Kaufleuten geboren haben. Von Zeit zu Zeit würde sie Negroffs Haushälterin einen Besuch gemacht und zu ihrer Genugtuung gesehen haben, wie ihre ehemaligen Kolleginnen sie mit neidischen Blicken betrachteten. So hätte sie hundert Jahre alt werden und der Hoffnung leben können, dass auf ihrem Wege zum Friedhofe hundert Mietsdroschken sie begleiten würden.

Lubonka im herrschaftlichen Familienzimmer ist ein ganz anderes Wesen: In welch dummer Weise man sie auch erziehen mochte, es war für sie doch die Möglichkeit vorhanden, sich zu bilden; schon dass sie den rohen Vorstellungen der Gesindestube fern blieb, war eine Art Erziehung. Und dabei musste sie die ganze Widersinnigkeit und Unhaltbarkeit ihrer Stellung begreifen; in der Bel-Etage erwarteten sie Beleidigungen, Tränen und Kummer, und dies alles konnte die fernere Entwickelung ihres Geistes und vielleicht auch die der Schwindsucht fördern. Ihr mögt hiernach selbst urteilen, ob die brave Frau Negroff wohl oder übel handelte.

Das Eheleben des Alexis Abramowitsch nahm einen ruhigen, friedlichen Verlauf. Bei allen Spazierfahrten erschien er mit seiner prachtvollen von vier Rossen gezogenen Equipage, und das Ehepaar strömte in dieser Equipage gleichsam über von Glück. Man traf sie unfehlbar am ersten Mai in Sokolniti, am Ostertage im Schlossgarten, am Pfingsttage an den Prassnenskiteichen und fast an jedem Wochentage auf dem Twerschen Boulevard. Im Winter besuchten sie das adlige Kasino, gaben Diners und waren im Theater auf eine Loge abonniert.

Allein die schreckliche Einförmigkeit erfüllt jeden mit Widerwillen vor den Moskauer Vergnügungen. Wie es im vorigen Jahre war, so ist es in diesem und im zukünftigen; wie uns damals der dicke Kaufmann mit dem prachtvollen Kaftan und der Frau mit den schwarzen Zähnen und allen möglichen Schmucksachen begegnete, so auch unfehlbar in diesem Jahre, nur dass der Kaftan etwas älter, der Bart des Kaufmanns etwas weißer, die Zähne seiner Frau noch schwärzer geworden sind; so wie wir damals dem Stutzer mit dem martialischen Schnurrbart und dem hanswurstartigen Überrock begegneten, so auch in diesem Jahre – nur dass der Stutzer noch hagerer und abgelebter aussieht; wie damals auf der Promenade der mit Schnupftabak bedeckte Gichtkranke spazieren geführt wurde, so auch in diesem Jahre ... Schon das konnte einen veranlassen, sich zu Hause in sein Zimmer einzuschließen.

Alexis Abramowitsch war ein Mensch, der viel vertragen konnte; allein des Menschen Kräfte haben ihre Grenzen. Länger als zehn Jahre vermochte er es nicht auszuhalten; ihn sowohl wie seine Glafira verzehrte die Langeweile. In diesen zehn Jahren hatten sie einen Sohn und eine Tochter erhalten, und nicht bloß täglich, sondern stündlich wurden sie schwerer; sie hatten keine Lust mehr, Toilette zu machen, sie fingen an sich mit dem häuslichen Anzug zu begnügen, und ich weiß nicht, wie es kam, aber ich glaube, es geschah vor allem, um vollkommene Ruhe zu haben: Sie entschlossen sich, aufs Land zu ziehen. Das geschah vier Jahre vor der gelehrten Unterhaltung zwischen dem General und dem Hauslehrer.

Drittes Kapitel
Die Geschichte des Hauslehrers

Es versteht sich von selbst, dass die Lebensbeschreibung des armen jungen Mannes nicht so interessant sein kann wie die des Alexis Abramowitsch und seiner Familie. Aus der Welt prachtvoller Equipagen müssen wir uns in eine Welt versetzen, wo man sich um das morgige Mittagsessen sorgt; aus Moskau begeben wir uns in eine ferne Provinzialstadt, und auch hier machen wir nicht auf der einzigen gepflasterten Straße Halt, auf welcher man bisweilen wirklich fahren kann, und wo die Aristokratie wohnt, sondern wir ziehen uns in eine ungepflasterte Quergasse zurück, durch welche man fast niemals weder gehen noch fahren kann; und dort suchen wir ein schwärzliches schiefes Häuschen mit drei Fenstern auf – das Häuschen des Kreisarztes Kruziferski, das bescheiden zwischen andern ebenso schwärzlichen und schiefen Häuschen steht.

Alle diese Häuschen werden bald niedergerissen und machen neuen Gebäuden Platz, und niemand wird ihrer ferner gedenken; und doch entwickelte sich in allen Leben, auch hier gärten Leidenschaften, Geschlecht folgte auf Geschlecht, und von allen diesen Existenzen weiß man ebenso wenig wie von den Wilden Australiens – als seien die Bewohner derselben gänzlich aus der menschlichen Gesellschaft ausgeschlossen.

Aber da ist das Häuschen, das wir suchten. In demselben wohnt seit dreißig Jahren ein braver ehrenhafter Greis mit seinem Weibe. Ihr Leben war ein beständiger Kampf mit allen möglichen Bedürfnissen und Entbehrungen; allerdings ist der Kreisarzt ziemlich siegreich aus dem Kampfe hervorgegangen, das heißt, er ist nicht Hungers gestorben, er hat sich nicht aus Verzweiflung erschossen; aber der Sieg ist ihm teuer zu stehen gekommen. Mit fünfzig Jahren ist er grau und gebrechlich, sein Gesicht ist von Runzeln durchfurcht, und doch hatte ihn die Natur mit einem reichen Maß von Kraft und Gesundheit ausgestattet. Nicht stürmische Ausbrüche, nicht Leidenschaften, nicht gewaltsame Umwälzungen hatten diesen Körper erschöpft und ihm vor der Zeit das hinfällige Aussehen des Greises verliehen, sondern der fortwährende schwere kleinliche beleidigende Kampf mit der Not, die Sorge um den folgenden Tag, ein in Entbehrungen und Kummer verbrachtes Leben.

In dieser unteren Gesellschaftssphäre welkt die Seele hin, sie vertrocknet in der ewigen Unruhe, sie vergisst, dass sie Flügel hat, sie neigt sich beständig zur Erde und hebt den Blick niemals zur Sonne.

Das Leben des Arztes Kruziferski war eine langdauernde große Heldentat auf einem finsteren Gebiet und der Lohn – das tägliche Brot in der Gegenwart mit der Aussicht, in der Zukunft kein Brot mehr zu haben.

Auf Staatskosten hatte er die Moskauer Universität besucht und sich den Doktorgrad erworben. Noch vor seiner Anstellung hatte er sich mit einer Deutschen, der Tochter eines Provisors verheiratet. Ihre Aussteuer bestand außer in ihrem guten hingebenden Herzen und ihrer Liebe, die sie nach deutscher Weise durch ihr ganzes Leben bewahrte, in ein paar Kleidern, welche nach Rosenöl und Rhabarber dufteten. Dem leidenschaftlich verliebten Studenten kam es gar nicht in den Sinn, dass er kein Recht habe auf Liebe und Familienglück, dass auch hierzu nur ein gewisser Zensus berechtigt – just wie man in gewissen konstitutionellen Staaten sein Wahlrecht nie ohne einen gewissen Zensus ausüben kann.

Einige Tage nach seiner Hochzeit wurde Kruziferski zum Regimentsarzt bei der aktiven Armee ernannt. Acht Jahre lang vermochte er das Nomadenleben zu ertragen; im neunten wurde er desselben überdrüssig und bat um eine ruhigere Stellung. Es wurde ihm eine solche gegeben und Kruziferski schleppte sich mit Weib und Kindern von einem Ende Russlands nach dem andern und ließ sich in der Gouvernementsstadt N. nieder.

Anfangs hatte er eine gewisse Praxis. Zwar lassen sich in den Gouvernementsstädten die Beamten und Gutsbesitzer am liebsten von Deutschen behandeln; aber zum Glück war außer einem Uhrmacher kein Deutscher vorhanden. Dies war Kruziferskis glücklichster Lebensabschnitt. Damals kaufte er sich das Häuschen mit den drei Fenstern, und seine Margarethe überraschte ihn zu seinem Geburtstage einst mit neuen Kattunüberzügen an Sofa und Sesseln, wozu sie sich das Geld nach und nach mühsam erspart hatte.

Der Kattun war ausgezeichnet. Auf dem Sofa jagte Abraham dreimal die Hagar mit dem Ismail in die Wüste, während Sarah ihnen drohend nachblickte; auf den Sesseln waren an der rechten Seite Abrahams, Hagars, Ismails und Sarahs Füße und auf der linken ihre Köpfe zu sehen.

Aber diese glückliche Zeit dauerte nicht lange. Ein reicher Edelmann, dessen Gut in unmittelbarer Nähe der Stadt lag, brachte seinen Hausarzt mit sich, und dieser nahm Kruziferski seine ganze Praxis. Der junge Arzt verstand sich meisterhaft auf die Frauenkrankheiten, seine Patientinnen waren geradezu vernarrt in ihn. Er kurierte alles mit Blutegeln und bewies in schöner Rede, dass nicht bloß alle Krankheiten Entzündungen seien, sondern dass auch das Leben nichts anderes wäre als eine Entzündung der Materie.

Über Kruziferski äußerte er sich mit mörderischer Herablassung; mit einem Wort, er kam in Mode. Die ganze Stadt stickte ihm Kissen und Tabaksbeutel, Souvenirs und Andenken; den alten Arzt aber suchte man zu vergessen. Allerdings blieben die Kaufleute und Geistlichen Kruziferski treu; aber die Kaufleute wurden niemals krank; sie erfreuten sich Gott sei Dank ewiger Gesundheit, und wenn ihnen einmal etwas begegnete, so behandelten sie sich selbst und rieben sich im Bade mit allerlei schmutzigem Zeug, wie Terpentinöl, Tran und Ameisenspiritus ein, worauf sie dann stets wieder gesund wurden oder nach ein paar Tagen starben.

In beiden Fällen hatte Kruziferski nichts zu tun, während der Tod immer noch auf seine Rechnung kam, und der junge Doktor sagte jedes Mal zu den Damen: »Merkwürdig; Doktor Kruziferski ist doch ein sehr geschickter Arzt. Dass er nur nicht darauf kam, zehn Tropfen *opii Sydenhamii in aqua destillata* zu gebrauchen und fünfundvierzig Blutegel anzusetzen; dann wäre der Mann am Leben geblieben.«

Selbst die Frau des Gouverneurs war, wenn sie die lateinischen Worte hörte, überzeugt, dass der betreffende Patient am Leben geblieben wäre. So kam es nach und nach dahin, dass Kruziferski sich auf sein bloßes Gehalt beschränkt sah: Dasselbe betrug, wenn ich nicht irre, vierhundert Rubel.

Er hatte fünf Kinder; das Leben wurde ihm schwer und immer schwerer. Jakob Kruziferski wusste gar nicht mehr, wie er seine Familie ernähren sollte. Da zeigte ihm das Scharlachfieber einen Ausweg. Drei seiner Kinder starben kurz nacheinander. Es blieben ihm nur noch die älteste Tochter und der jüngste Sohn.

Wie es scheint, entging der Knabe dem Tode und der Krankheit vermöge seiner außerordentlichen Schwäche; er war vor der Zeit zur Welt gekommen, und zwar mehr tot als lebendig. Schwächlich, hager und nervös, war er niemals krank aber auch niemals gesund. Das Unglück dieses Kindes hatte bereits vor seiner Geburt begonnen.

Damals, als Margarethe Karlowna mit ihm schwanger ging, schwebte über dem Haupte des Arztes ein schreckliches Unheil. Der Gouverneur hatte auf Kruziferski einen wütenden Hass geworfen, weil dieser sich geweigert hatte, zu attestieren, dass ein Kutscher, der von seinem Herrn, einem Gutsbesitzer, zu Tode gepeitscht worden, eines natürlichen Todes gestorben sei.

Doktor Kruziferski stand am Rande des Verderbens und mit einem gewissen sanften heroischen Gram erwartete er voll Ergebung den furchtbaren Schlag – allein der Schlag ging an seinem Haupte vorüber.

In jener aufregenden Zeit voll beständiger Tränen kam der kleine Dmitri zur Welt und er allein hatte es zu büßen, dass der Kutscher zu Tode gepeitscht worden. Dieses Kind war Margarethens Augapfel; je kränklicher, je schwächlicher es schien, um so hartnäckiger war die Mutter bemüht, es am Leben zu erhalten; es war, als ob sie mit dem Kinde ihre Kräfte teilte, als ob ihre Liebe es belebte und es dem Tode entriss. Sie schien zu fühlen, dass es allein den Eltern bleiben würde, um ihre Stütze, ihre Hoffnung und ihr Trost zu werden.

Aber was war aus seiner Schwester geworden? Sie zählte siebzehn Jahre, als in N. ein Infanterieregiment im Quartier lag. Als es wieder abzog, zog auch die Tochter des Arztes mit einem gewissen Fähnrich von dannen. Nach einem Jahr schrieb sie aus Kijeff, bat die Eltern um ihre Verzeihung und ihren Segen und teilte ihnen mit, dass der Fähnrich sie geheiratet habe. Nach Verlauf eines weiteren Jahres schrieb sie aus Kischineff, dass sie von ihrem Mann verlassen sei und mit einem Kinde in der bittersten Not lebe.

Der Vater schickte ihr fünfundzwanzig Rubel, dann bekam man nie wieder etwas von ihr zu hören.

Als der kleine Dmitri heranwuchs, wurde er auf das Gymnasium geschickt. Er lernte sehr gut. Da er immer schüchtern, sanft und still war, mochte ihn sogar der Inspektor leiden, der es sonst als unvereinbar mit seinen amtlichen Pflichten betrachtete, Kinder zu lieben. Der Vater wollte ihm in der Kanzlei des Gouverneurs eine Anstellung suchen, wobei ihm der Sekretär des Gouverneurs, dem er seine ewig skrofulösen Kinder umsonst behandelte, seine Protektion versprach.

Da plötzlich öffnete sich Dmitri eine andere Laufbahn. Ein gewisser Mäzen und Geheimrat kam auf der Reise von seinem Landsitz nach Moskau durch das Städtchen N. Der Direktor des Gymnasiums, der das Talent besaß, die Ankunft von Geheimräten zu erfahren, bat den Mäzen um die hohe Ehre, dem Garten und der Pflanzstätte vaterländischer Aufklärung doch seinen Besuch abzustatten.

Der Mäzen verspürte dazu keine Lust; aber er war ein Freund von treuherzigen und zugleich ehrfurchtsvollen Empfangsbegrüßungen. Der Direktor empfing ihn in Uniform mit dem Hut unter dem Arm und dem

Paradedegen um die Hüften. Die Schüler waren in einer schnurgeraden Kolonne aufgestellt, die Lehrer erschienen stark frisiert, den Hals fest mit einer Krawatte eingeschnürt und mit bekümmerten Gesichtern. Der Lehrer der Physik erbat sich von Seiner Exzellenz die Erlaubnis, unter der Kappe einer pneumatischen Maschine ein Kaninchen und mit einer elektrischen Flasche eine Taube töten zu dürfen. Der Mäzen bat für diese Tiere um Schonung, wobei der Direktor sämtliche Lehrer und Schüler voll Rührung anblickte, als hätte er sagen wollen: »Wie wahre Größe sich doch stets mit Milde paart.«

Die Taube und das Kaninchen blieben nun vorläufig in einer Truhe am Leben, bis der Professor der Physik sie dennoch, und zwar zum größten Vergnügen der ganzen Stadt, der Wissenschaft und der Aufklärung, zum Opfer brachte. Dann trat einer der Schüler vor und der Lehrer des Französischen fragte ihn, ob er nichts zu sagen habe anlässlich des hohen Besuchs, mit dem die Pflanzstätte der Wissenschaft beehrt worden. Der Schüler begann sofort in einer Art französisch-kirchenslawischem Kauderwelsch: »Komann tuwon nu power anfan remersier lilüster Visitor?«

Als während dieser keltoslawischen Rede der Mäzen zufällig das kränklich zärtliche Gesicht Dmitris bemerkte, rief er ihn zu sich und redete ihn freundlich an.

Der Direktor sagte, er sei ein ausgezeichneter Schüler und würde es weit bringen können; doch sein Vater habe nicht die Mittel, ihn nach Moskau auf die Universität zu schicken usw.

Der Mäzen bewährte sich als Mäzen und sagte zu Dmitri, in vier bis sechs Wochen komme sein Verwalter auf der Reise nach Moskau durch N.; wenn seine Eltern damit einverstanden seien, solle der Verwalter Dmitri mit nach Moskau bringen, und er würde ihm dann unter den Kindern des Verwalters ein Plätzchen anweisen.

Der Direktor schickte sofort den Gymnasialschreiber zum Doktor Kruziferski. Dieser fand den Mäzen bereits in seinem Wagen. Der Greis war wahrhaft gerührt, weinte wie ein Kind und dankte dem hohen Gönner in einfacher kurzer abgebrochener Rede.

Der Mäzen wies auf einen breitschultrigen Mann, der gerade die Riemen an dem Wagen festschnüren half und sagte: »Das ist mein Verwalter, er wird Ihren Sohn nach Moskau bringen.«

Sprach's und fuhr mit gnädigem Lächeln ab.

Vier Wochen später verließ eine Kibitke mit Glöckchen das Haus des Doktors Kruziferski, und in derselben saß Dmitri, bedeckt mit einem Shawl und von der Mutter in Tücher und warme Kleider gehüllt; neben ihm der Verwalter im einfachen Rock; denn auf Reisen zog er es vor, sich innerlich zu wärmen.

Von welchen Zufälligkeiten hängt doch des Menschen Schicksal ab! Wäre der Mäzen nicht durch N. gekommen, so würde Dmitri in die Kanzlei des Gouverneurs geraten sein und unsere Erzählung wäre ungeschrieben geblieben, Dmitri aber würde mit der Zeit der erste Gehilfe des Kanzleisekretärs geworden sein und mit Gott weiß welchem Gehalt seine alten Eltern ernährt haben – und Kruziferski und seine Margarethe hätten in ihren alten Tagen einmal ruhig aufatmen können.

Mit Dmitris Abreise trat im Leben des alten Paares eine vollständige Wendung ein. Sie waren nun allein, in ihrem Häuschen ward es noch stiller, noch trauriger. Selbst der Verwalter des Mäzen, ein keineswegs nervenschwacher Mensch, verspürte etwas wie Tränen in seinen Augen, als die Alten von ihrem Sohne Abschied nahmen.

Ein armer Vater verabschiedet sich nie so wie ein reicher. Er sagt zu seinem Sohne: »Gehe hin, mein Kind, und suche dir dein Brot, ich kann nichts mehr für dich tun; bahne dir einen Weg durchs Leben und vergiss unser nicht!«

Und ob sie sich jemals wiedersehen, ob er sein Brot finden wird – das ist in tiefes, schwarzes Dunkel gehüllt ... Der Vater möchte seinem Sohne etwas mehr auf den Weg geben, aber er vermag es nicht; zehnmal berechnet er, wie viel er noch von seinen baren achtzig Rubeln abziehen könne und alles scheint ihm zu wenig. Und die Mutter vergießt soviel Tränen über dem armseligen Ränzel, in welches sie ihre unentbehrlichsten Sachen gepackt hat, aber sie begreift, dass das alles noch nicht ausreiche; und doch weiß sie nicht, wo sie mehr hernehmen soll ...

Das sind Szenen aus dem Bürgerstande, die der Welt nicht bekannt sind, die sich sorgfältig fremden Blicken entziehen, aber sie sind himmelschreiend, herzzerreißend! Und es ist gut, dass sie verborgen bleiben! Nach vier Jahren wurde der junge Kruziferski Kandidat. Er war weder mit besonderen glänzenden Fähigkeiten noch mit schneller Fassungsgabe ausgestattet, aber wegen seiner Liebe zur Wissenschaft und seines unermüdlichen Fleißes hatte er den erhaltenen Grad vollständig verdient. Wenn man sein sanftes Gesicht ansah, konnte man auf den Gedanken kommen, dass sich aus ihm ein sanftes germanisches Wesen entwickeln würde – eines jener stillen edlen Wesen, welche sich glücklich fühlen in ihrer etwas beschränkten aber außerordentlich emsigen gelehrten pädagogischen Tätigkeit, in ihrem etwas engen Familienkreise, in welchem der Mann nach zwanzig Jahren noch in seine Frau verliebt ist; und die

Frau bei jedem zweideutigen Scherz noch errötet – eines jener Wesen, wie man sie in den kleinen patriarchalischen Städten Deutschlands, in den Pastorenfamilien, unter den Seminarlehrern findet – reine sittliche außerhalb ihres Kreises fast gar nicht bemerkte Menschen ...

Ob bei uns in Russland ein solches Leben möglich ist? Ich bin der festen Überzeugung, dass das nicht der Fall; unserem Herzen entspricht eine so bescheidene mittlere Sphäre nicht; es vermag seinen Durst mit so dünnem Trunk nicht zu stillen: Unser Leben liegt entweder weit höher oder weit niedriger – jedenfalls aber ist es breiter.

Als Kruziferski Kandidat geworden, versuchte er zunächst an der Universität eine Stelle zu erhalten, dann wollte er's mit Privatunterricht versuchen, aber all seine Bemühungen hatten keinen Erfolg. Von seinem Vater hatte er gleichsam das Missgeschick bei all seinen Unternehmungen geerbt ... Einige Monate, nachdem Kruziferskis Beförderung zum Kandidaten mit Pauken und Trompeten verkündet worden, erhielt er von seinem alten Vater einen Brief, worin dieser ihm mitteilte, die Mutter liege schwer krank darnieder und dabei zart andeutete, dass seine Eltern sich in bedrängten Verhältnissen befänden. Er kannte den Charakter seines Vaters und begriff, dass nur die schrecklichste Not ihn hätte veranlassen können, eine solche Anspielung zu machen. Kruziferski hatte sein letztes Geld ausgegeben; nur ein Mittel blieb ihm noch: Er hatte einen Gönner, der Professor einer gewissen »Gnosis« war; dieser hatte ihm eine herzliche Teilnahme bewiesen, und so schrieb er demselben einen offenen herzigen, tief empfundenen rührenden Brief und bat ihn um ein Darlehen von hundertundfünfzig Rubel.

Der Professor antwortete in der höflichsten Weise, zeigte sich durch den Brief gerührt, aber Geld schickte er nicht. In einer Nachschrift tadelte es der gelehrte Mann in dem liebenswürdigsten Tone, dass er sich niemals an seinem Mittagstisch einfinde.

Der junge Mann war von dieser Zuschrift im höchsten Grade betroffen – so wenig wusste er die Menschen oder besser gesagt das Geld zu schätzen! Es war ihm sehr schwer ums Herz. Er warf den liebenswürdigen Brief des wackeren Professors auf den Tisch, schritt eine Zeit lang in seinem Stübchen auf und ab und ganz vernichtet von Gram und Bitterkeit sank er auf sein Bett. Still flossen ihm die Tränen über die Wangen. Lebhaft sah er ein ärmliches Zimmer vor sich, und in demselben seine leidende, schwache, vielleicht sterbende Mutter – und an ihrer Seite ein von Gram gebeugter und geknickter Greis. Die Kranke verlangt nach irgendetwas, sie verlangt so sehnlich danach – aber sie verheimlicht es, um den Kummer des Mannes nicht zu vergrößern, und dieser errät es und lässt es nicht merken, dass er es erraten, aus Furcht, es ihr abschlagen zu müssen ...

Geehrter Leser, wenn du reich oder wenigstens »versorgt« bist, so danke dem Himmel aus innerster Seele und bringe ein Hoch aus auf deine Erbschaft – ein Hoch auf dein wohlerworbenes Vermögen!

In diesem schweren Augenblick öffnete sich die Tür des Kandidaten und eine eigentümliche, offenbar nicht hauptstädtische Gestalt trat in das Stübchen des Kandidaten und nahm eine dunkle Mütze mit einem gewaltigen Schirm vom Haupte. Dieser Schirm beschattete das gesunde rotwangige fröhliche Gesicht eines älteren Mannes. Seine Züge drückten epikureische Ruhe und Gutmütigkeit aus. Er hatte einen etwas abgetragenen zimmetbraunen Überrock mit einem Kragen an, wie sie damals nicht mehr getragen wurden, in der Hand ein Bambusrohr und im Übrigen, wie bereits bemerkt, ein entschieden provinziales Aussehen.

»Sind Sie Herr Kruziferski, Kandidat der hiesigen Universität?«

»Ja, zu dienen«, antwortete Dmitri Jakowlewitsch.

»Dann gestatten Sie mir, Herr Kandidat, mich zunächst zu setzen; ich bin älter als Sie und habe einen weiten Weg zu Fuß gemacht.«

Mit diesen Worten wollte er sich auf einen Stuhl setzen, auf dessen Lehne ein Interimsrock hing. Aber es zeigte sich, dass dieser Stuhl nur die Kraft hatte, die Last eines Rockes, aber nicht eines Menschen mit einem Rocke zu tragen; Kruziferski wurde verlegen und bat seinen Besuch, sich auf das Bett zu setzen, während er selbst auf dem zweiten (und letzten) Stuhle Platz nahm.

»Ich«, begann der Besucher mit erschreckender Langsamkeit, »bin der Inspektor der Medizinalbehörde zu N., Doktor der Medizin Krupoff und komme in folgender Angelegenheit zu ihnen ...«

Der Inspektor war ein Mann von Methode und so hielt er zunächst inne, zog eine große Tabaksdose hervor, legte dieselbe neben sich und nahm dann ein rotes Taschentuch und legte dasselbe neben die Tabaksdose; hierauf zog er ein weißes Taschentuch zum Vorschein, wischte sich damit die Stirn und fuhr, nachdem er eine Prise genommen in folgender Weise fort:

»Am gestrigen Tage war ich bei Anton Ferdinandowitsch ... wir haben zusammen die Universität verlassen ... Nein, verzeihen Sie, er verließ sie ein Jahr früher als ich ... Ja, ganz recht, ein Jahr früher ... Wir waren stets gute Freunde und Kameraden ... und da komm ich nun zu ihm und frage ihn, ob er mir nicht einen guten Lehrer für eine Familie in unserm Gouvernement anweisen könnte, die Bedingungen, sagt' ich, sind die und die, verlangt wird, sagt' ich, das und das. Da gab mir Anton Ferdinandowitsch Ihre Adresse und sprach sich, ich muss es offen gestehen, sehr schmeichelhaft über Sie aus; wenn Ihnen also die Bedingungen gefallen, so könnten wir die Sache sofort erledigen.«

Anton Ferdinandowitsch war eben jener Professor, den Kruziferski als seinen Gönner betrachtete; er hatte in der Tat eine besondere Vorliebe für den jungen Mann, nur dass er, wie wir gesehen, sein Geld nicht riskieren mochte – zu Empfehlungen dagegen war er stets bereit.

Der schwerfällige Doktor Krupoff erschien Kruziferski wie ein Engel vom Himmel. Er teilte ihm sofort seine Lage mit und sagte zum Schluss, dass es für ihn keine Wahl gebe und dass er die Stelle mit Dank annehme.

Krupoff zog ein Mittelding zwischen Notizbuch und Kästchen aus der Tasche und nahm daraus einen Brief hervor, der darin in Gemeinschaft mit krummen Scheren, Lanzetten und Sonden ruhte und las:

»Bieten Sie dem Betreffenden zweitausend Rubel jährlich, höchstens zweitausendfünfhundert, da für dreitausend Rubel mein Nachbar schon eine Schweizer Französin hat. Besonderes Zimmer, morgens Tee, Bedienung und Wäsche wie gewöhnlich. Mittags speist er mit uns.«

Kruziferski stellte keinerlei Bedingungen, sprach mit tiefer Röte von der Geldangelegenheit und erkundigte sich, was er zu tun habe, und gestand offen, er hege eine tödliche Scheu davor, ein fremdes Haus zu betreten und andere fremde Menschen zu sehen. Krupoff war gerührt und redete ihm Mut ein; vor den Negroffs brauche er durchaus keine Angst zu haben ...

»Gevatter brauchen Sie da nicht zu stehen, Sie geben dem Jungen Unterricht und nicht dem Vater, und die Mutter brauchen Sie nur bei Tisch zu sehen. Der General wird Ihnen in pekuniärer Hinsicht keine Schwierigkeiten machen; seine Frau schläft in einem fort, wird Ihnen also ebenfalls nichts zuleide tun, es sei denn im Schlaf. Sie können mir's glauben, das Negroffsche Haus ist nicht schlechter – na offen gestanden, auch nicht besser als alle andern adeligen Häuser auf dem Lande.«

Kurz, der Handel wurde geschlossen; Kruziferski nahm die Hauslehrerstelle für zweitausendfünfhundert Rubel jährlich an. Der Inspektor hatte sich in dem Provinzialleben abgestumpft, war jedoch im Übrigen ein Mann von Herz. Nachdem bittere Erfahrungen ihn gelehrt, dass alle schönen Gedanken und großen Worte vorläufig nur Gedanken und Worte bleiben, hatte er sich für immer in N. niedergelassen und sich nach und nach angewöhnt, langsam zu sprechen und zwei Taschentücher zu tragen, ein rotes und ein weißes. Nichts verdirbt den Menschen so sehr, wie das Leben in der Provinz.

Allein nun war er nicht ganz abgestorben; nun konnten seine Augen funkeln und blitzen. Mancherlei Erinnerungen erwachten in Krupoffs Seele beim Anblick dieses edlen reinen Jünglings; er erinnerte sich der Zeit, da er im Verein mit Anton Ferdinandowitsch über eine vollständige Umwälzung der Medizin nachgrübelte, da er mit dem Plane umging, zu Fuße nach Göttingen zu wandern ... Er musste bitter lächeln bei diesen Erinnerungen ... Als die Sache erledigt war, ging ihm auf einmal der Gedanke durch den Kopf, ob er wohl daran tue, diesen Jüngling in das dumme Leben eines halbwilden Gutsbesitzers hineinzustoßen. Sogar der Gedanke kam ihm, in dem Sinne ihm aus seiner eigenen Tasche Geld zu geben und in ihn zu dringen, Moskau nicht zu verlassen; vor fünfzehn Jahren würde diesem Gedanken die Tat gefolgt sein, aber alten Händen wird es sehr schwer, in die Taschen zu fassen und den Beutel zu ziehen. »Schicksal, Schicksal!«, dachte Krupoff und damit beruhigte er sich.

Seltsam, dass er in diesem Falle just so handelte, wie seit uralten Zeiten die Menschheit gehandelt hat. Auch Napoleon redete vom Schicksal – ein ganz sinnloses Wort; darum übt es auch eine so tröstliche Wirkung.

»Also die Sache ist erledigt«, sprach der Inspektor nach kurzem Schweigen; »in fünf Tagen reise ich nach Hause und es sollte mich freuen, wenn Sie einen Platz in meinem Wagen annehmen wollten.«

Viertes Kapitel
Das neue Leben

Es ist längst bekannt, dass der Mensch sich überall akklimatisieren kann, in Lappland wie am Senegal. Es ist daher keineswegs zu verwundern, dass Kruziferski sich nach und nach an das Negroffsche Haus gewöhnte. Die Lebensweise, die Anschauungen und Interessen dieser Leute hatten ihn anfangs überrascht; dann wurde er gleichgültiger dagegen, obwohl er übrigens weit entfernt war, sich mit einem solchen Leben zu befreunden.

Seltsam, in dem Negroffschen Hause gab es nichts Ungewöhnliches, nichts Besonderes; aber ein frischer, noch junger Mensch fühlte sich darin unbehaglich, es ward ihm schwer, darin zu atmen. Die vollkommenste, allseitigste Leere herrschte in der verehrlichen Familie des Alexis Abramowitsch. Warum diese Leute aus dem Bette aufstanden, warum sie umhergingen, zu welchem Zweck sie lebten - es wäre schwer gewesen, auf diese Fragen eine Antwort zu geben.

Übrigens bedürfen sie auch keiner Antwort. Diese braven Leute lebten, weil sie zur Welt gekommen waren, und fuhren fort zu leben kraft ihres Selbsterhaltungstriebes; was hätte es da für Zwecke und Hintergedanken geben können? Das alles ist deutsche Philosophie.

Der General stand morgens um sieben Uhr auf und erschien sofort mit einer großen Pfeife im Vorzimmer; hätte ihn ein Fremder gesehen, er würde gedacht haben, dass Pläne und Gedanken von höchster Bedeutung ihm durch den Kopf gingen: Mit solchem Tiefsinn rauchte er; aber es war nur Rauch, der ihm nicht im, sondern um den Kopf herumging.

Dieses tiefsinnige Rauchen dauerte eine Stunde. Alexis Abramowitsch ging während dieser ganzen Zeit langsam im Salon auf und ab, blieb oft am Fenster stehen und sah aufmerksam hinaus, blinzelte mit den Augen, runzelte die Stirn, machte eine unzufriedene Miene, ja seufzte sogar; aber auch das war eine eben solche optische Täuschung wie die Tiefsinnigkeit. Während dieser ganzen Zeit musste der Verwalter mit dem Diener an der Tür stehen.

Wenn Alexis Abramowitsch mit dem Rauchen zu Ende war, wandte er sich an den Verwalter, nahm ihm den Tagesbericht aus der Hand und begann ganz unmenschlich auf ihn zu schimpfen, wobei er jedes Mal hinzufügte, dass es nun aus sei, dass er ihn kenne, dass er Spitzbuben zu behandeln verstehe und, um ein Exempel zu statuieren, seinen Sohn unter die Soldaten stecken, ihn selbst aber zum Gänsehirten degradieren werde.

War dies eine Maßregel der moralischen Hygiene - nach Art der täglichen Kaltwasserbäder - war es eine Maßregel, mittels welcher er seine Untergebenen in Furcht und Gehorsam erhielt, oder einfach eine patriarchalische Gewohnheit - jedenfalls verdient seine Ausdauer alles Lob.

Der Verwalter hörte die väterlichen Ermahnungen mit sprachloser Selbstverleugnung an: So etwas anzuhören schien ihm eine ebenso wesentliche, mit seiner Stellung verbundene Pflicht, wie Weizen und Gerste, Roggen und Stroh zu stehlen. »Ha du Spitzbube!«, rief der General, »du verdientest dreimal gehängt zu werden!«

»Wie Ew. Exzellenz belieben«, antwortete der Verwalter ganz kaltblütig und sah mit seinen Schelmenaugen etwas schielend zu Boden.

Diese Unterhaltung dauerte, bis die Kinder erschienen, um guten Morgen zu wünschen. Alexis Abramowitsch reichte ihnen die Hand. Mit ihnen erschien die Miniaturgouvernante, die Französin, welche ganz zu verschwinden, in sich aufzugehen schien und eine Verbeugung *à la* Pompadour machte. Sie meldete, dass der Tee bereit sei und Alexis Abramowitsch begab sich in das Diwanzimmer, wo Glafira Lwowna ihn bereits bei der Teemaschine erwartete.

Gewöhnlich begann das Gespräch damit, dass Glafira Lwowna sich über ihr Befinden und ihre Schlaflosigkeit beklagte, sie fühlte in der rechten Schläfe einen unbegreiflichen, lebhaften Schmerz, der sich nach dem Nacken und dem Scheitel hinzog und ihr den Schlaf raubte.

Alexis Abramowitsch hörte das Bulletin über das Befinden seiner Gattin ziemlich gleichmütig an, sei es, weil er allein unter allen Sterblichen ganz genau wusste, dass sie während der Nacht niemals aufwachte, sei es, dass er deutlich sah, wie sehr diese chronische Krankheit der Gesundheit der Glafira Lwowna zuträglich war.

Dagegen geriet Elise Awgustowna in Schrecken, bedauerte die Leidende und tröstete sie damit, dass auch die Fürstin R., bei der sie gelebt, sowie die Gräfin M., bei der sie hätte leben können, wenn sie gewollt hätte, genau an demselben heftigen Schmerz gelitten, sowie, dass dasselbe *tic douloureux* genannt würde.

Während des Teetrinkens kam der Koch. Das edle Paar begann sich mit der Bestellung des Mittagessens zu beschäftigen und tadelte das gestrige, obgleich sämtliche Schüsseln vollständig geleert worden. Der Koch hatte vor dem Verwalter den Vorzug voraus, dass ihn nicht nur der gnädige Herr, sondern auch die gnädige Frau auszankte.

Nach dem Tee begab sich Alexis Abramowitsch auf die Felder. Da er seit mehreren Jahren ununterbrochen auf dem Lande lebte, so machte er in der Agronomie einige Fortschritte, tadelte kleine Unordnungen und hielt vor allem auf Disziplin und unbedingten Gehorsam.

Fast unter seinen Augen geschah der unverschämteste Diebstahl, und in der Regel bemerkte er das gar nicht, und wenn er es merkte, so benahm er sich dabei so ungeschickt, dass er jedes Mal an der Nase herumgeführt wurde. Als echtes Oberhaupt und Vater der Gemeinde sagte er oft: »Dem Dieb verzeihe ich noch, dem Spitzbuben verzeihe ich noch, aber Frechheit kann ich nicht dulden.«

Darin bestand sein patriarchalischer *point d'honneur*. Glafira Lwowna verließ nur sehr selten das Haus zu Fuße, wobei selbstverständlich der alte Garten eine Ausnahme machte, der gerade durch seine Verwilderung schön geworden und unmittelbar am Balkon anfing. Selbst um Pilze zu sammeln, fuhr sie stets im Wagen.

Dieses Letztere ging in folgender Weise vor sich. Abends erhielt der Starost den Befehl, eine Legion Knaben und Mädchen zu versammeln mit großen und kleinen Körben, mit Stöcken usw. Glafira Lwowna fuhr mit der Französin im Schritt durch die Lichtungen des Waldes, während ein Schwarm barfüßiger, halb nackter und halb verhungerter Kinder unter Anführung der Vogelwärterin, des jungen Herrn und des jungen Fräuleins über alle Pilzarten herfielen. Pilze von erstaunlicher Größe oder außerordentlicher Kleinheit brachte die Vogelwärterin dem Mütterchen Generalin. Diese geruhte ihr Wohlgefallen daran zu äußern und fuhr weiter.

Nach Hause zurückgekehrt klagte sie jedes Mal über Müdigkeit und legte sich vor Tisch schlafen, nachdem sie zur Stärkung ihrer Kräfte irgendeinen Rest des gestrigen Abendessens zu sich genommen – wie z. B. einen Hammelbraten oder das Fleisch eines nur mit Milch getränkten Kalbes, einer mit welschen Nüssen gefütterten Truthenne oder sonst etwas Leichtes und Wohlschmeckendes dieser Art.

Mittlerweile hatte auch schon Alexis Abramowitsch einen Bittern nebst Imbiss genommen, worauf er sich dann in den Garten begab, um spazieren zu gehen. Gerade um diese Zeit ging er mit Vorliebe im Garten lustwandeln, um sich mit dem Gewächshause zu beschäftigen, wobei er die Gärtnersfrau, die Zeit ihres Lebens Birnen von Äpfeln nicht unterscheiden konnte, was sie jedoch nicht hinderte, ein ziemlich angenehmes Äußere zu haben, nach allem befragte.

Um diese Zeit, d. h. anderthalb Stunden vor dem Essen beschäftigte sich die Französin mit dem Unterrichten der Kinder. Was und wie sie unterrichtete – das blieb ein undurchdringliches Geheimnis. Vater und Mutter waren zufrieden, wer hätte da noch das Recht gehabt, sich in Familiengeheimnisse zu mischen?

Gegen zwei Uhr wurde gegessen. Jedes Gericht war geeignet, einen an europäische Kost gewöhnten Menschen umzubringen. Fett und nichts als Fett, kaum gemildert durch Sauerkraut, Lauch und marinierte Pilze – und das wurde mithilfe einer bedeutenden Menge Madeira und Portwein nicht nur von Alexis Abramowitsch und Glafira Lwowna in ihren elastischen Magen verarbeitet, sondern auch von der verschrumpften, spindeldürren Elise Awgustowna. Vor allem im Verbrauch von Madeira gab sie dem Alexis Abramowitsch nichts nach.

(Ich muss hierbei auf die Fortschritte des neunzehnten Jahrhunderts hinweisen: Im achtzehnten Jahrhundert hätte die Gouvernante nicht das Recht gehabt, bei Tisch Wein zu trinken.)

Sie versicherte, dass sie in ihrer Heimat (in Lausanne) einen eigenen Weingarten besäße, und dass sie zu Hause, wie in Russland den Kwass, täglich Madeira eigenen Gewächses getrunken und sich damals daran gewöhnt habe. Nach dem Essen legte sich der General in seinem Zimmer eine halbe Stunde schlafen, er schlief aber weit länger, und Glafira Lwowna begab sich mit der Gouvernante in den Salon.

Die Gouvernante redete unaufhörlich, und Glafira Lwowna schlief unter ihren endlosen Erzählungen ein. Zuweilen ließ Glafira Lwowna der Abwechselung wegen die Frau des Dorfpopen rufen. Diese, ein scheues, linkisches Wesen, das in ewiger Angst lebte und sich vor allem fürchtete, erschien. Glafira Lwowna brachte ganze Stunden mit ihr zu und sagte dann zu der Gouvernante: »Ah! Comme elle est bête! Insupportable!«

Und in der Tat, die Popenfrau war erzdumm.

Alsdann wurde der Tee gereicht und später, gegen zehn Uhr, das Abendessen eingenommen. Nach dem Abendessen begann die Familie wie aus einem Munde zu gähnen. Glafira Lwowna bemerkte, auf dem Lande müsste man ländlich leben, das heißt, früh schlafen gehen – und dann trennte sich die Familie. Um elf Uhr schlief das ganze Haus vom Pferdestall bis zur Dachstube.

Von Zeit zu Zeit fand sich irgendein Nachbar ein – ein Negroff mit anderem Namen oder eine alte Tante, welche in der Gouvernementsstadt lebte und bei welcher der Wunsch, ihre Töchter an den Mann zu bringen, zur fixen Idee geworden war. Dann wurde für einen Augenblick die Lebensweise geändert; aber sobald die Gäste wieder fort waren, kehrte alles zu der früheren Ordnung der Dinge zurück.

Selbstverständlich blieb nach all diesen Beschäftigungen noch Zeit genug übrig, welche man nicht totzuschlagen wusste, namentlich an einem regnerischen Herbst- oder langen Winterabende. Das ganze Talent der Französin wurde in Anspruch genommen, um diese Zeitlücken auszufüllen. Es muss bemerkt werden, dass es ihr an Erzählungsstoff nicht fehlte: Sie war in den letzten Regierungsjahren der Kaiserin Katharina als Schneiderin einer französischen Schauspielertruppe nach Russland gekommen; ihr Mann war zweiter Liebhaber, aber unglücklicherweise ward ihm das Petersburger Klima verderblich, namentlich seitdem er von einem Gardesergeanten aus einem Fenster des zweiten Stocks auf die Straße hinuntergeworfen worden, was in Folge einer für einen verheirateten Mann zu großen Sorge um eine der Künstlerinnen der Schauspielergesellschaft geschah.

Wahrscheinlich hatte er sich im Fall nicht genügend gegen die feuchte Luft gesichert; denn von diesem Augenblick an hustete er, hustete zwei Monate lang, dann jedoch hörte er aus einem sehr einfachen Grunde auf, weil er nämlich starb.

Elise Awgustowna wurde gerade zu der Zeit Witwe, da man des Mannes mehr denn je bedarf, d. h. in einem Alter von dreißig Jahren ... Sie beweinte ihren Gatten mit heißen Tränen und ward erst barmherzige Schwester bei einem Gichtkranken und dann Erzieherin der Tochter eines sehr langen Witwers. Von ihm kam sie zu einer Fürstin usw. – Es ist unmöglich, ihren ganzen Lebenslauf zu erzählen. Genug, sie verstand es ausgezeichnet, sich in die Gewohnheiten und Sitten des Hauses, in welchem sie lebte, zu fügen, schlich sich in das Vertrauen ein, machte sich unentbehrlich, führte geheime und offene Aufträge aus und bewahrte sich bei all ihrem Tun und Lassen ein gewisses Gepräge von Klientenwesen und Demut; immer gab sie nach und suchte fremden Wünschen zuvorzukommen. Kurz, fremde Treppen waren ihr nicht hart, fremdes Brot nicht bitter. Lachend und mit dem Strickstrumpf in der Hand lebte sie ganz sorglos und behaglich; sie war beständig in all die keinen Geschichten verwickelt, welche sich zwischen der Mädchenstube und dem Schlafzimmer der Herrschaft abspielen – und nie kam ihr ein Gedanke an ihr elendes Dasein in den Sinn.

Wenn es langweilig wurde, unterhielt Elise Awgustowna mit ihren Erzählungen, während Alexis Abramowitsch Patience legte und Glafira Lwowna ohne jede Beschäftigung auf dem Sofa saß. Elise Awgustowna wusste tausend Erlebnisse und Intrigen ihrer Wohltäter (so nannte sie alle, bei denen sie in Dienst gewesen); sie erzählte dieselben mit bedeutenden Zusätzen und teilte sich in jeder Geschichte die Hauptrolle zu, mochte sie die elendeste oder schönste sein – gleichviel.

Alexis Abramowitsch hörte mit noch größerem Interesse als seine Frau die Skandalchronik der Erzieherin seiner Kinder an und lachte von ganzem Herzen und meinte, diese Gouvernante sei ein wahrer Schatz. In solcher Weise zog sich Tag auf Tag hin; die Zeit verging, woran sie bisweilen durch hohe Feiertage, die Fasten, die Abnahme oder Zunahme der Tage, die Namens- und Geburtsfeste erinnert wurden, und Glafira Lwowna sprach dann verwundert: »Ach, mein Gott, übermorgen ist ja schon Weihnachten, und mir ist, als sei erst ganz vor Kurzem der erste Schnee gefallen!«

Aber wo ist bei alledem Lubonka, das arme Mädchen geblieben, das die guten Negroffs erzogen? Wir haben sie gänzlich vergessen. Allein daran ist sie mehr schuld als wir: sie erschien meist schweigend im Kreise der patriarchalischen Familie, nahm fast gar keinen Anteil an allem, was vorging, und brachte eben dadurch einen offenbaren Missklang in die Harmonie der übrigen Familienmitglieder.

Dieses Mädchen hatte gar manches Seltsame an sich: Mit ihrem energievollen Antlitz paarten sich Apathie und Kälte, die allem Anschein nach durch nichts zu bannen waren; sie war gegen alles so gleichgültig, dass dies sogar der Glafira Lwowna manchmal unerträglich vorkam und sie sie eine frostige Engländerin nannte, obgleich die andalusischen Eigenschaften der Generalin ebenfalls sehr erheblichen Zweifeln unterlagen.

Ihr Gesicht glich dem des Vaters, nur die dunkelblauen Augen hatte sie von Dunja.

Allein in dieser Ähnlichkeit lag ein so unermesslicher Gegensatz, dass diese beiden Gesichter Lavater den Stoff zu einem neuen phrasenreichen Buche hätten liefern können: die harten Züge des Alexis Abramowitsch erschienen in Lubonkas Antlitz veredelt, wenn man sie ansah, konnte man begreifen, dass in Negroff gute Eigenschaften geschlummert, welche aber das Leben erstickt und vernichtet hatte. Ihr Gesicht erklärte gleichsam dasjenige Negroffs: Wenn man sie anblickte, konnte man sich mit ihm versöhnen.

Aber warum war sie immer so nachdenkend und träumerisch? Warum vermochte so wenig sie zu erheitern? Warum war sie so gern allein auf ihrem Zimmer? Dafür gab es viele Gründe, innere wie äußere – beginnen wir mit den letzteren.

Ihre Stellung im Hause des Generals war keine beneidenswerte. Nicht, als ob man sie hätte fortjagen oder kränken wollen, sondern weil diese Leute voller Vorurteile und ohne jenes Zartgefühl, das nur die Bildung verleiht, und grob, ja roh waren, ohne es selbst zu wissen. Weder der General noch seine Frau begriffen, wie eigentümlich Lubonkas Lage in diesem Hause war, und machten ihr dieselbe ohne alle Not noch schwieriger und griffen in die zartesten Saiten ihres Herzens. Die raue, oft hochmütige Natur Negroffs, der sie manchmal ohne jede Absicht, bisweilen jedoch auch mit Absicht tief verletzte, aber ohne irgendwie zu begreifen, von welch mächtiger Wirkung manches Wort auf ein zarteres Herz als das des Verwalters sei, und dass er sich vorsichtig gegen das schutzlose Mädchen verhalten müsste, welches seine Tochter und wieder nicht seine Tochter war und halb von Rechts wegen und halb aus Gnade in seinem Hause wohnte.

Dieses Zartgefühls war ein Mensch wie Negroff durchaus unfähig; es kam ihm niemals der Gedanke, dass dieses Mädchen durch Worte beleidigt werden könnte. Wer ist sie denn, dass sie sich beleidigt fühlen kann, beleidigt fühlen darf? Alexis Abramowitsch, der Lubonka mehr und mehr in ihrer Liebe zu Glafira Lwowna zu bestärken wünschte, sagte ihr oft, dass sie Zeit ihres Lebens für seine Frau zu Gott beten müsste, dass sie ihr all ihr Glück zu danken habe, dass sie ohne sie nicht ein Fräulein, sondern ein Stubenmädchen sei.

Bei den geringfügigsten Anlässen sagte er, dass wenn sie auch dieselbe Erziehung erhalten, wie seine Kinder, doch ein ungeheurer Unterschied zwischen ihnen bestehe. Als sie ihr sechzehntes Jahr vollendet hatte, betrachtete Negroff jeden nicht verheirateten Mann als einen passenden Bräutigam für sie; wenn ein Assessor mit Akten aus der Stadt kam, wenn man von einem unbedeutenden Gutsnachbar hörte, so sagte Alexis Abramowitsch in Gegenwart der armen Lubonka: »Wie gut wäre es, wenn der Assessor Lubonka heiratete; ja, ja, sie sowohl wie ich könnten uns dazu gratulieren; das wäre eine vortreffliche Partie für sie. Auf einen Grafen kann sie ja doch nicht warten!«

Glafira Lwowna kränkte Lubonka nicht so grausam, ja manchmal verwöhnte sie sie sogar in ihrer Weise: sie nötigte sie, über den Appetit zu essen, gab ihr gelegentlich Konfekt usw. Aber auch von ihr hatte die Ärmste gar manches zu leiden.

Wenn Glafira Lwowna Lubonka einer Dame vorstellte, so hielt sie sich jedes Mal für verpflichtet, die Worte hinzuzufügen: »Eine Waise, welche mit meinen Kindern erzogen worden.«

Und dann begann sie zu flüstern. Lubonka erriet, wovon die Rede war, erbleichte und ward vor Scham feuerrot, namentlich wenn die Provinzialdame, nachdem sie die geheime Erklärung entgegengenommen, einen frechen Blick auf sie richtete und dabei zweideutig lächelte.

In der letzten Zeit hatte sich Glafira Lwowna in ihrem Verhalten gegen die Waise ein wenig geändert; sie begann sich mit einem Gedanken zu beschäftigen, der später, wenn er sich weiter entwickelte, die schrecklichsten Folgen haben konnte: Trotz all ihrer mütterlichen Blindheit konnte sie nicht umhin, zu bemerken, dass ihre Lisa - ein dickes, rotwangiges, der Mutter sehr ähnliches Mädchen, das außerdem noch ein dummes Gesicht hatte - stets durch die edle Erscheinung Lubonkas verdunkelt werden müsste, da ihr außer ihrer Schönheit ihr sinnendes, träumerisches Wesen einen Reiz verlieh, der unmöglich unbeachtet bleiben konnte.

Nachdem sie hierauf aufmerksam geworden, war sie vollständig mit Alexis Abramowitsch einverstanden, dass, wenn sich nur irgendein gutmütiges Sekretärchen oder ein - gleichfalls gutmütiger - Assessor präsentiere, man sie ihm sofort geben müsse. Dies alles konnte Lubonka nicht entgehen.

Außerdem fühlte sie sich auch durch ihre ganze Umgebung beengt; ihr Verhältnis zu der Dienerschaft, unter welcher sich ihre Amme befand, hatte etwas sehr unbehagliches für sie. Die Stubenmädchen betrachteten sie als einen Emporkömmling, und da ihnen eine durchaus aristokratische Denkart eigen war, betrachteten sie nur den regelrechten Sprössling des Stammbaumes, Lisa, als ein wirkliches Fräulein.

Als sie sich von der außerordentlichen Sanftmut und Anspruchslosigkeit Lubonkas überzeugt hatten, als sie sahen, dass sie sie niemals bei Glafira Lwowna verleumdete, da hatte sie die Achtung dieser Mädchen vollständig verloren, und fast laut sagten sie in Augenblicken des Unwillens: »Ein Bauernmädchen mag man noch so sehr herausputzen, es bleibt immer ein Bauermädchen; vornehme Art und Haltung vermag es sich niemals anzueignen.«

Das alles sind Kleinigkeiten, welche von einem höheren Standpunkte keinerlei Beachtung verdienen - allein ich frage jeden, welcher eine Reihe niedriger, gemeiner Schmähungen und Kränkungen ertragen hat - ich frage jeden - oder noch besser jede, ob so etwas leicht zu ertragen ist oder nicht.

Um Lubonkas Kränkungen die Krone aufzusetzen, fand sich bisweilen eine in der Gouvernementsstadt lebende Tante des Alexis Abramowitsch mit drei Töchtern zum Besuch ein. Diese Alte – ein boshaftes, halb verrücktes Weib – konnte das unglückliche Mädchen nicht sehen und benahm sich gegen sie in empörender Weise.

»Aber wie kommen Sie dazu, meine Liebe«, sprach sie kopfschüttelnd, »sich so herauszuputzen? Das erklären Sie mir nur! Ich bitte Sie, man könnte Sie ja fast für eine eben solche Dame halten, wie meine Töchter!

»Glafira Lwowna, warum verwöhnen Sie sie so? Die Marsuschka, die bei mir als Vogelhüterin, als Magd dient, ist ja ihre leibliche Tante. In der Tat, wie kommen Sie dazu? Und Alexis, dieser alte Sünder, sollte sich vor anständigen Leuten schämen!«

Diese schmähenden Bemerkungen schloss sie jedes Mal mit einem Gebet, worin sie den lieben Gott anflehte, ihrem Neffen doch die Sünde zu verzeihen, dass Lubonka zur Welt gekommen. Wenn die Töchter dieser Tante – drei Provinzialdamen, von denen die älteste bereits seit zwei, drei Jahren in dem verhängnisvollen neunundzwanzigsten Jahre stand – nicht mit solch patriarchalischer Offenherzigkeit sprachen, so ließen sie Lubonka doch durch jedes Wort fühlen, dass sie nur aus Herablassung sich mit ihr befassten und sie ihrer Freundlichkeit würdigten.

Lubonka ließ in anderer Gegenwart niemals merken, wie tief sie solche Auftritte verletzten, oder vielmehr, alle in ihrer Umgebung vermochten das nicht eher zu begreifen und einzusehen, als bis es ihnen gesagt und auseinandergesetzt wurde. Aber befand sie sich allein in ihrem Zimmer, so weinte sie bitterlich ... Ja, sie konnte sich über solche Beleidigungen nicht erheben – und ist so etwas einem Mädchen in ihrer Stellung überhaupt möglich?

Glafira Lwowna hatte Mitleid mit Lubonka; aber sie in Schutz zu nehmen, ihre Missbilligung zu zeigen – so etwas kam ihr nicht in den Sinn; sie beschränkte sich gewöhnlich darauf, Lubonka eine doppelte Portion Eingemachtes zu geben, worauf sie dann, indem sie der Alten mit außerordentlicher Liebenswürdigkeit das Geleit gab, tausendmal wiederholte, dass die *chère tante* sie nicht vergessen möge, und zu der Französin sagte, sie möge diese Frau nicht ausstehen, und nach jedem ihrer Besuche fühle sie ihre Nerven zerrüttet und ein heftiges Kopfweh in der linken Schläfe, das sich zum Nacken hinabziehe.

Brauchen wir noch erst zu sagen, dass Lubonkas Erziehung allem andern ganz entsprach? Außer der Elise Awgustowna erteilte ihr niemand Unterricht; und Elise Awgustowna beschäftigte die Kinder nur mit der französischen Grammatik, obgleich sie in das Geheimnis der französischen Orthografie nicht eingeweiht war und bis in ihre alten Tage nicht ohne erhebliche Fehler schreiben konnte.

Außer der Grammatik nahm sie nichts vor; obgleich sie übrigens behauptete, dass sie zwei Söhne einer Fürstin zur Universität vorbereitet habe. In Negroffs Hause gab es nur sehr wenig Bücher; und Alexis Abramowitsch hatte nicht ein einziges. Glafira Lwowna besaß allerdings eine Bibliothek: In dem Familienzimmer stand ein Schrank, dessen oberes Fach ein niemals gebrauchtes, prachtvolles Teeservice einnahm, während in dem unteren Fach Bücher aufgestellt waren. Darunter befanden sich etwa fünfzig französische Romane: Ein Teil derselben hatte in unvordenklichen Zeiten die Gräfin Mawra Iljinischna ergötzt und gebildet, die übrigen hatte Glafira Lwowna in dem ersten Jahre ihres Ehestandes gekauft. In diesem Jahre kaufte sie alles Mögliche: Tabak für ihren Mann, eine Mappe mit Ansichten von Berlin, ein sehr schönes Halsband mit goldenem Schloss usw. ...

Außer all diesen unnützen Dingen hatte sie auch dreißig bis vierzig Modebücher gekauft; darunter befanden sich zwei, drei englische, die mit aufs Land genommen worden waren, obgleich nicht bloß in Negroffs Hause, sondern auch auf vier Meilen im Umkreise kein Mensch ein Wort englisch verstand. Sie hatte sie des englischen Einbandes wegen gekauft; und diese Einbände waren in der Tat sehr schön.

Glafira Lwowna gestattete Lubonka gern, sich diese Bücher zu nehmen, ja sie ermunterte sie sogar dazu, wobei sie sagte, dass auch sie leidenschaftlich gern lese, und sie bedaure sehr, dass ihre vielen häuslichen Pflichten und die Erziehung der Kinder ihr keine Zeit zum Lesen übrig ließen.

Lubonka las gern und aufmerksam, allein eine besondere Leidenschaft fürs Lesen hatte sie nicht; sie hatte sich nicht so sehr an Bücher gewöhnt, dass ihr dieselben unentbehrlich geworden wären; sie kamen ihr immer etwas matt vor; sogar Walter Scott langweilte sie manchmal ganz entsetzlich.

Allein die Unfruchtbarkeit des Bodens, auf welchem sich das junge Mädchen befand, behinderten ihre Entwickelung nicht. Ganz im Gegenteil; die schwierigen Verhältnisse, die sie von allen Seiten einengten, förderten ihr Wachstum in hohem Grade. Wie das zuging? ... Das ist ein Geheimnis des weiblichen Herzens. Ein Mädchen fügt sich entweder gleich von Anfang an in ihre Umgebung, sodass sie bereits mit vierzehn Jahren kokettiert, klatscht, mit den vorüberreitenden Offizieren liebäugelt, darauf achtet, dass die Dienstmädchen keinen Zucker stehlen und sich auf ihren

Beruf als ehrenwerte Hausfrau und strenge Mutter vorbereitet, oder sie erhebt sich mit ungewöhnlicher Leichtigkeit aus dem Schmutz und Staub, besiegt die äußere Welt durch inneren Adel, begreift vermöge einer gewissen Sehergabe die Rätsel des Lebens und erwirbt sich einen Takt, der sie schützt und leitet.

Eine solche Entwickelung bleibt dem Manne fast völlig fremd, unsereins lernt fortwährend auf Gymnasien und Universitäten, in Kaffeehäusern und anderen mehr oder weniger pädagogischen Anstalten; und doch erlangen wir erst, wenn wir schon nahe an fünfunddreißig Jahre streifen, und zwar nach Verlust vieler Haare, Kräfte und Leidenschaften, jenen Entwicklungsgrad und jene Erkenntnis, welche beim Weibe Hand in Hand geht mit der Jugend, mit der Fülle und Frische der Empfindungen, der Gefühle.

Lubonka zählte zwölf Jahre, als einige wenige, gleichgültig hingeworfene, grobe, harte Worte, welche Negroff in einem Augenblick väterlichen Unwillens sprach, in wenigen Stunden ihre Erziehung vollendeten und ihr einen Impuls gaben, der ihr nicht gestattete, stehen zu bleiben. Mit zwölf Jahren begann dieses schwarzlockige Köpfchen zu arbeiten; der Kreis von Fragen, die in ihr angeregt worden, war nicht groß, nur durchaus persönlicher Art; um so mehr konnte sie sich auf dieselben beschränken; nichts in ihrer äußern Umgebung beschäftigte sie; sie dachte und träumte; träumte, um sich ihr Herz zu erleichtern, und dachte, um ihre Träumereien zu begreifen.

So vergingen fünf Jahre. Fünf Jahre sind in der Entwickelung eines Mädchens eine ungeheure Zeit. Die grübelnde, verschlossene, feurige Lubonka begann in diesen fünf Jahren Dinge zu fühlen und zu verstehen, von welchen einfache Menschenkinder oft bis zu ihrem Lebensende keine Ahnung haben. Manchmal fürchtete sie sich vor ihren Gedanken, machte sich wegen ihrer Träumereien Vorwürfe – aber die Tätigkeit ihres Geistes hörte nicht wieder auf.

Sie hatte niemanden, dem sie alles, was sie beschäftigte, was sich in ihrer Seele ansammelte, mitteilen konnte; und als sie endlich nicht mehr die Kraft hatte, alles in sich zu verschließen, da kam sie auf die Idee, die bei jungen Mädchen sehr gewöhnlich ist: Sie begann ihre Gedanken, ihre Empfindungen aufzuschreiben. Es war eine Art Tagebuch, und um den Leser ganz mit ihr bekannt zu machen, wollen wir aus diesem Tagebuch einige Zeilen abschreiben.

Gestern Abend saß ich lange am Fenster. Die Nacht war linde; es war so schön im Garten ... Ich weiß nicht, warum mir immer schwermütig ums Herz wurde, als sei eine dunkle Wolke aus der Tiefe meiner Seele aufgezogen. Mir war so schwer, dass ich weinte, bitter weinte ... Ich habe Vater und Mutter, und doch bin ich eine Waise: Ich befinde mich allein, ganz allein auf der weiten Gotteswelt, und mit Schrecken fühle ich, dass ich niemand liebe ...

Das ist entsetzlich! Wen ich auch ansehe, alle lieben irgendjemanden: Mir sind alle fremd – ich möchte lieben und kann es nicht.

Manchmal ist mir, als ob ich Alexis Abramowitsch, Glafira Lwowna, Mischa, meine Schwester, liebte – aber das ist ein Irrtum. Alexis Abramowitsch ist so hart gegen mich, er ist mir noch fremder als Glafira Lwowna. Aber er ist mein Vater: Kommt es einem Kinde etwa zu, über seinen Vater zu Gericht zu sitzen? Liebt es ihn etwa um irgendeiner Handlung willen? Es liebt ihn, weil er sein Vater ist – und ich kann es nicht.

Wie oft habe ich mir vorgenommen, mit Sanftmut seine ungerechten Vorwürfe anzuhören; ich kann mich nicht daran gewöhnen ...

Sobald Alexis Abramowitsch hart wird, beginnt mein Herz heftiger zu schlagen und mir ist, als könnte ich, wenn ich mir nicht Zwang antäte, ihm in derselben harten Weise antworten ... Meine Liebe zu der Mutter hat man mir getrübt, geraubt; es sind erst kaum vier Jahre, da erfuhr ich, dass sie meine Mutter ist; erst ganz spät habe ich mich an den Gedanken gewöhnt, dass ich eine Mutter habe: Ich liebte sie, wie eine Amme ... Ich liebe sie wirklich; aber – kaum wag ich's zu gestehen – mir ist so unbehaglich in ihrer Gegenwart zumut; ich muss ihr vieles verheimlichen, wenn ich mit ihr rede; das beengt, das bedrückt mich; wenn man liebt, muss man alles sagen können; ihr gegenüber fühle ich mich nicht frei; sie ist eine gute alte Frau, aber mehr Kind als ich selbst; und zudem hat sie die Gewohnheit, mich Fräulein zu nennen; mich mit »Sie« anzureden – das ist fast noch schwerer zu ertragen, als jene rohe Sprache des Alexis Abramowitsch ... Ich habe für sie und für mich gebetet, zu Gott gefleht, dass er meine Seele von Stolz reinige, mich demütig mache und mir Liebe verleihe; aber die Liebe ist in mein Herz nicht eingekehrt ...

Eine Woche später

Sollten denn alle Menschen ihnen gleich sein; lebt man denn überall so wie in diesem Hause? Ich habe niemals das Haus des Alexis Abramowitsch verlassen, aber mir ist, als müsste man sogar im Dorf besser leben. Manchmal wird es mir unerträglich schwer in ihrer Umgebung. Oder bin ich vielleicht menschenscheu geworden, weil ich immer so allein bin?

Wie anders ist mir, sobald ich in die Lindenallee hinausgehe und mich am Ende derselben auf die Bank setze und in die Ferne schaue ... Dann ist mir so wohl, dann vergesse ich sie. Nicht als ob ich fröhlich wäre, nein, mir wird vielmehr traurig – aber so wohltuend traurig ... Am Fuße des Berges liegt das Dorf. Wie liebe ich diese ärmlichen Bauernhütten, dieses Flüsschen, das nahe an demselben vorüberfließt, und in der Ferne den Wald! Ganze Stunden betrachte ich sie, betrachte und lausche: Bald tönt von Weitem Gesang herüber, bald Kettengerassel, bald Hundegebell, bald das Knarren eines Wagens ...

Und sobald die Bauernjungen mein weißes Kleid bemerken, kommen sie zu mir gelaufen, bringen mir Erdbeeren und erzählen mir allerlei unsinniges Zeug; und ich höre ihnen zu und finde ihr Geplauder gar nicht langweilig. Welch prächtige Gesichter sie haben – so offen, so edel! Ich glaube, würden sie so erzogen wie Mischa, sie würden ganz vorzügliche Menschen werden. Bisweilen kommen sie auch zu Mischa nach dem Herrenhause, aber dann verstecke ich mich vor ihnen: unser Gesinde und sogar Glafira Lwowna benehmen sich so rau gegen sie, dass mir alles Blut zum Herzen dringt; die armen Kinder tun alles Mögliche, um meinem Bruder eine Freude zu machen, sie laufen umher, fangen ihm Eichhörnchen und Vögel, und er kränkt sie! ...

Seltsam, Glafira Lwowna ist so empfindsam, sie weint schon, wenn etwas Trauriges erzählt wird, und doch muss ich manchmal über ihre Härte staunen; und als schämte sie sich, sagt sie immer: »Solche Menschen begreifen das nicht; die darf man nicht menschlich behandeln, sonst vergessen sie sich gleich.«

Das glaube ich nicht; offenbar fließt in meinen Adern noch immer das Bauernblut meiner Mutter! Ich rede immer mit den Bauern wie mit den anderen, wie mit allen, und sie lieben mich, bringen mir warme Milch und Honigseim. Freilich verbeugen sie sich nicht vor mir bis zum Gürtel, wie vor Glafira Lwowna; aber dafür sehen sie mich immer mit so heiterem Gesicht, mit solchem Lächeln an ...

Ich kann gar nicht begreifen, warum die Bauern unseres Dorfes besser sind als all die Gäste, welche aus der Gouvernementsstadt und aus der Nachbarschaft zu uns auf Besuch kommen, ja warum sie sogar viel gescheiter als diese Menschen sind – und doch haben diese viel gelernt, es sind ja lauter Gutsbesitzer und Beamte – und doch sind sie immer so widerwärtig ...

Ist es wirklich wahrscheinlich, dass ein Mädchen, welches in der patriarchalischen Familie Negroffs erzogen, kaum siebzehn Jahre zählt, nirgend hingekommen, wenig gelesen und noch weniger gesehen hat, so fühlen kann?

Für die tatsächliche Glaubwürdigkeit des Tagebuchs bürgt die Gewissenhaftigkeit des Sammlers dieser Dokumente; für die seelische Glaubwürdigkeit trete ich ein. Lubonkas eigentümliche Stellung in Negroffs Hause ist dem Leser bekannt. Von Natur mit energischem Willen begabt, wurde sie durch alles verletzt: durch ihr zweideutiges Verhältnis zu der ganzen Familie; durch die Stellung ihrer Mutter; durch ihres Vaters völligen Mangel an Zartgefühl, der es sich nicht selbst, sondern ihr als Schuld anrechnete, dass sie zur Welt gekommen, endlich durch die ganze Dienerschaft, welche mit der den Lakaien eigentümlichen aristokratischen Gesinnung Dunja mit Hohn ansahen.

Was sollte Lubonka, die überall zurückgestoßene Lubonka, beginnen? Vielleicht wäre sie entflohen und unter die Soldaten oder sonst wohin gegangen, wenn sie ein Mann gewesen; aber als Mädchen flüchtete sie sich in sich selbst; jahrelang hatte sie ihren Gram, ihre Beleidigungen, ihren Müßiggang, ihre Gedanken ertragen; aber nach und nach begann sich ein Teil der in ihrer Seele gärenden Empfindungen zu setzen. Als es ihr nicht mehr möglich war, das natürliche, mächtige Bedürfnis, gegen irgendjemanden ihr Herz auszuschütten, zu befriedigen, da griff sie zur Feder und begann zu schreiben, d. h. gegen sich selbst auszusprechen, was sie beschäftigte, und dadurch ihr Herz zu erleichtern.

Es bedarf keines besondern Scharfsinns, um vorauszusehen, dass Lubonkas und Kruziferskis Begegnung unter den hier obwaltenden Umständen nicht ohne Folgen bleiben würde. Kaum vermögen die jahrelangen Bemühungen der Erziehung und der Verkehr mit der großen Welt in jungen Leuten die Liebesfähigkeit und den Liebesdrang zu ersticken. Lubonka und Kruziferski konnten nicht umhin, einander zu bemerken: Sie waren allein, sie befanden sich gleichsam in einer Wüste ...

Lange Zeit wagte der schüchterne Kandidat nicht, mit Lubonka auch nur zwei Worte zu sprechen; schweigend lernten sie sich kennen. Das Erste, was die jungen Leute einander näher brachte, war die väterliche Offenherzigkeit Negroffs im Verkehr mit seiner Familie und seiner Dienerschaft. Lubonka vermochte sich Zeit ihres Lebens nicht an den rohen Ton des Alexis Abramowitsch zu gewöhnen. Es versteht sich von selbst, dass seine Ausfälle in Gegenwart eines Fremden noch mächtiger auf sie einwirkten; ihre glühenden Wangen und ihre Aufregung hinderten sie jedoch nicht, zu sehen, dass diese patriarchalischen Manieren einen ebensolchen Eindruck auf Kruziferski machten.

Erst längere Zeit später machte dieser dieselbe Bemerkung. Da entwickelte sich zwischen ihnen ein geheimes Verständnis; es entwickelte sich, noch bevor sie zwei, drei Bemerkungen miteinander ausgetauscht hatten. Sobald Alexis Abramowitsch auf Lubonka zu sticheln anfing oder irgendeinen sechzigjährigen Peter belehrte oder einem grauköpfigen Hans Moral predigte, dann richtete sich Lubonkas leidender Blick, der lange zur Erde geschaut, unwillkürlich auf Dmitri Jakowlewitsch, dessen Lippen erbebten und dessen Gesicht sich rötete. Auch er suchte, um eine bedrückende, unangenehme Empfindung los zu werden, heimlich auf dem Antlitze Lubonkas zu lesen, was in ihrer Seele vorging. Anfangs dachten sie nicht daran, wohin diese sympathischen Blicke gerade sie führen könnten, da sich in ihrer ganzen Umgebung nichts befand, was die einmal erregte Sympathie wenn nicht zu unterdrücken, so doch wenigstens in Schranken zu halten vermochte. Ganz im Gegenteil: Das gänzliche Fernstehen der übrigen Personen begünstigte nur ihre Entwickelung.

Ich habe gar nicht die Absicht, Wort für Wort den Liebesroman meines Helden zu erzählen. Die Musen haben mir die Fähigkeit versagt, die Liebe zu schildern: »O Hass, nur dich besinge ich!«

Ich will euch daher in Kürze mitteilen, dass Kruziferski, dieser von Natur so zartfühlende, schwärmerische junge Mann nach zweimonatlichem Aufenthalt in Negroffs Hause wahnsinnig, leidenschaftlich in Lubonka verliebt war. Seine Liebe ward der Mittelpunkt, um welchen sich alle Elemente seines Lebens sammelten, ihr ordnete er alles unter: seine Liebe zu den Eltern und seine Wissenschaft – kurz er liebte, wie nur eine zartbesaitete, romantische Natur lieben kann, er liebte wie Werter, wie Wladimir Lenzki.

Lange gestand er sich dies neue Gefühl, das seine ganze Seele erfüllte, nicht ein; und noch längere Zeit konnte er es ihr nicht gestehen, ja er wagte nicht einmal daran zu denken – aber gewöhnlich braucht man auch nicht daran zu denken: Solche Dinge machen sich ganz von selbst.

Einst nach Tisch, als Negroff sich in seinem Zimmer befand und Glafira Lwowna im Salon der Ruhe pflegte, saß Lubonka im Vorzimmer, während Kruziferski ihr laut Schukowskis Gedichte vorlas.

Wie ungemein gefährlich es für einen jungen Mann ist, einem jungen Mädchen etwas anderes vorzulesen als ein Handbuch der reinen Mathematik, das hat im Jenseits Francesca da Rimini Dante erzählt, während sie sich im Höllenwalzer *della buffera infernale* drehte: Sie erzählte, wie's von der Lektüre zum Kuss, vom Kuss zum tragischen Ausgang gekommen.

Hiervon hatten unsere jungen Leute keine Kenntnis, und schon seit einigen Tagen entfachten sie ihre Liebe mithilfe Schukowskis, den der Kandidat mitgebracht hatte. Solange sie seine Übersetzung von Schillers Kranichen des Ibykus lasen, ging alles gut; aber als hier der Schuldige entdeckt war und sie zu »Alina und Alsim« übergingen – da ereignete sich Folgendes. Nachdem Kruziferski mit bebender Stimme die erste Strophe gelesen, da rann ihm der Schweiß vom Gesicht, der Atem stockte ihm, und er musste eine ungeheure Anstrengung machen, um folgende Zeilen zu lesen:

Wer noch in seinen Blütetagen
Darf zur verwandten Seele sagen:
Sei mein, sei mein auf dieser Welt! ...

Hier hielt er inne und brach in helle Tränen aus. Das Buch entfiel seinen Händen, sein Haupt neigte sich – und er schluchzte, schluchzte wie außer sich, schluchzte, wie nur ein Mensch schluchzen kann, der zum ersten Mal liebt.

»Was ist Ihnen?«, fragte Lubonka, der das Herz ebenfalls heftig pochte, der die Tränen ebenfalls in die Augen drangen.

»Was ist Ihnen?«, wiederholte sie und innerlich bangte ihr vor der Antwort.

Kruziferski ergriff ihre Hand, und von neuer, bisher nie gekannter Kraft beseelt – ohne dass er übrigens die Augen zu erheben wagte – sprach er zu ihr: »Seien Sie meine Alina, seien Sie ... Ich ... Ich ...«

Mehr vermochte er nicht hervorzubringen. Lubonka zog sanft ihre Hand zurück, ihre Wangen brannten; auch sie begann zu weinen und ging hinaus.

Kruziferski tat nichts, um sie zurückzuhalten; aber er wünschte das auch kaum. Mein Gott, dachte er, was habe ich getan. Aber sie hatte ihm ihre Hand so langsam, so sanft entzogen – und wiederum weinte er wie ein Kind.

Am Abend dieses selben Tages sagte Elise Awgustowna scherzend zu Kruziferski: »Sie sind gewiss verliebt – so zerstreut, so schwermütig! ...«

Kruziferski errötete über das ganze Gesicht.

»Sehen Sie, wie ausgezeichnet ich zu raten verstehe! Soll ich Ihnen die Karten legen?«

Dem Kandidaten war zumut, wie nur dem ärgsten Verbrecher, der nicht weiß, was alles dem Untersuchungsrichter bekannt ist, und auf was derselbe anspielt.

»Nun? Soll ich?«, fragte die unvermeidliche Französin.

»Seien Sie so freundlich!«, antwortete der junge Mann.

Und nun begann Elise Awgustowna ihm mit einem eigentümlichen Dämonenlächeln die Karten zu legen, wobei sie sprach: »Da, das ist die Dame *de vos pensées* ... Und Sie sind überglücklich, sie hat an Ihrem Herzen geruht ... Ich gratuliere! ... Und daneben Coeur-Ass ... Sie liebt Sie sehr ... Aber was ist das? ... Sie wagt es nicht, Ihnen das zu sagen! Was sind Sie für ein hartherziger Liebhaber – lassen sie so leiden!« usw.

Bei jedem Worte sah ihn Elise Awgustowna mit ihren durchdringenden kleinen Schelmenaugen fest an und freute sich von ganzem Herzen über die Qual, welche sie dem unglücklichen jungen Mann bereitete. »*Pauvre jeune homme!* Sie wird Sie nicht so leiden lassen. Nun, wo in aller Welt gäbe es auch ein so steinernes Herz. Aber haben Sie ihr denn nie Ihre Liebe gestanden? Wirklich nicht!«

Kruziferski ward bleich, rot, blau und gelb – und rettete sich schließlich durch die Flucht.

In seinem Zimmer angelangt, griff er zu einem Blatt Papier. Ungestüm pochte ihm das Herz; begeistert, hinreißend flossen seine Gefühle; das war ein Brief, ein Gedicht, ein Gebet; er weinte, war glücklich – mit einem Wort, während er schrieb, empfand er Augenblicke höchster Seligkeit. Diese Augenblicke, die gewöhnlich wie Blitze dahinzucken, sind das Schönste, Herrlichste in unserm ganzen Leben; aber wir verstehen es nicht, es zu würdigen, und statt uns daran zu berauschen, quälen wir uns mit Ungeduld ab und verlangen in einem fort nach etwas Zukünftigem ...

Als Kruziferski den Brief beendet hatte, ging er hinunter. Man saß am Teetisch. Lubonka hatte ihr Zimmer nicht verlassen, sie litt an Kopfweh. Glafira Lwowna war ganz ausnehmend liebenswürdig. Aber auf sie achtete kein Mensch. Alexis Abramowitsch rauchte ganz tiefsinnig seine Pfeife, (ihr habt wahrscheinlich nicht vergessen, dass sein tiefsinniges Gesicht eine optische Täuschung war); Elise Awgustowna fand, als sie ihre Tasse holte, Gelegenheit, Kruziferski zu sagen, sie müsse ihn sprechen ...

Die Unterhaltung wollte nicht in Fluss kommen.

Mischa reizte den Hund; dieser begann zu bellen; Negroff befahl, den Hund hinauszujagen. Endlich trug das Mädchen mit den leinenen Ärmeln die Teemaschine fort. Alexis Abramowitsch legte sich Patience, Glafira Lwowna klagte über Kopfweh.

Kruziferski ging in das Vorzimmer hinaus. Es begann zu dämmern. Elise Awgustowna war schon dort.

»Wenn die Dämmerung eintritt, kommen Sie auf den Balkon; Sie werden dort erwartet.«

Kruziferski war mehr tot als lebendig ... Sollte er glauben oder nicht? ... Man forderte ihn zu einer Zusammenkunft auf; vielleicht fühlt sie sich beleidigt und will ihm ihren Zorn aussprechen ... Vielleicht ...

Und er eilte hinaus in den Garten. Da war ihm, als ob ganz in der Ferne, in der Lindenallee, ein weißes Kleid schimmerte, aber dahin zu gehen wagte er nicht; er wusste nicht einmal, ob er sich auf dem Balkon einfinden sollte ... nun vielleicht nur, um ihr den Brief zu übergeben, auf einen einzigen Augenblick - nur um eben den Brief abzugeben ... Aber schon der Gedanke, auf den Balkon zu gehen, war schrecklich ... Er schaute hinauf: in einer Ecke des Balkons gewahrte er, obgleich es ganz dunkel geworden, ein weißes Kleid ... Das war sie, sie, die Traurige, Nachdenkliche - und vielleicht Liebende - ja sie! ... Und er trat auf die erste Stufe der Treppe, welche aus dem Garten auf den Balkon hinaufführte. Wie er endlich oben anlangte, das vermag ich nicht zu schildern.

»Ach, sind Sie es?«, fragte Lubonka flüsternd.

Er schwieg, er rang nach Luft, wie ein Ertrinkender.

»Welch schöner Abend!«, fuhr Lubonka fort.

»Verzeihen Sie mir, um Gottes willen, verzeihen Sie mir!«, antwortete Kruziferski und ergriff mit seiner eiskalten Hand ihre Rechte.

Lubonka zog sie nicht zurück.

»Lesen Sie diese Zeilen, und Sie erfahren, was mir zu sagen so schwer wird ...« Und wiederum floss ein Strom von Tränen über seine brennenden Wangen.

Lubonka drückte ihm die Hand; er bedeckte die ihrige mit Tränen und Küssen.

Sie nahm seinen Brief und verbarg ihn am Busen. Seine Begeisterung wuchs, und ich weiß nicht, wie es geschah, aber plötzlich berührten seine Lippen die ihren. Der erste Liebeskuss - wehe dem, der ihn nicht gekostet hat!

Lubonka, ganz hingerissen, drückte ihm selbst einen leidenschaftlichen, langen, bebenden Kuss auf die Lippen ... Niemals war Kruziferski so glücklich gewesen; er neigte das Haupt auf die Hand und weinte - da plötzlich richtete er den Kopf wieder in die Höhe und schrie auf: »Mein Gott! Was habe ich getan?«

Erst jetzt hatte er bemerkt, dass es gar nicht Lubonka, sondern Glafira Lwowna war.

»Beruhige dich, mein Geliebter!«, sprach sie atemlos vor überströmender Lebensfülle. Aber Kruziferski war schon längst die Treppe hinuntergeflogen. Er lief in den Garten, eilte durch die Lindenallee dahin, rannte wieder aus dem Garten, stürzte durch das Dorf und sank ganz kraftlos, vollständig außer sich auf der Landstraße dahin. Erst jetzt erinnerte er sich, dass sein Brief in den Händen Glafiras geblieben.

Er raufte sich das Haar und wälzte sich wie ein angeschossenes Wild auf dem Rasen.

Zur Erklärung dieses eigentümlichen Quiproquos müssen wir hier einen Augenblick haltmachen und einige erläuternde Worte einschieben. Die kleinen Augen der Elise Awgustowna, die scharf beobachteten und gut abgerichtet waren, hatten bemerkt, dass, seitdem die Familie Negroff sich um die Person des Hauslehrers vermehrt hatte, Glafira Lwowna größere Aufmerksamkeit auf ihre Toilette verwendete; dass sie ihr Hauskleid anders trug; dass verschiedene Arten von Kragen und Häubchen zum Vorschein kamen; dass dem Haar mehr Sorgfalt gewidmet und der dicke Zopf Palaschkas, der das Unglück hatte, den Überresten von Glafira Lwownas Chevelure an Farbe zu gleichen, von neuem auf dem Haupte befestigt wurde, obgleich die Motten ihn schon ein wenig angefressen hatten.

In dem weichen, vollen Antlitz der verehrlichen Familienmutter zeigten sich verschiedene neue Züge, die sich bisher in der Fülle ihrer Wangen verborgen gehalten; ihr Lächeln und ihre Blicke wurden honigsüß ...

Der Elise Awgustowna entging keine einzige dieser Veränderungen. Als sie einmal zufällig in Glafira Lwownas Abwesenheit in deren Zimmer trat, zufällig ein Toilettenfach öffnete und darin ein Schächtelchen *Rouge végétal* fand, das seit fünfzehn Jahren nebst einer gewissen Augensalbe in der Speisekammer aufbewahrt worden – da rief sie im Innersten ihres Herzens: »Jetzt ist es Zeit, dass auch ich auf den Schauplatz trete!«

Noch an demselben Abend begann die Französin, als sie mit Glafira Lwowna allein war, ihr davon zu erzählen, wie eine gewisse Dame – selbstverständlich eine Fürstin – sich für einen jungen Mann »interessiert« habe – wie ihr (nämlich der Elise Awgustowna) das Herz geblutet, als sie gesehen, dass dieser Engel von Fürstin hinwelkte und litt – wie endlich die Fürstin ihr als ihrer einzigen Freundin um den Hals gefallen sei, ihr ihre Kämpfe, ihre Zweifel geschildert und sie um ihren Rat gebeten habe – wie sie ihre Zweifel gelöst und ihr Rat erteilt – wie dann die Fürstin nicht mehr hingewelkt und gelitten, sondern im Gegenteil körperlich gediehen und heiter geworden.

In Glafira Lwowna entwickelten sich bei diesen Erzählungen wahre Johannistriebe. Gewöhnlich glaubt man, dicke Personen seien keiner Leidenschaft fähig – das ist nicht wahr: wo es viel fette Stoffe gibt, da pflegt die Feuersbrunst sehr lange anzudauern – es kommt nur darauf an, dass erst einmal der Brand gelegt wird.

Wie ihr seht, übernahm Elise Awgustowna das Amt des Blasebalgs und blies die kleinen erotischen Fünkchen, welche Glafira Lwowna durchzuckten, zu einem ziemlich großen Feuer an. Allerdings brachte sie es nicht so weit, dass ihr Glafira Lwowna ihr Geheimnis anvertraute; sie besaß sogar die Großmut, ihr kein Geständnis abzunötigen, weil das für sie überhaupt nicht notwendig war: Sie wollte Glafira Lwowna in ihrer Gewalt haben - und das war ihr unzweifelhaft geglückt. Glafira Lwowna machte ihr im Verlaufe von vierzehn Tagen zwei Geschenke - ein Tuch und eines ihrer seidenen Kleider.

Kruziferski, der nicht bloß in seinen Handlungen, sondern auch in seinen Gedanken rein und jungfräulich war, hatte nicht geahnt, was die zuvorkommende Dienstfertigkeit der Französin, ihre zweideutigen Anspielungen und schließlich die zweideutigen Blicke Glafira Lwownas zu bedeuten hatten. Dieser sein Mangel an Verständnis, seine verschämte Zerstreutheit, seine gesenkten Blicke entfachten mehr und mehr die Leidenschaft der vierzigjährigen Frau; dass das gewöhnliche Verhältnis beider Geschlechter zueinander in seltsamer Weise umgekehrt wurde, verlieh der Sache einen besonderen Reiz; in der Tat, Glafira Lwowna spielte die Rolle des Eroberers und Verführers und Dmitri Jakowlewitsch die des unschuldigen Mädchens, um welches boshafte Absicht ihr Gewebe zu spinnen begann.

Der wackere Negroff merkte nichts, erkundigte sich wie bisher bei der Frau des Gärtners nach dem Zustande der Obstbäume, und Frieden und Ruhe herrschten in dem patriarchalischen Hause des Alexis Abramowitsch.

Jetzt können wir nach dem Balkon zurückkehren.

Glafira Lwowna, welche die Flucht ihres Joseph nicht recht begriff, begab sich, nachdem sie sich in der Abendluft ein wenig abgekühlt, in ihr Schlafzimmer und sobald sie sich allein, das heißt mit Elise Awgustowna allein sah, zog sie ihren Brief hervor.

Ihre breite Brust wogte; sie begann zu lesen und schrie plötzlich auf, als wäre eine Eidechse oder ein Frosch aus dem Briefe hervorgesprungen und ihr in den Busen geschlüpft. Drei Stubenmädchen kamen ins Zimmer gestürzt und Elise Awgustowna ergriff den Brief. Glafira Lwowna verlangte kölnisches Wasser. Das erschreckte Stubenmädchen reichte ihr flüchtige Salbe und sie befahl, ihr dieselbe auf den Kopf zu träufeln ... »*Ah, le traître, le scélérat!* ... Hätte man das von diesem bescheidenen Dinge erwarten können? Diese Engländerin ... Nein, diese Brut wird nie geadelt – kein Funke von Dankbarkeit, nichts ... Und ich habe diese Schlange an meinem Busen gewärmt!«

Elise Awgustowna befand sich in der Lage eines gewissen Beamten meiner Bekanntschaft, der Zeit seines Lebens mit dem Glück gegaunert und in der Überzeugung, er vermöchte durch niemanden ersetzt zu werden, um seine Entlassung einkam; er reichte seine Demission ein, um im Dienst zu bleiben – und erhielt seine Entlassung: Nachdem er die ganze Welt betrogen, betrog er schließlich sich selbst.

Als scharfsinnige Frau begriff die Französin sofort, wie die Dinge standen – begriff, welchen Missgriff sie begangen. Dabei erwog sie zugleich, dass sie und Glafira Lwowna eben so sehr in den Händen Kruziferskis seien, wie dieser in den ihren – erwog, dass wenn Glafira Lwownas Eifersucht ihn reizen sollte, er Elise Awgustowna überführen könnte, und fehlten ihm auch die Beweise, so würde er doch in der Seele des Alexis Abramowitsch einen Argwohn erregen. Während sie nun erwog, wie sie den Zorn der verlassenen Dido beschwören sollte, trat Alexis Abramowitsch gähnend ins Schlafzimmer. Elise Awgustowna war in Verzweiflung.

»Alexis«, rief die erzürnte Gattin, »niemals wäre mir in den Sinn gekommen, was sich da ereignet hat, denke dir, Lieber: Dieser schüchterne Lehrer – er wechselt Briefe mit Lubonka und was für Briefe – nur mit Entsetzen kann man sie lesen; er hat die schutzlose Waise zugrunde gerichtet! – Ich verlange von dir, dass er morgen nicht mehr in unserm Hause ist. Ich bitte dich, vor den Augen unserer Tochter! ... Freilich ist sie noch ein Kind, aber so etwas kann auf ihre Fantasie wirken.«

Alexis Abramowitsch war nicht mit der Fähigkeit ausgerüstet, besonders schnell die Dinge zu begreifen und zu beurteilen. Er war jetzt nicht weniger erstaunt, als da ihn Glafira Lwowna in den Flitterwochen ihrer Ehe bei dem Grabe seiner Mutter und bei der Asche seines Vaters beschwor, ihr zu gestatten, dass sie das Kind seiner verbotenen Liebe zu sich nehme. Zudem sehnte sich Negroff ganz außerordentlich nach dem Bett; die Zeit, über eine aufgefangene Korrespondenz zu rapportieren, war schlecht gewählt, ein schläfriger Mensch zürnt nur dem, der ihn am Schlafen verhindert – die Nerven sind nur in schwacher Tätigkeit, alles befindet sich unter dem Einfluss der Ermüdung.

»Was sagst du? Mit wem steht Lubonka in Briefwechsel?«

»Nun, mit diesem Studenten ... O, dieses züchtige Ding ... Das muss man wirklich gestehen, der Apfel fällt nicht weit vom Stamm.«

»Na, was steht denn in dem Briefe? Haben sie sich geeinigt? He? Ja; da hüte einer ein siebzehnjähriges Mädel; nicht umsonst saß sie stets allein, nicht umsonst tat ihr bald der Kopf, bald dies, bald das weh ... Aber den Halunken werde ich zwingen, sie zu heiraten; hat er vergessen, in wessen Hause er sich befindet? Wo ist der Brief? Pfui, wie klein geschrieben. Ein Lehrer und kann selbst nicht schreiben. Wahre Krähenfüße. Lies mir's vor.

»Solche Skandalgeschichten lese ich nicht.«

»Unsinn! Eine vierzigjährige Frau und will sich noch zieren. Daschka, hol mir mal die Brille aus meinem Zimmer.«

Daschka, die den Weg zu Negroffs Zimmer sehr gut kannte, brachte die Brille. Alexis Abramowitsch setzte sich ans Licht, gähnte, hob die Oberlippe, was seiner Nase einen sehr ehrwürdigen Ausdruck gab, blinzelte mit den Augen und begann mit großer Mühe zu lesen, wobei er die Worte in einer gewissen schwerfälligen Weise aussprach, als lese er aus einem Buche vor. ›Ja, seien Sie meine Alina. Ich liebe Sie leidenschaftlich, wahnsinnig, begeistert; Ihr Name ist ja Liebe! ...‹

»Ein solcher Faselhans!«, bemerkte der General.

›Ich hoffe nichts, ich wage nicht einmal von Ihrer Liebe zu träumen; aber es wird mir zu eng in der Brust, ich muss es Ihnen sagen, dass ich Sie liebe. Verzeihen Sie mir, zu Ihren Füßen flehe ich um Verzeihung ...‹

»Pfui Teufel, ein solcher Blödsinn! ... Und das ist ja erst der Anfang der ersten Seite ... Nein, ich habe schon genug! Bedanke mich schönstens, so närrisches Zeug zu lesen ... Aber es wäre deine Sache gewesen, so etwas zu verhindern! Warum hast du das mit angesehen, warum so etwas gestattet? ... Nun, ein großes Unglück ist das nicht, Weiber haben lange Haare, aber kurzen Verstand. Was hast du denn in dem Briefe gefunden? Gefasel, und das hat nichts auf sich ... Und es ist ohnehin Zeit, dass Lubonka einen Mann bekommt; und ist er nicht ein passender Bräutigam für sie? Der Doktor sagt, er sei Beamter zehnter Klasse, er soll mir's nur versuchen, sich zurückzuziehen ... Aber der Morgen ist weiser als der Abend; es ist Zeit, dass ich mich schlafen lege; gute Nacht; Elise Awgustowna, Sie haben so scharfe Augen und haben's doch nicht durchschaut ... Nun, morgen reden wir weiter davon!«

Der General begann sich zu entkleiden, und nach einigen Minuten begann er zu schnarchen und schlief mit dem Gedanken ein, dass Kruziferski nicht loskommen würde, dass er Lubonka heiraten müsse – für ihn sei es eine Strafe, und sie bekomme dabei einen Mann.

Dies war ein unglücklicher Tag. Glafira Lwowna hatte gar nicht erwartet, dass die Sache im Geiste Negroffs eine solche Wendung nehmen würde: Sie hatte vergessen, dass sie in der letzten Zeit selbst Negroff fortwährend davon gesprochen, dass es Zeit sei, Lubonka zu verheiraten; mit der Wut eines verliebten alten Weibes warf sie sich auf ihr Bett und hätte das Kissen zerbeißen mögen – nun, vielleicht hat sie's auch wirklich zerbissen.

Während dieser ganzen Zeit lag der arme Kruziferski im Grase. Er wünschte sich so aufrichtig, so von ganzem Herzen den Tod, dass, hätte das Damenregiment der Parzen noch bestanden, sie seinen Jammer nicht ertragen und ihm den Lebensfaden durchgeschnitten hätten. Von den qualvollsten Gefühlen zerrissen, der Verzweiflung und der Furcht, der Angst und der Scham hingegeben, gänzlich erschöpft, endete er mit dem, womit Alexis Abramowitsch begonnen, d. h. er schlief ein.

Hätte er nicht an der *Febris erotica* laboriert, wie der Doktor Krupoff in Bezug auf die Liebe sich ausdrückte, er würde unfehlbar die *Febris catharralis* bekommen haben; allein jetzt übte der kalte Tau eine wohltätige Wirkung auf ihn: sein anfangs aufgeregter Schlaf wurde ruhiger, und als er nach drei Stunden erwachte, ging bereits die Sonne auf ... Heine hat zwar vollkommen recht, wenn er sagt:

»Das ist ein altes Stück,
Von hinten geht sie unter
Und kehrt von vorn zurück.«

Nichtsdestoweniger ist dieses alte Stück nicht übel; wie es dem Verliebten erscheinen muss – darüber brauche ich mich nicht erst zu äußern.

Die Luft war frisch, voll eines eigentümlichen inneren Duftes: der Tau wich in schweren, weißlichen Massen zurück und hinterließ Millionen glänzender Tropfen; die purpurne Beleuchtung und die langen Schatten verliehen den Bäumen, den Bauernhütten, der ganzen Umgebung etwas Neues, eigenartig Schönes; die Vögel sangen in den verschiedensten Tonarten, der Himmel war hell und klar.

Der Hauslehrer stand auf; es war ihm jetzt leichter ums Herz; vor ihm zog sich die Landstraße dahin und verlor sich in der Ferne. Lange betrachtete er sie und dachte, ob er auf derselben nicht weiter wandern, diesen Menschen nicht entfliehen solle, die in sein Geheimnis eingedrungen seien – in sein heiliges Geheimnis, das er eben in den Staub getreten! – Wie sollte er nach Hause zurückkehren, wo er Glafira Lwowna begegnete? ... Also lieber fliehen! Aber wie könnte er sie verlassen, wo die Kraft finden, sich von ihr zu trennen? ...

Mit langsamen Schritten kehrte er nach Hause zurück. Als er in den Garten trat, gewahrte er in der Lindenallee ein weißes Kleid; heftige Röte trat ihm auf die Wangen bei der Erinnerung an seinen schrecklichen Irrtum, an seinen ersten Kuss; aber diesmal war es Lubonka. Sie saß auf ihrer Lieblingsbank und schaute träumerisch und traurig in die Weite.

Dmitri lehnte sich an einen Baum und hielt mit einer gewissen seligen Begeisterung das Auge auf sie gerichtet. Und in der Tat, in diesem Augenblick war sie auffallend schön; es beschäftigte sie lebhaft irgendein Gedanke; sie war traurig und diese Trauer verlieh ihren energischen, scharfen, jugendlich schönen Zügen etwas Majestätisches. Der junge Mann stand lange in ihren Anblick verloren, sein Blick war voll Liebe und Andacht; endlich entschloss er sich, zu ihr zu gehen.

Es war ja unbedingt notwendig, mit ihr zu sprechen; er musste sie über den Brief aufklären.

Lubonka wurde etwas verlegen, als sie Kruziferski bemerkte; aber es lag darin nichts Gemachtes, nichts Theatralisches. Nachdem sie rasch einen Blick auf ihr Morgenkleid geworfen, in welchem sie niemanden zu begegnen erwartet, und dasselbe ebenso rasch geordnet hatte, blickte sie ruhig und würdevoll zu dem Kandidaten auf.

Kruziferski stand mit auf der Brust gefalteten Händen vor ihr; sie begegnete seinem stehenden, von Liebe, Leiden, Hoffnung und Seligkeit erfüllten Blick und reichte ihm die Hand; er drückte sie mit Tränen in den Augen ... O Gott, wie schön ist der Mensch in seiner Jugend! ...

Das Geständnis, das die Ballade Alina und Alsim hervorgerufen, hatte Lubonka heftig erschüttert. Mit dem ihr eigentümlichen weiblichen Scharfsinn, von dem wir bereits gesprochen, hatte sie schon weit früher empfunden, dass sie geliebt werde. Aber das war nur etwas Geahntes; mit keinem Wort hatte sie es ausgesprochen; jetzt aber war dieses Wort gesprochen, und sie schrieb des Abends in ihr Tagebuch:

»Kaum vermag ich meine Gedanken einigermaßen zu ordnen. Ach, wie er geweint hat. Mein Gott, mein Gott, niemals dachte ich, dass ein Mann so weinen könnte. Sein Blick hat eine solche Kraft, dass er mich erbeben macht, aber nicht vor Angst. Sein Blick ist so zärtlich, so sanft wie seine Stimme ... Wie weh tat es mir um ihn: ich glaube, hätte ich meinem Herzen gehorcht, ich hätte ihm gesagt, dass ich ihn liebe, hätte ihn geküsst, um ihn zu trösten. Dann wäre er glücklich; ja, er liebt mich, das sehe ich, und auch ich liebe ihn. Welch ein Unterschied zwischen ihm und allen, die ich gesehen habe! Wie edel, wie zartfühlend ist er! Er erzählte mir von seinen Eltern: wie er sie liebt! Warum sagte er mir: Sei meine Alina! Ich habe ja auch einen schönen Namen; ich liebe ihn und kann sein

werden und doch die bleiben, die ich bisher gewesen ... Ob ich seiner Liebe würdig bin? Mir ist, als könnte ich mit solcher Gewalt nicht lieben! Schon wieder dieser schwarze Gedanke, der mich ewig quält ...«

»Leben Sie wohl!«, sagte Lubonka, »und haben Sie doch keine solche Furcht mehr wegen des Briefes; ich fürchte mich vor nichts, ich kenne Sie!« ...

Sie drückte ihm so herzlich, so teilnehmend die Hand ... Und dann verschwand sie hinter den Bäumen.

Kruziferski blieb zurück. Er hatte lange gesprochen. Er fühlte sich weit glücklicher, als er am Abend vorher unglücklich gewesen. Er rief sich jedes Wort in die Erinnerung zurück, schwebte in Gedanken Gott weiß, wohin, und ein Bild begleitete ihn überall. Überall war sie, sie ...

Aber seinem Sinnen machte ein Diener des Alexis Abramowitsch ein Ende, der in den Garten kam, um ihn zu Negroff zu rufen. In so früher Morgenstunde hatte Negroff noch niemals nach ihm verlangt.

»Was soll ich?«, sagte Kruziferski mit dem Gesicht eines Menschen, dem man kaltes Wasser auf den Kopf geschüttet hat.

»Ja, ja, Sie möchten zu dem gnädigen Herrn kommen«, antwortete der Diener ziemlich grob.

Es lag auf der Hand, dass die Geschichte mit dem Briefe bereits ins Vorzimmer gedrungen war.

»Sogleich!«, sagte Kruziferski, halb tot vor Furcht und Scham.

Was hatte er denn zu fürchten?

Daran brauchte er doch nicht mehr im Mindesten zu zweifeln, dass Lubonka ihn liebte. Was verlangte er noch mehr? Indes, er war nun einmal mehr tot als lebendig vor Angst und Scham; er dachte nicht einmal daran, dass Glafira Lwowna durchaus keine schönere Rolle gespielt als er. Er konnte sich gar nicht vorstellen, wie er wieder vor ihr erscheinen sollte. Es ist eine bekannte Sache, dass schon Verbrechen begangen worden sind, um einen Fehltritt wieder gut zu machen ...

»Ei, ei, mein Lieber«, sprach Negroff mit majestätischer, der Wichtigkeit der Sache, die ihn beschäftigte, angemessener Miene; »haben Sie denn auf der Universität Liebesbriefchen schreiben gelernt?«

Kruziferski schwieg. Er war so aufgeregt, dass Negroffs Ton ihn nicht beleidigte. Diese bestürzte, leidende Miene spornte den mutigen Alexis Abramowitsch noch mehr an, und dem Hauslehrer gerade ins Gesicht sehend, fuhr er mit sehr lauter Stimme fort:

»Wie können Sie's wagen, in meinem Hause solche Streiche zu begehen? Wofür halten Sie denn mein Haus? Bin ich etwa ein Tölpel? Sie sollten sich schämen, Sie junger Mensch, eine solche Unsittlichkeit zu begehen und einem armen Mädchen den Kopf zu verdrehen, das weder Eltern, noch Verwandte, noch Vermögen hat ... Ist das jetzt eine Zeit! Alles wird euch beigebracht, Grammatik, Arithmetik – alles, aber nur keine Moral ... Einem Mädchen den guten Namen rauben« ...

»Aber ich bitte Sie«, antwortete Kruziferski, bei dem nach und nach der Unwille über das Bewusstsein seiner peinlichen Lage siegte, »was habe ich denn getan? Ich liebe Lubonka und habe gewagt, ihr das zu sagen. Ich habe selbst nicht geglaubt, dass jemals das Wort Liebe über meine Lippen kommen würde – ich weiß nicht, wie es geschehen ist, aber was finden Sie daran so Verbrecherisches? Warum glauben Sie, dass ich unredliche Absichten hätte?«

»Warum? Wenn Sie ehrliche Absichten hätten, dann würden Sie mit Ihrem Billetdoux dem Mädchen nicht den Kopf verdreht haben, sondern zu mir gekommen sein. Sie wissen, ich bin ihr natürlicher Vater. Darum mussten Sie zu mir kommen und um meine Einwilligung und Erlaubnis bitten; aber Sie schlichen über die Hintertreppen und wurden ertappt – bitte sehr um Verzeihung, aber in meinem Hause gestatte ich solche Romane nicht; es ist eine Kleinigkeit, einem Mädchen den Kopf zu verdrehen! Nein, so etwas hatte ich von Ihnen nicht erwartet; Sie haben meisterhaft den Verschämten gespielt; und auch sie hat sich ausgezeichnet benommen und uns die Erziehung und Pflege schön gelohnt! Glafira Lwowna hat die ganze Nacht geweint.«

»Der Brief ist in Ihren Händen«, bemerkte Kruziferski, »Sie können daraus ersehen, dass es der erste ist.«

»Man hat oft am ersten Pfannkuchen genug. Ja und bitten Sie denn in Ihrem ersten Briefe etwa um ihre Hand?«

»Daran wagte ich nicht einmal zu denken.«

»Einerseits sind Sie also zu keck und andererseits zu schüchtern. Zu welchem Zweck haben Sie denn einen ganzen Briefbogen mit albernem Zeug vollgeschrieben?«

»Wirklich«, antwortete Kruziferski, »an Lubonkas Hand wagte ich nicht einmal zu denken; aber ich wäre der Glücklichste aller Sterblichen, dürfte ich hoffen– –«

»Schönschwätzerei – ja, das haben Sie gelernt, mit Worten wissen Sie um sich zu werfen! Aber gestatten Sie mir, zu fragen: wenn ich Ihnen nun erlaube, um sie anzuhalten, und wenn ich dann nicht abgeneigt wäre, Ihnen Lubonka zu geben, wovon wollen Sie dann leben?«

Negroff gehörte gewiss nicht zu den klügsten Menschen; aber er besaß vollständig eine echt russische Eigenschaft, die praktische Gabe, seinen Vorteil wahrzunehmen. Lubonka zu verheiraten, gleichviel mit wem, das war sein Lieblingsgedanke, namentlich seitdem die verehrlichen Eltern bemerkt hatten, dass ihr liebes Lieschen ihr gegenüber sehr verliere. Schon lange vor Abfassung des Briefes war Alexis Abramowitsch der Gedanke durch den Kopf gegangen, Kruziferski mit Lubonka zu vereinen und diesem irgendwo in einer Gouvernementsstadt eine Staatsanstellung zu verschaffen. Auf diesen Gedanken hatte ihn dieselbe Erwägung gebracht, welche ihm die Worte entlockte, dass, wenn irgendein gutmütiges Sekretärchen daher käme, so würde er diesem ohne viel Federlesens Lubonka geben. Das erste, was ihm in den Sinn kam, als er Kruziferskis Liebe entdeckte, war, ihn zur Heirat zu zwingen. Er glaubte, der Brief sei ein mutwilliger Scherz und der junge Mann würde sich nicht so leicht unter das Ehejoch beugen lassen. Aus Kruziferskis Antworten ersah Negroff klar, dass dieser nicht abgeneigt sei, sie zu heiraten, und darum machte er sofort eine Frontveränderung, attackierte den Hauslehrer von einer anderen Seite und brachte die Rede auf seine Vermögensverhältnisse – in der Befürchtung, Kruziferski möchte eine Aussteuer von ihm verlangen.

Kruziferski schwieg; Negroffs Frage war ihm zentnerschwer aufs Herz gefallen.

»Machen Sie sich über ihre Vermögensverhältnisse nur keine Illusionen«, fuhr Negroff fort. »Sie besitzt gar nichts und hat auch von niemandem etwas zu erwarten. Selbstverständlich werde ich sie nicht im bloßen Hauskleid aus meinem Hause gehen lassen; aber außer Kleidern kann ich ihr nichts geben, ich muss noch eine Tochter ausstatten.«

Kruziferski bemerkte, an eine Aussteuer hätte er ganz und gar nicht gedacht.

Negroff war sehr mit sich zufrieden und dachte: »Das ist ja ein wahres Schaf – und ist noch obendrein ein Gelehrter! Ja, ja, mein Lieber, verständige Leute fangen nicht mit dem Ende an. Bevor man Liebesepisteln schreibt und jungen Mädels den Kopf verdreht, muss man an die Zukunft denken; wenn Sie sie wirklich lieben und um ihre Hand werben wollten, warum haben Sie sich denn nicht bemüht, sich eine sichere Zukunft zu gründen?«

»Was soll ich beginnen?«, fragte Kruziferski in einem Ton, der jedes Menschen Herz erweichen musste.

»Was beginnen? Sie haben ja einen Beamtenrang, wenn ich nicht irre, den zehnten. Werfen Sie Arithmetik und Dichtkunst beiseite und suchen Sie eine Anstellung im Staatsdienst; Sie haben sich nun lange genug mit unnützen Dingen befasst, man muss sich auch nützlich machen. Nehmen Sie eine Stellung in der Finanzkammer an: Der Vizegouverneur ist mit mir befreundet, mit der Zeit werden Sie Rat - was wollen Sie mehr? Sie haben dann Ihr Brot und eine ehrenhafte Stellung.«

Kruziferski war es nie in seinem Leben in den Sinn gekommen, in der Finanzkammer oder in irgendeiner andern Kammer zu dienen; es wurde ihm ebenso schwer, sich als Rat vorzustellen, wie als Vogel, Igel, Hummel oder ich weiß nicht, was sonst noch. Aber das fühlte er, dass Negroff eigentlich recht habe; es mangelte ihm so sehr jeder Scharfblick, dass ihm die originell patriarchalische Art Negroffs nicht auffiel, der versicherte, Lubonka besitze nichts und habe auch von niemandem etwas zu erwarten, während er gleichzeitig ganz wie ein Vater über ihre Hand verfügte.

»Am liebsten wäre mir's«, sagte endlich Dmitri Jakowlewitsch, »wenn ich die Stelle eines Gymnasiallehrers erhalten könnte.«

»Na, damit dürfte nicht viel los sein; was ist denn ein Gymnasiallehrer? Ein Beamter und auch keiner, und zum Gouverneur wird er niemals eingeladen, kaum zu einem Direktor; und zudem bezieht er ein erbärmliches Gehalt.«

Den letzten Teil der Rede hatte Negroff in gewöhnlichem Ton gesprochen; in Bezug auf das Geschäftliche war er vollkommen beruhigt und überzeugt, dass Kruziferski ihm nicht entschlüpfen würde.

»Glascha!«, rief Negroff in das anstoßende Zimmer hinein. Glascha!«

Kruziferski wurde starr vor Schreck: Er glaubte, für Glafira Lwowna sei der letzte Liebeskuss von eben solcher Wichtigkeit und Bedeutung, wie für ihn der erste, der jedoch nicht an die richtige Adresse gekommen war.

»Was gibt's?«, antwortete Glafira Lwowna.

»Komm mal her!«

Glafira Lwowna trat herein, wobei sie eine stolze, majestätische Miene annahm, die ihr selbstverständlich nicht zu Gesicht stand und ihre Verlegenheit nur schlecht verbarg. Leider konnte Kruziserski das nicht sehen, da er nicht den Mut hatte, zu ihr aufzublicken.

»Glascha«, sprach Negroff, »Dmitri Jakowlewitsch bittet um Lubonkas Hand. Wir haben sie erzogen und stets wie unsere leibliche Tochter gehalten und haben das Recht, über ihre Hand zu verfügen; doch könnte es nichts schaden, mit ihr darüber zu reden; das ist deine Sache als Frau.«

»Ach, mein Gott! Sie freien? Welche Neuigkeit!«, sagte Glafira Lwowna bitter. »Das ist ja eine Szene aus der neuen Heloise!«

Wäre ich an Kruziferskis Stelle gewesen, so würde ich, um Glafira Lwowna an Gelehrsamkeit nicht nachzustehen, geantwortet haben: Ja wohl, und der gestrige Zwischenfall auf dem Balkon war eine Szene aus dem Faublas!

Kruziferski schwieg.

Negroff stand auf und sagte zum Zeichen, dass die Sitzung beendet sei: »Nur bitte ich Sie, nicht eher an Lubonkas Hand zu denken, als bis Sie eine Stellung haben. Und schließlich rate ich Ihnen, mein werter Herr, vorsichtig zu sein, ich werde Sie nie aus den Augen lassen. Im Grunde ist es nicht einmal passend, dass Sie in meinem Hause bleiben. Diese Lubonka macht uns ohnehin Sorge genug!«

Kruziferski ging.

Glafira Lwowna sprach sich mit der größten Geringschätzung über ihn aus und schloss ihre Rede mit den Worten: Ein so kaltes Wesen wie Lubonka würde jeden heiraten, aber niemand glücklich machen.

Früh am andern Tage saß Kruziferski in tiefes Sinnen verloren in seinem Zimmer. Kaum waren zwei Tage seit dem Vorlesen der Ballade Alina und Alsim verflossen und da plötzlich war er fast verlobt, sie war seine Braut und er sollte in den Staatsdienst treten ...

Welch seltsames Schicksal, das da über sein Leben verfügte, das ihn auf den Gipfel der menschlichen Glückseligkeit erhob – und wodurch? Dadurch, dass er eine Frau statt eines Mädchens geküsst, dass er einen Brief in fremde Hände gegeben. War dies alles ein Wunder, war es ein Traum? Dann erinnerte er sich wieder und wieder an alle Worte, an alle Blicke Lubonkas in der Lindenallee, und seine Brust weitete sich, es überkam ihn eine feierliche Stimmung.

Plötzlich ließen sich schwere Tritte auf der steinernen Treppe hören, die in sein Zimmer führte. Kruziferski erbebte und erwartete mit einer gewissen Furcht das Erscheinen der Person, welche mit so schweren Schritten auftrat.

Die Tür öffnete sich und herein trat unser alter Bekannter, Doktor Krupoff. Sein Erscheinen setzte den Kandidaten in das größte Erstaunen. Er kam wöchentlich einmal und auch wohl zweimal zu Negroff, aber zu

Kruziferski war er nie gekommen. Sein Besuch deutete auf etwas Besonderes.

»Diese verwünschte Treppe!«, sagte er tief aufatmend und sich mit seinem weißen Taschentuch das Gesicht wischend. »Da hat Ihnen Alexis Abramowitsch ein nettes Zimmer angewiesen.«

»Ah! Semen Iwanowitsch«, rief der Kandidat hastig und errötete – Gott weiß warum.

»Ha«, fuhr der Doktor fort, »welche Aussicht! Ist das nicht in der Ferne die Kirche von Dubassoff, die da rechts weißlich schimmert?«

»Ich denke, bestimmt weiß ich's übrigens nicht«, antwortete Kruziferski, fest nach links blickend.

»Sie unverbesserlicher Student! Wie können Sie denn hier monatelang wohnen, ohne zu wissen, was man hier aus dem Fenster sehen kann. O, die Jugend! ... Na, lassen Sie mich mal Ihren Puls fühlen.«

»Ich bin Gott sei Dank ganz gesund, Semen Iwanowitsch.«

»Da hat man's, Gott sei Dank ganz gesund«, fuhr der Doktor fort, Kruziferskis Hand festhaltend: »das dacht' ich mir; aufgeregt und ungleichmäßig. Erlauben Sie ... eins, zwei, drei, vier ... Fieberhaft, die Lebenskraft heftig gesteigert. Nun, bei solchem Puls ist der Mensch leicht fähig, allerlei Dummheiten zu begehen: schlüge Ihr Puls gleichmäßig ... tuck, tuck, tuck ... so wären Sie niemals darauf gekommen: da unten, mein Verehrtester, sagte man mir, Sie wollten heiraten ... Ich traue meinen Ohren nicht; na, dacht' ich, ein solcher Dummkopf ist er doch nicht, ich habe ihn doch aus Moskau hergebracht, glaub's nicht, will mal hinaufgehen und nachsehen. 'S ist wirklich so: Puls beschleunigt und unregelmäßig; bei solchem Puls kann man nicht bloß heiraten, sondern auch der Henker weiß, was für Dummheiten machen. Na, wer wird sich denn im Fieberzustande zu einem so wichtigen Schritt entschließen? Hören Sie! Überlegen Sie zuvor, lassen Sie Ihr Denkorgan, d. h. das Gehirn wieder in seinen normalen Zustand kommen, damit das Blut es nicht störe. Wenn Sie wünschen, schicke ich Ihnen den Feldscher her, damit er Ihnen zur Ader lasse.«

»Danke ergebenst, ich empfinde gar kein Bedürfnis danach.«

»Wie sollten Sie wissen, was Ihnen nottut! Sie haben ja gar nicht Medizin studiert, aber ich bin in diesem Fach bewandert. Na, wollen Sie keinen Aderlass, so nehmen Sie Glaubersalz; ich führe eine kleine Apotheke bei mir; ich will's Ihnen eingeben!«

»Ich bin Ihnen sehr verbunden für Ihre Teilnahme, aber ich muss Ihnen doch bemerken, dass ich gesund bin und durchaus nicht scherze; ich will wirklich (hier stockte er) ... heiraten und begreife nicht, was Sie gegen mein Glück einzuwenden haben.«

»Sehr viel.«

Der Greis machte ein ernstes Gesicht.

»Ich mag Sie gern leiden, junger Mann, und darum tut's mir leid um Sie.

»Sie, Dmitri Jakowlewitsch, haben mich am Abend meines Lebens an meine Jugend erinnert, haben mich an manche vergangene Dinge gemahnt; ich will Ihnen wohl und würde es jetzt als eine Sünde betrachten, wenn ich schwiege. Na, wie können Sie denn in Ihrem Alter schon heiraten? Negroff hat Sie ja einfach angeführt ... Sehen Sie wohl, wie aufgeregt Sie werden, Sie wollen mich nicht anhören, aber Sie sollen mich anhören, das Alter hat seine Rechte ...«

»Ach nein, Semen Iwanowitsch«, sagte der junge Mann, den die Worte des Greises etwas verlegen machten, »ich begreife, dass Sie mir aus besonderem Wohlwollen, weil Sie mein Glück im Auge haben, Ihre Meinung sagen; aber es tut mir leid, dass ich dieselbe vollständig überflüssig finde – ja, sie kommt sogar zu spät.«

»O, wenn Sie weiter nichts gegen meine Meinung haben – das ist eine wahre Kleinigkeit; niemals ist es zu spät, haltzumachen. Heiraten ... Hu, das ist eine schwierige Sache! Das Unglück ist, dass just die Heiratskandidaten nicht bedenken, was die Ehe ist – d. h. es sich erst später, wenn es zu spät ist, überlegen ... Das alles ist *febris erotica*; wie kann der Mensch einen solchen Schritt beurteilen, wenn ihm der Puls so heftig schlägt wie Ihnen, mein lieber Freund? Sie setzen Ihr ganzes Vermögen auf eine Karte: möglich, dass Sie die Bank sprengen, möglich, dass – aber welcher vernünftige Mensch wird soviel wagen. Na, und im Kartenspiel wird man wenigstens für das, was man allein verschuldet, allein gestraft. Aber in der Ehe reißt man unfehlbar noch einen andern Menschen mit sich fort. Nun, Dmitri Jakowlewitsch, überlegen Sie sich's! Ich glaube, dass Sie sie lieben und dass Sie von ihr wieder geliebt werden, aber das hat nichts zu bedeuten. Seien Sie überzeugt, dass die Liebe im einen wie im andern Falle vergeht: Reisen Sie fort, so vergeht sie, und heiraten Sie, so vergeht sie noch schneller; ich selbst bin verliebt gewesen, nicht einmal, sondern fünfmal, aber Gott hat mich behütet. Kehre ich jetzt nach Hause zurück, so kann ich still und behaglich von meinen Anstrengungen ausruhen; den ganzen Tag gehöre ich meinen Kranken, des Abends spielt man eine Partie Whist und legt sich sorglos schlafen ... Mit einer Frau aber kommen Sorgen, Zank und Kinder, und die ganze Welt könnte man untergehen lassen außer seiner Familie! Da ist es schwer, an einem Ort zu bleiben, schwer, umzuziehen; dann kommen noch kleinliche Klatschereien, man muss am häuslichen Herd sitzen, die Bücher unter den Tisch werfen, nur an Geld und an Küchenvorrat denken. Und um jetzt von Ihnen zu reden: wenn Sie jetzt einmal in Not geraten, was ist das für ein Unglück! Ich und Anton Ferdinandowitsch, mein Ihnen bekannter Freund, hatten manchmal keinen Rubel in der Tasche und essen und ein Pfeifchen Tabak rauchen wollte man auch gern: Kauften wir ein Viertelpfund Tabak, so hatten wir nichts als Brot zu essen, und kauften wir ein Pfund Schinken, so hatten wir wieder keinen Tabak; aber darüber lachten wir beide nur, es hatte gar nichts zu bedeuten; aber hat man eine Frau, so ist es anders; es tut uns leid um die Frau und zudem wird die Frau noch flennen ...«

»O nein, dieses Mädchen wird wahrlich auch die Kraft finden, Not zu ertragen. Sie kennen sie nicht!«

»Um so schlimmer, mein Lieber; wenn sie wenigstens ordentlich heulte und wütete, so würdest du den Staub von den Füßen schütteln und das Weite suchen: Aber wenn sie schweigt und sich härmt, so denkst du bei dir: Armes Wesen, durch meine Schuld also musst du hungern ... Dann zerbricht man sich den Kopf, wie man Geld schaffen soll. Na, auf ehrliche Weise, mein Lieber, kann man nicht leben; Schurkenstreiche begeht man nicht – na, man grübelt und grübelt, und um sich den Kopf zu erfrischen, greift man zu einem Gläschen Bittern; das hat noch nichts zu sagen, ich selbst gönne mir gelegentlich eine Magenstärkung ... Aber, wohlgemerkt: sobald man sich aus Gram zwei, drei Gläschen nimmt ... Verstanden? Na, und angenommen, ihr habt euer Brot ... das heißt eben nur euer Brot; zwar ist sie Negroffs Tochter und Negroff ist reich, aber ich kenne ihn – großmütig ist er nicht! Seiner Tochter wird er 5000 Seelen geben, na, und Lubonka vielleicht 5000 Rubel: Ist denn das etwa ein Kapital? ... Ach, Sie tun mir leid, Dmitri Jakowlewitsch! Nun, überlassen Sie das anderen, welche nichts Besseres mit sich anfangen können, Sie selbst aber schonen sie. Ich möchte Ihnen eine andere Stelle anraten: so schnell wie möglich fort von hier – dann wird Ihnen die Liebe schon vergehen; an unserm Gymnasium ist eine gute Stelle frei. Seien Sie ein Mann!«

»In der Tat, Semen Iwanowitsch, ich bin Ihnen für Ihre Teilnahme dankbar; aber – das alles, was Sie da gesagt haben, ist vollkommen überflüssig; Sie wollen mich wie ein Kind einschüchtern. Lieber lasse ich das Leben, als dass ich diesem Engel entsage. Ich wagte auf ein solches Glück gar nicht zu hoffen; Gott selbst hat es so gefügt.«

»Sieh mal an!«, rief der unerbittliche Krupoff. »Und ich habe das ganze Unglück auf dem Gewissen; warum muss ich Sie Negroff empfehlen? Gott hat es so gefügt – sieh mal an! Negroff und deine eigene Jugend haben dir einen Streich gespielt, das ist meine feste Überzeugung. Ich, mein lieber Dmitri Jakowlewitsch, habe lange in der Welt gelebt; ich will mich meines Verstandes nicht rühmen, aber ich habe manche Erfahrung gemacht. Sie wissen, den Arzt führt seine Pflicht nicht in den Salon, sondern in das Privat- und Schlafzimmer. Viele Menschen habe ich in meinem Leben gesehen und nicht einen einzigen vorübergehen lassen, ohne ihn mir von allen Seiten zu betrachten. Ihr seht ja immer die Leute nur in Livree oder im Ballanzug – wir aber sehen hinter die Kulissen. Ich habe so manches Familienbild gesehen; vor dem Arzt schämt sich kein Mensch, dann macht man keine Umstände. *Homo sapiens* – zum Geier mit dem *sapiens*! ...

»*Ferus* ist er! Das wildeste Tier ist in seiner Höhle sanft; der Mensch aber ist just in seiner Höhle schlimmer als ein wildes Tier ... Aber zu welchem Zweck sage ich das alles ... Ja, ja ... Na, ich habe mich nun einmal daran gewöhnt, Charaktere zu studieren, und Ihre Braut passt nicht für Sie, Sie mögen sagen was Sie wollen – diese Augen, diese Gesichtsfarbe, dieses Beben, das bisweilen über ihr Antlitz zuckt – sie ist eine junge Tigerin, die ihre Kraft noch nicht kennt; aber du, was bist du denn? Du bist die Braut; du mein Lieber, bist ein deutsches Mädchen, du wirst die Frau sein – na, schickt sich denn das?«

Durch den letzten Ausfall fühlte sich Kruziferski beleidigt, und gegen seine Gewohnheit sagte er ziemlich kalt und trocken: »Es gibt Fälle, in welchen der Teilnehmende zu helfen sucht, aber keine Moralpredigten hält. Vielleicht ist alles das, was Sie da gesagt, wahr – ich will darüber nicht streiten, die Zukunft ist dunkel, ich weiß nur eines: Mir stehen jetzt zwei Wege offen – wohin sie führen, ist schwer zu sagen, aber einen dritten gibt es für mich nicht: Entweder muss ich mich ins Wasser stürzen oder der glücklichste Mensch werden.«

»Das Beste ist, Sie stürzen sich ins Wasser – dann ist's mit einmal aus!«, sagte Krupoff, der sich ebenfalls ein wenig beleidigt fühlte, und dann zog er sein rotes Taschentuch hervor.

Das Gespräch hatte selbstverständlich nicht den Erfolg, den Doktor Krupoff davon erwartet hatte; vielleicht war er ein vortrefflicher Arzt des Körpers, aber bei Seelenkrankheiten fing er's ungeschickt an. Wahrscheinlich urteilte er über die Macht der Liebe nach eigener Erfahrung: Er hatte gesagt, dass er einige Mal verliebt gewesen, und hatte somit eine größere Praxis; aber just darum war er nicht befähigt, eine Liebe zu beurteilen, welche nur einmal im Leben kommt.

Zürnend entfernte sich Krupoff, und an diesem selben Abend deklamierte er beim Vizegouverneur während des Soupers eine halbe Stunde lang über sein Lieblingsthema - er schimpfte auf die Frauen und das Familienleben - ganz vergessend, dass der Vizegouverneur die dritte Frau und von jeder mehrere Kinder hatte.

Krupoffs Worte hatten fast gar keinen Eindruck auf Kruziferski gemacht - ich sage, fast gar keinen, denn eine unbestimmte, unklare aber bedrückende Empfindung hatten sie freilich zurückgelassen - gerade wie der unheildräuende Schrei des Raben, wie die Begegnung eines Leichenzuges, wenn man zu einem fröhlichen Schmause eilt. Aber selbstverständlich verschwand das alles bei Lubonkas erstem Blicke.

Die Erzählung nähert sich, wie es scheint, ihrem Ende, werdet ihr sagen, natürlich mit frohem Gesicht.

Um Verzeihung, sie hat noch nicht angefangen, antworte ich mit schuldiger Hochachtung.

Warum nicht gar! Es bleibt ja weiter nichts übrig, als zum Geistlichen zu schicken.

Jawohl, aber für mich ist das Ende erst gekommen, wenn zum Geistlichen geschickt wird, damit er die letzte Ölung spende, und auch das ist oft noch nicht das Ende. Wenn aber der Diener der Kirche erscheint, um die Trauung zu vollziehen, so ist dies der Beginn einer ganz neuen Geschichte, in welcher nur dieselben Personen vorkommen. Und sie werden denn auch nicht verfehlen vor euch zu erscheinen ...

Fünftes Kapitel
Wladimir Beltoff

In – –. Übrigens ist es durchaus nicht notwendig, mit astronomischer und geografischer Genauigkeit Ort und Zeit anzugeben ... Also: Im neunzehnten Jahrhundert fanden in der Gouvernements-Hauptstadt N. die Adelswahlen statt. Es wurde lebhaft in der Stadt. Fortwährend ließ sich Schellengeklingel und das Gerassel der Reisewagen hören; fortwährend kamen die Winterfuhrwerke der Gutsbesitzer, die Kibitken, Gefährte von allen möglichen Gestalten, im Innern mit allerlei Sachen vollgepfropft und äußerlich mit einem ganzen Hofstaat von Dienern in Mänteln und Pelzen geschmückt.

Ein Teil dieser Gefolgschaft wanderte gewöhnlich in der Stadt umher, begrüßte die Krämer und lachte dem an der Tür stehenden Kollegen zu; der andere Teil schlief in allen möglichen unbequemen Lagen des menschlichen Körpers.

Nach und nach hatten die Pferde der Gutsbesitzer fast sämtliche handelnde Personen in die Gouvernementsstadt gebracht; auch der verabschiedete Cornet Drägaloff hatte sich bereits eingefunden und schmückte mit purpurroten Vorhängen die Fenster seiner Wohnung, die er für sein letztes Geld gemietet hatte. Er besuchte fünf Gouvernements bei allen Wahlen und während der Hauptjahrmärkte. Er verlor niemals, obgleich er vom Morgen bis zum Abend Karten spielte, und verdiente nichts, obgleich er vom Morgen bis zum Abend gewann.

Auch der General a. D. Chreschtschoff fand sich ein. Er war berühmt wegen seiner Musikanten, reich und trotz seiner fünfundsechzig Jahre ein eifriger Parteigänger. Überall, wo er sich bei den Wahlen zeigte, gab er vier Bälle und jedes Mal lehnte er aus Gesundheitsrücksichten die Würde eines Adelsmarschalls ab, welche ein dankbarer Adel ihm jedes Mal antrug.

In den Salons zeigten sich seltsame Fracks, welche ganze drei Jahre lang verschlossen gehalten worden, mit verschossenen Samtkragen und von ungeheuerlichen Formen. Zugleich tauchten seltsame Uniformen aus alten Zeiten auf, mit zwei Reihen oder auch nur mit einer Reihe Knöpfe, mit einer oder gar keiner Epaulette.

Vom Morgen bis zum Abend wurden Besuche gemacht. Ein Teil dieser Leute hatte sich drei Jahre lang nicht gesehen und mit einem beklemmenden Gefühl bemerkten sie, wenn sie einander anblickten, dass die Haare noch grauer, die Stirn noch runzliger, das Gesicht noch hagerer geworden war. Es waren dieselben Gesichter und doch schienen es andre zu sein: Der Dämon der Zerstörung hatte auf jedem seine Spuren zurückgelassen.

Auf der andern Seite jedoch musste man mit einer noch beklemmenderen Empfindung ganz das Gegenteil wahrnehmen, und diese drei Jahre waren ganz so verflossen wie die dreizehn oder dreißig Jahre, welche ihnen vorangegangen ...

In der ganzen Stadt wurde nur noch von den Kandidaten, den Diners, den Kreismarschällen, den Bällen und Richtern gesprochen. Der Kanzleidirektor des Gouverneurs zerbrach sich seit drei Tagen den Kopf über den Entwurf einer Rede; er hatte bereits zwei Buch Papier verdorben, indem er in einem fort geschrieben: »Hochzuverehrende Herren, Hochwohlgeborener Adel von N.!« ... Hier stockte er und begann nachzudenken, ob er fortfahren sollte: »Gestatten Sie mir, von Neuem in Ihrer Mitte zu erscheinen« oder: »ich freue mich, dass es mir vergönnt ist, von Neuem in Ihrer Mitte zu erscheinen« ...

Und dann sagte er zu seinem ältesten Gehilfen: »Ach, Cyprian Wassiljewitsch, es ist tausendmal leichter, die verwickeltste Kriminalsache zu entwirren, als eine Rede niederzuschreiben!«

»Erbitten Sie sich doch von Anton Antonowitsch die Mustersammlung. Wie ich mich erinnere, gibt es darunter auch Reden.«

»Eine vorzügliche Idee!«, sprach der Kanzleidirektor, seinem Gehilfen derb auf die Schulter klopfend. »Ja, ja, dieser Cyprian Cyprianowitsch!«

Der Kanzleidirektor glaubte einen sehr hübschen Witz zu machen, indem er seinen Gehilfen bald bei seinem richtigen Vatersnamen nannte, bald ihm einen beliebigen andichtete. Noch an demselben Abend schrieb er einige Zeilen zusammen, indem er sich die Rede des Fürsten Cholwski in Karamsins Erzählung »Marfa« zum Muster nahm.

Mitten in diesen allgemeinen, schwierigen Beschäftigungen wurde plötzlich die Aufmerksamkeit der Stadt, welche ohnehin schon so gespannt war, auf eine niemandem bekannte Persönlichkeit gelenkt – auf eine Persönlichkeit, welche niemand erwartet hatte, nicht einmal der Cornet Drägaloff, der alle erwartete – eine Persönlichkeit, an die niemand gedacht hatte, welche vollkommen überflüssig war in der patriarchalischen Familie der Gemeindehäupter – welche wie aus den Wolken gefallen schien, in Wirklichkeit jedoch in einem sehr schönen englischen Wagen in die Stadt kutschiert kam.

Diese Persönlichkeit war der verabschiedete Gouvernementssekretär Wladimir Petrowitsch Beltoff. Was er in Bezug auf seinen Rang zu leicht wog, das wurde vollständig wieder wettgemacht durch ein schuldenfreies Gut mit dreitausend Seelen.

Dieses Gut, Bjeloje-Pole genannt, war den Wahlkandidaten sowie den Wählern sehr wohl bekannt; allein der Besitzer von Bjeloje-Pole war ihnen eine Art Mythus, eine Fabelgestalt, von der man sich zuweilen alle möglichen Dinge erzählte, just wie man sich von fernen Ländern, von Kamtschatka oder Kalifornien die seltsamsten und unwahrscheinlichsten Dinge mitteilt. Vor einigen Jahren hatte man sich z. B. erzählt, Beltoff sei sofort nach Beendigung seiner Universitätsstudien bei dem Minister in Gunst gekommen; dann wusste man wieder mitzuteilen, Beltoff habe sich mit dem Minister entzweit und seinem Vorgesetzten zum Possen den Abschied genommen.

Das glaubte man nicht. Es gibt Personen, von denen man in der Provinz sich eine ganz bestimmte Vorstellung gemacht hat. Mit solchen Persönlichkeiten kann man sich nicht entzweien; man kann und soll ihnen nur Hochachtung bezeigen; war es also auch nur wahrscheinlich, dass Beltoff es gewagt hätte – –? Nein! Es müsste denn sein, dass er ihren gerechten Zorn auf sein Haupt geladen, gespielt oder getrunken oder irgendjemandes Tochter verführt habe.

Dann wieder hieß es, er sei nach Frankreich gereist, und gelehrte und scharfsinnige Köpfe setzten hinzu, dass er niemals zurückkehren würde, dass er einer Freimaurerloge in Paris angehöre und diese Loge ihn beauftragt habe, in irgendeiner Angelegenheit nach Amerika zu gehen.

»Das ist sehr wahrscheinlich«, sagten viele, »er war von Kindsbeinen an wie verlassen; sein Vater starb, wenn wir recht wissen, in demselben Jahre, in welchem er zur Welt kam; ihr wisst, von welcher Herkunft seine Mutter ist; zudem ist sie ein leichtfertiges Wesen, eine *exaltée*, und ihr Hauslehrer war ein verdorbener Mensch, der niemandem die ihm schuldige Achtung erwies.«

Nun, dies alles erklärte zur Genüge, warum er seine Wirtschaft vernachlässigte, obgleich seine Bauern für reich galten und Stiefel trugen. Endlich, während der drei letzten Jahre hatten sie seiner gar nicht mehr erwähnt – und da mit einem Mal erscheint diese seltsame Persönlichkeit, der von der Pariser Freimaurerloge nach Amerika geschickte Vertrauensmann – der Mensch, der mit demjenigen sich überworfen hatte, dem er die tiefste Hochachtung erweisen sollte, der für alle Zeit nach Frankreich gereist war – mit einem Mal erscheint er vor der Gesellschaft von N., und zwar um Stimmen für sich zu sammeln bei den Adelswahlen.

Das alles hatte für die Bürger von N. außerordentlich viel Unbegreifliches. Wie merkwürdig, dass er den Dienst im Gubernium dem in der Residenz vorzog! Wie merkwürdig, dass ihm so sehr an einer solchen Stelle gelegen war! Und zudem: Paris und eine Adelsversammlung, dreitausend Seelen und der Rang eines Gouvernementssekretärs! Nun, das war mehr als genug, um die ohnehin sehr beschäftigten Bewohner von N. in Anspruch zu nehmen.

Der fähigste Kopf in der Stadt war ganz ohne Zweifel der Präsident des Kriminalgerichts. Er entschied endgültig und ohne, dass man das Recht hatte zu appellieren, alle Fragen, welche die Gesellschaft beschäftigten; zu ihm kam man, um sich in Familienangelegenheiten Rats zu erholen. Er war sehr gelehrt, ein Literat und Philosoph, er hatte nur einen Nebenbuhler: den Inspektor der Medizinalbehörde, Semen Iwanowitsch Krupoff mit Namen, und dessen Gegenwart machte den Präsidenten wirklich verlegen. Allein Krupoffs Autorität wurde durchaus nicht von allen anerkannt, namentlich seitdem eine gewisse Dame aus den aristokratischen Kreisen des Gouvernements, die ebenso empfindsam als gebildet war, in einer großen Gesellschaft gesagt hatte: »Ich achte Semen Iwanowitsch; aber wie kann jemand, der Leichen betrachtet und sogar mit der Hand berührt, des Weibes Herz, die zarten Empfindungen der Seele begreifen?«

Sämtliche Damen waren der Ansicht, dass er nichts davon begreifen könne, und entschieden einstimmig, der Präsident des Kriminalgerichts, der so grausame Gewohnheiten nicht habe, sei allein fähig, die zarten Fragen zu lösen, bei denen das weibliche Herz ins Spiel komme, von allen andern Fragen ganz zu geschweigen.

Es versteht sich von selbst, dass bei Beltoffs Erscheinen fast allen der Gedanke durch den Kopf ging, was wird Anton Antonowitsch dazu sagen? Aber Anton Antonowitsch war nicht der Mann, an den man so plötzlich die Frage richten konnte: Was halten Sie von Herrn Beltoff?

Weit entfernt. Er ließ sich sogar wie absichtlich (und es ist durchaus wahrscheinlich, dass es in der Tat absichtlich geschah) drei Tage nacheinander weder am Whisttisch des Vizegouverneurs noch am Teetisch des Generals Chräschtschoff sehen.

Nun war der allerneugierigste und unterenehmendste Mann in der Stadt ein gewisser Rat mit dem Annenorden im Knopfloch, den er mit so außerordentlicher Geschicklichkeit zu handhaben wusste, dass derselbe, wo er auch saß oder stand, von allen Punkten des Zimmers gesehen werden konnte. Dieser Träger des Sankt-Annen-Ordens fasste den Entschluss, an einem Sonntage vom Gouverneur – bei welchem er an Sonn- und Festtagen nicht fehlen durfte – auf einen Augenblick nach der Kirche zu fahren, und falls er den Präsidenten dort nicht finden sollte, geradeswegs sich zu ihm in die Wohnung zu verfügen. Als der Rat an der Kirche ankam, fragte er den Polizeidiener: »Ist der Schlitten des Präsidenten hier?«

»Nein, Herr Rat«, antwortete der Polizeidiener; »und der Herr Präsident dürfte auch wohl nicht kommen, denn soeben sah ich seinen Kutscher Pafnuschka in die Schenke gehen.«

Der letztere Umstand schien dem Rat von großer Wichtigkeit zu sein: Anton Antonowitsch wird doch nicht, dachte er, einspännig nach der Domkirche fahren, und wie sollte der Vorreiter Nikoschka die beiden Falben zu lenken verstehen!

Und so begab er sich nicht in die Kirche, sondern zum Präsidenten.

Der Präsident, der gar keinen Besuch erwartet hatte, saß in seinem Hauskostüm, das aus einer langen gestrickten Jacke, weiten Beinkleidern und Zeugstiefeln bestand. Er war nicht von hohem Wuchs, hatte aber breite Schultern und einen ungeheuren Kopf (der Geist will Raum haben); alle seine Gesichtszüge drückten eine gewisse Würde, eine Art Feierlichkeit und das Vollbewusstsein seiner Kraft aus. Er pflegte gedehnt, mit Nachdruck, kurz so zu reden, wie es einem Manne geziemt, der alle Fragen endgültig entscheidet. Wenn jemand so keck war, ihn zu unterbrechen, so hielt er inne, wartete einen oder zwei Augenblicke und dann wiederholte er mit Nachdruck das letzte Wort und setzte seine Rede in demselben Geist, ganz in derselben Weise fort wie er sie angefangen. Widerspruch konnte er nicht vertragen, und es geschah auch niemals, dass er solchen von irgendjemand zu hören bekam, außer von Doktor Krupoff; den Übrigen kam es gar nicht in den Sinn, mit ihm zu streiten, selbst wenn viele nicht mit ihm einverstanden waren.

Sogar der Gouverneur war endlich von den hervorragenden geistigen Eigenschaften des Präsidenten durchdrungen und sagte von ihm, wie von einem ungewöhnlich klugen Manne: »Ich bitte Sie, er dürfte nicht Präsident des Kriminalgerichts sein, er könnte weit höher steigen. Welche Kenntnisse! Und dann, wenn man seine Vorträge anhört – ein wahrer Massillon! Er hat sich im Interesse des Dienstes manche Vorteile entgehen lassen, weil er einen großen Teil seiner Zeit der Lektüre und den Wissenschaften widmet.«

Also dieser Herr, der aus Liebe zu den Wissenschaften so viel geopfert, saß in der Jacke an seinem Schreibtisch. Nachdem er verschiedene Protokolle unterschrieben, wischte er die Feder ab, legte sie auf den Tisch, nahm von dem Bücherständer ein in Saffian gebundenes Buch, öffnete es und begann darin zu lesen. Allmählich verbreitete sich über sein Antlitz ein gewisser süßer Ausdruck der Befriedigung.

Aber das Lesen dauerte nicht lange, denn bald erschien der Rat mit dem Annenorden im Knopfloch.

»Bei Gott, ich war Ihretwegen in großer Unruhe. Da mache ich dem Gouverneur meine Sonntagsaufwartung und Sie, Anton Antonowitsch, sind nicht da. Gestern fehlten Sie beim Whist; an der Kirche war Ihr Schlitten nicht zu sehen; da denke ich, sollte er krank sein? Jeder Mensch kann ja krank werden ... Was fehlt Ihnen denn? ... Bei Gott, ich war so in Unruhe!«

»Ich danke Ihnen ergebenst; aber Gott sei Dank habe ich mich über meine Gesundheit nicht zu beklagen: ich bitte Sie, verehrtester Herr Rat, nehmen Sie gefälligst Platz.«

»Ach, Anton Antonowitsch, ich glaube, ich habe Sie gestört ... Sie lasen ja wohl.«

»Hat nichts zu sagen, Verehrtester, hat nichts zu sagen; ich habe Zeit für die Musen und auch für meine guten Freunde.«

»Ich denke, Anton Antonowitsch, es gibt jetzt viel neue Bücher –«

»Die neuen Bücher«, unterbrach der Präsident den diplomatischen Rat, »mag ich nicht leiden; die neuen Bücher mag ich nicht leiden. Soeben las ich da zum hundertsten Mal die Duschenka, und ich versichere Ihnen aufrichtig, mit neuem, wunderbarem Genuss. Welche Leichtigkeit, welcher Witz! ... Ja, ja, Hippolyt Bogdanowitsch hat sein Talent niemandem vererbt.«

Und nun las der Präsident:

Der böse Neid, der stets urteilet lieblos strenge,
Hat Augen eine Menge,
Und nimmt, was noch so dicht gehüllt in Schleier, wahr.
Ob ihren Schwestern auch es die Prinzessin hehlte,
Und einen Tag und zwei und drei sich also stellte,
Als müsst' ihr Gatte bald erscheinen offenbar.
Die Schwestern schwärzten ihn, dieweil er blieb verhüllet –

Was kann mit ihren Ränken
Die Missgunst nicht erdenken!
Er sei, so sagten sie, furchtbar und wuterfüllet ...

»Das ist«, unterbrach ihn der Rat, »das ist genau Wort für Wort so, wie jetzt bei uns über den Reisenden gesprochen wird, der unsere Stadt besucht; welches Vergnügen die Leute doch am Klatsch haben.«

Der Präsident sah ihn strenge an und fuhr fort, als hätte er nichts gesehen oder gehört:

Er war, so sagten sie, fruchtbar und wuterfüllet,
Ein Ungeheuer sei der Gatte Duschenkas.
Und der Verschwiegenheit Gebot sie jetzt vergaß:
War es der Schwestern Schuld und musst es so geschehen,
War's Duschenkas Vergehen –
Sie eilte zu gestehen,
Dass einem Schatten sie sich liebend anvermählte.
Auch wann er zu ihr kam, den Schwestern sie erzählte,
Und alles, was geschah, beschrieb sie da aufs Haar.
Nur eines war ihr selbst nicht klar:
Was wohl ihr Gatte sei und was sie aus ihm mache,
Ob es ein Zauberer, ein Gott, ein Geist, ein Drache.[3]

»Das ist eine Dichtung, nicht leeres Wortgeklingel, nein, eine Dichtung voll Herz und Seele. Ich, mein verehrtester Herr Rat, verstehe die neuen Dichter nicht, Wassili Andrejewitsch Schukowski so wenig wie die anderen – sei es, dass mein Fassungsvermögen zu gering ist, sei es, dass es mir an moderner Bildung gebricht.«

Der Rat, der Zeit seines Lebens nichts anderes gelesen hatte, als die Resolutionen der Gouvernementsbehörde und auch davon nur die seiner Abteilung – bei den anderen hielt er sich schon aus Zartgefühl verpflichtet zu unterschreiben, ohne die Akten gelesen zu haben – bemerkte: »Ohne Zweifel, doch glaube ich, die Herren, welche aus der Residenz kommen, denken anders darüber.«

»Was gehen uns die an!«, antwortete der Präsident; »ich weiß sehr wohl, dass alle jetzt erscheinenden Zeitungen und Zeitschriften den Puschkin loben; gelesen habe ich ihn nicht; glatte Verse, aber ohne Gedanken, ohne Empfindung, und für mich ist alles Hohlheit, wenn hier nichts ist.« (Hier zeigte er irrtümlicherweise auf die rechte Seite der Brust.)

---

[3] Nach Wolfsohn.

»Auch ich lese sehr gern«, fuhr der Rat fort, dem es gar nicht gelingen wollte, das Gesprächsthema an sich zu reißen; »aber ich habe gar keine Zeit dazu. Morgens hockt man über den verwünschten Akten; die Amtspflichten gewähren Geist und Herz wahrlich wenig Nahrung; des Abends sitzt man beim Boston oder Whist.«

»Wer Lust zum Lesen hat«, versetzte mit zurückhaltendem Lächeln der Präsident, »der wird nicht jeden Abend am Kartentisch sitzen.«

»Natürlich nicht; so z. B. behauptet man von diesem Beltoff, dass er nie eine Karte in die Hand nehme, sondern immer lese.«

Der Präsident schwieg.

»Sie haben wahrscheinlich von seiner Ankunft gehört?«

»Ich hörte so etwas der Art«, entgegnete gleichgültig der philosophische Richter.

»Man behauptet, er sei schrecklich gelehrt; das wäre Ihr Mann; ja, wahrhaftig, er soll sogar Italienisch verstehen.«

»Wie können wir uns ihm gleichstellen«, erwiderte der Präsident im Gefühl seines eigenen Wertes; »wie können wir uns ihm gleichstellen! Wir haben von Herrn Beltoff gehört: Er war im Auslande und hat in den Ministerien gedient; wie können wir Bären aus der Provinz uns mit ihm vergleichen! Übrigens wollen wir sehen. Ich habe nicht die Ehre ihn persönlich zu kennen, er hat mich nicht besucht.«

»Er war auch nicht bei Sr. Exzellenz und ist doch, glaube ich, schon vor fünf Tagen hier angekommen. – Ganz recht, heute Mittag werden's fünf Tage. Ich speiste mit Maxim Iwanowitsch beim Polizeimeister zu Mittag und erinnere mich, als wär's heute gewesen – wir waren gerade beim Pudding, da hörten wir das Postglöckchen: Maxim Iwanowitsch – Sie kennen ja seine Schwäche – konnte nicht an sich halten: Liebe Wera Wassiljewna, verzeihen Sie, und damit lief er ans Fenster und rief plötzlich aus: ein sechsspänniger Wagen und was für ein Wagen! Ich trete ebenfalls ans Fenster: richtig, ein sechsspänniger ausgezeichneter Wagen. Bei Gott, Joachim[4] muss ihn gebaut haben. Der Polizeimeister fragte sofort den Unteroffizier. »Beltoff aus Petersburg« hieß es.«

»Mir, ich muss es offen gestehen«, begann der Präsident etwas geheimnisvoll, »hat dieser Herr etwas Verdächtiges: Entweder hat er alles verschwendet, steht mit der Polizei in Verbindung oder selbst unter Polizei-

---

[4] Ein Petersburger Wagenbauer.

aufsicht. Ich bitte Sie, kommt einer 900 Werst zu den Wahlen daher gefahren, wenn er 3000 Seelen besitzt!«

»Gewiss, das leidet keinen Zweifel. Ich gestehe, ich gäbe viel darum, wenn Sie ihn sehen könnten; Sie sind sofort darüber im Klaren, wie die Dinge stehen. Gestern nach dem Essen ging ich spazieren, Semen Iwanowitsch hat's mir meiner Gesundheit wegen vorgeschrieben, da kam ich ein paarmal am Gasthofe vorbei; plötzlich tritt ein junger Mann in den Hausflur; ich glaubte, er sei es und fragte den Kellner; das sei sein Kammerdiener, sagte er; er war wie unsereins gekleidet; war gar nicht zu erkennen, dass es ein Diener sei ... Ach, mein Gott, an Ihrem Haus hält ein Wagen!«

»Na, wundert Sie das?«, entgegnete stoisch der Präsident; »mich besuchen sehr oft gute Bekannte.«

»Ja, aber vielleicht –«

In diesem Augenblicke trat ein dickes, rotwangiges Stubenmädchen in tiefem Negligé ins Zimmer und sagte: »Da ist ein Herr, ein Gutsbesitzer, den ich noch nie gesehen habe, soll ich ihn hereinlassen?«

»Gib mir meinen Schlafrock und sage, ich lasse bitten ...«

Etwas wie ein Lächeln zeigte sich auf seinem Gesicht, als er sich seinen seidenen Schlafrock von unbestimmter Farbe anzog. Der Rat stand vom Stuhl auf; er war in heftiger Aufregung.

Ein Mann von 30 Jahren, anständig wenn auch einfach gekleidet, trat herein und machte dem Herrn vom Hause eine höfliche Verbeugung. Er war schlank, hager, und auf seinem Gesicht paarte sich seltsam ein gutmütiger Blick mit einem spöttischen Zug um die Lippen; der Ausdruck eines gesetzten Mannes mit dem eines verzogenen Kindes. Es zeigte die Spuren langen, bitteren Nachdenkens und zugleich die Spur von Leidenschaften, welche noch nicht gebändigt zu sein schienen.

Der Präsident erhob sich, ohne seiner Würde das Geringste zu vergeben, von seinem Stuhl, nahm eine Miene an, als wollte er seinem Besuch entgegengehen, blieb aber auf derselben Stelle stehen.

»Ich bin der Gutsbesitzer Beltoff hier aus der Umgegend; ich bin hierher zu den Wahlen gekommen und habe es für meine Pflicht gehalten, Ihnen meine Aufwartung zu machen.«

»Außerordentlich erfreut«, sprach der Präsident; »außerordentlich erfreut und bitte ergebenst, mein geehrter Herr, Platz zu nehmen.«

Alle setzten sich.

»Sind Sie schon lange hier?«

»Seit fünf Tagen!«

»Und woher kommen Sie?«

»Aus Petersburg.«

»Nun, da muss Ihnen nach dem hauptstädtischen Lärm das eintönige Leben einer kleinen Provinzialstadt sehr langweilig vorkommen.«

»Das wüsste ich nicht; wirklich, das kann ich nicht sagen; ich habe es in großen Städten sehr langweilig gefunden.«

Lassen wir auf einige Augenblicke oder auf einige Seiten den Präsidenten und den Rat allein, der, seit er den Annenorden im Knopfloch hatte, noch niemals so entzückt gewesen wie heute: Er verschlang den Fremden förmlich mit Herz und Geist, mit Aug' und Ohr; er sah ihm alles ab – auch das, dass seine Weste nicht bis auf den letzten Knopf zugemacht war, und dass in der unteren Zahnreihe an der rechten Seite ein Zahn fehlte usw. Aber überlassen wir die Herren sich selbst und beschäftigen wir uns wie die Bewohner von N. ausschließlich mit dem seltsamen Gaste.

Sechstes Kapitel

Wir wissen bereits, dass Beltoffs Vater kurz nach seiner Geburt starb und dass seine Mutter eine exaltierte Dame war, der man die schlechte Aufführung Beltoffs Schuld gab.

Leider müssen wir sagen, dass sie eine der Hauptursachen war, dass ihr Sohn in seiner Karriere stets Unglück hatte. Die Geschichte dieser Frau ist an und für sich sehr merkwürdig. Sie war ein Bauernkind. Mit fünf Jahren wurde sie in das Herrenhaus aufgenommen. Ihre Herrin hatte zwei Töchter und einen Mann. Der Mann baute Fabriken, machte agronomische Versuche und endete damit, dass er sein ganzes Gut verpfändete.

Wahrscheinlich glaubte er, damit sei seine ökonomische Sendung hier auf Erden erfüllt und starb. Seine Witwe geriet über die Zerrüttung des Vermögens in großen Schrecken; sie weinte und weinte; endlich jedoch trocknete sie ihre Tränen und begann mit dem Mute eines großen Mannes ihre Vermögensverhältnisse wieder zu ordnen.

Nur der Verstand einer Frau, nur das Herz einer zärtlichen Mutter, welche ihre Töchter auszustatten wünscht, vermag all' die Mittel zu erdenken, die sie zur Erreichung ihres Zieles anwendete. Von dem Einsammeln der Pilze und Himbeeren bis zum Fällen von Holz in fremden Wäldern und den wiederholt geglückten Versuchen, die Bauernburschen als Soldaten zu verkaufen – jedes Mittel war recht (es ist dies schon lange Zeit her, und was jetzt nur noch selten vorkommt, geschah damals noch sehr oft) – und man muss gestehen, die Besitzerin von Sassjekino stand allgemein in dem Rufe einer unvergleichlichen Mutter.

Unter allerlei Papieren des verstorbenen Agronomen fand sie auch einen Wechsel, den ihm die Direktrice irgendeines Pensionats in Moskau ausgestellt hatte. Sie schrieb an diese Dame. Als sie aber sah, dass es schwer sein würde, das Geld zu bekommen, beredete sie dieselbe, drei oder vier Töchter ihrer Hof-Leibeigenen zu sich zu nehmen – sie wollte dieselben zu Gouvernanten für ihre eigenen und für fremde Töchter ausbilden lassen.

Nach einigen Jahren kehrten die selbst gezüchteten Gouvernanten zu ihrer Herrin mit glänzenden Zeugnissen zurück, worin ihnen bekundet wurde, dass sie in der Religion, in der Arithmetik, in der vaterländischen und Weltgeschichte, in der französischen Sprache usw. bewandert seien und bei der Prüfung als Belohnung ihres Fleißes die Erzählung »Paul und Virginie« in prachtvollem Einband mit Goldschnitt erhalten hätten.

Ihre Herrin ließ ihnen ein besonderes Zimmer anweisen und wartete auf die Gelegenheit, sie unterzubringen.

Eine Tante des Vaters unsers Beltoff suchte gerade um diese Zeit eine Erzieherin für ihre Töchter, und als sie hörte, ihre Nachbarin habe Gouvernanten vorrätig, die ihr persönliches Eigentum seien, so wandte sie sich an dieselbe. Die Damen feilschten wegen des Preises, stritten und erhitzten sich, wurden jedoch schließlich handelseinig.

Die Gutsbesitzerin gestattete der Tante sich diejenige auszuwählen, welche ihr zusagte, und die Wahl fiel auf die zukünftige Mutter unseres Helden.

Zwei, drei Jahre später kam Wladimirs Vater auf seinem Gute an. Er war jung, ausschweifend, spielte und trank gern, spazierte mit der Flinte umher, bewies eine unnütze Kühnheit und machte allen Frauenzimmern, die jünger als dreißig Jahre waren und ein einigermaßen hübsches Gesicht hatten, den Hof. Trotzdem kann man nicht sagen, dass er ein durchaus nichtsnutziger Mensch gewesen: Müßiggang, Reichtum, Mangel an Bildung und schlechte Gesellschaft hatten ihm, wie einer meiner Freunde sich auszudrücken pflegte, sieben Pfund Schmutz aufgeladen; allein zu seiner Ehre muss gesagt werden, dass der Schmutz durchaus nicht mit ihm zusammenwuchs.

Selten war Beltoff mit etwas beschäftigt und darum machte er seiner Tante oft einen Besuch; sein Gut lag fünf Werst von der Besitzung der Tante. Sofie – so hieß die Gouvernante – gefiel ihm: sie zählte zwanzig Jahre, war von hohem Wuchs, brünett, mit dunklen Augen und jugendlich üppigem Haar.

Lange zu überlegen fand Beltoff lächerlich: dem üblichen System zuwider machte er nicht lange Annäherungsversuche; sondern als er einmal mit ihr allein im Zimmer war, umfasste er ihre Taille, küsste sie und bat sie sehr dringend, am Abend in den Garten zu kommen.

Sie riss sich aus seinen Armen los und wollte schreien; aber ein Gefühl der Scham und die Furcht vor Gerede hielten sie davon ab; besinnungslos stürzte sie in ihr Zimmer, und dort ermaß sie zum ersten Male in seinem ganzen Umfange, in seiner ganzen Tiefe ihr zweideutiges Verhältnis.

Durch seine Zurückweisung gereizt, begann Beltoff sie mit seiner Liebe zu verfolgen, schenkte ihr einen Brillantring, den sie nicht annahm, versprach ihr eine Breguet-Uhr, die er nicht besaß, und konnte sich nicht genug wundern, wie seine Schöne zu einer solchen Sprödigkeit komme; gern wäre er eifersüchtig geworden, aber er wusste nicht auf wen. Endlich nahm Beltoff in seinem Ärger zu Drohungen und Scheltworten seine Zuflucht – auch das hatte keine Wirkung.

Da ging ihm ein anderer Gedanke durch den Kopf: der Tante eine große Geldsumme für Sofie anzubieten – und er war überzeugt, dass der Geiz über ihre geheuchelte Frömmigkeit den Sieg davontragen würde. Aber als ein Mann, der gewohnt war, stets ohne Überlegung zu handeln, gab er dem armen Mädchen vorher zu verstehen, welchen Schritt er vorhabe. Selbstverständlich erschreckte sie das mehr als alles andere; sie warf sich ihrer Herrin zu Füßen; unter Tränen erzählte sie ihr alles und bat um die Erlaubnis, nach Petersburg reisen zu dürfen.

Ich weiß nicht, wie es zuging, aber sie überrumpelte ihre Herrin; die Alte, welche Talleyrands Grundsatz nicht kannte, niemals der ersten Regung des Herzens zu folgen, weil diese stets gut sei, ließ sich durch ihre Bitte rühren und machte ihr den Vorschlag, ihr für das bescheidene Sümmchen von 2000 Rubeln einen Freibrief auszustellen.

»Ich selbst«, sprach sie, »habe diese Summe für dich gezahlt; und was habe ich seitdem an Beköstigung und Kleidung für dich aufgewendet. Nun, bis du das Geld zahlst, schicke mir jährlich einen kleinen Obrok (Jahreszins), etwa 120 Rubel, und ich will Platoschka befehlen, dir einen Pass auszustellen; er ist zwar ein Dummkopf, er könnte vielleicht einen Bogen Papier verderben, und jetzt ist das Stempelpapier so teuer – –«

Sofie willigte in alles, dankte ihrer Herrin, wobei sie fast in Tränen zerfloss, und beruhigte sich einigermaßen wieder.

Nach acht Tagen schrieb Platoschka einen Pass, in welchem er bemerkte, dass sie ein gewöhnliches Gesicht, gewöhnliche Nase, mittlere Statur, regelmäßigen Mund und keinerlei besondere Kennzeichen habe, außer dass sie französisch spreche.

Einen Monat später bat Sofie die Frau des Verwalters eines benachbarten Gutes, welche nach Petersburg reiste, um dort Geld in die Bank zu legen und ihren Sohn auf das Gymnasium zu bringen, sie mit sich zu nehmen.

Die Kibitke wurde mit Pilzen, Kuchen, Mehl, eingemachten und getrockneten Beeren, die zu Geschenken bestimmt waren, vollgeladen; die Frau des Verwalters ließ nur für sich selbst einen Platz übrig. Sofie setzte sich auf ein Fässchen, das sie während einer Reise von 900 Werst daran erinnerte, dass sie nicht auf Eiderdunen saß. Der Gymnasiast musste auf dem Bock Platz nehmen; er war ein lang aufgeschossener Bursche von vierzehn Jahren, der sehr viel rauchte und weit entwickelter war, als es schien.

Auf dem ganzen Wege machte er Sofie den Hof, und wenn ihn nicht die spülichtfarbenen Augen seiner Mutter angeblinzelt hätten, so würde er wahrscheinlich Beltoff noch übertroffen haben.

Apropos, Beltoff hatte den Versuch gemacht, Sofie zu entführen, als sie von der Tante zu der Verwaltersfrau fuhr, und wahrscheinlich würde es ihm auch geglückt sein, wenn der Kutscher nicht sinnlos betrunken gewesen und einen verkehrten Weg eingeschlagen hätte. In seinem Ärger, und da er im ersten Augenblick das bittere Geständnis des Fuchses machte, dass die Trauben sauer gewesen, schwatzte Beltoff in Gesellschaft von Spielbrüdern seinen Roman aus – doch stimmte seine Erzählung durchaus nicht mit der Wahrheit überein. Er behauptete, dass seine Tante, die, wie alle alten Weiber, eifersüchtig sei, Sofie, die bis über die Ohren in ihn verliebt wäre, mit Gewalt fortgeschickt; im Übrigen sei er im Grunde froh, dass sie abgereist sei, nachdem sie gewisse Zeichen seiner Aufmerksamkeit empfangen habe.

Wie man weiß, führen in Europa die Zigeuner und Spieler stets ein Wanderleben, und darum darf es nicht Wunder nehmen, dass einige Tage nach Beltoffs Erzählung einer seiner Zuhörer bereits in Petersburg war. Er stand im engsten Freundschaftsverhältnis mit einer Französin, Namens Joucour, der Inhaberin einer Pension. Die Joucour, welche sich bis zu ihrem 40. Jahre täglich schnürte und aus Schamhaftigkeit ein Kleid mit hohem Kragen trug, war unerbittlich streng in Bezug auf die Sittlichkeit ihrer Nebenmenschen. Von diesem und jenem plaudernd, erzählte sie ihrem Freunde, dass ein sehr seltsames Wesen Lehrerin an ihrer Anstalt geworden: Es sei eine Leibeigene der Frau Soundso und spreche ausgezeichnet französisch.

Der nomadisierende Freund lachte hell auf.

»Bah, das ist ja eine alte Bekannte! Das ist ja herrlich, ausgezeichnet – ha ha ha! Ich bitte Sie, die habe ich tausendmal bei Beltoff gesehen, den sie des Nachts besuchte, wenn im Hause seiner Tante alles schlief.«

Dann machte er Madame Joucour, welche auf die Reputation ihrer Anstalt eifersüchtig war, auf den Zustand Sofies aufmerksam. Die Joucour war vor Entsetzen außer sich und kreischte: »Quelle démoralisation dans ce pays barbare!«

In ihrem Zorne vergaß sie alles auf der Welt, ja sogar den Umstand, dass bei einer privilegierten Hebamme an der nächsten Straßenecke zwei Kinder erzogen wurden, die gleichzeitig zur Welt gekommen waren, und von denen das eine der Jungfrau Joucour, das andere dem nomadisierenden Freunde glich.

In der ersten Hitze wollte sie zum Polizeiinspektor schicken, dann zum französischen Konsul fahren; aber sie überlegte sich die Sache und fand, dass dies durchaus nicht nötig sei: sie jagte Sofie einfach ohne Weiteres in der rohesten Weise aus dem Hause, wobei sie in der Eile vergaß, ihr das Geld auszuzahlen, das sie ihr schuldig geworden.

Jungfrau Joucour erzählte noch drei andern Pensionsinhaberinnen die schreckliche Historie, diese teilten dieselbe allen andern Pensionsmüttern in Petersburg mit. Wohin das arme Mädchen sich auch wandte, überall wurde ihr die Tür gewiesen. Sie suchte eine Stelle in einem Privathause – aber wo eine solche finden? Bekannte hatte sie nicht; da bot sich ihr eine Privatstelle, und zwar eine recht vorteilhafte; aber die Mutter erkundigte sich erst, bevor sie sich band, bei Madame Joucour – und da dankte sie der Vorsehung für die Rettung ihrer Tochter.

Sofie wartete noch eine Woche und überzählte ihr Geld – sie hatte noch 35 Rubel und gar keine Hoffnung auf ein Unterkommen; das Zimmer, das sie gemietet, war viel zu teuer für ihre Verhältnisse, und nachdem sie lange gesucht, zog sie endlich in den fünften, wenn nicht sechsten Stock eines ungeheuren Hauses am Ende der Erbsenstraße. Man musste durch zwei schmutzige Höfe gehen, die aussahen wie der Boden eines noch nicht ganz ausgetrockneten Sees, um zu einer kleinen, kaum bemerkbaren Tür in einer ungeheuren Mauer zu kommen. Von dort führte eine feuchte, finstere Treppe mit morschen Stufen eine unendliche Treppe hinauf, zu welcher an jedem Absatz zwei, drei Türen führten. Ganz oben, unter dem finnischen Himmel, wie die Petersburger Witzbolde sich ausdrücken, bewohnte eine alte Deutsche ein kleines Stübchen. Sie war an beiden Beinen gelähmt, kauerte, halb eine Leiche, seit vier Jahren am Ofen, strickte an den Wochentagen Strümpfe und las sonntags in Luthers Bibelübersetzung.

Das Stübchen war drei Schritte lang. Davon glaubte die arme Deutsche zwei Drittel noch vollständig übrig zu haben, die sie denn auch nebst dem Fenster, an welches bis auf anderthalb Fuß die ziegelrote Seitenwand des Nachbarhauses grenzte, zu vermieten pflegte.

Sofie unterhandelte mit der Deutschen und nahm dieses Boudoir. Es war darin schmutzig, dunkel, feucht und dunstig. Die Tür ging auf einen kalten Korridor, auf welchem jammervoll aussehende, zerlumpte, bleiche, rothaarige Kinder mit skrofulös entzündeten Augen sich tummelten; rings umher war alles dicht voll trunksüchtiger Handwerksgesellen; die beste Wohnung in diesem Stock hatten Schneiderinnen inne. Niemals, wenigstens am Tage, bemerkte man, dass sie arbeiteten; aber an ihrer Lebensweise sah man deutlich, dass sie keine Not litten. Die Köchin, welche sie bei sich hatten, eilte täglich mit einem lädierten Kruge fünfmal hinüber in die Schenke ...

Alle Bemühungen Sofies, eine Stelle zu finden, waren vergebens; die gute Deutsche war ihr behilflich und bemühte sich für sie mittels ihrer einzigen Bekannten, einer Landsmännin, welche irgendwo als Kinderwärterin diente. Diese versprach, sich nach irgendeiner Stellung für sie umzutun, aber es wollte sich nichts finden.

Sofie entschloss sich zum Äußersten, sie suchte eine Stelle als Stubenmädchen; und sie fand auch eine solche, man einigte sich über den Preis. Aber die »besonderen Kennzeichen« in dem Reisepass setzten die Dame so in Erstaunen, dass sie sagte: »Nein, liebes Kind, ich bin nicht imstande, mir ein Stubenmädchen zu halten, das französisch spricht.«

Sofie entschloss sich, Näherin zu werden. Die Direktrice war sehr mit ihr zufrieden, bezahlte ihr fast alles, was sie ihr schuldig war und lud sie zu sich zum Tee, statt dessen sie ihr starkes Bier vorsetzte.

Sie versuchte das arme Mädchen zu überreden, zu ihr zu ziehen; aber ein gewisser innerer Schrecken hielt Sofie davon ab und so schlug sie es aus. Das beleidigte die Direktrice aufs Empfindlichste, und als Sofie ging, warf sie stolz die Tür ins Schloss und sagte: »Du wirst schon selbst darum bitten; du tust ja gerade, wie ein Fräulein! Bei uns wohnt eine Deutsche aus Riga, und die ist ebenso hübsch wie du!«

Abends äußerte sich die Direktrice mit beißender Ironie über das arme Mädchen gegen den Kommissar, der manchmal des Abends zu ihr kam, um in angenehmer Gesellschaft von den Mühen des Tages auszuruhen, und sie flößte ihm ein solches Interesse ein, dass er sich sofort in das Stübchen der Deutschen begab und sie fragte: »Nun, Frau Madame, wie geht's? Wie steht's? Es wäre doch wohl Zeit, dass Sie sich auch mal auf die Beine machten.«

Die Deutsche setzte sich hastig eine Haube auf, welche für unvorhergesehene Fälle stets neben ihr lag, und antwortete: »Was soll man machen? Gott hebt mich nicht auf!«

»Aber wo ist denn das Mädel, diese Sofie, die bei Ihnen wohnt?«

»Hier«, antwortete Sofie.

»Wo hast du denn Französisch gelernt, he? Verflixtes Mädel; na, so rede doch mal französisch.«

Sofie schwieg.

»Na, es scheint, du kannst gar nicht? Nun, so sprich doch mal was!«

Sofie bewahrte Schweigen und ihre Augen füllten sich mit Tränen.

»Frau Madame, na, versteht sie auch Ihre Sprache?«

»Sehr gut.«

»Kann man bei Ihnen nicht ein Gläschen Branntwein bekommen? ... Ich bin ganz durchfroren.«

»Nein«, antwortete die Deutsche.

»Das ist schlimm – na, wem gehört denn dieser Apfel?«

(Diesen Apfel hatte der alten Frau ihre deutsche Bekannte gebracht, und sie hob ihn sich auf, um ihn am Sonntag bei der Lektüre von Luthers Bibelübersetzung zu essen.)

»Mir«, antwortete die Deutsche.

»Na, aber du kannst ihn doch nicht aufessen, die Französin da würde ihn dir essen; na, adieu!«, sagte der Kommissar, der im Übrigen keinerlei Unheil anrichtete und sehr mit sich zufrieden fortging, sich den Apfel in die Tasche steckte und die Schneiderinnen aufsuchte.

Trübe und schrecklich vergingen die Tage. Durch alles und alle beleidigt und gedemütigt, verkam das unglückliche Mädchen in diesem Schmutz. Wäre sie weniger gebildet gewesen, so hätte sie vielleicht auch hier einen Ausweg gefunden, aber ihre Erziehung hatte in ihr ein so außerordentliches Zartgefühl entwickelt, dass alles, was sie umgab, zehnfach mächtiger auf sie einwirkte.

Es gab Augenblicke, wo sie so ermattet, so von ihren Geisteskräften gelähmt war, dass sie wahrscheinlich tief gesunken wäre, wenn nicht die schmutzige, widerwärtige Gestalt, in welcher das Laster sich ihr zeigte, sie vor dem Fall bewahrt hätte. Es gab Augenblicke, wo der Gedanke ihr durch den Kopf ging, Gift zu nehmen, um so aus ihrer schrecklichen Lage herauszukommen. Sie gab sich umsomehr der Verzweiflung hin, da sie sich nichts vorwerfen konnte. Es gab Augenblicke, in welchen bitterer Hass ihr Herz erfüllte, und in einem solchen Augenblicke griff sie zur Feder und schrieb, ohne sich erst Rechenschaft darüber zu geben, was und warum sie das tat, in einem gewissen feierlichen Zorn einen Brief an Beltoff.

Derselbe lautete:

Ich kann und will nicht länger an mir halten. Ich schreibe Ihnen – schreibe Ihnen nur, um mir eine, vielleicht die letzte Freude in meinem Leben zu gönnen, die

Freude, Ihnen meine ganze Verachtung auszudrücken. Gern gebe ich die letzten Kopeken, welche für Brot bestimmt waren, der Post für diesen Brief hin; der Gedanke wird mich beleben, dass Sie ihn lesen werden. Ihr Benehmen gegen mich im Hause Ihrer Tante bewies mir, dass Sie ein sitten- und zügelloser Mensch, ein herzloser Wüstling sind. – Noch entschuldigte ich Sie – natürlich aus Unerfahrenheit – mit Ihrer schlechten Erziehung, mit der Umgebung, in der Sie Ihr Leben verbringen; ich entschuldigte Sie damit, dass meine seltsame Stellung Sie zu Ihrem Benehmen gleichsam herausgefordert habe. Aber die Verleumdung, mit der Sie derselben die Krone aufgesetzt, die niedrige, elende Verleumdung zeigte mir die ganze Gemeinheit Ihrer Gesinnung. Ich sage nicht einmal Bosheit, sondern eben Gemeinheit. Aus Rachsucht, aus kleinlicher Eigenliebe beschlossen Sie, ein schutzloses Mädchen zugrunde zu richten, sie mit Lügen zu verfolgen. Warum? Haben Sie mich etwa wirklich geliebt? Fragen Sie doch Ihr Gewissen ... Freuen Sie sich doch, es ist Ihnen geglückt: Ihr Freund hat mich hier angeschwärzt, ich bin fortgejagt, mit Verachtung behandelt worden, ich musste die schrecklichsten Beleidigungen anhören; – endlich habe ich keinen Bissen Brot mehr; darum sage ich Ihnen, dass ich Sie verachte, dass Sie ein kleinlicher, verächtlicher Mensch sind; das sagt Ihnen das Stubenmädchen Ihrer Tante ... Wie wohl tut mir der Gedanke an den ohnmächtigen Zorn, an die Wut, mit der Sie diese Zeilen lesen werden; man hält Sie ja wohl für einen anständigen Menschen, und wahrscheinlich würden Sie, wenn Ihnen das einer Ihresgleichen sagte, ihm eine Kugel durch den Kopf jagen.

Beltoff wälzte sich gerade, nachdem er alles verspielt, in ärgerlicher Stimmung in Erwartung des Tees auf dem Sofa, als der nach der Stadt gesandte Diener ihm unter anderem Sofies Brief brachte. Er kannte ihre Handschrift nicht, und da er somit aus der Adresse nicht erraten konnte, von wem der Brief war, so brach er ihn gleichmütig auf.

Bei der ersten Zeile begann seine Hand zu zittern, aber er las den Brief ruhig zu Ende, stand auf, faltete ihn sorgfältig wieder und setzte sich dann an den Tisch und wandte den Kopf dem Fenster zu.

Zwei Stunden brachte er in dieser Haltung zu. Der Tee stand schon längst auf dem Tisch; noch immer hatte er sein Glas nicht angerührt; seine Pfeife war schon längst ausgeraucht, und doch rief er seinen Diener nicht herbei.

Als er wieder vollständig zur Besinnung gekommen war, war es ihm, als hätte er eine lange schwere Krankheit überstanden; er empfand eine Schwäche in den Beinen, er war müde, es sauste ihm in den Ohren; mehrmals fasste er sich mit der Hand an den Kopf, wie um zu fühlen, ob er denn seinen Kopf auch *noch* habe: es fror ihn, er war kreidebleich, begab sich ins Schlafzimmer, schickte seinen Diener hinaus und warf sich vollständig angekleidet aufs Sofa ...

Nach Verlauf einer Stunde klingelte er und am andern Morgen, fast noch vor Tagesanbruch, rasselte über den Damm neben der Mühle ein Reisewagen, der von vier kräftigen Pferden bergauf gezogen wurde. Die Müller kamen heraus, um nachzusehen, und fragten: »Wohin reist denn unser Herr?«

»Man sagt nach Petersburg«, antwortete einer von ihnen.

Ein halbes Jahr später rasselte derselbe Wagen wieder über den Mühlendamm zurück: Der gnädige Herr kehrte mit der gnädigen Frau heim. Der Dorfgeistliche, der zu Beltoff gekommen war, um ihm zu gratulieren, sagte, als er wieder zu Hause angelangt war, mit dem allergrößten Erstaunen zu seiner Gattin: »Frau, Frau, weißt du, wer die gnädige Frau ist? Die ehemalige Lehrerin, welche Wera Wassiljewna, die gnädige Frau von Sassjekino hatte. Wunderbar, o Herr, sind deine Wege!«

»Nicht wahr«, antwortete die Popenfrau, »jetzt darf man ihr wohl gar nicht mehr nahe kommen?«

»Nein, ich will nicht falsches Zeugnis ablegen«, antwortete der Geistliche, »sie ist gesprächig und freundlich.«

Die Tante, welche auf Beltoff wegen seines ersten Streiches mit der Gouvernante nur zwei Tage erzürnt gewesen, konnte Zeit ihres Lebens die nichtsnutzige eheliche Verbindung ihres Neffen nicht vergessen und starb, ohne dass er ihr je wieder unter die Augen hatte treten dürfen. Sie pflegte zu sagen, sie würde hundert Jahre alt werden, wenn dieser unglückliche Zwischenfall ihr nicht Schlaf und Appetit raubten.

So ist einmal das weibliche Herz beschaffen: Frau Beltoff selbst konnte die schrecklichen Erfahrungen, die sie vor ihrer Verheiratung gemacht, nicht verwinden. Es gibt zarte, feine Organismen, welche eben wegen ihrer Zartheit vom Gram nicht zerstört werden, demselben anscheinend nachgeben, aber das, was sie erfahren, tief, furchtbar tief in sich aufnehmen und während ihres ganzen Lebens sich dem Einfluss derselben nicht entziehen können: Die erlittene Unbill bleibt als eine schadhafte Materie zurück, lebt im Blute, in ihrem innersten Lebensmark, bald verbirgt sie sich, bald offenbart sie sich plötzlich mit furchtbarer Macht und zerstört den Körper. Just eine solche Natur hatte auch Frau Beltoff: Weder die Liebe ihres Mannes, noch der wohltätige Einfluss, den sie auf ihren Mann übte und der sichtlich zutage trat, vermochten die Bitterkeit aus ihrer Seele zu bannen. Sie fürchtete sich vor ihren Mitmenschen, war träumerisch, scheu geworden, verschloss sich in sich selbst, ward hager, bleich und misstrauisch, hatte immer Angst vor irgendetwas, brach leicht in Tränen aus und saß ganze Stunden schweigend auf dem Balkon.

Drei Jahre später erkrankte Beltoff und starb fünf Tage nachher. Sein durch das frühere Leben erschöpfter Körper hatte nicht mehr Kraft genug, das Fieber zu besiegen; er starb besinnungslos. Sofie brachte ihm ihren zweijährigen Knaben: Er blickte ihn wild an und das erschreckte Kind streckte die Händchen nach dem andern Zimmer aus.

Dieser Schlag erschütterte Frau Beltoff bis ins Innerste; sie hatte diesen Mann seiner leidenschaftlichen Reue wegen geliebt; sie hatte erkannt, dass sich unter dem Schmutz, den seine Umgebung ihm angeklebt, eine edle Natur barg; sie wusste seine Besserung zu würdigen. Ja, sie hatte sogar die manchmal wiederkehrenden Ausbrüche ausgelassenster Fröhlichkeit seines wilden, ungebändigten Charakters an ihm geliebt.

Frau Beltoff widmete sich nach dem Tode ihres Mannes mit ihrer krankhaften Reizbarkeit der Erziehung ihres Kindes, und wenn es des Nachts nicht schlafen konnte, so schlief sie gar nicht, wenn es unwohl schien, war sie krank; kurz sie lebte, atmete nur in ihm, war seine Wärterin, seine Amme, seine Puppe, sein Pferdchen.

Aber auch diese fieberhafte Liebe zu ihrem Sohn war mit dem finstern Element ihrer Seele verwandt. Fast unablässig quälte sie der Gedanke, sie könnte ihr Kind verlieren, und oft betrachtete sie verzweiflungsvoll den schlafenden Knaben; und wenn er ganz ruhig war, hielt sie ängstlich ihre bebende Hand an seine Lippen. Aber trotz ihrer inneren Stimme, wie sie ihre krankhafte Einbildung nannte, wuchs der Knabe heran, und wenn er auch nicht sehr gesund war, so war er doch auch nicht krank.

Niemals verließ sie Bjeloje-Pole. Der Knabe war vollständig allein, und, wie alle allein aufwachsenden Kinder, entwickelte er sich sehr früh. Übrigens zeigten sich auch, abgesehen von äußeren Einflüssen, an dem Knaben gar bald unzweideutige Zeichen tüchtiger Begabung und eines energischen Charakters.

Es kam die Zeit zum Lernen. Frau Beltoff reiste mit ihrem Sohn nach Moskau, um einen Hauslehrer für ihn zu suchen. In Moskau wohnte ein Oheim ihres verstorbenen Mannes, ein sehr origineller Mensch, der von seiner ganzen Verwandtschaft gehasst wurde, ein launenhafter, sehr kluger, müßiggängerischer Hagestolz, der wegen seiner Eigenheiten in der Tat unerträglich war.

Ich kann mich nicht enthalten, auch über diesen Sonderling einiges zu sagen. Ich habe nun einmal ein sehr großes Interesse für die Lebensgeschichte aller Menschen, die ich kennenlerne. Dem Anschein nach ist das

Leben gewöhnlicher Menschen einförmig – aber nur dem Anschein nach. Nichts auf der Welt ist origineller und mannigfaltiger als die Lebensgeschichte unbekannter Menschen, namentlich da, wo nicht zwei Menschen durch dieselben gemeinsamen Ideen vereint sind, wo jeder Jüngling sich in seiner Weise entwickelt und bildet, ohne irgendwie daran zu denken, was einmal aus ihm werden könnte!

Wenn ich die Fähigkeit dazu besäße, würde ich ein biografisches Wörterbuch herausgeben und etwa in alphabetischer Ordnung zunächst alle die zusammenstellen, welche keinen Bart tragen. Der Kürze wegen könnten die Lebensbeschreibungen der Gelehrten, Literaten, Künstler, ausgezeichneten Krieger und Staatsmänner – überhaupt all der Menschen, welche vom allgemeinen Interesse in Anspruch genommen werden, wegfallen; ihr Leben ist einförmig, langweilig; Erfolge, Talente, Verfolgungen, Beifall, ein Leben im oder außer dem Hause, der Tod auf halbem Wege, Armut im Alter – das alles gehört nicht dem Betreffenden, sondern seiner Zeit. Darum vermeide ich keineswegs biografische Abschweifungen: Sie offenbaren den ganzen Reichtum der Schöpfung. Wer Lust hat, mag daher diese Episoden überschlagen, aber damit überschlägt er auch zugleich die Erzählung selbst.

Also die Lebensgeschichte des Oheims.

Sein Vater, ein Gutsbesitzer in der Steppe, gab sich immer für einen ruinierten Mann aus, ging Zeit seines Lebens in einem Schafspelz ohne Überzug umher, fuhr selbst nach der Gouvernementsstadt, um Roggen, Gerste und Hafer zu verkaufen, wobei er, wie das so Sitte und Brauch, falsches Maß gab und dafür manchmal eine harte Lehre einstecken musste.

Allein trotz seiner ruinierten Verhältnisse brachte er seinen Sohn in die Garde und gab ihm acht Pferde, zwei Köche, einen Kammerdiener, einen Riesen von Lakai und vier kleine Burschen als *hors d'oevre* mit.

In Petersburg fand man, dass der junge Offizier eine ausgezeichnete Erziehung genossen, d. h. ein Jüngling sei, der acht Pferde, eine ebenso große Anzahl Diener, zwei Köche usw. besitze. Anfangs ging alles herrlich. Der zukünftige Onkel wurde Gardefähnrich – da plötzlich ereignete sich in seinem Leben ein wichtiger Vorfall: Es war das in den siebziger Jahren. An einem schönen Wintertage kam er auf den Gedanken, im Schlitten über den Newski Prospekt zu fahren. Hinter der Anitschkoffschen Brücke holte ihn ein großer dreispänniger Schlitten ein, welcher mit ihm eine Wettfahrt begann und ihn überholen wollte. – Ihr kennt ja doch das russische Herz: Der Fähnrich rief dem Kutscher zu: »Vorwärts!«

»Vorwärts!«, rief mit Donnerstimme ein hoher, stattlicher Mann, der in einen Bärenpelz gehüllt war und in dem andern Schlitten saß.

Der Fähnrich gewann einen Vorsprung. Atemlos vor Wut versetzte beim Umlenken der Herr in dem Bärenpelz dem Kutscher des Fähnrichs mit der Peitsche, die er in der Hand hielt, einen Schlag, wobei er absichtlich dessen Herrn streifte.

»Nicht überjagen, Bestie!«

»Sind Sie verrückt?«, fragte der Offizier.

»Ich will's Ihrem Dummkopf da abgewöhnen, mich wieder zu überjagen.«

»Das hatte ich ihm befohlen, mein geehrter Herr, und Sie begreifen, dass ich die Uniform des Kaisers zu sehr achte, um sie entehren zu lassen.«

»Bah, ein solcher Held – wer bist du denn?«

»Und wer bist du?«, fragte der Fähnrich, der sich wie ein wildes Tier auf ihn stürzen wollte.

Der stattliche Mann sah ihn verächtlich an, zeigte ihm seine Riesenfaust und sagte: »Ein Faustkampf? Nein, Freundchen, das lass bleiben!«

Darauf rief er seinem Kutscher ein Vorwärts zu.

»Ihm nach!«, schrie der Fähnrich seinem Kutscher zu, und dann setzte er ein paar Worte hinzu, die aller Welt so bekannt sind, dass sie sich nicht einmal im Wörterbuche finden.

Der Offizier erfuhr wirklich, wo dieser Herr wohnte, stattete ihm jedoch keinen Besuch ab; er beschloss, ihm einen Brief zu schreiben und hatte bereits recht glücklich angefangen, als er wie absichtlich gestört wurde: Der General ließ ihn in Arrest stecken; darauf ward er in die Garnison Orsk versetzt. Die Festung Orsk liegt ganz auf einem Jaspisfelsen, was jedoch nicht verhindert, dass es dort sehr langweilig ist.

Der Offizier nahm ein Exemplar von Crebillons Romanen mit sich und mit dieser Erbauungslektüre begab er sich nach der Grenze der Ufimschen Provinz.

Nach drei Jahren wurde er in die Garde zurückversetzt, aber er kehrte, wie seine Bekannten bemerkten, etwas angerissen aus der Festung Orsk zurück. Er nahm seine Entlassung und begab sich auf die Besitzungen, die ihm sein ruinierter Vater hinterlassen, der, obgleich er immer ächzend im Schafpelz ohne Überzug umhergegangen, doch, um seine Besitzungen abzurunden, noch anderthalb tausend Seelen hinzugekauft hatte.

Dort geriet der neue Gutsbesitzer mit all seinen Verwandten in Streit und reiste ins Ausland. Drei Jahre brachte er auf englischen Universitäten zu, dann bereiste er fast ganz Europa, Österreich und Spanien ausgenommen, die er nicht leiden konnte, knüpfte mit allen Berühmtheiten Verbindungen an, brachte ganze Abende mit Bonnet zu, mit dem er über organisches Leben sich unterhielt, und plauderte ganze Nächte beim Wein mit Beaumarchais über dessen Prozesse; unterhielt einen freundschaftlichen Briefwechsel mit Schlözer, der damals seine berühmte Zeitschrift herausgab; reiste extra nach Ermenonville zu dem sterbenden Jean Jacques Rousseau und fuhr stolz an Ferney vorbei, ohne Voltaire einen Besuch zu machen.

Nach zehn Jahren kehrte er aus dem Auslande zurück und versuchte es in Petersburg zu leben.

Das Petersburger Leben war nicht nach seinem Geschmack und er ließ sich in Moskau nieder. Erst fand er alles seltsam, dann fanden alle ihn seltsam. Und in der Tat gab er dazu Grund genug. – Er las nur medizinische Bücher, ließ sich sichtlich gehen, wurde verbittert, launenhaft und gegen jedermann kalt und fremd ...

Um die Zeit, als Frau Beltoff einen Hauslehrer suchte, kam ein von seinen Schweizer Freunden empfohlener Mann aus Genf zu ihm, der eine Erzieherstelle suchte.

Dieser Genfer war ein Mann von 40 Jahren, grauköpfig, hager, mit jugendlich blauen Augen und einem Ausdruck strenger Rechtlichkeit auf dem Gesicht. Er besaß eine vorzügliche Bildung, war ein tüchtiger Kenner der lateinischen Sprache und ein guter Botaniker. Die Sache der Erziehung betrachtete der Schwärmer mit jugendlicher Gewissenhaftigkeit als die Erfüllung einer Pflicht, als eine schreckliche Gewissenssache. Er hatte alle möglichen Abhandlungen über Erziehung und Pädagogik gelesen: nicht bloß Rousseaus Emil und Pestalozzis Schriften, sondern auch Basedow und Nikolai; doch eines hatte er aus seinen Büchern nicht herausgelesen, dass das Wichtigste der Erziehung darin bestehe, den Geist des jungen Mannes mit seiner Umgebung in Harmonie zu bringen, dass die Erziehung eine klimatologische sein müsse, dass es für jede Zeit, für jedes Land und noch mehr für jeden Stand, ja vielleicht gar für jede Familie eine besondere Erziehung geben müsse.

Das konnte der Genfer nicht wissen; er hatte das Menschenherz nach Plutarch studiert, er kannte seine Zeit aus Malte Brun und den Statistikern; trotz seiner 40 Jahre konnte er noch nicht ohne Tränen Schillers Don Carlos lesen, glaubte noch aufrichtig an Aufopferungsfähigkeit, konnte es Napoleon nicht verzeihen, dass er Korsika nicht befreit, und trug Paolis Porträt mit sich herum.

Allerdings war er mit der praktischen Welt vielfach bitter zusammengestoßen; Armut und Misserfolge drückten ihn sehr; aber gerade darum lernte er die Wirklichkeit noch weniger kennen. Schwermütig wanderte er an den wunderbaren Gestaden des Genfer Sees umher, unwillig über sein Geschick, unwillig über Europa. Da plötzlich wies ihn seine Fantasie nach Norden: nach dem neuen Lande, das in moralischer Beziehung – wie Australien in physischer – ihm etwas Eigenartiges, Neues, Entstehendes im großen Maßstabe zu bieten schien ...

Unser Genfer kaufte sich Levesques Geschichte, las Voltaires Peter I. und reiste nach acht Tagen zu Fuß nach Petersburg.

Bei all seiner jungfräulichen Weltanschauung besaß der Genfer eine gewisse unerschütterliche Gründlichkeit, ja sogar eine eigentümliche Kälte. Ein kalter Schwärmer ist unverbesserlich – er bleibt Zeit seines Lebens ein Kind.

Frau Beltoff lernte ihn bei ihrem Oheim kennen. Sie hatte kaum zu hoffen gewagt, dass sie das Ideal von Hauslehrer finden würde, das sie sich in ihrer Fantasie gebildet. Aber der Genfer kam ihrem Ideal nahe. Sie bot ihm – was damals sehr viel war – viertausend Rubel jährlich an. Der Genfer sagte, er brauche nur eintausendzweihundert und damit sei er zufrieden. Frau Beltoff gab ihr Erstaunen zu erkennen, aber er erwiderte gelassen: Er wolle nicht mehr und nicht weniger haben, als er brauche; er habe sein Budget einmal auf achthundert Rubel festgesetzt und für unvorhergesehene Fälle bestimme er noch vierhundert.

»An Luxus«, fügte er hinzu, »will ich mich nicht gewöhnen, und ein Kapital zu sammeln halte ich für eine ehrlose Handlung.«

Diesem Narren vertraute die Mutter die Erziehung des zukünftigen Besitzers von Bjeloje-Pole an.

Nur der alte Oheim war, wie mit allem in der Welt, so auch hiermit nicht zufrieden, und während Frau Beltoff außer sich vor Freuden darüber war, sagte der Oheim – der Einzige von allen Verwandten ihres Mannes, der mit ihr verkehrte: »Ach, Sofie, Sofie! Welche Dummheit begehst du da! Der Genfer sollte ruhig mein Vorleser bleiben, was befähigt ihn denn zum Erzieher? Er braucht ja noch eine Wärterin, und was wird er aus Wladimir machen – einen Schweizer. Da wäre es meiner Ansicht nach besser, du brächtest deinen Sohn gleich nach Vevey oder Lausanne ...«

Sofie sah in diesen Worten eine gewisse Selbstsucht des Alten, der den Genfer lieb gewonnen hatte, und da sie ihn nicht erzürnen mochte, schwieg sie.

Vierzehn Tage später begab sie sich mit ihrem Sohne und dem vierzigjährigen Jüngling auf ihr Gut zurück.

Es war im Frühling. Der Genfer begann damit, dass er Wladimir eine leidenschaftliche Liebe zur Botanik einflößte: Schon früh Morgens gingen sie aus, um Pflanzen zu sammeln. Und eine lebensvolle Unterhaltung trat an die Stelle langweiliger Lektionen. Jeder Gegenstand, der ihnen in die Augen fiel, bildete ein Thema, und Wolodja[5] hörte mit der größten Aufmerksamkeit den Erklärungen des Genfers zu.

Nach Tisch saßen sie gewöhnlich auf dem Balkon, der auf den Garten ging, und der Genfer erzählte ihm von dem Leben und Wirken großer Männer, schilderte die weiten Reisen und gestattete Wolodja bisweilen, wie zur Belohnung, selbst im Plutarch zu lesen ...

Die Zeit schwand dahin, und endlich kam auch die Zeit, da Wolodja auf die Universität geschickt werden musste. Die Mutter hatte wenig Lust dazu. Sie hatte sich in diesen Jahren mehr an ein stilles Glück als an das volle, laute Leben gewöhnt; es war ihr so wohl in diesem ungestörten, harmonischen Leben, dass sie sich vor jeder Veränderung fürchtete: Es war ihr zur lieben Gewohnheit geworden, auf ihrem traulichen Balkon Wolodja zu erwarten, wenn er von weiten Spaziergängen heimkehrte; wie freute sie sich über ihn, wenn er, sich den Schweiß vom Gesicht wischend, errötend und froh ihr um den Hals fiel; sie betrachtete ihn mit solchem Stolz, mit solchem Glück, dass sie hätte weinen mögen.

Und in der Tat, Wolodjas Erscheinung hatte etwas Rührendes: Sie war so edel, es sprach sich darin etwas so Gerades, Offenes, Vertrauensvolles aus, dass jedem, der ihn ansah, wohl ums Herz wurde, während ihn doch zugleich eine gewisse traurige Empfindung wegen dieses Jünglings ergriff. Wie klar sah man, dass diesem schlanken, wohlgestalteten Knaben mit den hellen Augen das Leben noch keine einzige Bürde auferlegt, dass noch kein Gefühl der Angst diese Brust heimgesucht, keine Lüge über diese Lippen gekommen, dass er noch gar nicht wusste, was die Zeit ihm vorbehalten. Der Genfer war seinem Schüler fast ebenso zugetan, wie die Mutter. Manchmal, wenn er ihn lange betrachtete, senkte er die tränengefüllten Augen und dachte: »Auch mein Leben ist kein verlorenes, ich habe genug, genug an dem Bewusstsein, dass ich die Entwicke-

---

[5] Diminutiv von Wladimir, Woldemar.

lung eines solchen Jünglings gefördert – mein Gewissen wird mir keine Vorwürfe machen!«

Wie verwirrt, wie seltsam ist doch alles auf dieser Welt! Weder die Mutter noch der Erzieher dachten natürlich daran, wie viel Kummer, wie viel Schmerz sie Wolodja durch diese einseitige Erziehung bereiten würden. Sie taten alles, damit er die wirkliche nicht kennenlerne; vorsichtig verbargen sie ihm, was in der trüben Welt vorging; und statt ihm die bittere Wirklichkeit zu erklären, hielten sie ihm glänzende Ideale vor Augen; statt ihn auf den Markt zu führen und ihm die hungrige Gier der Menge zu zeigen, die dem Gelde nachjagt, ließen sie ihn ein wunderschönes Ballett besuchen und versicherten dem Knaben, diese Grazie, diese musikalische Vereinigung von Bewegung und Tönen sei das gewöhnliche Leben. Sie machten aus ihm eine Art moralischen Kaspar Hauser ...

So war auch der Genfer; aber welcher Unterschied! ... Er, der arme Gelehrte, der sich nicht scheute, von einem Ende der Welt bis zum andern zu wandern, mit einem kleinen Ränzel auf dem Rücken, dem Porträt Paolis, seinen Lieblingsträumereien und seiner Gewohnheit, sich mit Wenigem zu begnügen, mit seiner Verachtung des Luxus und seiner Liebe zur Arbeit, was hatte er gemein mit Wolodjas Beruf und seiner gesellschaftlichen Stellung? ...

Aber so sehr Frau Beltoff sich auch an ihr einsames Leben gewöhnt hatte, so schmerzlich es ihr auch war, sich von dem stillen Bjeloje-Pole loszureißen, sie entschloss sich dennoch, nach Moskau zu reisen.

Dort angelangt, brachte sie ihren Wolodja sofort zu dem Oheim. Der Greis war sehr schwach; sie fand ihn in halb liegender Stellung in einem Sessel; die Füße waren in wollene Tücher gewickelt, das graue, spärliche Haar hing in langen Büscheln über den Schlafrock herab; um die Augen hatte er einen grünen Schirm.

»Nun, womit beschäftigst du dich, Wladimir Petrowitsch?«, fragte der Greis.

»Ich bereite mich auf die Universität vor, lieber Onkel«, antwortete der Jüngling.

»Auf welche?«

»Auf die Moskauer.«

»Was willst du denn dort? Ich bin selbst mit dem Matthiae und dem Heym bekannt gewesen – aber ich glaube doch, du gingst besser nach Oxford; was meinst du, Sofie? Ja, ja, es wäre wirklich besser. Und was willst du denn studieren?«

»Jurisprudenz, lieber Onkel.«

Der Onkel machte eine verächtliche Miene.

»Na, und wenn du wirklich le droit naturel, le droit des gens, le code de Justinien studiert hast, was dann?«

»Dann«, antwortete die Mutter lächelnd, »dann wird er zu Petersburg in den Staatsdienst treten!«

»Hahaha, da ist es sehr notwendig, die Pandekten und all diese Glossen zu kennen; oder wollen Sie vielleicht, Wladimir Petrowitsch, *Juris consulatus* werden? ... Hahaha! ... Oder Advokat? ... Mach's, wie du für gut hältst, aber meiner Ansicht nach, Freundchen, wäre es besser, du studiertest Medizin; ich vermache dir meine Bibliothek – eine große Bibliothek; – habe sie in bester Ordnung erhalten und alles Neue verschrieben; die medizinische Wissenschaft ist jetzt die beste; na, da kannst du dich deinen Mitmenschen nützlich machen, nicht für Geld kurieren, du wirst's umsonst tun – und hast ein ruhiges Gewissen.«

Da sie wussten, mit welcher Hartnäckigkeit der Onkel an seinen Meinungen festhielt, so widersprach weder Wolodja noch seine Mutter; aber der Genfer konnte nicht an sich halten und sagte: »Allerdings ist die Laufbahn eines Arztes eine sehr schöne; aber ich wüsste nicht, warum Wladimir Petrowitsch sich nicht dem Staatsdienste widmen sollte, da man doch alle Mittel anwendet, um gebildete junge Leute in den Staatsdienst zu ziehen.«

»Er will euch und auch mich belehren, und ich war in Genf, als er noch auf allen vieren kroch«, antwortete der launenhafte Greis. »Mein lieber *Citoyen de Genève*, wissen Sie auch«, fügte er etwas weicher hinzu, »wir haben eine russische Übersetzung des Jean Jacques unter dem Titel: Die Werke des Genfer *Bürgers* Rousseau.«

Und der Greis schüttelte sich vor Lachen. Hundertmal sprach er von dieser Übersetzung, und immer glaubte er seinem Zuhörer etwas Neues zu erzählen.

»Wolodja«, fuhr er jetzt in heiterer Stimmung fort, »machst du vielleicht auch Verse?«

»Ich hab's versucht, lieber Onkel«, antwortete Wladimir und errötete.

»Ich bitte dich, schreib keine, mein Lieber; nur Hohlköpfe schreiben Verse, das ist weiter nichts als Futilité, man muss sich mit etwas Solidem beschäftigen.«

Nur den letzteren Rat befolgte Wladimir: Er machte keine Verse mehr. Die Universität aber besuchte er nicht in Oxford, sondern in Moskau, und er studierte nicht Medizin, sondern Staatswissenschaften. Die Universität vollendete Beltoffs Erziehung: Bisher war er allein gewesen; jetzt geriet er in die geräuschvolle Gesellschaft seiner Studiengenossen. Hier lernte er ganz seine Kraft kennen, hier begegnete er der warmen Teilnahme jugendlicher Freunde, und allem Schönen erschlossen, widmete er sich mit Eifer den Wissenschaften; selbst der Dekan blieb nicht gleichgültig gegen ihn, er fand, dass er nur kürzeres Haar tragen und mehr Ehrerbietung gegen seine Lehrer beweisen müsse, um ein ausgezeichneter Student zu sein.

Endlich waren die Studien beendet und die Jünglinge erhielten ihren Pass fürs Leben. Frau Beltoff war im Begriff nach Petersburg zu reisen; sie wollte den Sohn vorausschicken und dann, nachdem sie ihre Angelegenheiten geordnet, nachfolgen. Bevor die Universitätsfreunde sich in alle Winde zerstreuten, kamen sie bei Beltoff am Abend vor der Abreise noch einmal zusammen; alle waren noch voller Hoffnungen, die Zukunft breitete ihnen ihre Arme aus und lockte sie, zum Teil gleich Kleopatra sich das Recht vorbehaltend, für die herrlichen Genüsse zu strafen. Die jungen Leute entwarfen sich ungeheure Pläne ... Keiner ahnte, dass der eine seine Laufbahn als Bürodirektor beenden würde, nachdem er sein ganzes Vermögen im Preferencespiel verloren; dass der andere im Provinzleben verknöchern und sich unwohl fühlen würde, wenn er vor dem Essen nicht drei Gläschen Branntwein trinken und nach dem Essen drei Stunden schlafen könnte; dass der dritte später ewig in Zorn darüber sein würde, dass Jünglinge nicht Greise sind, dass sie in Manieren und sittlicher Haltung nicht einem Exekutor gleichen, sondern ewig schwärmen und träumen.

In Beltoffs Ohren tönten noch immer die Schwüre der Freundschaft, Versicherungen der Freundschaft, das Klirren der anstoßenden Gläser, als der Genfer ihn in Reisekleidern weckte.

Entzückt fuhr unser Schwärmer nach Petersburg. Tätigkeit, Tätigkeit! ... Dort werden seine Hoffnungen in Erfüllung gehen; dort wird er seine Pläne ausführen, dort die Wirklichkeit kennenlernen – in diesem Zentralpunkt, von welchem das ganze neue Leben Russlands ausgeht! Moskau, dachte er, hat seine Mission erfüllt, zu ihm führen, wie zu einem heiß schlagenden Herzen, alle Pulsadern des Reiches; es schlägt für dasselbe; aber Petersburg, Petersburg – das ist Russlands Gehirn, das von einem Schädel aus Eis und Granit umschlossen ist – das ist der Sitz der Gedanken des Reiches ... Eine Reihe ähnlicher Gedanken und Metaphern schwirrte ihm ganz ungesucht im Kopf herum, und er gab sich ihnen mit heiliger Aufrichtigkeit hin.

Und mittlerweile rollte die Postkutsche von Station zu Station und führte außer unsern Träumern auch noch einen Kavalleriehauptmann a. D. mit grauem Schnurrbart, einen Beamten aus Archangelsk, der einen versteinerten Fetthering, Kamillen – für etwaige Krankheitsfälle – und einen Diener bei sich hatte, der einen ganz abgeschabten Schafpelz trug – ferner reiste mit dem Postwagen noch ein hellblonder Fähnrich, dessen Wangen dunkler waren als sein Haar und der mit seinem Einfluss auf den Kondukteur prahlte.

Für Wladimir hatten all diese Personen etwas Neues; das war ihm ein ganz ungewohnter Anblick. Gutmütig lachte er über den Mann aus Archangelsk, als dieser sich an dem fossilen Fetthering labte, und er lächelte über seine Ungeschicklichkeit, als er kein passendes Geldstück finden konnte für eine Portion Kohlsuppe, sodass der ungeduldige Hauptmann für ihn bezahlte; es machte ihm das größte Vergnügen, dass der Bürger aus Archangelsk den Hauptmann mit Exzellenz titulierte und dass der Hauptmann keinen einzigen Gedanken aussprechen konnte, ohne dabei von Anfang bis zu Ende Worte zu gebrauchen, die weit weniger ehrerbietig waren. Das alles hörte, sah und beobachtete der Jüngling in aufgeräumter Stimmung.

Seine Ankunft in Petersburg, sein erstes Erscheinen in der Gesellschaft waren von ungewöhnlichem Glück begleitet.

Er hatte einen Empfehlungsbrief an ein altes Fräulein von großem Ansehn; als das alte Fräulein den schönen Jüngling gewahrte, gab sie das Urteil ab, dass er sehr gebildet und ein guter Sprachkenner sei. Ihr Bruder war Direktor bei irgendeiner Abteilung in der Zivilverwaltung. Sie stellte ihm Wladimir vor. Derselbe sprach einige Augenblicke mit ihm, war überrascht von seiner einfachen Sprechweise, von seiner vielseitigen Bildung und seinem lebhaften, feurigen Geiste. Er machte ihm den Vorschlag, ihn in seine Kanzlei aufzunehmen und sorgte selbst dafür, dass sein Chef ihm seine besondere Aufmerksamkeit zuwandte.

Eifrig widmete Wladimir sich den Geschäften; er fand Gefallen an der Bürokratie – an dieser Bürokratie, wie sie in dem Prisma eines neunzehnjährigen Jünglings erscheint – an diesem mühsamen, geschäftigen Treiben mit all den Nummern und Registraturen, mit den sorgenvollen Mienen und den Aktenstößen unter den Armen; er sah in der Kanzlei ein Mühlrad, das die Massen von Menschen, welche über die halbe Erdoberfläche zerstreut sind, in Bewegung setze – er betrachtete alles mit poetischem Blicke. –

Endlich kam auch seine Mutter nach Petersburg. Der Genfer wohnte noch immer bei ihnen; in der letzten Zeit hatte er die Beltoffs mehrmals verlassen wollen, allein es war ihm nicht möglich gewesen: Er hatte sich so sehr in diese Familie hineingelebt, seinem Wladimir so viel von sich selbst mitgeteilt, und er schätzte dessen Mutter so hoch, dass es ihm schwer wurde, ihr Haus zu verlassen; er wurde mürrisch und kämpfte mit sich selbst – wie wir bereits bemerkten, war er ein kalter Schwärmer und folglich unverbesserlich. Eines Abends, kurz nachdem Wladimir in den Staatsdienst getreten war, saß die kleine Familie am Kamin. Der junge Beltoff, bei dem sowohl die Eigenliebe wie das jugendliche Bewusstsein seiner Kraft und Opferfreudigkeit stark entwickelt waren, träumte von der Zukunft. Allerlei Hoffnungen, Pläne und Entwürfe gingen ihm im Kopf herum. Er träumte von einer großen Wirksamkeit im Zivildienst und davon, wie er derselben sein ganzes Leben widmen wollte ... Und von dem Bilde der selbst geschaffenen Zukunft entzückt, fiel der feurige Jüngling plötzlich dem Genfer um den Hals.

»Und wie vieles habe ich dir zu danken, du unser wahrer, guter Freund«, sagte er zu ihm, »dass du mich zum Manne gemacht hast, dir und meiner Mutter habe ich alles zu danken, du bist mir mehr als ein leiblicher Vater!«

Der Schweizer bedeckte die Augen mit der Hand, dann sah er die Mutter an, von der Mutter blickte er auf den Sohn, wollte etwas sagen, vermochte aber kein Wort hervorzubringen, stand auf und ging aus dem Zimmer.

In seinem kleinen Kabinett angekommen, verschloss der Schweizer die Tür, zog unter dem Sofa sein bestaubtes Köfferchen hervor, wischte es ab und begann langsam seine Kostbarkeiten einzupacken, wobei er sie mit besonderer Liebe betrachtete. Diese Kostbarkeiten offenbarten die ganze Zärtlichkeit dieses Mannes. Er bewahrte sorgfältig eine eingeschlagene Mappe. Diese Mappe hatte der zwölfjährige Wolodja für den Genfer heimlich in der Nacht schlecht und recht als Neujahrsgeschenk zusammengekleistert; ferner ein aus irgendeinem Buche herausgerissenes Porträt Washingtons; dann hatte er noch ein Aquarellbild des vierzehnjährigen Wolodja: Er war da mit offenem Halse, verbranntem Gesicht, mit aufblitzendem Geist in den Augen und mit jener zuversichtlichen, hoffnungsvollen Miene dargestellt, die ihm noch fünf Jahre lang eigen war und später nur in seltenen Augenblicken bei ihm aufblitzte – wie die Sonne in Petersburg, wie etwas Vergangenes, das zu all den anderen Gesichtszügen nicht passte.

Dann besaß er noch einige silberne medizinische Instrumente, welche der greise Onkel zu Moskau ihm geschenkt hatte; ferner eine ungeheure

Schildpattdose, auf welcher ein Schweizer Bundesfest eingraviert war und die stets neben dem Greise gelegen hatte. Nach dem Tode desselben hatte sie der Schweizer von seinem Kammerdiener gekauft.

Zu all diesen Schätzen legte er noch einige andere von derselben Art und wählte dann fünfzehn Bücher aus; die übrigen schob er beiseite. Dann ging er ganz früh und mit großer Behutsamkeit nach der Seestraße, holte sich einen Lohndiener mit einem Handkarren und trug mithilfe eines Dieners den kleinen Koffer und die Bücher hinaus auf das Gefährt und beauftragte diesen zu sagen, er sei für einige Tage aufs Land gegangen, zog sich seinen langen Überrock an, nahm Stock und Regenschirm, drückte dem Lakaien, der ihn bedient hatte, die Hand und entfernte sich zu Fuß mit dem Lohndiener. Helle Tränen fielen ihm auf den Überrock.

Zwei Tage später erhielt Frau Beltoff, welche über die Abreise des Genfers im höchsten Grade erstaunt war, aber erwartet hatte, dass er zurückkehren würde, folgenden Brief:

»Hochgeehrte gnädige Frau! Gestern Abend erhielt ich den vollen Lohn für meine Mühen. Glauben Sie mir, dieser Moment bleibt mir ewig unvergesslich. Er wird mich bis an mein Lebensende als Trost, als meine Rechtfertigung vor mir selbst geleiten – aber gleichzeitig hat er in feierlicher Weise mein Werk abgeschlossen, hat mir deutlich gezeigt, dass der Lehrer jetzt den Schüler seiner eigenen Entwicklung überlassen müsse, dass er durch seinen Einfluss seiner Entwicklung eher schaden als nützen könnte. Der Mensch muss zwar sein ganzes Leben lang an seiner Erziehung arbeiten; aber es gibt eine Epoche, in welcher er nicht mehr von fremder Hand geleitet werden darf. Und was könnte ich jetzt auch noch für Ihren Sohn tun? Er hat mich überflügelt.

Schon lange wollte ich Ihr Haus verlassen; aber meine Schwäche, meine Liebe zu Ihrem Sohne verhinderten mich daran; wäre ich jetzt nicht geflohen, niemals hätte ich die Kraft besessen, diese Pflicht, welche mir die Ehre gebietet, zu erfüllen. Sie kennen meine Grundsätze: Ich konnte schon darum nicht bleiben, weil ich es für eine Erniedrigung halte, umsonst fremdes Brot zu essen und, ohne dass ich arbeite, Ihr Geld anzunehmen, um meine Bedürfnisse zu befriedigen. Sie sehen also, ich musste Ihr Haus verlassen. Trennen wir uns als Freunde und sprechen wir nicht mehr davon.

Wenn Sie diesen Brief erhalten, werde ich auf dem Wege nach Finnland sein. Von dort bin ich entschlossen, mich nach Schweden zu wenden. Ich werde so lange reisen, als meine Geldmittel reichen; dann will ich wieder arbeiten: An Kraft dazu wird es mir noch nicht fehlen.

In der letzten Zeit habe ich kein Geld von Ihnen angenommen; machen Sie nicht den Versuch, es mir zu schicken, sondern geben Sie die Hälfte dem Manne, der mich bedient hat, und die andere Hälfte den übrigen Dienern, die sie freund-

schaftlich von mir grüßen wollen: Ich habe diesen armen Leuten oft viel Mühe gemacht.

Die zurückgebliebenen Bücher möge Woldemar als Geschenk von mir annehmen. Ich schreibe ihm noch einen besonderen Brief.

Leben Sie wohl, leben Sie wohl, edle, hochverehrte Frau! Möge Ihr Haus gesegnet sein; übrigens, was kann ich Ihnen noch wünschen, da Sie einen solchen Sohn haben? Noch eines wünsche ich: dass Sie und er lange, recht lange leben mögen! Ich drücke Ihnen die Hand.«

Sein Brief an Wladimir begann also:

»Nicht Ratschläge eines Lehrers, sondern Freundesrat soll mein letztes Wort an dich sein, Woldemar. Du weißt, ich habe keine Verwandten, welche mir nahe stehen, und auch von den fremden Menschen steht mir keiner so nahe wie Du, trotz des großen Unterschiedes der Jahre.

Auf Deinem Haupte ruhen meine Zuversicht und meine Hoffnungen. Ich habe mir, Woldemar, das Recht erworben, Dir bei meinem Fortgange einen freundschaftlichen Rat zu geben. Wandle die Straße, welche das Geschick Dir gewiesen: Sie ist schön; ich befürchte nicht, dass Unglück und Misserfolg dich heimsuchen könnten: Sie werden bei Dir auf kräftigen Widerstand stoßen – aber ich fürchte Erfolg und Glück. Du stehst auf einer schlüpfrigen Bahn. Diene der Sache, aber siehe wohl zu, dass dies Verhältnis nicht in ihr Gegenteil verkehrt werde: dass die Sache nicht Dir diene. Verwechsle die Mittel nicht mit dem Zweck, Woldemar. Nur die Liebe zum Nächsten, nur die Liebe zum Guten darf Zweck sein. Wenn die Liebe in Deiner Brust erloschen ist, so wirst Du nichts Gutes wirken, Du wirst Täuschungen über Täuschungen erfahren; nur die Liebe vollbringt Bleibendes und Lebendiges, aber der Stolz ist unfruchtbar, weil er nichts braucht außer sich« ...

Den ganzen Brief können wir nicht abschreiben: Er war drei Bogen lang.

So schwand aus Wladimirs Leben dieses helle, gute Bild seines Erziehers.

»Wo mag doch unser Monsieur Joseph sein?«, sagten oft Mutter und Sohn, und beide versanken in Nachdenken und vor ihrer Fantasie schwebte seine sanfte, ruhige, ein wenig mönchische Gestalt in langem Reiserock, die einsam zwischen den stolzen freien Bergen Norwegens umherwanderte.

Siebentes Kapitel

Asais hat in einem sehr langweiligen Aufsatze nachgewiesen, dass alles in der Welt ersetzt werde.

Selbstverständlich darf man, um daran zu glauben, nicht allzu streng sein und sich nicht an Kleinigkeiten halten. Auf diese Prämisse gestützt, bitten wir den Leser um Erlaubnis, ihm gleichsam als Ersatz für den Verlust des Monsieur Joseph Ossip Jewsejitsch vorzustellen. Ossip Jewsejitsch war ein hageres, graues, altes Männchen von sechzig Jahren in abgetragenem Interimsrock. Er hatte stets ein zufriedenes Gesicht und rote Wangen. Seit dreißig Jahren inspizierte er das vierte Büro in der Kanzlei, in welche Beltoff eingetreten war. Fünfzehn Jahre vor dieser Zeit hatte er im Kanzleihof in dem ehrenhaften Berufe des Portiersohnes zugebracht, welcher ihm ein aristokratisches Übergewicht über die Kinder der übrigen Diener verlieh.

Dieser Mann hätte als der beste Beweis dienen können, dass nicht weite Reisen, nicht die Vorlesungen auf der Universität, nicht ein weiter Wirkungskreis den Menschen bilden: Er war in allen geschäftlichen Dingen außerordentlich erfahren, besaß große Menschenkenntnis und war dabei ein solcher Diplomat, dass er sicherlich weder Ostermann noch Talleyrand nachgestanden hätte. Von Natur schlau und geschickt, fehlte es ihm durchaus nicht an Mitteln, seinen praktischen Verstand zu entwickeln und auszubilden, da er seit seinem fünfzehnten Jahre in der Kanzlei saß. Es genierten ihn weder die Wissenschaften noch Bücher, weder Phrasen noch die unausführbaren Theorien, welche unsere Fantasie aus den Büchern entwickelt, weder der Glanz des gesellschaftlichen Lebens noch poetische Träumereien. Indem er die Akten ins Reine schrieb und gleichzeitig die Menschen im Unreinen beobachtete, erwarb er sich täglich mehr und mehr eine tiefe Kenntnis der Wirklichkeit, ein echtes Verständnis seiner Umgebung und wahres Taktgefühl, das ihn ruhig zwischen den unsichtbaren aber schlammigen und außerordentlich gefährlichen Untiefen des Kanzleilebens hindurchleitete.

Es wechselten die Chefs; es wechselten die Direktoren; es wechselten die Abteilungsvorsteher; aber der Sekretär des vierten Büros blieb; und alle liebten ihn, weil er unentbehrlich war und dies sorgfältig verheimlichte. Alle zeichneten ihn aus und ließen ihm Gerechtigkeit widerfahren, weil er sich bemühte, ganz im Hintergrunde zu bleiben. Er wusste alles, er erinnerte sich an alles, was in der Kanzlei verhandelt worden; man wandte sich mit Fragen an ihn, wie an ein Archiv, und doch drängte er sich nicht vor. Der Direktor bot ihm die Stelle eines Abteilungsvorstehers an – er blieb dem vierten Büro treu; man wollte ihn zu einem Ordenskreuz vorschlagen – zwei Jahre lang wusste er sich das Kreuz fernzuhalten, indem er bat, man möchte dasselbe in eine Jahresgratifikation verwandeln, einzig darum, damit der Sekretär des dritten Büros ihn nicht beneiden möchte.

So war er in allem: Niemals beklagte sich ein Privatmann über seine Habsucht; niemals hatte ein Amtsbruder ihn im Verdacht der Eigennützigkeit. Ihr könnt euch denken, wie mancherlei Angelegenheiten im Laufe von fünfundvierzig Jahren durch seine Hände gingen, und niemals brachte irgendeine Angelegenheit Ossip Jewsejitsch außer sich, niemals erregte sie seinen Unwillen, niemals raubte sie ihm seine heitere Stimmung.

Niemals in seinem ganzen Leben hatte er sich im Geiste von der Rechtspflege auf dem Papier in die Wirklichkeit der Verhältnisse und der Personen versetzt; er betrachtete die amtlichen Angelegenheiten gleichsam abstrakt, als eine große Reihe von Berichten, Mitteilungen, Rapporten und Anfragen, welche in bekannter Ordnung geordnet wurden und nach bekannten Regeln sich mehrten. Indem er die Angelegenheiten in seinem Büro förderte oder wie die poetisch angelegten Sekretäre sich ausdrückten, in Fluss brachte, hatte er selbstverständlich nur den Zweck im Auge, in seinem Büro aufzuräumen, und damit hielt er es so, wie es ihm am passendsten dünkte: er schickte die Angelegenheit entweder nach Krasnojarsk, von wo sie vor zwei Jahren nicht zurückkehren konnte, oder er erledigte sie durch Abfassung eines Bescheides, oder – und diesen Weg schlug er am liebsten ein – er überließ die Sache einer andern Kanzlei, wo der betreffende Sekretär dieses Geduldspiel nach denselben Regeln wiederholte.

Er war so unparteiisch, dass er gar nicht daran dachte, dass es zum Beispiel Menschen geben könnte, welche vielleicht an den Bettelstab gerieten, bevor der Bescheid aus Krasnojarsk zurückkam – aber Themis muss ja blind sein ...

Da zog dieser ehrenwerte Amtsbruder Wladimirs drei Monate nach dessen Anstellung, nachdem er die abgeschriebenen Aktenstücke durchgesehen und den Federn der vier Schreiber neue Nahrung gegeben, seine emailsilberne Tabaksdose hervor und reichte sie seinem Gehilfen mit den Worten: »Probieren Sie mal, Wassili Wassiljewitsch; den hat mir ein Freund aus Wladimir mitgebracht.«

»Ausgezeichneter Tabak«, versetzte der Gehilfe nach einem Augenblick, während dessen er zwischen Leben und Tod geschwebt, da er eine sehr große Prise des trockenen, hellgrünen Staubes geschnupft.

»Was? Der packt, he?«, sagte der Sekretär, sehr erfreut, dass er die Nase seines Gehilfen so in Aufregung versetzt hatte.

»Ja, ja, Ossip Jewsejitsch«, sagte der Gehilfe, nachdem er sich von dem Anfall des Tabaks nach und nach wieder erholte und mit einem blauen Tuche sich Augen, Nase, Stirn und sogar das Kinn abgewischt hatte, »ich habe Sie noch nicht gefragt, wie Ihnen der junge Mann gefällt, der da aus Moskau zu uns hierhergekommen ist? Scheint ein sehr geschickter Bursche zu sein; der Minister soll ihn selbst angestellt haben.«

»Jawohl, ein gescheiter Junge, das lässt sich nicht leugnen. Ich hörte gestern, wie er sich mit Paul Pawlitsch stritt. Der, wie Sie wissen, mag Widerspruch nicht; aber dieser Beltoff war um Antworten nicht verlegen. Paul Pawlitsch wurde böse: ich, sagte er, sage Ihnen, es ist so und so – Beltoff aber versetzte: Bitte sehr, es ist so und so. Ich hatte meine Freude daran und sah ihnen heimlich zu. Später, als Beltoff fortgegangen war, da sagte Paul Pawlitsch zu seinem Freunde: Da halte einer die Kanzlei in Ordnung, wenn einem solche Leute hereingeschneit kommen. Ich bin mir selbst Universität, ich werde ihn lehren, nach seinem eigenen Kopf zu handeln; es ist mir gleichgültig, wer ihn hier angestellt hat.«

»Das sind ja schöne Dinge«, sagte der Sekretär, auf welchen diese Erzählung ebenfalls einen freudigen Eindruck machte, »also es ist uns ganz gleichgültig, wer ihn angestellt hat? Ei, ei, Pawlitschl ... Na, und sagte er ihm das gerade ins Gesicht?«

»Nein; und nachher fügte er noch etwas hinzu, aber nur auf Französisch. Ich muss gestehen, als ich mir diesen Auftritt ansah, da ging mir der Gedanke durch den Kopf: Wir beiden, Ossip Jewsejitsch und ich, werden noch immer hier im vierten Büro sitzen, wenn er schon dorthin übergesiedelt ist«, und er zeigte nach dem Zimmer des Direktors.

Ach, ach, Wassili Wassiljewitsch«, versetzte der Sekretär, »welch ein kluger Kopf du bist! Man sollte meinen, du seiest gescheiter als alle in den drei Büros, und doch redest du nur so in den Tag hinein. Ich, Freundchen, habe mein Lebtag genug Material gesehen, aus dem echte Geschäftsleute, die wirklichen Kanzleichefs, hervorgehen; dieser aber ist nicht aus dem Holze, das wir hier brauchen. Ob er gescheit, ob er eifrig ist – wie lange werden denn Gescheitheit und Eifer bei ihm vorhalten? Nimmst du eine Wette auf eine Flasche Rotwein an, dass er's nicht bis zum Sekretär bringt?«

»Auf die Wette mag ich nicht eingehen, aber noch gestern habe ich Akten gelesen, die er geschrieben hatte, wahrhaftig ein prachtvoller Stil, nur im »Sohn des Vaterlandes« habe ich einen solchen Stil gelesen.«

»Ich habe auch so etwas gesehen; zwar sind meine Augen alt, na, aber so ganz blind bin ich doch nicht. Er hat die Formen nicht los; und wäre er in Bezug auf die Formen nur aus Dummheit oder Unerfahrenheit unwissend – das wäre kein großes Unglück, dann könnte er noch etwas lernen; aber er weiß es nicht, weil er zu bescheiden ist; er macht aus einer Rechtssache einen Roman, und die Hauptsache schlüpft ihm dann unter den Fingern weg; von wem die Sache eingereicht ist und ob in ordnungsmäßiger Weise, an wen sie geschickt wird – das ist ihm alles gleich; das nennt man auf Russisch mit dem Dache anfangen; und da sage ihm einer so etwas – er ist, straf' mich Gott, imstande, uns Alte belehren zu wollen. Nein, Freundchen, einen wirklich brauchbaren Burschen erkennt man sofort; ich selbst dachte anfangs: Scheint gar nicht dumm zu sein, vielleicht bahnt er sich seinen Weg; na, ist an den Dienst noch nicht gewöhnt, wird aber vorwärtskommen und sich gewöhnen; aber da ist er jetzt schon drei Monate hier und schlägt sich noch immer mit jedem Quark herum, wird hitzig als ginge es, Gott verzeihe mir, seinem leiblichen Vater ans Leben und als müsse er ihn retten – na, wo soll's da mit ihm hinaus? Wir haben schon viele solcher Jünglinge hier gesehen, er ist nicht der erste und wird auch nicht der letzte sein; die alle kommen uns da mit großen Worten: Ich werde die Missbräuche ausrotten – und sie wissen nicht einmal, was es für Missbräuche hier gibt und worin sie bestehen ... Die machen alle viel Geschrei und bleiben doch Zeit ihres Lebens untergeordnete Beamte, und aus Ärger spotten sie dann über uns: das sind die Handlanger in den Kanzleien; aber die Handlanger machen alles; hat so einer auch nur ein Bittgesuch in eigener Sache an das Zivilgericht zu senden – er versteht's nicht, das muss ihm ein Handlanger machen ... Diese faulen Schlingel!«, schloss beredsam der Sekretär.

Und in der Tat war das Urteil des Sekretärs begründet, und es war, als ob die Ereignisse ihm absichtlich in kurzem Recht geben wollten. Beltoff erkaltete bald gegen die Kanzleigeschäfte und wurde reizbar, nachlässig. Der Kanzleichef rief ihn zu sich und redete mit ihm wie eine zärtliche Mutter – es half nichts. Der Direktor rief ihn zu sich und redete mit ihm wie ein zärtlicher Vater, so rührend, so schön, dass der anwesende Exekutor Tränen vergoss, obgleich er nicht leicht zu rühren war, was alle unter ihm dienenden Beamten wussten – auch das half nichts. Beltoff vergaß sich so weit, dass er sich sogar durch diese verwandtschaftliche

Teilnahme fremder Personen, gerade durch dieses väterliche Bestreben, ihn zu bessern, beleidigt fühlte.

Kurz, drei Monate nach der beredsamen Unterhaltung zwischen dem Sekretär und seinem Gehilfen wurde Ossip Jewsejitsch zornig auf einen seiner Schreiber, der etwas nicht recht gemacht hatte, und zu dem er sagte: »Aber wann wirst du endlich lernen, wie's gemacht werden muss? Wie oft musste ich dir's vorschreiben, aber immer umsonst; das kommt daher, weil du nicht den Dienst im Kopfe hast, sondern in feinen Röcken auf der Admiralitätsstraße hinter den Mädels herumscharwenzelst - ich habe dich mehr als einmal gesehen ... Na, nun schreib: Und zum ferneren freien Aufenthalte im russischen Reich ist ihm, dem entlassenen Gouvernementssekretär Beltoff, dieser Pass ausgestellt worden, mit zugehöriger Unterschrift und unter Beidrückung des Kaiserlichen Insiegels ... Fertig? Gib mal her!«

Und murmelnd überflog Ossip Jewsejitsch das Aktenstück und sagte dann: Geh', trag's sofort weg, und wenn es unterschrieben ist, dann damit in die Registratur; das Insiegel kommt hier an diese Stelle, siehst du, hierhin, wo geschrieben steht: zu diesem Pass. Morgen wird er ihn sich holen.

»Na, Wassili Wassiljewitsch, auf die Wette wollten sie sich nicht einlassen; aber jetzt saßen Sie auch fest. Das muss ich sagen, er hat sich beeilt!«

»Er brauchte gerade noch vierzehn Jahre und sechs Monate zu dienen, um das Dienstzeichen zu erhalten«, bemerkte sehr witzig der Gehilfe.

Der Sekretär brach in lautes Lachen aus, was ihm dann das ganze Büro nachmachte.

Mit diesem olympischen Gelächter endete die Dienstlaufbahn unseres guten Freundes Wladimir Petrowitsch Beltoff. Es war dies gerade zehn Jahre vor jenem denkwürdigen Tage, als just in demselben Augenblick, da bei Wera Wassiljewna der Pudding herumgereicht wurde, draußen das Postglöckchen ertönte und Maxim Iwanowitsch es sich nicht versagen konnte, ans Fenster zu eilen.

Womit hatte Beltoff sich in diesen zehn Jahren befasst?

Mit allem oder fast mit allem.

Was hatte er vollbracht?

Nichts oder fast nichts.

Wer kennt nicht die alte Bemerkung, dass Kinder, welche zu viel versprochen, selten viel halten. Woher kommt das? Entwickeln sich denn die Kräfte des Menschen in so bestimmter Weise, dass, wenn dieselben in der

Jugend stark in Anspruch genommen werden, im reifen Alter nichts mehr übrig bleibt?

Eine sehr schwierige Frage. Ich kann und mag sie nicht lösen; aber ich glaube, diese Lösung muss viel mehr in der Atmosphäre, in der Umgebung, in Einflüssen und Berührungen gesucht werden, als in irgendeiner einfältigen psychologischen Beschaffenheit des Menschen.

Wie sich das auch verhält, aber an Beltoff bewährte sich diese Bemerkung. Voll jugendlicher Hitze und mit der Hartnäckigkeit eines Schwärmers grollte er den Umständen, und mit innerem Schrecken gelangte er in allem fast zu denselben Resultaten, auf welche Ossip Jewsejitsch so beredt hingedeutet hatte: Nur die Handlanger machen es – ja und sie machen es deshalb, weil die Idealisten nichts zu machen verstehen und der Menschheit nur Wünsche, nur Bestrebungen zum Opfer bringen können, die oft edel, aber fast immer unfruchtbar sind ...

An einem zwar nicht schönen, aber durchaus Petersburger Morgen, an einem Morgen, da die Unannehmlichkeiten aller vier Jahreszeiten sich vereint hatten, da der nasse Schnee an die Fenster klatschte, da es um elf Uhr morgens noch nicht hell geworden aber bereits wieder dunkel zu werden schien – an einem solchen Morgen saß Frau Beltoff an demselben Kamin, an welchem das letzte Gespräch mit dem Genfer stattgefunden hatte. Wladimir lag auf einer Louchette, mit einem Buche in der Hand, in welchem er bald las, bald wieder nicht las, und das er dann endlich beiseitelegte. Nachdem er lange in träger Nachdenklichkeit da gesessen, sagte er: »Liebe Mutter, weißt du, was mir da durch den Kopf ging: Der Onkel hatte doch recht, als er mir riet, Medizin zu studieren. Was meinst du, wenn ich mich noch mit Medizin beschäftigte?«

»Wie du willst, liebes Kind«, antwortete Frau Beltoff mit gewohnter Sanftmut, »nur eines ist mir schrecklich, Wolodja: Du musst dann Kranke besuchen, aber es gibt auch ansteckende Krankheiten.«

»Liebe Mutter«, sagte Wladimir mit zärtlichem Lächeln ihre Hand ergreifend; »welche liebevolle Egoistin du bist! Mit den Händen im Schoße dahinzuleben ist natürlich ungefährlich; aber ich meine, zum Müßiggang muss man ebenso Beruf haben, wie zu irgendeiner Tätigkeit. Nicht jeder, der Lust dazu hat, kann sich dem Nichtstun widmen.«

»So versuche es mit der Medizin«, antwortete die Mutter.

Am andern Morgen erschien Wladimir im Saal des anatomischen Theaters, und mit demselben Eifer, mit welchem er sich den Kanzleigeschäften gewidmet, begann er seine anatomischen Studien. Allein er brachte in das Auditorium nicht dieselbe reine Liebe zur Wissenschaft mit, welche ihn auf der Moskauer Universität begleitet hatte; wie sehr er sich auch zu täuschen suchte, die Medizin war doch nur eine Art Zuflucht für ihn: er widmete sich ihr, weil er anderweitig keinen Erfolg gehabt, er widmete sich ihr aus Langerweile, weil er nichts zu tun fand; es war ein weiter Abstand zwischen dem fröhlichen Studenten und dem entlassenen Beamten, dem Dilettanten der Medizin. Mit schnell auffassendem Verstande ausgerüstet, stieß er bei seinen neuen Studien gar bald auf diejenigen Fragen, über welche die Medizin ein gelehrtes Schweigen beobachtet und von deren Lösungen alles Übrige abhängt. Er machte vor ihnen Halt und wollte sie im Sturm mit dem verzweifelten Mut der Idee nehmen; er achtete nicht darauf, dass diese Lösungen nur die Frucht langer, hartnäckiger, unermüdlicher Arbeiten zu sein pflegen – und zu solchen Arbeiten war er nicht befähigt, und sichtlich erkaltete er gegen die Medizin, namentlich aber gegen die Jünger derselben. Er fand in ihnen seine Amtsbrüder aus der Kanzlei wieder. Er verlangte von ihnen, dass sie ihr ganzes Leben der Lösung der Fragen widmeten, die ihn beschäftigten; er verlangte, dass sie an das Krankenlager hintreten sollten, wie um ihre heilige Pflicht zu erfüllen – sie aber wollten des Abends Karten spielen, sie wollten eine Praxis haben, sie hatten keine Zeit dazu, Fragen zu lösen.

Nein, dachte Wladimir, nein, Arzt will ich nicht werden. Welch gewissenloser Mensch wäre ich, wenn ich es wagte, bei dem heutigen Streit über alle physiologischen Fragen einen Kranken zu behandeln. Fort mit allem Praktischen! Ich tauge nicht zum Beamten, tauge nicht zum Gelehrten! Ich ... ich ... ich wage es mir nicht zu gestehen, ich bin Künstler!

Der Anblick eines abgebildeten Schädels hatte Beltoff auf den Gedanken gebracht, dass er Maler sei, dass er Maler werden müsse. Gedacht, getan. Die unteren Fensterscheiben in seinem Zimmer wurden mit einem dichten Gewebe verhangen. Zwischen zwei Schädeln erschien eine kleine Venus; überall zeigten sich, wie aus der Erde gewachsen, Gipsköpfe mit dem Ausdruck des Schreckens, der Scham, der Eifersucht und des Mutes, so wie die gelehrte Bildhauerkunst sich diese Leidenschaften vorstellt, d. h. so wie sie in der Natur nicht zur Erscheinung kommen.

Wladimir ließ sich dass Haar wachsen und ging den ganzen Morgen in der Malerbluse umher. Dieses Proletarierkostüm hatte ihm ein aristokratischer Schneider auf dem Newsky Prospekt geschickt angefertigt. Jede Woche besuchte Wladimir die Eremitage und saß eifrig an seiner Staffelei ...

Die Mutter ging bisweilen auf den Zehen umher, da sie den zukünftigen Tizian in seiner Beschäftigung zu stören fürchtete. Er begann von Italien und einem historischen Gemälde in dem zeitgemäßen, kräftigen Geschmack zu reden: – er dachte sich eine Begegnung des aus Sibirien zurückkehrenden Biron mit dem nach Sibirien fahrenden Münnich; ringsum eine Winterlandschaft, Schnee, Kibitken und die Wolga ...

Es versteht sich von selbst, dass auch die Malerei Beltoff nicht vollständig befriedigte; auch diese Beschäftigung gewährte ihm keinen vollen Genuss: Innerlich fehlte ihm die Freude an seiner Arbeit, äußerlich jener Künstlerkreis, jener lebhafte, gegenseitige Verkehr, der den Künstler aufrecht erhält. Nichts forderte seine Tätigkeit heraus; dieselbe war vollständig nutzlos und nur durch persönliche Wünsche bedingt; mehr als alles aber behinderten ihn seine früheren Träumereien vom Wirken im Staat, im Zivildienst. Nichts ist so verlockend für eine feurige Natur, als die Teilnahme an der zeitgenössischen Geschichte. Wer sich einmal dem Gedanken an eine solche Tätigkeit hingegeben, der ist für jeden andern Wirkungskreis verdorben. Womit er sich auch befasst, überall wird er sich wie ein Gast vorkommen: es ist nicht sein eigenes Gebiet – er trägt den politischen Zank hinüber in die Kunst; wird er Maler, so bringt er im Bilde seine politischen Anschauungen zum Ausdruck; wird er Musiker, so sucht er ihn in Tönen zu verkörpern. Geht er in eine andere Sphäre über, so wird er sich täuschen wie derjenige, welcher sein Vaterland verlassen und sich einzureden sucht, es komme nicht darauf an, wo er sich befinde, sein Vaterland sei überall, wo er nützlich wirken könne ... aber eine Stimme in seinem Innern, die nimmer schweigt, ruft ihn an einen andern Ort, mahnt ihn an andere Lieder, an eine andere Natur.

Dunkel und doch wieder klar gingen Beltoff diese Gedanken im Kopf herum, und mit Neid betrachtete er manchen Deutschen, der in seinem Klavier lebte, den sein Beethoven glücklich machte, der die Zeitgeschichte *ex fontibus*, d. h. aus den alten Schriftstellern studierte.

Dazu kamen die langen Petersburger Abende, an denen man nicht zeichnen kann ... Diese Abende verbrachte Wladimir gar oft bei einer Witwe, die eine leidenschaftliche Freundin der Malerei war. Die Witwe war jung, schön und mit allem Reiz des Luxus und feiner Bildung ausgestattet. In ihrem Hause sprach Wladimir schüchtern das erste Wort der Liebe aus und unterschrieb kühn den Wechsel auf eine große Summe, die er an jenem glücklichen Abend verloren, da er zerstreut und trunken spielte, ohne auf das Spiel zu achten. Aber wie konnte er überhaupt spielen? Ihm gegenüber saß sie, und so deutlich las er in ihren Augen Liebe und Teilnahme ...

Ich will euch jetzt nicht die ganze Geschichte meines Helden erzählen; seine Erlebnisse sind die gewöhnlichen; aber sie spiegelten sich nicht in vollkommen gewöhnlicher Weise in seiner Seele wieder. Ich will nur noch in Kürze melden, dass er durch seine Liebeserfahrung, bei welcher er viel Lebenskraft verlor, und nach mehreren Wechseln, mittels deren er ziemlich viel Vermögen verlor, ins Ausland reiste, Zerstreuungen, Eindrücke, Beschäftigung usw. suchte, während seine Mutter, die schwach und vor den Jahren gealtert war, nach Bjeloje-Pole reiste, um die Breschen wieder auszufüllen, welche die Wechsel angerichtet, um mit ihren jahrelangen Sorgen den augenblicklichen Leichtsinn ihres Sohnes wieder gut zu machen und neue Geldsummen zusammenzubringen, damit ihr Wolodja im fremden Lande an nichts Not leide. Das ward Frau Beltoff durchaus nicht leicht. Wie sehr sie ihren Sohn auch liebte, so besaß sie doch nicht die Fähigkeit jener Besitzerin von Sassjekino, sie war stets zur Nachsicht bereit, sie ließ sich in einem fort täuschen: nicht aus Nachlässigkeit, nicht weil sie's nicht gemerkt hätte, sondern infolge eines gewissen Zartgefühls, das sie verhinderte, offen zu zeigen, dass sie alles gesehen, alles wisse. Die Bauern von Bjeloje-Pole beteten zu Gott für ihre Herrin und zahlten pünktlich ihren Obrok.

Beltoff schrieb häufig seiner Mutter, und da konnte man sehen, dass es noch eine andere Liebe gibt, die nicht so stolz, nicht so anspruchsvoll ist, um diesen Namen ausschließlich für sich in Anspruch zu nehmen – eine Liebe, welche weder mit den Jahren, noch infolge von Krankheiten erkaltet, welche auch noch in alten Tagen mit zitternden Händen den Brief öffnet und mit alten Augen bittere Tränen über den teuren Zeilen vergießt.

Die Briefe des Sohnes waren für Frau Beltoff eine Lebensquelle; sie waren ihr Stärkung und Trost, und hundertmal überlas sie denselben Brief. Sie waren recht traurig, wenn auch voller Liebe; und doch verschwieg Wladimir noch so vieles dem schwachen Mutterherzen. Es war leicht herauszulesen, dass die Langeweile den jungen Mann verzehrte, dass er der Rolle des Zuschauers, welche der Reisende sich vorspielt, überdrüssig zu werden anfing. Er hatte ganz Europa gesehen – es blieb ihm nichts mehr zu tun übrig; alle um ihn herum waren mit etwas beschäftigt; er musste sich als Gast betrachten, den man zur Tafel geladen, den man höflich behandelt, aber nicht in die Familiengeheimnisse einweiht, und dem schließlich nichts übrig bleibt, als wieder nach Hause zu gehen.

Aber schon bei der bloßen Erinnerung an seine Petersburger Erlebnisse fühlte sich Beltoff von Missmut erfasst, und ohne selbst zu wissen, warum, reiste er von Paris nach London. Einige Monate zuvor hatte er seiner Mutter, aus Montpensier einen Brief geschickt und ihr mitgeteilt, dass er nach der Schweiz reise, dass er sich in den Pyrenäen eine leichte Erkältung zugezogen, und dass er darum noch fünf Tage in Montpensier bleibe; wenn er abreise, versprach er wieder zu schreiben. Von seiner Rückkehr nach Russland kein Wort.

»Eine leichte Erkältung« – und die Mutter begann schon zu beben und sah mit Sehnsucht dem folgenden Briefe entgegen. Aber vierzehn Tage vergingen – kein Brief: Es vergingen vier Wochen – kein Brief. Das arme Weib war sogar des letzten Trostes beraubt – der Möglichkeit, dem Sohne in der Ferne zu schreiben mit der Überzeugung, dass der Brief ihn erreichen würde, und um sich das Herz zu erleichtern, schickte sie aufs Geratewohl zwei Briefe nach Paris – *confiées aux soins de l'ambassade Russe.* Wenn sie sich abends schlafen legte, so befahl sie Dunja jedes Mal, früh am andern Morgen den Kutscher nach der Kreisstadt reiten zu lassen, damit er dort anfrage, ob kein Brief für sie vorhanden, obgleich sie sehr wohl wusste, dass nur einmal wöchentlich die Post ankam. Der Postmeister in der Kreisstadt war ein gutmütiger, alter Mann und Frau Beltoff von Herzen zugetan. Er ließ ihr jedes Mal melden, ein Brief sei noch nicht da, aber sobald einer komme, werde er ihn selbst bringen oder mit einer Stafette schicken – und mit einem gewissen dumpfen Gram vernahm die Mutter diese Antwort, nachdem sie mehrere Stunden in bebender Erwartung zugebracht!

Da begann sie dem Gedanken nachzuhängen, selbst ins Ausland zu reisen. Sie wollte schon nach einem Nachbar, einem ehemaligen Artilleriehauptmann schicken, an den sie sich in allen wichtigen juristischen Fragen wandte, wie z. B. bei der Abfassung einer höflichen Erklärung, warum es keine Vorratskammern gäbe. Jetzt wollte sie ihn fragen, wo man einen Pass ins Ausland bekomme, ob bei der Finanzkammer oder beim Kreisgericht ...

Und so langweilig schwanden die Tage der Erwartung dahin, als es bereits Herbst war und die Linden längst gelb geworden und das trockene Laub unter den Füßen raschelte – als es Tage lang unaufhörlich regnete. Eines Abends kam das Kammermädchen zu Frau Beltoff und fragte sie, ob sie zur Vesper gehen dürfe.

»Geh' nur, aber was ist denn morgen?«

»Haben Sie denn vergessen, dass morgen der 17. September, Ihr Namenstag ist?«

»Gut. Geh nur, Dunja und bete auch für Wolodja!« und ihre Augen füllten sich mit Tränen.

Der Mensch kann hundert Jahre alt werden, er bleibt ein Kind und könnte er fünfhundert Jahre alt werden, er würde nach einer gewissen Seite doch ein Kind bleiben. Und es wäre zu bedauern, wenn er diese Seite einbüßte – sie ist so voller Poesie. Was ist ein solcher Namenstag? Warum empfindet man an diesem Tage lebhafter Freud und Leid als gestern, als morgen? Ich weiß den Grund nicht, aber es ist so. Und nicht bloß der Namenstag, ja, jeder Jahrestag erschüttert die Seele. Ich glaube, heut ist der dritte März, sagt jemand, der befürchtet, er könnte einen Auktionstermin versäumen. – Der dritte März. Jawohl, der dritte März, antwortet ein anderer, und seine Gedanken führen ihn acht Jahre zurück. Er erinnert sich des ersten Wiedersehens nach einer Trennung, er erinnert sich all der Einzelheiten, und mit einem gewissen feierlichen Gefühl setzt er hinzu: Gerade acht Jahre sind es heut! Und er fürchtet sich, diesen Tag zu verderben; er fühlt, dass heut ein Feiertag sei, und es kommt ihm nicht in den Sinn, dass es am dreizehnten März gerade acht Jahre und zehn Tage sein werden, und dass jeder Tag in seiner Art ein Jahrestag ist. So war es auch mit Frau Beltoff.

Der Gedanke an die Trennung, der Gedanke, dass sie keine Briefe erhalte, ward ihr bitterer, schmerzlicher bei dem Gedanken, dass ihr Wolodja nicht komme, um ihr Glück zu wünschen, dass er vielleicht auch in der Fremde vergesse, ihr Glück zu wünschen ... Sie versank in trübes Nachdenken. Bald sah sie ihn in der Fantasie, wie sie vor fünfzehn Jahren am Vorabend das ganze Teezimmer mit Blumen geschmückt gefunden, wie Wolodja sie nicht hineinlassen wollte und sie zu täuschen suchte; wie sie alles erraten habe, aber das Wolodja nicht habe merken lassen; wie der Hauslehrer Wolodja eifrig beim Kränzewinden geholfen – dann wieder sah sie ihren Sohn in Montpensier, krank, in der Gewalt eines habgierigen Wirtes, und dann fürchtete sie sich, ihrer Einbildungskraft noch weiter freien Lauf zu lassen, und suchte sich schnell mit dem Gedanken zu trösten, dass vielleicht der Erzieher ihm dort begegnet sei und bei ihm weile. Er hing mit solcher Zärtlichkeit an ihm, er war so gut, liebte Wolodja so sehr, dass er ihn pflegen wird; er wird strenge alle Vorschriften des Arztes erfüllen, er wird für ihn sorgen, er wird bei ihm wachen, wenn er schläft. Aber wie kommt der Erzieher nach Montpensier? Warum denn nicht? Wolodja konnte ihm ja als seinem Freunde geschrieben haben ... aber ... und wiederum ward ihr so unerträglich schwer ums Herz und eine Reihe finsterer Bilder, abwechselnd, mit freudvollen Erinnerungen zog die ganze Nacht durch ihre Seele.

Am andern Morgen beschäftigten Frau Beltoff mancherlei Sorgen und lenkten sie so weit es möglich war auch einigermaßen ab. Vom frühen Morgen an war das Vorzimmer mit der Aristokratie von Bjeloje-Pole angefüllt. Der Starost stand im blauen Kaftan an der Spitze und hielt auf einer ungeheuren Schüssel eine Brezel von schrecklicher Größe, welche er den Dorfwächter aus der Kreisstadt hatte holen lassen. Diese Brezel verbreitete einen solchen Ölgeruch, dass sie vollkommen davor gesichert war, jemand könnte den Versuch machen, von ihr zu kosten. Rings um dieselbe am Rande der Schüssel lagen Apfelsinen und Hühnereier.

Unter den schönen und majestätischen Köpfen unserer bärtigen Bauern zeichnete sich bloß der Gerichtshalter durch sein Kostüm und seine Miene aus: Er hatte sich nicht bloß rasiert, sondern an einigen Stellen auch geschnitten; weil seine Hand (ich weiß nicht, ob vom vielen Schreiben oder daher, weil er niemals einen schönen ländlichen Morgen begrüßen konnte, ohne auf Gemeindeunkosten in der Schenke einige Gläschen zu trinken) die sehr eigentümliche Gewohnheit hatte zu zittern, was ihm beim Schnupfen und Rasieren außerordentlich hinderlich war. Er trug einen langen blauen Überrock, Plüschhosen und hohe Stiefel, d. h. er erinnerte an ein bekanntes australisches Tier, den Ornithorhynchus, in welchem in widerwärtiger Weise Vierfüßler, Vogel und Amphibie vereint sind. Draußen auf dem Hof blökte von Zeit zu Zeit in kläglicher Weise ein junges Kalb, das sechs Wochen lang mit Milch genährt worden: Das war die Hekatombe, welche die Bauern ebenfalls ihrer Herrin zu ihrem Namenstage darbrachten.

Frau Beltoff vermochte bei der Gratulation nicht ganz mit der ihr sonst eigenen Würde aufzutreten: Sie wusste das aber und hielt sich daher bei dieser Gelegenheit etwas zurück.

Nach der Gratulation fand ein Gottesdienst statt. Just als dieselbe beendet war, kam auch der Artilleriehauptmann, und dies Mal erschien er nicht als Juris Consultus, sondern in seiner kriegerischen Gestalt. Als Frau Beltoff aus der Kirche wieder im Hause angekommen war, wurde sie durch ein gewisses Krachen erschreckt. Ihr Nachbar hatte nämlich in seinem Wagen einen kleinen Böller und befohlen, denselben zum Zeichen der Freude abzufeuern. Der Hühnerhund der Frau Beltoff, der gerade dabei zugegen war, konnte als dummes Tier gar nicht begreifen, wie man auch ohne ein bestimmtes Ziel zu schießen vermöchte, lief in einem fort hin und her und suchte nach einem Hasen oder Birkhuhn. Alles kehrte ins Haus zurück. Frau Beltoff bewirtete ihre Gäste gerade mit einem Imbiss, als plötzlich ein Postglöckchen ertönte und ein ausgezeichnetes Dreigespann von Postpferden über die Brücke flog, hinter dem Berge verschwand und nach einigen Minuten in der Nähe wieder zum Vorschein kam. Der Postillon fuhr gerade auf das Herrenhaus zu, und so schnell er auch fuhr, er wusste die Pferde meisterhaft an der Treppe anzuhalten.

Selbst der alte Postmeister (denn er war es) konnte sich nicht enthalten, als er aus der Kibitke stieg, zu dem Postillon zu sagen: »Ei, ei, Bogdaschka, bist ein Teufelskerl, ein wahrer Teufelskerl, das muss ich zu deiner Ehre sagen.«

Bogdaschka war selbstverständlich über das Kompliment des Postmeisters erfreut, blinzelte mit dem rechten Auge, rückte sich seine Mütze zurecht und sprach: »Na, wenn ich mir um Ew. Hochwohlgeboren keine Mühe machte, dann wäre ich ja ein schlechter Kerl.«

Mit feierlich geheimnisvoller Miene, mit einer in allen Zügen sich verratenden Befriedigung trat der Postmeister ins Gastzimmer, näherte sich der Frau vom Hause und küsste ihr die Hand.

»Ich habe die Ehre, Mütterchen Sofie Alexejewna, Ihnen zu dem hochfeierlichen Tage Ihres Engels zu gratulieren und wünsche Ihnen eine gute Gesundheit! ... Guten Tag, Spiridon Wassiljewitsch« (Dies Letztere galt dem Hauptmann).

»Ihr Diener, Wassili Loginowitsch«, antwortete der Artilleriehauptmann.

»Wassili Loginowitsch fuhr fort: »Ich bin so frei, Ihnen zu Ihrem Namenstage ein kleines Geschenk zu bringen. Es ist nicht kostbar aber ich gebe es gern; viel gekostet hat er mich nicht, im Ganzen nur einen Rubel zehn Kopeken Porto. Da Mütterchen haben Sie zwei Briefe von Wladimir Petrowitsch: der eine, wie es scheint, aus Montpellier, der andere, nach dem Stempel zu urteilen, aus Genf. Verzeihen Sie, Mütterchen, ich bin ein wahrer Sünder; das erste Briefchen habe ich zwei Wochen und das andere fünf Tage bis zum heutigen Tage zurückgehalten, wahrhaftig, ich dachte mir: Du musst Sofie Alexajewna zu ihrem Namenstage eine große Freude bereiten.«

Frau Beltoff hörte die ganze Rede des Postmeisters nicht mehr an, sobald sie die Briefe erhalten; mit bebender Hand griff sie darnach und wollte sie gleich vor ihren Gästen lesen, stand jedoch auf und ging hinaus.

Der Postmeister war sehr mit sich zufrieden, dass er Frau Beltoff anfangs durch Kummer und dann durch Freude fast getötet hatte; er rieb sich so gutmütig die Hände, freute sich so sehr über den Erfolg seiner Überraschung, dass niemand grausam genug war, ihn wegen dieses Streiches zu tadeln und ihn nicht zum Imbiss einzuladen. Das Letztere tat dies Mal der Nachbar.

»Ja, Wassili Loginowitsch«, sagte er, »das muss gesagt werden, Sie sind mit Ihrem Brief gerade im rechten Augenblick gekommen. Indes, wissen Sie, solange sich Sofie Alexajewna mit ihren Briefen unterhält, hindert uns gar nichts daran, etwas zu uns zu nehmen; ich bin sehr früh aufgestanden.«

Und sie nahmen etwas zu sich.

Der eine der beiden Briefe war von der Reise, der andere aus Genf. Er schloss mit den folgenden Worten:

»Diese Begegnung, liebe Mutter, dieses Gespräch hat mich erschüttert, und wie schon eingangs erwähnt, bin ich entschlossen, zurückzukehren und mich bei den Wahlen um ein Amt zu bewerben. Morgen reise ich von hier ab, werde mich einen Monat an den Ufern des Rheins aufhalten und von dort geraden Wegs, ohne mich unterwegs irgendwo aufzuhalten, nach Tauroggen fahren ... Ich bin Deutschland von Grund der Seele überdrüssig geworden. In Petersburg, in Moskau werde ich nur einige Bekannte begrüßen und dann sofort zu dir, geliebte Mutter, nach Bjeloje-Pole eilen.«

»Dunja, Dunja, gib mir 'mal den Kalender! Ach mein Gott, wo suchst du ihn denn? Wie dumm du bist! Da liegt er ja!«

Und Frau Beltoff stürzte selbst nach dem Kalender und begann zu rechnen und zu rechnen, nachzuzählen und vom neuen Stil in den alten und vom alten in den neuen zu übertragen, und dabei überlegte sie schon, wie sie sein Zimmer einrichten sollte ... Nichts vergaß sie, als ihre Gäste. Zum Glück vergaßen diese sich selbst nicht und nahmen zum zweiten Mal etwas zu sich.

»Seltsam, sehr seltsam«, fuhr der Präsident fort. »Man sollte doch meinen, das Leben in der Residenz biete einem jungen Manne, namentlich wenn er nicht arm ist, so viel Zerstreuung, so viel Vergnügen, dass es ein Kunststück für ihn sein müsste sich zu langweilen.«

»Was soll man machen?«, sagte Beltoff und stand auf, um sich zu empfehlen.

»Nun, übrigens kann man auch bei uns leben. Gibt es hier auch nicht so viel Glanz und Bildung wie in der Residenz, so werden Sie bei uns doch gute einfache Menschen finden, die Sie gastfreundschaftlich im Schloße ihrer friedlichen Familien aufnehmen.«

»Ganz unzweifelhaft«, fügte ungezwungen der Rat mit dem Annenorden im Knopfloch hinzu. »Bietet unser Städtchen auch in anderer Beziehung nichts Besonderes, im Punkte der Gastfreundschaft kann es sich kühn mit Moskau messen!«

»Davon bin ich vollkommen überzeugt«, versetzte Beltoff und verbeugte sich.

Zweites Buch

Erstes Kapitel

Ihr wisst bereits, welch gewaltige, nachhaltige Sensation Beltoff unter den ehrbaren Bewohnern von N. erregte. Gestattet mir nun euch zu erzählen, welchen Eindruck die Bewohner dieser Stadt auf den ehrenwerten Beltoff machten.

Er stieg im Gasthof Keresberg ab. Auf diesen Namen war er wahrscheinlich nicht getauft, um ihn von andern Gasthöfen zu unterscheiden, da es einen andern in der Stadt nicht gab, sondern vielmehr einer Stadt zu Ehren, welche überhaupt nicht existierte. Dieser Gasthof war die Hoffnung und Verzweiflung aller kleinen Zivilbeamten von N. – ihr Trost im Unglück und der Ort ihrer Freude im Glück.

Rechts vom Eingange stand ewig auf ein und derselben Stelle der leidenschaftslose Wirt hinter dem Pult und vor ihm sein Geschäftsführer in weißer Bluse mit breitem Bart und ungeheurem Scheitel nach dem linken Auge hin.

In dieses Pult floss am Ersten jedes Monats mehr als die Hälfte des Gehalts, den sämtliche Gerichtsschreiber, deren Gehilfen und Untergehilfen erhielten.

(Die Sekretäre verzehrten selten etwas, wenigstens nicht für eigene Rechnung; vom Sekretärsrange an verbinden unsere Beamten mit der Leidenschaft, Geld einzunehmen, auch die Leidenschaft, Geld zu sparen – sie werden konservativ).

Der Wirt griff ernst und würdevoll nach dem Rechenbrett; das verwünschte Pult hob seinen Deckel, verschlang Kassenscheine und Silberrubel und warf statt ihrer Fünfrubelscheine, Kopeken und sonstiges Kleingeld aus, dann knarrte das Schloss – und das Geld war verschwunden.

Nur in zwei Fällen rührte sich das Pult nicht: Wenn an seinem verhängnisvollen Gitter der Kreiskommissar Jakob Polepitsch erschien – selbstverständlich nicht, um seine Schuld zu bezahlen ... Bisweilen kamen auch Räte in den Gasthof um Billard zu spielen, Punsch zu trinken und ein paar Flaschen zu entkorken – kurz sich ganz im Stillen hinter dem Rücken ihrer Frauen ein kleines Junggesellenvergnügen zu gestatten – ledige Räte gibt es ebenso wenig wie verheiratete Abbés – und damit ihr Zechen wirklich unentdeckt bliebe, erzählten sie rechts und links wochenlang nur von ihrem Gelage. Die kleinen Beamten versteckten beim Erscheinen solch hoher Beamten ihre Pfeifen hinter dem Rücken (doch so, dass sie zu sehen waren, denn es kam nicht darauf an, dass die Pfeifen versteckt wurden, es galt nur den hohen Beamten die schuldige Hochachtung zu erweisen) machten tiefe Verbeugungen, wobei sie mimisch eine große Verlegenheit zu erkennen gaben und begaben sich in andere Zimmer, ja sie beendeten nicht einmal die Partie auf dem Billard, auf welchem der Cornet Drägaloff in den Stunden, da er nicht Karten spielte, mit seinen kühnen Bällen und merkwürdigen Stößen alle in Erstaunen versetzte.

Der Gastwirt, ein reich gewordener Bauer aus einem benachbarten Dorfe, wusste, wer Beltoff war und welches Vermögen er besaß. Er beschloss daher sofort, ihm eins seiner besten Zimmer zu geben. Dieses Zimmer gab er nur vornehmen Personen, Generalen und großen Kaufleuten – und darum führte er ihn erst in andere Zimmer. Diese waren aber so finster und hässlich, dass, als der Wirt Beltoff in dasjenige führte, welches er ihm bestimmt hatte und dabei die Bemerkung machte: Wenn dies kein Durchgangszimmer wäre, so würde er es ihm mit dem größten Vergnügen überlassen – dass dann Beltoff dem Wirte eifrig zuredete, ihm dasselbe doch zu geben. Der Mann ward von seiner Beredsamkeit gerührt und gab endlich nach, was durchaus nicht sein Schade war.

Seine Höflichkeit gegen Beltoff machte der ehrenwerte Wirt gegen alle andern Gäste wieder wett. Das Zimmer war in der Tat ein Durchgangszimmer; wenn man die Tür schloss, war die einzige anständige Verbindung zwischen dem Saal und dem Billardzimmer abgeschnitten, sodass diejenigen, welche Billard spielen wollten, durch die Küche gehen mussten.

Ein großer Teil der Besucher fügte sich schweigend in diese Prüfung, wie sie früher sich in alle andern Prüfungen gefügt hatten, mit denen das Schicksal sie heimzusuchen für gut befunden. Übrigens gab es auch solche, welche laut und bestimmt gegen die grobe Rücksichtslosigkeit des Wirtes protestierten. Ein Assessor, der vor zehn Jahren beim Heere gedient, war im Begriff, einen Billardstock auf dem Rücken des Wirtes zu zerbrechen; er fühlte sich derart beleidigt, dass er seinen energischen Protest in folgender logischen Weise schloss:

»Ich bin auch von Adel; aber hol' mich der Teufel, hätte er es irgendeinem General gegeben, dann würde ich nichts sagen; aber seht mal einen solchen Grünschnabel, der da aus Paris kommt. Darf man höflichst fragen, worin ich ihm nachstehe? Auch ich bin von Adel und in unserer

Familie der Älteste, ich bin Inhaber der Militärverdienstmedaille von 1812.«

»Genug deklamiert, du Hitzkopf«, sagte der Cornet Drägaloff zu ihm, der auf Beltoff Absichten hatte.

Wie dem auch sein mochte, der Wirt schwieg, machte einen Scherz und tat doch mit der apathischen Halsstarrigkeit, mit der höflichen Unbeugsamkeit eines russischen Kaufmanns, was ihm beliebte. Übrigens konnte das Zimmer, das Beltoff bloß erlangt hatte, indem er bei so vielen den kitzligen *point d'honneur* verletzte, nur nach den vier abscheulichen Räumlichkeiten gefallen, mit denen der schlaue Wirt seinen Gast abgeschreckt hatte, denn in Wirklichkeit war es schmutzig und unbequem, und von Zeit zu Zeit drang sogar ein Geruch von schmorendem Fett herein, der im Verein mit der beständigen Tabaksatmosphäre einen Duft bildete, der selbst einem Eskimo, dem faule Fische Leckerbissen sind, Übelkeiten bereiten konnte.

Der erste Lärm über die Ankunft hatte sich gelegt. Das Reisegepäck, die Handtasche, die Schatulle wurden aus dem Wagen hereingetragen; und nach all diesen schweren Sachen erschien endlich Gregor Lermolojewitsch, Beltoffs Kammerdiener mit den letzten Reisevorräten, einem Tabaksbeutel, einer zum Teil geleerten Flasche Bordeaux und den Resten einer gebratenen Truthenne.

Nachdem der Kammerdiener alles hereingebracht und auf Tische und Stühle gelegt, trat er ans Büffet, um sich ein Glas Branntwein geben zu lassen, wobei er dem Büffetkellner versicherte, in Paris habe er die Gewohnheit angenommen, nach Beendigung jeder Arbeit ein großes »Ptiwär« zu trinken (just wie man in Russland jede Arbeit damit beginnt).

Eine Menge von Beamten, welche die Verhältnisse des Reisenden aus der Quelle zu erfahren wünschten, umschlichen ihn; es muss jedoch bemerkt werden, dass der Kammerdiener nicht sehr mitteilsam war und sie ein wenig von oben herab behandelte; er hatte einige Jahre im Auslande gelebt und war sich dieses Vorzuges stolzbewusst.

Unterdessen war Beltoff allein. Nachdem er ein Weilchen auf dem Sofa gesessen, trat er ans Fenster, an welchem man die halbe Stadt überschauen konnte. Die prachtvolle Aussicht, welche sich seinem Auge bot, war die allgemeine provinzielle uniformierte: Ein schlecht angestrichener Wartturm mit den beweglichen Polizeisoldaten war das Erste, was ihm in die Augen fiel; die Hauptkirche von alter Bauart ragte hinter dem langen und – wie sich von selbst versteht, gelben Amtsgebäude empor, das in dem bekannten Stil erbaut war. Dann noch zwei oder drei Pfarrkirchen, von denen jede zwei bis drei Epochen der Architektur darstellten; die alt byzantinischen Mauern waren mit griechischem Portal und gotischen Fenstern oder mit beiden zugleich geschmückt. Dann das Haus des Gouverneurs mit einer Vorhalle, welche ein Gendarm und zwei, drei bärtige Bittsteller verschönerten. Endlich die Häuser der Einwohner, ganz so beschaffen, wie wir sie in all unsern Städten zu sehen bekommen – mit schwindsüchtigen dicht an die Mauer geklebten Säulen, mit einem Halbgeschoss, das wegen des italienischen, die ganze Wand einnehmenden Fensters im Winter nicht bewohnt werden kann, mit einem verräucherten Flügel, in welchen sich die Dienerschaft und die Pferde teilen. Diese Häuser wurden, wie es Sitte und Brauch ist, von höflichen Herren auf Namen der Frauen getauft.

Ein wenig seitwärts zogen sich die Kaufhallen hin, die äußerlich weiß und innerlich finster und zudem ewig feucht und kalt sind; darin war alles Mögliche zu haben: Kattun, Flor, Piqué – alles außer dem, was man gerade haben wollte; von dem Bilde, das sich seinen Augen bot, ein wenig gerührt, steckte sich Beltoff eine Zigarre an und setzte sich ans Fenster. Es war Tauwetter und Tauwetter hat immer Ähnlichkeit mit dem Frühling; das Wasser tropfte von den Dächern, über die Straßen eilte wie ein Bach der geschmolzene Schnee. Man hatte etwas wie ein Gefühl, dass die Natur nach der abgeworfenen Eisdecke bereits wieder auflebe; aber das empfand nur ein Neuling, der vergebens in den ersten Februartagen in N. den Frühling zu sehen hoffte, die Straße wusste offenbar, dass wieder Frost und Schneegestöber komme und bis zum 27. Mai kein Blättchen sich zeigen würde. Die Straße also freute sich nicht; es herrschte in ihr eine schläfrige Tätigkeit. Zwei, drei schmutzige alte Weiber saßen an der Mauer der Kaufhallen mit getrocknetem Obst. Den Umstand, dass ihnen die Finger nicht froren, wahrnehmend, strickten sie Strümpfe; sie zählten die Maschen und sprachen nur selten miteinander, stocherten sich die Zähne mit Schwefelhölzchen, seufzten und gähnten, wobei sie sich über dem Munde das Kreuzzeichen machten.

Nicht weit von ihnen saß ein alter Kaufmann von etwa siebzig Jahren mit grauem Bart und hoher Zobelmütze und schlief einen sanften Schlaf auf seinem Feldstuhl; von Zeit zu Zeit liefen die Handlungsdiener aus einem Laden in den andern; einige von ihnen wurden bereits geschlossen. Niemand schien etwas zu kaufen, ja es ging fast niemand über die Straße. Doch da kam feierlich ein Polizeiinspektor in seinen Mantel mit Pelzkragen gehüllt raschen, geschäftsartigen Schrittes mit besorgter Miene und mit Akten unter dem Arm daher; die Ladenjünglinge zogen ehrfurchtsvoll den Hut, aber der Polizeiinspektor schenkte ihnen keine Beachtung.

Dann kam noch eine Kutsche von seltsamer Gestalt vorüber; sie glich einem Kürbis, aus welchem ganz genau der vierte Teil herausgeschnitten ist; diesen Kürbis zogen vier abgetriebene Rösslein; der voraufreitende Heiduck und der graubärtige runzlige Kutscher waren in grobes Tuch gekleidet, und hintenauf wackelte der Lakai in grünem galoniertem Mantel.

In diesem Kürbis saß ein anderer Kürbis - ein wackerer dicker Familienvater und Gutsbesitzer mit einer eigentümlichen Musterkarte von blauen Adern auf Nase und Wangen; neben ihm seine unzertrennliche Ehehälfte, die nicht einem Kürbis, sondern vielmehr einer Pfefferschote glich; sie hatte statt eines Hutes eine Art Hütte auf dem Kopfe; ihnen gegenüber befand sich ein angenehmer Strauß von drei Dorfgrazien, wahrscheinlich die süße Hoffnung von Mama und Papa, die vermutlich ihre zärtlichen Herzen mit Besorgnis erfüllte.

Auch dieser wandelnde Küchengarten zog vorüber und wiederum ward es still ... Da ließ sich aus einem Quergässchen ein fröhliches russisches Lied vernehmen und nach einem Augenblick erschienen auf der Straße drei Burschen in kurzen roten Hemden, mit geschmückten Hüten, athletischen Gliedern und jener Verwegenheit auf dem Gesicht, die wir alle kennen. Der eine von ihnen trug eine Balalaika, aber nicht, um Musik zu machen: Der Bursch mit der Balalaika konnte seine Füße kaum im Zaume halten; man sah es der Beweglichkeit seiner Schultern an, wie sehr es ihn nach einem Tänzchen verlangte - aber warum tanzte er denn nicht wirklich?

Das hatte folgenden Grund. Plötzlich erschien, wie aus der Erde gewachsen, ein Polizeidiener. Er kam mit einem Stock in den Händen aus einer der Kaufhallen, und das Lied, das für einen Augenblick die langweilige Ruhe unterbrochen hatte, verstummte sofort; der ehrenwerte Hüter der Ruhe ging stets wieder in die Kaufhalle, wie die Spinne in ihren dunkeln Winkel zurückkehrt, wenn sie sich an Fliegenhirn satt gefressen hat.

Jetzt wurde es noch stiller. Zugleich begann es dunkel zu werden. Beltoff schaute hinaus - und ein schreckliches Gefühl der Vereinsamung erfasste ihn, es lag ihm wie ein Alp auf der Brust, er hatte offenbar nicht Luft genug zu atmen, vielleicht infolge des Fettgeruchs und des Tabaksqualms, der aus dem unteren Stock heraufdrang.

Er griff nach seiner Mütze, zog sich den Überrock an, schloss die Tür ab und ging hinaus auf die Straße.

Die Stadt war nicht groß und es war leicht, sie von einem Ende bis zum andern zu durchwandern. Überall dieselbe Öde; zwar begegnete ihm da und dort ein Mensch; eine erschöpfte Magd klomm mit einer Trage auf den Schultern bergauf, schritt barfuß über das Eis und blieb schwer aufatmend stehen. Ein Pope von dickem freundlichem Äußern saß im Hausrock an der Tür und sah ihr zu; dann begegneten ihm noch halb betrunkene Schreiber oder ein dicker Rat – und alles war so schmutzig, so schlecht gekleidet, nicht aus Armut, sondern aus Unsauberkeit, und alles ging so anspruchsvoll und affektiert einher: Der Titularrat stolzierte so würdevoll über die Straße, als wäre er ein römischer Senator ... und der Kollegienregistrator mit einer Miene, als wäre er Titularrat; auch der Polizeimeister kam im Schlitten vorbeigejagt; mit majestätischer Grazie grüßte er die Räte und zeigte mit bekümmertem Gesicht auf ein Blatt Papier, das er an die Brust gesteckt hatte – das bedeutete, dass er mit dem Tagesbericht zu Seiner Exzellenz fahre ...

Endlich kamen noch zwei dicke Kaufmannsfrauen, die Köchin hinter ihnen trug Badebesen und einen Korb; ihre roten Wangen bewiesen, dass sie die Badebesen nicht umsonst mitbrachte. Sonst begegnete Beltoff niemand.

»Was bedeutet diese Ruhe?«, dachte er, tiefes Nachdenken oder tiefe Gedankenlosigkeit? Trauer oder einfach Faulheit? ... ich begreife es nicht ... Und warum ist mir diese Ruhe so bedrückend, dass ich gleich wieder abreisen möchte? Warum lastet sie so auf mir? Ich liebe ja doch die Ruhe. Die Ruhe auf dem Meere, im Dorfe, ja selbst auf dem Felde, auf dem gleichmäßigen sich weithin dehnenden Felde erfüllt mich mit einer besondern poetischen Andacht. Mit einem wohltuenden Selbstvergessen. Hier ist das anders. Dort bedeutet die Ruhe Unendlichkeit, hier aber ist alles so bedrückend, hier ist alles so eng, so klein, hier stehen ringsum so erbärmliche Gebäude; wenn es noch Ruinen wären, aber so aufgeschmückt, so geweißt; und wo sind die Bewohner? Ist diese Stadt vielleicht gestern mit Sturm eingenommen worden oder hat hier die Pest gewütet? Nichts von alledem: die Bewohner sind zu Hause, die Bewohner pflegen der Ruhe; aber wann haben sie denn gearbeitet?

Und Beltoff fühlte sich unwillkürlich in die geräuschvollen, von Menschen belebten Straßen anderer Städtchen versetzt, die weniger patriarchalisch und dem Weltgetriebe mehr zugeneigt waren.

Es erfasste ihn jenes unangenehme Gefühl, das gewöhnlich jeden falschen Schritt im Leben begleitet, namentlich, wenn wir uns desselben bewusst zu werden anfangen, und traurig begab er sich nach Hause.

Als er den Gasthof erreicht hatte, ertönte dumpfes lang gezogenes Glockengeläut von einem Kloster in der Nähe der Stadt; diese Klänge erinnerten Wladimir an etwas längst Vergangenes, er ging den Tönen nach, aber da plötzlich lächelte er, schüttelte den Kopf und kehrte schnellen Schrittes nach Hause zurück. Armes Opfer eines Jahrhunderts voller Zweifel, in N. durftest du keine Ruhe suchen!

Nach einigen Tagen, welche Beltoff mit dem gründlichen Lesen und Studieren der Verordnungen über die Adelswahlen zugebracht hatte, ging er mit einer gewissen Sorgfalt gekleidet aus, um die notwendigen Besuche zu machen. Drei Stunden später kehrte er mit heftigem Kopfweh, sichtlich verstört und ermüdet nach Hause zurück, verlangte Pfefferminztee und benetzte sich den Kopf mit kölnischem Wasser.

Das kölnische Wasser und der Pfefferminztee brachten seine Gedanken ein wenig wieder in Ordnung, und allein auf dem Sofa liegend, runzelte er bald die Stirn, bald lachte er fast auf. Er ging nämlich im Geiste alles das wieder durch, was er gesehen hatte, von dem Vorzimmer des Gouverneurs, wo er einige Augenblicke sehr angenehm mit einem Gendarm, zwei Kaufleuten erster Gilde und zwei Lakaien zugebracht hatte, die alle Eintretenden und Fortgehenden in sehr origineller Weise grüßten, indem sie sagten: »Wir gratulieren zu den vergangenen Feiertagen«, wobei sie wie stolze Briten die Hand hinhielten – dieselbe Hand, welche das Glück hatte, täglich den General in den Wagen zu heben – bis zu dem Salon des Adelsmarschalls, in welchem ihn der ehrenwerte Vertreter des glänzenden Adels von N. versichert hatte, man könne nirgend die Zivilformen so gut erlernen, wie im Militärdienst, weil dieser dem Menschen die Hauptsache verleihe; und habe man die Hauptsache inne, so sei es natürlich kinderleicht, sich alle übrigen anzueignen; dann hatte er Beltoff mitgeteilt, dass er ein wahrer Patriot sei, auf seinem Gute eine steinerne Kirche bauen lasse und diejenigen Edelleute nicht leiden möge, welche statt in der Kavallerie zu dienen und sich mit der Verwaltung ihrer Güter zu beschäftigen, Karten spielten, Französinnen unterhielten und nach Paris reisten; das alles sollte nichts anderes als eine Art Stichelei auf Beltoff sein.

Die Reihe der Personen, die Beltoff gesehen, wollte ihm nicht aus dem Kopf: Bald schwebte ihm der Gouvernements-Prokurator vor, der in drei Minuten Zeit gefunden, ihm sechs Mal zu sagen: »Sie sind selbst ein Mann von Bildung, Sie begreifen, dass für mich der Herr Gouverneur eine Nebenperson ist. Ich schreibe direkt an den Justizminister, der Justizminister – das ist der Generalprokurator. Ist der Gouverneur gut, dann tue ich ihm alles zu Gefallen, was ich vermag: ›gelesen gelesen gelesen‹ und damit abgemacht! – ist er anders, so erweise ich ihm zwar volle Hochachtung, ganz wie sie seinem hohen Range zukommt; na aber weiter tue ich nichts; zwingen lass ich mich nicht; ich bin ja doch kein Gouvernementsrat.«

Und dabei nahm er jedes Mal aus einer silbernen Dose eine Prise Tabak, der äußerlich auffallend dem französischen glich, sich aber durch seinen abscheulichen Geruch von demselben unterschied.

Bald sah Beltoff den Präsidenten des Zivilgerichtshofes, einen hageren, langen, schmutzigen, geizigen Mann, der durch Unreinlichkeit seine Uneigennützigkeit dokumentieren wollte; bald sah er den General Gräschtschoff, umgeben von zwei aus dem Dienst entlassenen Isprawniks[6], von armen Gutsbesitzern, Hühnerhunden, Hundewärtern, Hausleibeigenen, drei Nichten und zwei Schwestern.

Der General schrie in Beltoffs Erinnerung eben so laut wie zu Hause in seinem Zimmer, wo er seinen Diener aus dem Vorzimmer hineingepfiffen und mit der größten Menschenliebe seinen Hühnerhund behandelt hatte. Dann wieder dachte er an den uns wohlbekannten Präsidenten des Kriminalgerichts Anton Antonowitsch in seinem froschfarbenen Schlafrock sowie an die Gesellschaft des Rates mit dem Annenorden im Knopfloch.

Als endlich nach und nach diese ehrenwerte Gesellschaft in Beltoffs Erinnerungen in den Hintergrund traten und alles in die eine fantastische Person eines gewissen kolossalen Beamten zusammenfloss, der finster die Brauen zusammenzog, einsilbig und nachgiebig war, sich aber seiner Haut wehrte – da sah Beltoff, dass er diesen Goliath nicht würde überwinden können, dass ihn nicht bloß keine gewöhnliche Schleuder zu Boden strecken würde, sondern nicht einmal der Granitblock, auf dem das Denkmal Peters I. ruht.

Seltsam, seitdem Beltoff ins Ausland gereist war, hatte er viel in Gedanken und Leidenschaften in beständiger Aufregung des Geistes und Herzens gelebt. Dem Menschen, in welchem irgendein kräftiger Gedanke sich bewegt, geht das Leben nicht umsonst dahin ... Äußerlich ist das nicht sichtbar, das Heut verrinnt wie das Gestern, alles ist sehr gewöhnlich, aber da sieht man sich plötzlich um und bemerkt mit Erstaunen, dass man eine ungeheure Strecke zurückgelegt, dass man unendlich viel gelebt und verlebt.

So war es auch mit Beltoff. Auch er hatte unendlich viel gelebt und viel verlebt; aber er blieb noch nicht stehen. Zum zweiten Mal kam Beltoff mit

[6] Der Isprawnik entspricht ungefähr dem preußischen Landrat.

der Wirklichkeit in Berührung, unter denselben Bedingungen wie damals in der Kanzlei – und wiederum erschrak er vor ihr.

Es gebrach ihm an jenem praktischen Sinne, der den Menschen den Zusammenhang der Ereignisse im Leben erfassen lehrt; er hatte mit der ihn umgebenden Welt zu wenig gemein. Der Grund seiner Vereinsamung war begreiflich: Joseph hatte ihn zu einem Menschen im Allgemeinen, wie Rousseau seinen Emil gebildet. Die Universität fuhr fort, diese allgemeine Bildung weiter zu entwickeln; ein Freundeskreis von fünf bis sechs Jünglingen voller Träumereien, voller Hoffnungen, die um so größer waren, je weniger sie das Leben außerhalb der Hörsäle kannten – dies alles erhielt Beltoff mehr und mehr in einem Ideenkreise, mit dem er wenig gemein hatte und welcher der Welt, in welcher er später leben musste, fremd war. Endlich schlossen sich die Pforten der Schule und der Freundeskreis, der ein ewiger das ganze Leben hindurch währender sein sollte, verblasste immer mehr und blieb ihm nur noch in der Erinnerung oder lebte nur bei zufälligen unbequemen Begegnungen oder beim Becher Wein wieder auf. Etwas geräuschvoll öffneten sich ihm andere Türen. Beltoff trat durch dieselben ein und befand sich in einer Gegend, welche ihm so unbekannt, so fremd war, dass er sich in nichts zurechtfinden konnte; nach keiner Seite hin sympathisierte er mit dem Leben, das ihn umgab, er besaß nicht die Fähigkeit, ein tüchtiger Gutsbesitzer, ein ausgezeichneter Offizier, ein eifriger Beamter zu werden – und da blieb ihm in der Wirklichkeit weiter nichts übrig, als die Stellung eines Müßiggängers, eines Spielers und Zechers; zur Ehre unseres Helden müssen wir gestehen, dass er für den letzteren Beruf weit mehr Sympathie fühlte, als für die ersteren; aber auch da war es ihm nicht möglich, sich frei gehen zu lassen: Er war zu gebildet und die Ausschweifungen seiner Herren Zechbrüder fand er zu schmutzig und zu roh. Er versuchte es mit der Medizin und der Malerei, verschwendete und verspielte einiges und reiste dann ins Ausland.

Selbstverständlich fand er auch dort keine wirkliche Beschäftigung; er befasste sich systemlos mit allem auf der Welt; er setzte die deutschen Spezialisten durch die Vielseitigkeit seines russischen Geistes und die Franzosen durch seinen Tiefsinn in Erstaunen. Aber während die Deutschen und Franzosen viel leisteten, tat er nichts, vergeudete seine Zeit, schoss nach der Scheibe, saß bis tief in die Nacht in Restaurationen und gab Leib und Seele und Börse irgendeiner Lorette hin.

Ein solches Leben musste endlich ein krankhaftes Bedürfnis nach Tätigkeit wach rufen. Wenn auch inmitten seines offenbaren Müßigganges Beltoff in Gedanken und Leidenschaften ein kräftiges Leben lebte, so bewahrte er doch von Jugend auf in allen seinen Lebensverhältnissen den völligen Mangel jedes praktischen Sinnes.

Das war der Grund, dass Beltoff von Verlangen nach Tätigkeit verzehrt, zunächst den schönen und löblichen Vorsatz fasste, sich bei den Adelswahlen um eine Stellung zu bewerben und dann zweitens nicht bloß erstaunt wurde, als er die Leute sah, welche er von seiner Geburt an hätte kennen müssen, oder nach denen er sich hätte erkundigen sollen, wenn er in so nahe Beziehungen zu ihnen treten wollte, sondern dass er sich auch durch ihre Sprache, ihre Manieren, ihre Denkart so sehr verblüffen ließ, dass er bereit war, ohne jede Anstrengung, ohne Kampf den Plan aufzugeben, der ihn mehrere Monate beschäftigt hatte.

Glücklich der Mensch, der das Begonnene fortsetzt, dem eine Tätigkeit beschieden ist: er gewöhnt sich früh daran und verliert nicht die Hälfte seines Lebens mit wählen, er konzentriert sich, beschränkt sich, um sich nicht zu zersplittern – er bringt etwas zustande.

Wir fangen in der Regel von vorne an; wir erben von unsern Vätern nur das bewegliche und unbewegliche Vermögen, und auch das bewahren wir nur schlecht; darum wollen wir während des größten Teils unseres Lebens nichts tun, und wollen wir etwas tun, so schweifen wir in die unendliche Steppe oder in irgendeine sonstige Wüste hinaus – wir haben völlige Freiheit, kommen aber niemals an ein Ziel: Das ist unsere vielseitige Untätigkeit, unsere tätige Faulheit.

Beltoff gehörte vollständig zu diesen Leuten. Trotz der Reife seiner Gedanken war er noch völlig unmündig, kurz jetzt im Alter von dreißig Jahren bereitete er sich noch wie ein sechzehnjähriger Knabe auf seinen Lebensberuf vor, ohne zu bemerken, dass die Tür, der er sich mehr und mehr näherte, nicht diejenige war, durch welche die Gladiatoren hereinkommen, sondern diejenige, durch welche man ihre Leichen hinausträgt.

»Natürlich ist Beltoff an vielem selbst schuld«, wird man mir einwenden.

Ich bin ganz eurer Ansicht, andere aber glauben, für die Menschen sei manche Schuld besser, als alles Recht. So verkehrt ist alles in der Welt.

Nun waren, seit Beltoff sich in N. niedergelassen, keine vier Wochen verflossen und schon war es ihm gelungen, sich den Hass des ganzen Gutsbesitzerkreises zuzuziehen, was übrigens die Beamten nicht hinderte, ihn ihrerseits ebenfalls zu hassen.

Unter seinen Hassern gab es viele, die ihn nicht einmal von Ansehen kannten, andere, die, wenn sie ihn auch gesehen, doch in keinerlei Beziehungen zu ihm getreten waren. Dies war von ihrer Seite ein ganz reiner uneigennütziger Hass; aber auch die uneigennützigsten Empfindungen haben irgendeinen Grund. Und der Grund des Hasses, den diese Menschen gegen Beltoff hegten, ist nicht schwer zu erraten. Die Gutsbesitzer und Beamten bildeten ihre eigenen mehr oder weniger abgeschlossenen aber eng verwandtschaftlichen Kreise; sie hatten ihre eigenen Interessen, ihre eigenen Zänkereien, ihre eigenen Parteiungen, ihre eigenen öffentlichen Meinungen, ihre eigenen Gewohnheiten – die übrigens allen Provinzialedelleuten und Provinzialbeamten des ganzen Reiches gemein sind.

Kommt nach N. ein Rat aus R., so ist er nach acht Tagen ein viel beschäftigter und hoch geachteter Genosse und Kollege; kommt unser hochverehrter Freund Paul Iwanowitsch Tschitschikoff[7], so würde der Polizeimeister auch ihm zu Ehren ein Fest veranstalten, und andere würden auch um ihn herumschwänzeln und ihn Herzchen nennen – so deutlich würden sie ihre Verwandtschaft mit Paul Iwanowitsch Tschitschikoff begreifen.

Aber Beltoff, ein Mensch, der seinen Abschied genommen, der nicht einmal vierzehn Jahre und sechs Monate bis zur Berechtigung des Dienstzeichens gedient, wie der Gehilfe des Sekretärs bemerkte, der alles liebte, was dieser Herr nicht leiden mochte, der während der ganzen Zeit, die sie mit dem nützlichen Kartenspiel verbrachten, verderbliche Bücher las, der Europa durchwanderte, zu Hause fremd und in der Fremde nicht heimisch war, der in seinen Manieren ein feiner Aristokrat und nach seinen Überzeugungen ein Mann des neunzehnten Jahrhunderts war – wie konnte eine Provinzgesellschaft einen solchen Menschen aufnehmen? Er konnte sich ebenso wenig für ihre Interessen erwärmen, wie es ihnen ihm gegenüber möglich war, und sie hassten ihn, weil ihr Gefühl ihnen sagte, dass dieser Beltoff ein Protest, eine Art von Anklage gegen ihre Lebensweise, ein Widerspruch gegen die ganze Ordnung derselben sei.

Zu alledem kamen noch eine Menge wichtiger Umstände. Er machte nur wenige Besuche, und zudem spät, stets ging er des Morgens im Überrock umher; er sagte weit seltener, als das üblich war, zu dem Herrn Gouverneur »Euer Exzellenz« und den Adelsmarschall, einen verabschiedeten Dragonerrittmeister, titulierte er gar nicht, obgleich dieser seiner Stellung nach gerade um diese Zeit ebenfalls die Titulatur Exzellenz beanspruchen konnte; ferner behandelte Beltoff seinen Kammerdiener so höflich, dass dies alle Gäste beleidigte, und mit den Damen sprach er wie mit Menschen und benahm sich überhaupt »zu frei«. Dazu kam noch, dass er sich in der niederen Schicht der Bürokratie schon am Tage seiner An-

---

7 Der Held des Gogolschen Romans »Tote Seelen«.

kunft wegen des direkten Durchganges zum Billardzimmer unmöglich gemacht hatte.

Es versteht sich von selbst, dass der Hass gegen Beltoff sich so höflich wie möglich äußerte, dass er sich hinter seinem Rücken Luft machte und in dessen Gegenwart sein Opfer mit solch stumpfer, roher Aufmerksamkeit umgab, dass man den Hass geradezu für Liebe hätte halten können. Ein jeder war bemüht, den Fremdling bei sich zu empfangen, um den Bekannten gegenüber sich damit brüsten zu können, um sich das Recht zu erwerben, zehnmal in einem Gespräch die Worte einzuschalten: »Als Beltoff bei mir war ... ich verkehre mit ihm« ... worauf man dann, wie es Sitte und Brauch ist, zum Schluss eine unschuldige Verleumdung hinzufügte.

Die wackeren Bewohner von N. hatten alle Maßregeln getroffen, um Beltoff bei den Wahlen durchfallen zu lassen oder ihm eine solche Stellung zu geben, welche niemand freiwillig gern annahm. Anfangs bemerkte er weder den Hass, mit dem man ihn verfolgte, noch diese parlamentarische Intrigen, und als er dann alles durchschaute, beschloss er mit Selbstverleugnung bis zum Ende auszuhalten ...

Aber seid unbesorgt, aus mir sehr bekannten Gründen, die ich aber als einen schriftstellerischen Kunstgriff geheim halte, verschone ich den Leser mit ferneren Einzelheiten und Schilderungen aus dem Leben der guten Stadt N., jetzt wende ich mich andern Ereignissen zu – aber es sind Privatangelegenheiten, keine amtlichen.

Zweites Kapitel

Ihr habt wahrscheinlich schon längst das Dasein zweier jungen Leute vergessen, welche durch die lange Episode ganz in den Hintergrund gedrängt worden sind – Lubonka und den schüchternen lieben Kruziferski.

Aber inzwischen hat sich in ihrem Leben sehr viel zugetragen. Als wir sie verließen, waren sie fast Braut und Bräutigam, und jetzt finden wir sie als Mann und Frau wieder; ja noch mehr: Sie führen jetzt einen dreijährigen Bambino, den kleinen Jascha an der Hand.

Von diesen vier Jahren ist nichts zu erzählen. Sie waren glücklich und still und heiter ging ihnen die Zeit dahin. Das Glück der Liebe, namentlich einer erfüllten, belohnten, aber von unruhiger Erwartung freien Liebe ist ein Geheimnis – ein Geheimnis, das nur zweien gehört; da ist ein Dritter überflüssig, da bedarf es keiner Zeugen. In diesem ausschließlichen Eingeweihtsein nur zweier Menschen liegt der besondere Reiz und das Unaussprechliche gegenseitiger Liebe.

Die äußere Geschichte ihres Lebens lässt sich wohl erzählen, ist aber nicht der Mühe wert, tägliche Sorgen, Mangel an Geld, Streitigkeiten mit der Köchin, Einkauf von Möbeln, dieser ganze äußere Staub setzte sich auch ihnen an, wie jedem andern und belästigte sie, wurde aber einen Augenblick später spurlos verwischt und ließ kaum eine Erinnerung zurück. Kruziferski hatte durch Krupoff die Stelle eines Oberlehrers an einem Gymnasium erhalten, gab Unterricht und traf dabei auch solche Eltern, die vollständig bezahlten – und somit konnten sie in N. bescheiden leben und etwas anderes wünschten sie sich nicht.

Regroff hatte, so sehr ihm Krupoff auch zugeredet, nicht mehr als zehntausend Rubel zur Aussteuer gegeben; aber dagegen übernahm er die vollständige Einrichtung der jungen Leute; diese schwierige Aufgabe löste er ziemlich geschickt: Er schaffte alles das aus seinem Hause und seiner Vorratskammer zu den Neuvermählten, was er gar nicht mehr brauchen konnte – wahrscheinlich in der Meinung, dass gerade dies die Neuvermählten nötig hätten.

Auf diese Weise gelangte der historische Wagen, über welchen Regroff zu derselben Zeit nachdachte, da Glafira Lwowna über die unglückliche Tochter seiner sündigen Liebe nachgrübelte, nur mit gebrochenen Federn, einer erheblichen Wunde an der Seite und mit großer Mühe auf den kleinen Hof Kruziferskis. Da kein Schuppen vorhanden war, so diente die Kutsche den frommen Hühnern lange als Zufluchtsort.

Regroff schickte seinem Schwiegersohne auch ein Pferd, aber unterwegs starb es urplötzlich, was der armen Mähre während eines zwanzigjährigen untadelhaften Dienstes noch niemals passiert war. Ob nun seine Zeit um war oder ob es sich dadurch beleidigt fühlte, dass der Bauer, der, sobald er vom Herrenhause nicht mehr gesehen werden konnte, es in die Deichsel spannte und sein eigenes Pferd nebenher gehen ließ – gleichviel, es starb; und der Bauer fühlte sich davon so ergriffen, dass er ein halbes Jahr flüchtig war.

Aber eines der besten Geschenke machte Regroff den Neuvermählten am Tage der Abreise. Er ließ den Nikolaschka und die Palaschka rufen – einen schwindsüchtigen Burschen von fünfundzwanzig Jahren und ein sehr pockennarbiges junges Mädchen. Als sie eintraten, nahm Regroff eine feierliche, ja sogar strenge Miene an.

»Macht eine tiefe Verbeugung!«, sprach der General und küsst der Lubonka Alexandowna und dem Dmitri Jakowlewitsch die Hand.«

Der letztere Befehl war nicht sehr leicht auszuführen: Das verwirrte junge Paar zog die Hand fort, errötete, küsste sich und wusste nicht, was es beginnen sollte. Aber das Haupt der Gemeinde fuhr fort: »Das ist eure neue Herrschaft –« diese Worte sprach er laut, mit einer Stimme, wie sie einer so hoch wichtigen Mitteilung angemessen war. »Dient ihr gut, und es wird euch gut ergehen.«

Ihr werdet euch erinnern, dass dies eine Wiederholung war.

»Nun und ihr habt Mitleid mit ihnen, seid freundlich gegen sie, wenn sie sich gut aufführen, hauen sie aber über die Schnur, so schickt sie nur zu mir, ich habe eine vortreffliche Übungsschule für nichtsnutziges Gesindel, ich schicke sie euch seidenweich zurück. Aber ihr dürft sie auch nicht verwöhnen. Das ist meine Empfehlung, die ich euch auf den Weg mitgebe; ich weiß ja, ihr seid die Führung einer Wirtschaft noch nicht gewöhnt; wie wollt ihr mit freiem Dienstvolk auskommen? Der freie Diener ist bei uns zu Lande eine Bestie, er weiß, dass man ihm nichts anhaben kann, nimmt sich wie ein Herr einen Pass und geht auf und davon und sucht sich eine andere Stelle. – Nun verbeugt euch und geht!«, schloss der General beredsam seinen Vortrag.

Nikolaschka und Palaschka beugten sich noch einmal tief zur Erde und entfernten sich. Damit war die Geschichte ihres Eintritts in ihre neue Stellung zu Ende. An demselben Tage fuhren unsere Neuvermählten zur

Stadt in Begleitung des hustenden Nikolaschka und der marmorierten Palaschka.

Dmitri und Lubonka richteten sich ihr Leben sehr angenehm ein. Sie machten so wenig Ansprüche an die Außenwelt, sie genügten sich einander so vollkommen, sie waren so sehr durchdrungen von gegenseitiger Sympathie, dass man sie leicht für Ausländer in N. hätte halten können; sie glichen so ganz und gar nicht alle dem, was sie umgab. Es ist sehr bemerkenswert, dass es gutmütige Leute gibt, welche uns Russen im Allgemeinen und die Provinzbewohner im Besonderen für patriarchalisch, für ganz besonders häuslich halten, während wir unser Familienleben nicht über die Schwelle der Bildung zu bringen vermögen; noch bemerkenswerter ist es vielleicht, dass, sobald wir des Familienlebens überdrüssig geworden, uns auch keinem andern Leben zuwenden; bei uns entwickelt sich weder die Persönlichkeit, noch öffentliche Interessen und die Familie verkommt. In unserem Familienleben herrscht eine gewisse offizielle Förmlichkeit. Dieselbe besteht darin, dass man dasselbe wie in einer Theaterdekoration zeigt, und zankte nicht der Mann mit seiner Frau, und tyrannisierten nicht die Eltern ihre Kinder, so würde niemand begreifen, was diese Menschen miteinander gemein haben und warum sie sich miteinander das Dasein sauer machen und zusammenleben. Wer sich bei uns am Familienleben erfreuen will, der muss es im Gastzimmer aufsuchen, aber sich nicht ins Schlafzimmer begeben. Wir sind keine Deutschen, welche in allen Zimmern volle dreißig Jahre gewissenhaft glücklich sind. Allerdings gibt es auch Ausnahmen, und eine solche Ausnahme bildete unser Paar. Die beiden jungen Leute richteten sich einfach und bescheiden ein, sie wussten nicht, wie andere lebten, sie lebten, so gut sie's verstanden; sie richteten sich nicht nach anderen, sie verschleuderten nicht ihre letzten spärlichen Mittel, um sich den Schein des Reichtums zu geben; sie machten nicht zwanzig, dreißig überflüssige Bekanntschaften, kurz, der Teil der künstlichen Bande der gegenseitigen Verfolgungen, die man »gesellschaftliches Leben« nennt, über das alle lachen und über das doch niemand sich hinwegzusetzen wagt, lernte man in dem Häuschen des bescheidenen Gymnasiallehrers nicht kennen. Dagegen versöhnte sich selbst Semen Iwanowitsch Krupoff mit dem Familienleben, wenn er seine »lieben Kinder« betrachtete.

Einige Tage nachdem Beltoff unzufrieden von einer Art Vorgefühl und dem Mangel an wirklichem Leben in der Stadt gequält mit finsterer Miene und mit den Händen in der Tasche umher streifte, hätte er in einem der Häuser, vor denen er voll Unzufriedenheit vorüberschritt, damals wie auch heut eines jener beruhigenden schönen Familienbilder sehen können, das in allen Zügen die Möglichkeit des Glückes auf Erden bewies.

Dieses Bild hatte eine gewisse Ähnlichkeit mit einem Sommerabend im Garten, wenn der Wind sich gelegt hat, wenn der Weiher von der Sonne vergoldet wie ein Metallspiegel sich ausbreitet, in der Ferne zwischen Bäumen ein kleines Dörfchen sich zeigt, wenn der Tau fällt und die Herde mit ihrem ineinanderfließenden Chor von Geschrei und Getrappel und Geblök heimkehrt ... und man aus innerstem Herzen schwören möchte, dass man sich sein ganzes Leben lang nichts Schöneres wünsche ... und wie gut ist es, dass dieser Abend in einer Stunde vorüber ist, das heißt, für einige Zeit der Nacht weicht, damit er seinen Ruf nicht verliere, damit wir uns nach ihm zurücksehnen, bevor wir seiner überdrüssig geworden.

In einem kleinen reinlichen Zimmerchen saß auf dem Sofa Semen Iwanitsch Krupoff als einziger Ehrengast. Eine junge Frau stopfte ihm lächelnd die Pfeife, ihr Mann saß auf einem Sessel und betrachtete mit milder Ruhe und Liebe bald die Frau, bald den Greis. Einen Augenblick darauf kam das dreijährige Kind in das Zimmer und begab sich direkt, das heißt unter dem Tische hin zu Krupoff, den es sehr lieb hatte wegen seiner Repetieruhr und wegen der beiden Petschafte, die ihm unter der Weste hervorhingen.

»Guten Tag, Jascha«, sagte Semen Iwanitsch, seinen Freund unter dem Tische hervorziehend und ihn sich aufs Knie setzend.

Jascha griff nach dem Petschaft und zog die Uhr aus der Tasche.

»Er stört Sie beim Teetrinken und Rauchen, geben Sie ihn mir«, sagte die Mutter, fest überzeugt, dass ihr Jascha niemanden zu stören vermochte.

»Bitte, lassen Sie ihn nur; ich entferne ihn schon selbst, wenn ich seiner überdrüssig bin –« und Semen Iwanitsch nahm die Uhr und ließ sie schlagen.

Jascha hörte das Schlagen mit Entzücken an, hielt dann die Uhr Semen Iwanitsch und dann der Mutter ans Ohr, und als er die unzweifelhaften Zeichen ihres Erstaunens sah, hielt er sie sich selbst an den Mund.

»Kinder sind doch ein großes Glück im Leben«, sagte Krupoff; »namentlich für einen so alten Gesellen, wie ich bin, ist es eine wahre Wonne, ihr Krausköpfchen zu streicheln und in solche hellen Augen zu blicken. Wirklich, man verroht nicht, man stumpft nicht so sehr ab, wenn man eine solche junge Pflanze ansieht. Aber offen gestanden, ich bedaure es doch nicht, dass ich selbst keine Kinder habe ... Und was verschlägt's auch? Da hat mir ja Gott einen Enkel gegeben; werde ich alt, so verdinge ich mich bei ihm als Wärterin.«

»Wärterin du!«, bemerkte Jascha mit sehr zufriedenem Gesicht nach der Tür zeigend.

»Nimm mich zur Wärterin«, sagte Krupoff.

Jascha machte Miene, darauf mit einem furchtbaren Schrei zu antworten, aber die Mutter kam ihm zuvor, indem sie seine Aufmerksamkeit auf einen goldenen Knopf an Krupoffs Frack lenkte.

»Ja ich mag die Menschen überhaupt gern leiden«, fuhr der Greis fort«, und als ich jünger war, mochte ich auch ein hübsches Gesichtchen gern leiden, wahrhaftig, ich bin sogar fünf Mal verliebt gewesen; aber das Familienleben war mir zuwider. Der Mensch kann doch nur allein ruhig und frei leben. In dem Familienleben ist alles wie absichtlich so eingerichtet, dass die unter einem und demselben Dache Wohnenden sich gegenseitig das Leben sauer machen – unwillkürlich gehen sie auseinander; wohnt man nicht zusammen, so vereint sie ewige unendliche Freundschaft; aber das Zusammenleben ist eine Bürde.«

»Genug, Semen Iwanitsch«, versetzte Kruziferski. »Was Sie da wieder reden! Eine ganze Seite des Lebens, ja die schönste, die voll Glück und Seligkeit ist Ihnen unbekannt geblieben. Und was haben Sie von Ihrer Freiheit, von dieser Freiheit, die weiter nichts ist, als Mangel an Empfindung, als Egoismus.«

»Da bist du wohl in deinem Element. Aber ich habe es dir schon oft gesagt, Dmitri Jakowlewitsch, mit dem Wort Egoismus machst du mir nicht bange. Welch ein Wort: ›Mangel an Empfindung‹ – als wenn nur das Empfindung auf Erden wäre, dass der Mann mit der Frau und die Frau mit dem Mann Abgötterei treiben, als dass sie in eifersüchtigem Verlangen einander sich so verschließen, dass dem Nächsten nichts mehr übrig bleibt; – als ob man nur eigenes Leid beweinen, nur über eigenes Glück sich freuen könnte. Nein, mein Lieber, wir kennen deine opferfähige Liebe; ich will mich nicht brüsten, aber da einmal die Rede darauf gekommen ist: Wenn man zum Beispiel zu einem Kranken kommt und das Herz zieht sich einem zusammen: Es stand schlecht, man tritt ängstlich ans Bett – eins, zwei, drei, der Puls schlägt besser und der Kranke schaut einem mit matten Augen an und drückt einem die Hand. – Nun Freundchen, das ist auch Empfindung! Egoismus? – Aber wer außer Verrückten ist denn nicht Egoist? Nur dass der eine es gerade heraus ist, während der andere – wisst ihr, wie es im Sprichwort heißt: ›Derselbe Hecht, nur mit Meerrettich.‹ Alles in allem gibt es keinen beschränkteren Egoismus als den Familienegoismus.«

»Ich weiß nicht, Semen Iwanitsch, warum Sie das Familienleben so schrecklich finden, ich bin nun gerade vier Jahre verheiratet, aber ich fühle mich ganz frei, und ich sehe weder von meiner noch von seiner Seite irgendwelche Opfer oder Bedrängnisse«, sagte Frau Kruziferski.

»Wem es einmal geglückt ist, die Bank zu sprengen, der lobt das Spiel; Wunder gibt es genug auf der Welt; ihr seid eine Ausnahme – das freut mich sehr, aber das beweist nichts; vor zwei Jahren fiel unserem Schneider – ihr kennt ihn ja: der Schneider Paukratoff auf der Moskauerstraße – ein Kind aus dem Fenster des zweiten Stockes hinunter aufs Pflaster; und nun glaubt ihr wohl, der Kleine habe sich zerschmettert? Durchaus nicht! Natürlich blaue Flecken und Kontusionen, aber weiter nichts. Nun wollt ihr nicht so freundlich sein und einen andern Knaben hinauswerfen? Ja, und auch hier nahm die Sache eine üble Wendung, das Kind bekam die Auszehrung.«

»Das ist doch nicht etwa eine böse Prophezeiung für uns?«, fragte Frau Kruziferski und legte dem Doktor die Hand auf die Schulter; »ich fürchte Ihre Prophezeiung nicht mehr, seitdem Sie meinem Mann so schreckliche Folgen von unserer Ehe vorhergesagt.«

»Aber schämen Sie sich denn nicht, mir darum noch zu zürnen? Und diese Plaudertasche musste auch alles wieder erzählen – ein netter Mann! Nun Gott sei Dank, dass ich mich als Lügenprophet bewährt habe. Ich bitte, vergesst das. Wer an Vergangenes erinnert, verliere ein Auge[8], und wäre es auch ein so wunderbar schönes Auge wie das da.« Und er zeigte mit dem Finger auf Lubonka.

»Wie gefällt dir Semen Iwanitsch – nun macht er auch noch Komplimente!«

»Ich will Ihnen noch schönere und noch mehr Komplimente sagen: Indem ich euer Zusammenleben beobachtet, habt ihr mich wirklich einigermaßen mit dem Familienleben versöhnt, aber vergesst nicht, dass ich sechzig Jahre auf den Schultern habe und in eurem Hause – nicht in Romanen, nicht in Geschichten zum ersten Male gesehen, dass es wirklich Familien gibt. Solche Beispiele findet man nicht zu oft.«

»Aber vielleicht«, antwortete die junge Frau«, vielleicht sind andere Paare unbemerkt an Ihnen vorübergegangen; der wahren Liebe ist es durchaus nicht darum zu tun, sich zu zeigen; aber haben Sie auch gesucht?

---

[8] Russisches Sprichwort.

Und wie gesucht? Am Ende ist es einfach nur Zufall, dass Ihnen so wenig Menschen begegnet sind, die glücklich in ihrer Familie leben. Und vielleicht, Semen Iwanitsch«, fügte sie mit jener spöttischen Ironie, ja sogar mit einer Art Unzartheit hinzu, wie sie immer dem glücklichen Menschen eigen ist, »vielleicht meinen Sie, Sie müssten Ihre angenommene Rolle durchführen, Sie glauben, wenn Sie jetzt geständen, Sie hätten unrecht gehabt, so würden Sie Ihrem ganzen Leben das Urteil sprechen, während Sie zugleich wissen, dass Sie es nicht wieder gut machen können.«

»O nein«, versetzte der Greis mit Wärme, »in der Beziehung seien Sie unbesorgt, niemals werde ich das Geschehene bereuen; zunächst darum nicht, weil es dumm ist, sich über etwas zu grämen, das niemals wiederkehrt, und dann bin ich ein alter Greis, ich will mein Leben ruhig beschließen, während ihr das eurige erst schön beginnt.«

»Ich weiß nicht«, entgegnete Kruziferski, »warum Sie die letztere Bemerkung gemacht haben; aber sie findet in meinem Herzen einen starken Widerhall; sie bringt mich auf einen jener unabweisbaren überaus traurigen Gedanken, die imstande sind, uns selbst Augenblicke des größten Entzückens zu verbittern. Manchmal bangt mir um mein Glück; wie der Besitzer ungeheurer Reichtümer fange ich an, vor der Zukunft zu zittern. Wie wenn – –«

»Wenn Sie nur nichts herausrechnen wollten! Ha ha ha, ihr Schwärmer! Wer misst denn euer Glück, wer lernt es denn kennen? Was ist das für eine kindliche Anschauung! Der Zufall und ihr selbst habt euch euer Glück gegründet – und darum gehört es euch, und euch für euer Glück zu strafen wäre Unvernunft. Natürlich kann auch dieser Zufall, dieser unvernünftige, unvermeidliche Zufall euer Glück vernichten; aber was kann nicht alles geschehen! Vielleicht sind die Balken dieser Decke verfault, vielleicht stürzen sie ein; nun, so wollen wir hinausgehen; aber wohin? Draußen begegnet uns ein toller Hund, auf der Straße rennt uns ein Pferd um ... Ja, wenn wir die Furcht vor allem möglichen Übel an uns herankommen lassen, so ist es das Beste, Opium zu nehmen und für alle Ewigkeit einzuschlafen.«

»Ich habe mich stets, Semen Iwanitsch, über die Leichtigkeit gewundert, mit der Sie das Leben hinnehmen: Das ist Glück, ja es ist mehr als Glück, aber es ist nicht allen gegeben. Sie sagen Zufall und beruhigen sich; ich aber vermag das nicht. Mir wird darum nicht leichter, wenn ich den unbekannten aber geahnten Zusammenhang dessen, was mir im Leben begegnet, Zufall nenne. Nichts im Leben geschieht ohne Zweck, alles hat einen tiefen Sinn, nicht umsonst haben Sie mich in meiner Dachstube entdeckt, es gab in Moskau Lehrer genug; warum fanden Sie gerade mich? Geschah es nicht darum, damit ich das Werkzeug sei, das dieses hohe, reine Wesen befreien sollte? Und wovon ich nicht einmal zu träumen, an was ich nicht einmal zu denken wagte, das ging plötzlich in Erfüllung – meinem Glück fehlt nichts mehr. Wo wäre denn die Gerechtigkeit, wenn es mein ganzes Leben lang so fortgehen sollte? Ich ergebe mich in mein Glück, sowie andere sich in ihr Unglück ergeben, aber die Furcht vor der Zukunft vermag ich nicht los zu werden.«

»Das heißt, vor dem, was nicht vorhanden ist. Ich meinerseits muss sagen, ich habe sie niemals begriffen und werde sie auch wohl nie begreifen, diese krankhafte Einbildung, die einen Genuss darin findet, sich mit Träumereien abzuquälen und Unglück zu ersinnen und im Voraus sich darüber zu ängstigen. Ein solcher Charakter ist ein Unglück besonderer Art. Nun, wird man von Unglück und Elend heimgesucht, so weint man unwillkürlich und lässt den Kopf hängen; aber glauben, wenn man guten Wein trinken soll, man müsste darum morgen schlechten Kwass trinken – das ist ein Wahnsinn besonderer Art. Die Unfähigkeit, der Gegenwart zu leben, die Zukunft zu würdigen und sich ihr zu widmen, ist eine der moralischen Epidemien, die sich vorzugsweise in unserer Zeit entwickelt haben. Wir gleichen noch allen jenen Juden, die nicht essen und nicht trinken, die jeden Pfennig für die Zeit der Not zurücklegen; und welche Not uns auch heimsucht, wir rühren unsern Schatz nicht an. – Was ist das für ein Leben?«

»Ich bin ganz mit Ihnen einverstanden, Semen Iwanitsch«, sagte die junge Frau mit Wärme, »ich spreche oft davon mit Dmitri; wenn mir wohl ist, warum soll ich dann an die Zukunft denken? Meinetwegen braucht es gar keine zu geben. Er selbst ist oft meiner Ansicht, aber ein geheimer Gram hat sich bei ihm so tief eingewurzelt, dass er ihn nicht zu überwinden vermag.« Übrigens, fügte sie, ihren Mann heiter und liebevoll ansehend, hinzu, »warum braucht er das auch, auch diesen Gram liebe ich an ihm; es ist darin so viel Tiefes. Ich denke mir, Sie und ich, wir verstehen oder teilen wenigstens diese stille Trauer nicht, weil unser Charakter oberflächlicher, für äußere Eindrücke empfänglicher ist, und weil uns diese beschäftigen und ablenken; Sie begannen mit einer Gesundheit und schließen mit einem Grabgesange. Sie fingen so an, dass ich Ihnen die Hand küssen und zu Ihrem Manne sagen wollte: Das ist eine menschliche Auffassung des Lebens, aber Sie schlossen damit, dass Sie seine Träumereien für Tiefsinn erklärten; ein schöner Tiefsinn – sich zu quälen, wenn man genießen soll, und sich um Dinge härmen, die vielleicht niemals sein werden.«

»Semen Iwanitsch, warum sind Sie so absolutistisch angelegt? Es gibt zarte Organismen, für welche es auf Erden kein volles Glück gibt, welche voller Selbstaufopferung bereit sind, alles hinzugeben; nur jenen Klageton können sie nicht hingeben, der im Innersten ihres Herzens ruht, und der ihnen in jedem Augenblick zur Verfügung steht ... Mir geht oft der Gedanke durch den Kopf, man müsse aus gröberem Holz sein, um glücklich werden zu können; sehen Sie, wie ungetrübt glücklich zum Beispiel die Vögel und überhaupt die Tiere sind – aber nur, weil sie weniger begreifen als wir.«

»Aber es ist recht unangenehm«, bemerkte der unerbittliche Krupoff, »ein Wesen mit einer höheren Natur zu sein, dem es beschieden ist, nicht höher und nicht tiefer zu leben, als auf der Erde. Ich muss gestehen, diese Höhe nehme ich für eine physische Störung, für eine Nervenkrankheit; man bade in kaltem Wasser, mache sich mehr Bewegung und die Hälfte aller überirdischen Träumereien wird vorübergehen. Sie, Dmitri Jakowlewitsch, haben von Geburt einen schwachen Körper; in schwachen Organismen sind die geistigen Fähigkeiten oft außerordentlich entwickelt, aber fast immer ein wenig schief, nach dem Abstrakten, Fantastischen, Mystischen hin. Eben darum sagten die Alten: mens sana in corpore sano. Sehen Sie sich die bleichen, blonden Deutschen an. Warum träumen sie, warum lassen sie den Kopf hängen, warum weinen sie so viel? Das kommt von den Skrupeln und vom Klima; darum sind sie fähig, ganze Jahrhunderte über mystischen Kontroversen zu fantasieren, ohne es zu einer Tat zu bringen.«

»Nicht umsonst behauptet man, die Beschäftigung mit der Medizin gewöhne den Menschen an eine gewisse trockene materielle Lebensauffassung; ihr werdet so genau mit dem körperlichen Teil des Menschen bekannt, dass ihr darüber einen andern Teil vergesst, dem das Seziermesser nicht beikommen kann und der allein der rohen Materie Sinn gibt.«

»Ach diese Idealisten«, sagte Semen Iwanitsch, der sichtlich ärgerlich zu werden anfing; »ewig kommen sie mit Ungereimtheiten. Wer hat Ihnen denn gesagt, dass die ganze Medizin nur aus Anatomie bestehe? Das denken Sie sich nur so und dann machen Sie sich darüber lustig. Rohe Materie ... Ich kenne weder eine rohe noch eine feine, sondern nur eine lebendige Materie. Ihr heutigen Gelehrten seid so klug und doch so oberflächlich! Das ist unser alter Streit, da kommen wir nicht zu Ende, es ist besser, wir stecken ihn unter den Tisch ... Seht nur, wie wir Jascha mit unserem dummen Gerede eingelullt haben – wie friedlich er schlummert! Schlafe, mein Kind! Noch hat dein Papachen dich nicht die Erde und die Materie verachten gelehrt, noch hat er dir nicht vorgeredet, dass diese lieben Füße und diese Hände Lehmklümpchen seien, die dir ankleben. Lubonka Alexandrowna, bitte, lassen Sie doch diese Dummheiten sich nicht in ihm entwickeln; nun mit Ihrem Manne mögen Sie in Gottes Namen Nachsicht haben! Aber das unschuldige Kind verderben Sie nur nicht mit diesen Dummheiten von frühe auf. Was wird sonst aus ihm? Ein Träumer! Dann sucht er bis in sein Greisenalter nach dem Paradiesvogel, während ihm inzwischen das wirkliche Leben entschlüpft. Habe ich nicht recht? Da nehmen Sie ihn.«

Der Greis gab Jascha der Mutter, nahm seine Mütze und sagte, indem er langsam seinen Rock zuknöpfte: »Ach da habe ich euch etwas zu erzählen vergessen: Dieser Tage habe ich einen sehr interessanten Mann kennengelernt.«

»Wahrscheinlich Beltoff?«, fragte die junge Frau. »Seine Ankunft hat eine solche Aufregung verursacht, dass auch ich durch die Frau Direktor von ihm gehört habe.«

»Ganz recht. Was die Leute hier aufregt, das ist nur sein Reichtum, aber er ist wirklich ein bedeutender Mann; alles weiß er, alles hat er gesehen – er ist sehr gescheit, zwar ein wenig verwöhnt; na ihr wisst ja, wie's bei einem Muttersöhnchen zugeht, ihn hat ja nicht, wie unsereins die Not erzogen; er hat ein sorgenfreies Leben geführt und jetzt vergeht er hier vor Langerweile und Missmut; ihr könnt euch vorstellen, wie's einem zumute ist, wenn man aus Paris kommt.«

»Beltoff! ... Aber erlauben Sie einmal«, sagte Dmitri Jakowlewitsch. »Der Name ist mir bekannt; besuchte er nicht zu meiner Zeit die Moskauer Universität? Ein Beltoff verließ dieselbe, als ich meine Studien begann; es hieß schon damals von ihm, dass er sehr begabt sei. Er hatte noch seinen Erzieher, einen Genfer um sich.«

»Ja dieser war 's.«

»Ich erinnere mich seiner, wir waren ein wenig miteinander bekannt.«

»Ich bin überzeugt, er würde sehr erfreut sein, Sie wiederzusehen; in dieser Wüste einem gebildeten Menschen zu begegnen, ist für jeden ein großer Fund; und Beltoff hat, soviel ich bemerken konnte, gar kein Talent für Einsamkeit. Er muss sich aussprechen können, er verlangt nach Abwechselung, und jetzt krankt er förmlich an Vereinsamung.«

»Wenn Sie nichts dagegen haben, so besuche ich ihn.«

»Ja, besuchen wir ihn, das wäre eine schöne Tat ... doch nein, halt! So alt ich bin, kann ich doch noch eine Übereilung begehen; mein Bester, er ist zu reich, als dass Sie ihn zuerst besuchen dürfen! Morgen sag' ich's ihm;

hat er Lust, so kommen wir zusammen zu dir. Leb wohl, mein lieber Streithahn. Auf Wiedersehen.«

»Bringen Sie Ihren Beltoff morgen nur mit«, sagte Lubonka; »man hat mir so viel von ihm gesprochen, dass auch ich ihn sehen möchte.«

»Und es ist wahrhaftig der Mühe wert«, sprach der Greis und ging in das Vorzimmer hinaus.

Jedes Mal zankte sich Krupoff mit den Kruziferskis, jedes Mal wurde er böse und sagte, sie gingen immer mehr auseinander – was jedoch durchaus nicht verhinderte, dass sie sich mit jedem Tage fester aneinanderschlossen. Doktor Krupoff ersetzte Kruziferskis Familie eine eigene Familie. Er führte dort ein Herzensleben, denn er besaß noch ein weiches Herz, und es ward ihm wohl, wenn er ihr Glück ansah.

Für Kruziferski und seine Frau repräsentierte Krupoff in der Tat das ältere Familienglied, den Vater, den Onkel, aber einen solchen Onkel, dem die Liebe und nicht die Rechte des Blutes die Befugnis gegeben haben, bisweilen zu zanken und zu brummen – was beide ihm von Herzen verziehen; und sie fühlten sich traurig gestimmt, wenn sie ihn zwei Tage nicht zu sehen bekamen.

Am folgenden Tage gegen sieben Uhr abends brachte Semen Iwanowitsch in seinem mit einem gelben Teppich bedeckten und von einem Paar braunen Pferden gezogenen Schlitten Beltoff zu den Kruziferskis. Selbstverständlich war Beltoff außerordentlich froh, einen ordentlichen Menschen kennenzulernen, und er dachte gar nicht daran, dass er den ersten Besuch machte.

Kruziferski und seine Frau waren ein wenig verwirrt. Krupoffs Lobsprüche, die Gerüchte über sein Leben im Auslande, ja sogar sein Reichtum – an das alles erinnerten sie sich dunkel, als er in das Zimmer trat. Dadurch erhielt ihre erste Begegnung etwas Gezwungenes. Aber das dauerte nicht lange. In seinen Manieren und Reden war Beltoff so offen, so einfach, und zudem besaß er einen solchen Takt und jene hohen Vorzüge, welche allen gebildeten und feinfühlenden Menschen eigen sind – dass nach kaum einer halben Stunde sich ein angenehmer Ton in der Unterhaltung eingestellt hatte.

Selbst Lubonka, die so wenig an den Umgang mit Fremden gewöhnt war, ward unwillkürlich in das Gespräch mit hineingezogen. Kruziferski und Beltoff erinnerten sich ihrer Universitätsjahre, an eine Menge Anekdoten aus jener Zeit, an die Träumereien und Hoffnungen, die sie damals gehegt.

Schon längst war ihm nicht so wohl zumut gewesen, und er dankte Krupoff aufrichtig für diese Bekanntschaft, als dieser Beltoff wieder zu seinem Gasthof brachte.

»Nun«, fragte dann Semen Jwanowitsch Kruziferski und seine Frau, »wie hat euch der neue Bekannte gefallen?«

»Darnach braucht man schon gar nicht zu fragen«, antwortete Kruziferski.

»Mir hat er sehr gefallen«, sprach Lubonka zu Semen Iwanowitsch.

»War außerordentlich zufrieden damit, dass er allen eine Freude bereitet«, sagte Krupoff und drohte Lubonka schelmisch mit dem Finger.

Sie errötete.

Familienbilder sind verlockend, und da ich jetzt eins beendet, kann ich es mir nicht versagen, noch ein anderes zu entwerfen. Der innere Zusammenhang derselben, das kann ich euch versichern, wird später klar werden.

Drittes Kapitel

Der Adelsmarschall des Dubassoffschen Kreises hatte eine Tochter.

Das wäre noch kein großes Unglück gewesen, weder für den sehr ehrenwerten Karp Kondratitsch noch für Barbara Karpowna. Aber außer seiner Tochter hatte er auch eine Frau, und Bärbchen, wie das Töchterlein im Hause genannt wurde, besaß außer ihrem Papa auch noch eine liebe Mama, Maria Stepanowna.

Das änderte die Dinge ganz erheblich. Karp Kondratitsch war ein Muster von Sanftmut in allem, was die Familie anging. Es war merkwürdig zu sehen, wie er sich verwandelte, sobald er aus dem Pferdestall ins Speisezimmer, von der Tenne ins Schlafgemach oder den Salon trat. Hätten uns die bekannten Reisenden nach den zuverlässigsten Quellen nicht vollgültige Beweise dafür geliefert, dass ein und derselbe Engländer ein ausgezeichneter Pflanzer und zugleich ein musterhafter Familienvater sein kann, wir würden selbst an der Möglichkeit eines solchen Doppelwesens zweifeln.

Wenn man übrigens der Sache auf den Grund geht, so kann man sich leicht überzeugen, dass dies ganz natürlich ist. Außer dem Hause, das heißt im Pferdestall und auf der Tenne, führte Karp Kondratitsch Krieg, war er Feldherr und suchte dem Feinde soviel Schläge wie möglich beizubringen. Und seine Feinde waren selbstverständlich die widerspenstigen Rebellen – Faulheit, ungenügender Eifer für seine Interessen, ungenügende Hingabe an seine vier Braunen und andere Vergehen.

In seinem Salon dagegen fand Karp Kondratitsch die weichen Umarmungen seiner getreuen Gattin und die liebliche Stirn seiner Tochter zum Kusse. Dann zog er den schweren Panzer gutsherrlicher Sorgen aus und ward – nicht so sehr ein guter Mensch, als vielmehr der gute Karp Kondratitsch.

Seine Frau befand sich in einer ganz andern Lage. Seit zwanzig Jahren führte sie innerhalb ihrer vier Wände einen kleinen Guerillakrieg; nur selten machte sie unbedeutende Ausfälle auf die Hühnereier und das Garn der Bauern. Die scharfen Gefechte mit den Stubenmädchen, dem Koch und dem Büffetdiener erhielten sie in fortwährender Aufregung. Aber zu ihrer Ehre muss es gesagt werden: Ihr Herz konnte mit diesen kleinen kriegerischen Beschäftigungen nicht ganz ausgefüllt werden –

und mit Tränen in den Augen drückte sie ihr siebzehnjähriges Bärbchen an die Brust, als dieses von einer Tante aus Moskau gebracht wurde, wo es in einem Institut oder Pensionat seine Bildung genossen hatte. Das ist ja auch kein Vergleich: ein Koch oder ein Stubenmädchen und eine leibliche Tochter, ein Wesen, in dessen Adern das eigene Blut rollt - und dann die heiligen Mutterpflichten!

Anfangs durfte sich Bärbchen der Ruhe erfreuen, im Garten umherlaufen, namentlich an Mondscheinabenden. Für dieses junge Mädchen, das zwischen den Zimmerwänden erzogen worden, war alles neu, »bezaubernd, hinreißend«; sie schaute zum Monde auf und erinnerte sich an irgendeine vergötterte Freundin und glaubte fest, dass auch diese jetzt ihrer gedenke: Sie schnitt ihren Namenszug in Bäumen aus ...

Das war in jener Zeit, welche kalten Menschen einfach lächerlich erscheint, uns jedoch nur ein Lächeln entlockt - aber nicht ein Lächeln der Missachtung, sondern jenes Lächeln, mit dem wir dem Spiel der Kinder zusehen; wir selbst vermögen nicht mehr zu spielen - so mögen sie doch spielen.

Es ist ungerecht, vollkommen ungerecht, den jungen Mädchen, die soeben die Pension verlassen, ihr überspanntes, exaltiertes Wesen zum Vorwurf zu machen, wie das gewöhnlich geschieht. All die Träume, all die Hingebung dieses Alters, sein Liebesdrang, der Mangel an Egoismus, die Aufopferungsfähigkeit - das alles ist heiliger Ernst. Das Leben ist an einem Wendepunkt angelangt und der Vorhang der Zukunft noch nicht in die Höhe gezogen. Hinter demselben gibt es schreckliche, verlockende Geheimnisse; das Herz leidet an etwas Unbekanntem, und zugleich ist der Organismus erregt, das Nervensystem erschüttert, und die Tränen sind stets bereit unaufhaltsam zu fließen. Fünf, sechs Jahre später - und alles hat sich verändert. Hat sie sich verheiratet, dann ist nichts mehr zu sagen; ist sie noch nicht in den Ehestand getreten, so wird sie, wenn ihr nur ein Funken gesunder Natur eigen, nicht warten, bis ihr irgendjemand den geheimnisvollen Vorhang hebt - sie wird ihn selbst heben und dann das Leben mit ganz anderen Augen ansehen.

Es ist lächerlich, wenn eine fünfundzwanzigjährige Jungfrau die Welt mit den Augen eines Pensionsmädchens betrachtet, und traurig, wenn eine Pensionärin die Dinge mit den Augen einer fünfundzwanzigjährigen Person ansieht.

Barbara Karpowna war keine Schönheit. Aber reichlichen Ersatz für ihre Schönheit gewährte ihr jenes Etwas, das wie die Blume guten Weins nur für den Kenner existiert; und dieses Etwas, das noch nicht Entfaltete,

Verheißende, Andeutende, im Verein mit ihrer Jugend, die alles verherrlicht und verschönert, verlieh ihr einen besonderen, feinen, zarten, nicht allen zugänglichen Reiz.

Wenn man ihr ziemlich trockenes, braunes Gesicht ansah, ihren nicht ganz schlanken, jugendlichen Körper, ihre träumerischen Augen mit den langen Wimpern betrachtete, so ging einem unwillkürlich der Gedanke durch den Kopf, wie alle diese Züge sich entfalten und entwickeln würden, wenn Gedanken und Empfindungen in diesen Augen – wenn alles das Bestimmtheit, Sinn, Bedeutung erhielte, und wie glücklich der sich fühlen müsste, auf dessen Schulter dieses Köpfchen sich stützte.

Maria Stepanowna war übrigens sehr unzufrieden mit der äußeren Erscheinung ihrer Tochter; sie nannte sie ein hässliches Ding und befahl ihr, jeden Morgen und jeden Abend sich mit Gurkenwasser zu waschen, in das noch ein gewisses Pulver geschüttet wurde, damit der Sonnenbrand, wie sie ihren braunen Teint nannte, vergehe.

Bärbchens Verhalten den Fremden und Gästen gegenüber veranlasste die Mutter, ihr eine besondere Beachtung zu schenken. Bärbchen war schüchtern, sie begab sich mit einem Buche in den Garten, sie tat nicht schön, sie kokettierte nicht. Das Buch, als die nächste Veranlassung, wurde ihr weggenommen, dann folgten mütterliche, unendlich lange Anweisungen, Maria Stepanowna glaubte zu bemerken, dass Bärbchen nicht mit vollkommener Freudigkeit gehorche, dass sie sogar die Stirn runzele und manchmal zu *antworten* wage.

Gegen so etwas, das werdet ihr zugeben, mussten ganz entschiedene Maßregeln ergriffen werden. Vor der Hand drängte Maria Stepanowna ihre warme Mutterliebe in den Hintergrund und begann die Tochter auf Schritt und Tritt zu verfolgen. Wollte sie spazieren gehen, so verbot sie das; wollte sie zu Hause bleiben, so wurde sie fortgeschickt. Sie zwang sie, gegen den Appetit zu essen, und tagtäglich machte sie ihr den Vorwurf, dass sie nicht dick würde.

Die mütterlichen Verfolgungen bewirkten, dass Bärbchens Charakter etwas Verschlossenes erhielt; sie wurde noch scheuer, magerte noch mehr ab.

Ihrem Vater wollte es einige Mal so scheinen, als ob seine Frau das arme Mädchen ungerechterweise verfolge, er machte sogar den Versuch, in leisen Andeutungen ihr davon zu reden. Aber kaum hatten seine Worte eine etwas bestimmtere Form angenommen, da überkam ihn ein solcher Schrecken, dass er nicht die Kraft hatte, denselben in sich selbst zu verwinden und sich schleunigst nach der Tenne begab, wo er sich für den augenblicklichen Schreck dadurch entschädigte, dass er all seinen Vasallen einen langen Schrecken einjagte.

Maria Stepanowna behauptete ganz allein das Feld und mit dem größten Eifer kaufte sie feines Linnenzeug, Tischtücher und Servietten für die zukünftige Ausstattung ihrer Tochter zusammen und zwang die sieben Stubenmädchen, sich mit Spitzenklöppeln die Augen zu verderben, während drei andere allerlei Kram für Bärbchen zusammenflicken mussten; gleichzeitig verfolgte und quälte sie diese mit unglaublicher Hartnäckigkeit wie einen persönlichen Feind.

Als sie zu den Wahlen nach N. reisten, zog Karp Kondratitsch mit größter Mühe seine Adelsuniform an – denn während der drei Jahre seines Amtes als Adelsmarschall hatte er sehr zugenommen, wogegen die Uniform sich im Gegenteil gewissermaßen verengt hatte – und begab sich zu dem Gouverneur sowie dem Adelsmarschall des Guberniums, den er zum Unterschied von dem Gouverneur witzig »unsere Se. Exzellenz« nannte.

Maria Stepanowna beschäftigte sich mit der Ausschmückung ihres Salons und dem Auspacken von allerlei Plunder, das auf vier Wagen von ihrem Gute in die Stadt geschafft worden war. Sie wurde in dieser Arbeit von drei ungekämmten Lakaien unterstützt, in Jacken aus irgendeinem grauen Stoffe, der weder Fries noch Tuch war. Die Arbeit ging ruhig vonstatten. Da auf einmal hielt die gnädige Frau, wie von einem Gedanken betroffen, inne und rief mit ihrer klangvollen Stimme: »Bärbchen, Bärbchen, wo steckst du denn?«

Das arme Mädchen fühlte, dass ihr irgendein Unheil drohe, und kam ängstlich ins Zimmer gelaufen.

»Hier bin ich, Mama!«

»Aber wie siehst du denn aus? Bist du krank? Wirklich, wenn man dich so von der Seite ansieht, sollte man glauben, du hättest es schlimm im elterlichen Hause; ja, ja, das kommt von den Pensionen! Mit einem solchen Gesicht vor die Mutter hinzutreten!«

Hier machte Maria Stepanowna ihrer Tochter ein schmachtendes Gesicht vor.

»Auch ich bin Tochter gewesen; wenn mich meine Mutter rief, so trat ich mit heiterem Gesicht herein.«

Hier zeigte sie ein heiteres, lächelndes Gesicht.

»Aber du stehst immer so finster drein – du Dummkopf, was zerschlägst du denn da? Was der nur für eine Lust hat, alles zu verderben, der Tölpel! Niemals wird sich der seine Ungeschliffenheit abgewöhnen ... Nun, liebes Kind, jetzt ist die Zeit des Scherzens vorüber; in der letzten Zeit habe ich dir oft genug gesagt, dass deine Manieren mich kränken; auf unserm Gute habe ich noch geschwiegen, aber hier dulde ich so etwas nicht; darum habe ich mich nicht so weit hierher geschleppt, damit man von meiner Tochter sage: Das ist ein blödes Närrchen; jetzt gestatte ich dir nicht mehr, da in einer Ecke zu sitzen. Warum verstehst du es nicht dahin zu bringen, dass sich ein Kavalier für dich interessiert? Ich zählte kaum fünfzehn Jahre, da vermochte ich mich all der Herren nicht zu erwehren. Es ist Zeit, dass du versorgt wirst, hörst du?«

»Ach, du Lümmel, sagte ich's nicht, dass du alles zerbrichst! Komm mal her, komm mal her, sage ich dir; zeig mal; siehst du wohl, du Dummkopf, wie du alles zerschlägst; gerade in zwei Stücke! Nun, das soll dir heimgezahlt werden, sobald der Herr nach Haus kommt; ich würde dich selbst an den Haaren herumziehen; aber es ist mir zuwider, dich anzurühren: wie du dich mit Öl beschmiert hast! Dieser Spitzbube Mitka verteilt herrschaftliches Öl; warte nur, mit dir rechne ich auch noch ab.«

»Ja, ja, Barbara Karpowna, hier bei den Wahlen musst du dich für einen Mann entscheiden; ich werde schon Freier finden und dir sehe ich nichts mehr nach. Was denkst du dir denn? Bist du etwa eine solche Schönheit, dass sie dir nachgelaufen kommen? Weder Gesicht noch Gestalt sind schön, ja nicht einmal gehen kannst du, und auch zu kleiden verstehst du dich nicht, und kein Wort kannst du reden; das ist mir eine schöne Bildung, die du dir in Moskau geholt hast! Nein, mein Täubchen, fort mit den Büchern; gelesen hast du mehr als genug; jetzt, mein Herzchen, ist es Zeit, dass du an die Arbeit gehst. Du kommst mir nicht wieder unter die Augen, wenn du dich in deinen Manieren nicht besserst.«

Bärbchen stand da wie eine zum Tode Verurteilte. Die letzten Worte der Mutter waren ihr ein gewisser Trost.

»Wie sollte sich für dich kein Bräutigam finden! Bei dreihundertfünfzig Seelen![9] Und was für Bauern! Jede einzelne Seele ist so viel wert wie zwei von unserm Nachbar - eine solche Mitgift! ... Was, was - ich glaube, du willst zu weinen anfangen? Weinen, um rote Augen zu bekommen! So also lohnst du deiner Mutter ihre Sorgen!«

Sie ging nahe an sie heran, und da Bärbchen auch ganz trockene Haare hatte, so weiß ich nicht, womit die Sache geendet hätte, wenn nicht der

---

[9] Die Leibeigenen wurden nach Seelen gezählt; die weiblichen kamen nicht in Berechnung.

Bär in der Jacke in diesem selben Augenblicke einen Dessertteller hätte fallen lassen.

Da wandte ihm Maria Stepanowna ihre ganze Wut zu.

»Wer hat den Teller zerschlagen?«, schrie sie mit heiserer Stimme.

»Der hat sich selbst zerschlagen«, antwortete der Diener, der sichtlich die Geduld verloren hatte.

»Was, selbst, selbst, und du wagst es, mir das zu sagen, selbst, selbst!« Das Übrige sprach sie mit den Händen, da sie wahrscheinlich fand, dass die Mimik ihrer aufgeregten Gemütsverfassung kräftigeren Ausdruck zu geben vermöchte, als Worte. Das gequälte Mädchen vermochte es nicht länger zu ertragen: Plötzlich begann sie zu schluchzen und sank in einem heftigen Krampfanfall aufs Sofa.

Die Mutter erschrak und schrie: »Leute, Leute her! Wo sind denn die Mädchen! Wasser, Tropfen – holt den Doktor, den Doktor!«

Der Krampfanfall war sehr hartnäckig und der Doktor kam nicht. Es wurde ein zweiter Bote nach ihm geschickt, und dieser brachte die Antwort: Er ließe sagen, man müsste sich noch einen Augenblick gedulden, da er bei einer sehr schweren Entbindung sei.

»Dieser verwünschte Arzt! Aber wem macht denn eine solche Entbindung so viel zu schaffen?«

»Es ist die Köchin des Prokurators«, antwortete der Bote.

Das hatte nur noch gefehlt, um dem tragischen Zustande Maria Stepanownas die Krone aufzusetzen. Sie wurde purpurrot: ihr Antlitz, das noch niemals reizend gewesen, ward geradezu widerwärtig.

»Die Köchin! Die Köchin!« Mehr vermochte sie nicht herauszubringen.

Da trat Karp Kondratitsch mit heiterem, zufriedenem Gesicht herein: Seine Exzellenz, der Gouverneur, hatte ihm freundschaftlichst die Hand gedrückt und Ihre Exzellenz, die Frau Gouverneurin, ihm einen Teppich gezeigt, den sie aus Petersburg für ihren Salon erhalten, und er hatte den Teppich mit jener Miene patriarchalischer Einfalt betrachtet, unter welcher wir Schmeichelei und Erniedrigung zu verstecken wissen, und dann gesagt: Wer anders, meine Gnädige, könnte auch einen solchen Teppich besitzen, als Ihre Exzellenz.

Mit alldem war er sehr zufrieden, namentlich aber mit seiner geschickten Antwort. Und da plötzlich kommt ihm eine Familienszene über das Haupt: die Tochter in Krämpfen, die Frau außer Fassung, am Boden ein zerbrochener Teller, Maria Stepanowna bleich, ihre rechte Hand aber sehr rot, fast ebenso rot, wie die linke Wange des Dieners.

»Was bedeutet denn das? Was fehlt dem Bärbchen?«

»Das weißt du ja doch, von der Reise!«, antwortete die zärtliche Mutter, »wie kann denn so ein junges Mädchen eine Fahrt von hundertzwanzig Werst aushalten. Sagte ich nicht, bis Mittwoch zu warten; aber nein, auf mich wird nie gehört; da liegt sie nun.«

»Aber ich bitte dich, am Mittwoch wären es doch nicht weniger Werst gewesen.«

»Du weißt ja alles besser. Und da ist nun dieser Schurke Krupoff nicht mehr zu Hause zu finden! Ein solcher Freimaurer! Ein solcher Halunke! Zweimal habe ich nach ihm geschickt – ich bin doch nicht etwa die erste Beste hier in der Stadt! Woher kommt das? Daher, weil du dir keine Haltung zu geben weißt. Du benimmst dich schlimmer als ein Assessor. Ich habe zu ihm geschickt, aber er hält mich einfach zum Narren; kannst du's glauben: Entbindet die Köchin des Prokurators! Meine Tochter liegt im Sterben und er entbindet die Köchin des Prokurators! Ein solcher Jakobiner!«

»Dieser Schuft, dieser Halunke!«, schloss der Adelsmarschall.

Noch immer floss der heiße Strom von Maria Stepanownas Worten, als die Tür zum Vorzimmer aufging und der alte Krupoff mit seinem etwas methodischen Gesicht und seinem Stock in der Hand hereintrat. Auch er zeigte ein fröhlicheres Gesicht, als gewöhnlich. Seine Augen lachten und ohne es zu bemerken, dass die Herrschaften ihn gar nicht grüßten, fragte er: »Na, wer bedarf denn hier meiner Hilfe?«

»Meine Tochter.«

»Ah, Wera Michailowna! Was fehlt ihr denn?«

»Meine Tochter heißt Barbara und ich Karp«, bemerkte nicht ohne Würde der Adelsmarschall.

»Um Verzeihung, Verzeihung. Nun, und was fehlt denn nun Barbara Kyrillowna?«

»Zuvor, verehrtester Herr«, unterbrach ihn mit vor Wut bebender Stimme Maria Stepanowna, »gestatten Sie mir zu fragen, ob die Köchin des Prokurators entbunden hat.«

»Ausgezeichnet, ganz ausgezeichnet«, entgegnete Krupoff nachdrücklich. »Ein solcher Fall ist mir in meinem ganzen Leben noch nicht vorgekommen. Ich glaubte wahrhaftig, Mutter und Kind würden drauf gehen. Die Hebamme war sehr ungeschickt und meine Hände sind alt und jetzt sehe ich auch schon nicht mehr gut. Denken Sie sich, die Nabelschnur ...«

»Aber Herr Doktor, sind Sie verrückt? Ich soll so abscheuliche Dinge anhören? Was fällt Ihnen denn ein? In unserem Dorfe kommen jährlich fünfzig Bauernweiber nieder, aber ich erfahre nie etwas von diesen hässlichen, widerwärtigen Dingen.«

Und dabei spuckte sie aus.

Krupoff konnte nur schwer begreifen, um was es sich handelte. Er hatte die ganze Nacht bei der armen Wöchnerin in einer dunstigen Küche zugebracht, und er stand noch jetzt unter dem Einfluss der glücklichen Entbindung, sodass er anfangs den Ton der gnädigen Dame gar nicht begriff.

Diese fuhr fort: »Der Prokurator muss Ihnen wohl ein ausgezeichnetes Honorar geben, dass Sie seine Magd keinen Augenblick verlassen konnten, während meine Tochter fast gestorben wäre.«

»Nein, keinen Augenblick, gnädige Frau, keinen Augenblick konnte ich abkommen, weder um Ihrer Tochter willen, noch um irgendeines anderen Menschen willen. Übrigens sehe ich, dass es mit der Krankheit nicht weit her sein muss: Sie beeilen sich ja gar nicht, mich zu ihr zu führen! Das wusste ich.«

Diese Bemerkung verblüffte die zärtlichen Eltern: Aber die Mutter erholte sich bald wieder und antwortete: »Ja, sie befindet sich jetzt besser; auch lasse ich Sie nun nicht mehr zu meiner Tochter – wahrscheinlich haben Sie sich noch nicht einmal die Hände gewaschen.«

»Ich muss gestehen, Herr Doktor«, fügte der Marschall hinzu, »ein so freches Benehmen und eine so freche Rechtfertigung dieses Benehmens hätte ich von Ihnen, einem alten, verdienten Arzt, nicht erwartet; flößte mir nicht das Kreuz, das Ihre Brust schmückt, Achtung ein, so würde ich mich vielleicht nicht in den Schranken zu halten wissen, in welchen ich mich halte. Seitdem ich Marschall bin – und das sind bereits sechs Jahre – hat mich niemand so beleidigt.«

»Aber ich bitte Sie, wenn Sie keinen Funken von Menschenliebe haben, dann bedenken Sie doch wenigstens, dass ich der Inspektor der hiesigen Medizinalbehörde, der Wächter der Gesetze in medizinischen Dingen bin – und da sollte ich eine Frau, die im Sterben liegt, im Stiche lassen, um zu einem gesunden Mädchen zu eilen, das an der Migräne, an einem hysterischen Anfall, an einer häuslichen Szene oder dergleichen leidet! Das ist ja wider die Gesetze, und da zürnen Sie mir noch?«

Karp Kondratitsch war im Grunde der größte Feigling. Die letzten Worte des Arztes schienen ihm die Beschuldigung zu enthalten, als huldige er liberalen Anschauungen. Es wurde ihm grün vor den Augen und er beeilte sich, zu antworten: »Das wusste ich nicht, bei Gott, das wusste ich nicht. Vor der Macht des Gesetzes verstumme ich. Und da steht ja Bärbchen schon wieder auf.«

Krupoff trat zu ihr, ergriff ihre Hand, sah sie an, schüttelte den Kopf, tat dann zwei, drei Fragen, und da er wusste, dass er ohne das nicht loskam, verschrieb er ihr ein unschädliches Rezept und fügte dann hinzu: »Vor allem Ruhe, sonst könnte es schlimm werden.«

Damit ging er.

Durch den Krampfanfall erschreckt, wurde Maria Stepanowna ein wenig sanftmütiger. Aber als sie von Beltoff hörte, da schlug ihr das Herz so gewaltig, dass das Bologneserhündchen, das seit sechs Jahren beständig nebst dem Taschentuch und einer kleinen Tabaksdose auf ihrem Schoße lag, zu knurren und zu schnuppern und zu suchen anfing, wer da denn herumhüpfe.

Beltoff – das ist ein Freier! Beltoff – das ist der Rechte!

Selbstverständlich machte Beltoff Karp Kondratitsch seinen Besuch; schon am folgenden Tage nötigte Maria Stepanowna ihren Mann, die Höflichkeit zu erwidern; und acht Tage später erhielt Beltoff ein beschmutztes Briefchen, das stark nach einem Schafspelz roch – es hatte diesen Duft an dem Busen des Kutschers angenommen, der es gebracht hatte.
Dasselbe lautete folgendermaßen:

»Der Adelsmarschall des Dubassoffschen Kreises und Gemahlin beehren sich, Herrn Beltoff ganz ergebenst für morgen Mittag drei Uhr zum Diner einzuladen.«

Beltoff las diese Einladung mit Schrecken, warf sie auf den Tisch und dachte: Was fällt denn diesen Leuten ein, mich da einzuladen? Es kostet viel Geld und doch knausern sie alle; außerdem wird es tödlich langweilig sein ... Aber was soll ich machen? Ich muss hingehen, sonst nehmen sie's mir übel.

Schon zwei Tage vor dem Festessen begannen für Bärbchen die Vorbereitungen und Proben. Die Mutter putzte sie von früh bis spät; sie wollte sie sogar in ein rotes Samtkleid stecken, weil das zu ihrem Gesicht passe, gab jedoch dem Rat ihrer Cousine nach, welche bei der Frau des Gouverneurs ein- und ausging und die sich einbildete, sie kenne alle Moden, weil die Frau des Gouverneurs ihr versprochen hatte, sie im nächsten Sommer mit sich nach Karlsbad zu nehmen.

Am Abend vorher ließ Maria Stepanowna Mandelkleie bringen, die von der für den folgenden Tag gebackenen Torte übrig geblieben, und unterwies ihre Tochter darin, wie sie mit dieser Kleie sich Hals und Schultern und Gesicht einreiben müsse. Und dann begann sie – ihr sichtliches Verlangen, zum Zanken überzugehen, unterdrückend – in feierlichem Ton:

»Bärbchen, wenn Gott mir hilft, dich Beltoff zur Frau zu geben, dann sind alle meine Gebete erhört und dann bist du mir unschätzbar; bereite also deiner Mutter diese Freude; du bist doch nicht von Stein! Warum solltest du's auch nicht können! Wie solltest du einem Manne, einem jungen Manne nicht gefallen? Und gibt es denn hier so sehr viel junge Mädchen: höchstens zwei, drei, die mitzählen. Die viel gerühmten Schönheiten, die Töchter des Präsidenten, finde ich geradezu abscheulich; auch sollen sie mit gewissen Sekretärchen ein zartes Verhältnis unterhalten. Und dann, von welcher Herkunft sind sie! Ihr Vater war bei der Finanzkammer Schreiber. Hättest du nur eine Spur von Ambition, so müsstest du schon ihnen zum Tort – diese unverschämten Dämchen promenieren im offenen Wagen an seiner Wohnung vorüber – aber sie brauchen sich nur gar keine Hoffnung zu machen ... Doch da mühe ich mich ab und du stehst ja da wie ein Holzklotz; hat mich denn der liebe Gott für meine Sünden mit einer Puppe, statt einer Tochter heimgesucht?«

»Aber liebe Mama«, sprach Bärbchen mit einer gewissen Verzweiflung im Blick, halb flüsternd, »was soll ich beginnen, ich kann nicht anders; urteile doch selbst, ich kenne den Mann noch gar nicht und er achtet meiner vielleicht gar nicht. Ich kann mich ihm doch nicht an den Hals werfen.«

»Du grobes Geschöpf! Wer sagt dir denn, du solltest dich ihm an den Hals werfen! So also willst du den Wunsch deiner Mutter erfüllen? ... Hat ihn niemals gesehen! Als ob deine Mutter närrisch oder betrunken wäre, als ob sie dir nicht einen Bräutigam auszuwählen verstände! Ein solches Prinzesschen! ...«

Sie hielt inne, da sie fürchtete, es könnten wieder Tränen hervorstürzen, von denen dann morgen die Augen gerötet waren ...

Endlich kam der Tag der Prüfung. Von zwölf Uhr an wurde Bärbchen frisiert, pomadisiert und parfümiert. Maria Stepanowna schnürte ihre ohnehin so hagere Tochter fast in ein Korsett ein, sodass sie einer Wespe glich. Dagegen verstand sie aber auch mit weiser Überlegung da und dort zu wattieren, und doch war sie nicht ganz zufrieden: Bald fand sie den Kragen zu hoch, bald schien ihr die eine Schulter Bärbchens niedriger als die andere, und das alles machte sie böse, sie geriet außer sich und versetzte den Stubenmädchen aufmunternde Püffe, eilte in das Speisezimmer und unterrichtete die Tochter im Kokettieren, den Büffetdiener im Tafeldecken usw.

Es war ein schwerer Tag für Maria Stepanowna. Was vermag nicht die Mutterliebe! Man wird begreifen, dass das alles sehr schön und unumgänglich notwendig ist in einer Familie. Man mag noch so schwärmerisch angelegt sein, so muss man doch auf das Schicksal, auf ihr Wohlergehen bedacht sein. Freilich ist es nur das Leiden, dass diese vorbereitenden Maßregeln hinter den Kulissen ein Mädchen des schönsten Augenblicks der ersten offenen, unerwarteten Begegnung berauben; sie enthüllen ihr ein Geheimnis, das ihr nicht enthüllt werden sollte, und zeigen ihr viel zu früh, dass es zum Erfolge nicht der gegenseitigen Sympathie, nicht des Glückes, sondern falscher Karten bedarf. Diese Vorbereitungen machen Verhältnisse gemein, welche nur dann wahrhaft und heilig sein können, wenn sie nicht ins Gemeine herabgezogen werden.

Strenge Moralisten mögen wohl noch hinzufügen, dass solche Maßregeln ein Mädchenherz mehr verderben, als selbst der sogenannte Fall: Doch so tief steigen wir nicht hinab.

Und dann möge man reden, was man wolle: Die Töchter müssen ja doch Männer haben, dazu sind sie da. Ich denke, in diesem Punkte werden mir alle Moralisten recht geben.

Um drei Uhr saß das geputzte Bärbchen im Salon, wo bereits seit einer halben Stunde einige Gäste versammelt waren, und wo von dem Präsentierteller, der auf dem Tische stand, schon die Hälfte des Kaviars verschwunden war.

Da plötzlich trat ein Lakai ins Zimmer und übergab Karp Kondratitsch einen Brief.

Karp Kondratitsch nahm seine Brille aus der Tasche, putzte sie mit einem nicht ganz sauberen Tuche und las. Nach der Zeit zu schließen, die er auf diese Arbeit verwendete, musste er die paar Zeilen buchstabierend gelesen haben, und dann sprach er mit auffallend unruhiger Stimme: »Liebe Frau, Beltoff lässt sich entschuldigen, er ist unwohl, hat sich erkältet und kann nicht kommen, so leid es ihm auch tut. Sage dem Diener, wir bedauerten sehr.«

Maria Stepanowna wechselte die Farbe und warf ihrer Tochter einen solchen Blick zu, als hätte Beltoff sich an ihr erkältet. Bärbchen triumphierte; noch niemals hatte Maria Stepanowna sich so lächerlich gemacht, ja so lächerlich, dass sie einem leidtun konnte.

Jetzt hasste sie Beltoff aus innerster Seele. Das ist geradezu ein Affront, brummte sie vor sich hin.

»Das Essen ist aufgetragen«, sagte der Diener.

Der Gouvernementsmarschall führte Maria Stepanowna zu Tisch.

Vierzehn Tage nach diesen Ereignissen saß Maria Stepanowna beim Tee. Wenn sie sich allein oder nur in Gesellschaft von intimen Freundinnen befand, so saß sie gern sehr lange beim Tee; sie nahm dann ihr Stück Zucker in den Mund und trank aus der Untertasse, was sie schon darum vorzog, weil sie bei dieser Methode weit weniger Zucker brauchte.

Vor ihr saß eine lange, eingetrocknete Frauengestalt, mit einer Haube auf dem Kopfe, den sie fortwährend leise schüttelte, wodurch die Bänder ihrer Haube in beständiger Bewegung blieben. Sie strickte mit zwei ungeheuren Nadeln an einer wollenen Schärpe, wobei sie dieselbe durch eine schwere Brille betrachtete, deren Bügel – der übrigens aus Silber bestand – eher an eine Kanonenlafette erinnerte als an ein Ding, das bestimmt war, auf einer Menschennase zu ruhen.

Ein abgetragenes, dunkles Kleid und ein Strickbeutel von ungeheurer Größe, aus dem noch verschiedene andere Nadeln hervorragten, bewiesen, dass diese Person gewissermaßen zum Hause gehörte und – nichts weniger als reich sei. Das Letztere ging mit noch größerer Deutlichkeit aus dem Tone hervor, in welchem Maria Stepanowna mit ihr sprach. Diese Alte hieß Anna Jakimowna. Sie war von guter, adliger Herkunft und schon frühzeitig Witwe geworden. Ihr Vermögen bestand aus vier Seelen – der vierzehnte Teil einer Erbschaft, in die sich ihre sehr reichen Verwandten mit ihr geteilt hatten; mit Rücksicht auf ihren Witwenstand hatten sie ihr und ihren Bauern mit freigebiger Hand einen Sumpf ausgemessen, auf dem es von wilden Enten und Schnepfen wimmelte, der jedoch zu der friedlichen Beschäftigung des Ackerbaues wenig geeignet war.

Trotz aller Bemühungen der Anna Jakimowna war von einer solchen Besitzung eine bedeutende Pacht nicht zu erzielen. Das Erbe, das ihr Gatte ihr hinterlassen, war auch nicht sehr bedeutend: es bestand aus dem Oberstlieutenantsrang, einem einzigen Sohn und einer Sammlung von Rezepten, die einen darüber belehrten, wie die Pferde vom Spat, vom Rotz usw. kuriert werden könnten; auf jedem Rezept war dann ein merkwürdiges Beispiel glücklicher Kuren mitgeteilt.

Der Sohn wurde mit neunzehn Jahren in irgendein Regiment aufgenommen, kehrte jedoch nach kurzer Zeit in das elterliche Haus zurück, da er wegen Trunksucht und unbändigen Benehmens fortgejagt worden. Seitdem wohnte er in einem Seitenflügel des mütterlichen Hauses, zog Zitronenlikör ab und prügelte sich in einem fort bald mit den Dienstleuten, bald mit guten Bekannten. Die Mutter fürchtete ihn wie das Feuer, verbarg vor ihm ihr Geld und ihre Wertsachen und schwor, dass sie keinen Heller besitze, namentlich, seitdem er einmal den Deckel ihrer Schatulle mit einem Beil eingeschlagen und daraus zweiundsiebzig Rubel nebst einem Ring mit Türkisen genommen hatte, den sie vierundfünfzig Jahre als Erinnerungszeichen an einen aufrichtigen Freund ihres Seligen bewahrt hatte.

Außer ihren Bauern und Rezepten besaß Anna Jakimowna noch drei jugendliche und ein altes Dienstmädchen sowie zwei Lakaien. Die jugendlichen Mädchen erhielten niemals Kleider von ihr, und doch gingen sie, was höchst merkwürdig war, immer sehr gut gekleidet. Mit Genugtuung sah Anna Jakimowna, dass sie sich so viel zu erarbeiten verstanden, um sich anständig zu kleiden, obgleich sie ihnen von morgens früh bis abends spät hinreichend Arbeit gab. – Aber klüglicherweise schwieg sie, wenn sie auch gelegentlich gewisse unpassende Dinge bemerkte. Die Lakaien, zwei hässliche Greise, teilten sich mit den jugendlichen Mädchen in die Hälfte des Gewinnes; außerdem machten sie für die halbe Stadt ziegenlederne Schuhe, die einen starken Geruch verbreiteten. Selbstverständlich ließ sich auch Anna Jakimownas Sohn die Gelegenheit nicht entgehen – auch er fand seine Rechnung dabei, indem er sich die Schwächen der menschlichen Natur zunutze machte.

Das ehrwürdige Haupt dieses patriarchalischen Phalansteriums leerte bereits die vierte Tasse Tee bei Maria Stepanowna. Schon zum hundertsten Mal hatte sie erzählt, wie ein georgischer Fürst, der als General *en chef* gestorben sei, um sie gefreit habe – wie sie im Jahre 1809 nach Petersburg zu ihren Verwandten gereist – wie bei ihren Verwandten sich tagtäglich die ganze Generalität versammelte und wie sie nur darum nicht dort geblieben sei, weil das Newawasser ihr nicht zuträglich gewesen. Nachdem sie ihre aristokratischen Erinnerungen zugleich mit ihrer vierten Tasse Tee beendet, begann sie plötzlich – indem sie laut ihre Tasse umstülpte[10] – was übrigens ein trügerisches Signal war – und nachdem sie ein kleines Stückchen Zucker auf die Untertasse gelegt hatte: »Ja, meine teure Maria Stepanowna, wenn der liebe Gott es mich nur wollte erleben lassen, Ihre Barbara Karpowna versorgt zu sehen – so etwa, wie Sie, Maria Stepanowna – dann bleibt mir nichts mehr zu wünschen übrig; es wird einem

---

[10] Auch in verschiedenen Gegenden des nordwestlichen Deutschlands wird in den unteren Volksklassen die Obertasse zum Zeichen, dass man nichts mehr wünscht, umgestülpt.

so wohl ums Herz, wenn man diese Familie sieht: im Hause alles in Hülle und Fülle, und überall bringt man Ihnen eine solche Achtung entgegen! Wahrlich, es wäre schön und beruhigend für Sie!«

»Warum haben Sie Ihre Tasse umgestülpt? Trinken Sie doch noch.«

»Wirklich, ich habe genug; für gewöhnlich trinke ich bloß drei Tassen, bei Ihnen habe ich jedoch schon vier getrunken; ich danke ganz ergebenst; Ihr Tee ist ausgezeichnet.«

»Ja, ich sage es immer, lieber einen Rubel mehr aufs Pfund – das hat nicht viel zu sagen, aber nur gut muss der Tee sein. Bitte, nehmen Sie doch noch eine Tasse.«

Und Anna Jakimowna nahm sich die fünfte.

»Gewiss, Anna Jakimowna, alles ruht in Gottes Hand; aber Bärbchen ist ja noch so jung – wie könnte sie jetzt schon ans Heiraten denken! Und offen gestanden, was sind das alles für Freier – die machen ein Mädchen nur unglücklich! Und wenn ich dann bedenke, dass ich mich von ihr trennen müsste, ich würde es nicht überleben, ja, ich würde es wirklich nicht überleben.«

»Aber, Liebste, ich bitte Sie, wer verheiratet denn seine Töchter nicht? Das ist keine solche Ware, die man zurückhält, die hält sich nicht. Nein, ich bin der Ansicht, wenn die Muttergottes ihren Segen gibt, so wär's gut, eine avantageuse Partie zu machen. Da ist jetzt der Sohn der Sofie Alexejewna hier – er ist entfernt mit uns verwandt: Nun, heutzutage kümmert man sich wenig um seine Verwandten, namentlich, wenn sie arm sind. Er soll ein sehr schönes Vermögen haben – zweitausend Seelen auf einen Fleck und das Gut in vortrefflichem Stand.«

»Ja, aber was ist das für ein Mensch! Sie sehen immer nur aufs Geld, aber der Reichtum ist mehr eine Last, als ein Glück – er bringt Sorgen und Mühen. Von ferne scheint das alles so schön, nimmt sich so herrlich aus, aber genauer zugesehen ist der Reichtum nur der Gesundheit schädlich. Ich kenne den Sohn der Sofie Alexejewna; er hat hier Bekanntschaft mit meinem Manne angeknüpft. Selbstverständlich haben wir ihn höflich empfangen, uns ist's ja gleichgültig, aber es steht ihm voll auf dem Gesicht geschrieben, dass er ein höchst liederlicher Mensch ist! Was für Manieren er nur hat! In einem adligen Hause benimmt er sich gerade so, als wäre er im Wirtshause.«

»Haben Sie ihn gesehen?«

»Von fern auf der Straße. Er fährt und geht oft an meiner Wohnung vorüber.«

»Wo geht er denn hin?«

»Das weiß ich nicht, meine Liebe. Wie sollte ich in meinen Jahren und bei meinen schweren Krankheiten (hier seufzte sie tief auf) mich damit befassen können, wohin er geht – ich habe an meinem eigenen Kummer genug zu tragen ... Vor Ihnen wie vor Gott will ich nichts verschweigen; mein Jakim hat wieder dumme Streiche gemacht – er bringt mich noch in die Erde ...« Hier begann sie zu weinen.

»Sie sollten sich bei dem Küster der Kreuzkirche Rats erholen: er ist wunderbar geschickt im Kurieren, nimmt einfach Branntwein, bespricht ihn und gibt dem Kranken einen Schluck, den Rest trinkt er selbst, weiter verlangt er nichts; dann erscheinen ihm der Teufel und all der Höllenspuk – und dann ist das Übel fort.«

»Wenn er nur nicht zu viel verlangt; sie kennen meine Verhältnisse.«

»Behüte; er hat auch unsern Koch kuriert und der hat ihm bloß fünf Rubel gegeben.«

»Hat's denn geholfen?«

»Natürlich! Er bekam zwar Rückfälle, aber da gebrauchte mein Mann noch ein anderes Heilmittel: Du, sagte er, begreifst du denn die herrschaftliche Gnade nicht? Ich habe zu deiner Kur fünf Rubel ausgegeben, und du bist noch immer nicht kuriert, du Halunke! Und nun, wissen Sie, ging's auf Russisch – seitdem trinkt er nicht mehr. Ich will Ihnen den Küster schicken. Nun aber, ich hielte es doch nicht aus. Ich suchte zu erfahren, wo dieser junge Herr hingeht.«

»Ich habe ja auch selbst schon meine Wassiliska gefragt; das ist ein sehr geschicktes Mädchen ... So von ungefähr sagte ich, wohin mag nur dieser Herr fahren, der da hier vorüberkommt? Und am folgenden Tage meldete sie mir's: Sie beliebten mich gestern zu fragen, wohin Herr Beltoff fahre: Er geht immer mit dem alten Doktor Krupoff zu dem Lehrer Negroff.«

»Mit Krupoff? Zu dem Lehrer Negroff?«, fragte Maria Stepanowna – und es machte ihr Mühe, eine angenehme Wallung, über die sie sich noch keine Rechenschaft geben konnte, zu verheimlichen.

»Jawohl, meine Liebe, der ist ja jetzt an dem hiesigen Gymnasium angestellt.«

»Also dahin geht er. Ich habe ihn gleich für einen zügellosen Menschen gehalten. Nun, das nimmt mich nicht Wunder! Sein Lehrer hat ihn von Kindheit an im Glauben der Freimaurer erzogen, was konnte da aus ihm werden? Der Junge lebte ohne Aufsicht in der französischen Hauptstadt; na, das sagt schon der Name, was dort für eine Moralität herrscht ... Also um die Pflegetochter Negroffs scharwenzelt er herum? Ausgezeichnet! Ist das jetzt eine Zeit!«

»Um den Mann tut es mir wirklich von Herzen leid, Maria Stepanowna, um diesen armen Mann; er soll ein so ordentlicher Mensch sein! Aber sie – na, bei dieser Abstammung! Ich habe Zeit meines Lebens so viele gekannt – Bauernblut verleugnet sich nicht!«

»Nun, und dieser Semen Iwanowitsch – welch schöne Rolle der dabei spielt! Herrlich! Dieser alte Sünder sollte sich vor Gott schämen! Aber er ist auch so ein Freimaurer und da steht er seinem Sinnesgenossen bei; wird ein hübsches Honorar von ihm bekommen; und wofür? Um ein Weib zugrunde zu richten. Und sagen Sie mir nur, Anna Jakimowna, wozu braucht dieser Geizhals Geld? Ist mutterseelenallein, hat keine Verwandten, kurz, niemand; keinem Menschen gibt er einen Heller! Dieser verwünschte Geiz! Dieser Judas Ischariot! Und was nützt es ihm? Wird enden wie ein Hund und dann fällt alles an den Staat!«

In diesem Geiste und in dieser Richtung wurde das Gespräch noch eine Viertelstunde fortgeführt, worauf Anna Jakimowna, nachdem sie in der Hitze der Unterhaltung noch drei Tassen Tee getrunken, aufstand, um nach Hause zu gehen; sie nahm die Brille ab, steckte sie ins Futteral und ließ im Vorzimmer fragen, ob der Maxim gekommen sei, um sie abzuholen, und als sie hörte, der Maxim sei da, erhob sie sich.

Schon lange hatte Maria Stepanowna sie nicht so liebenswürdig bewirtet; sie geleitete sie sogar bis in das Vorzimmer, wo der unrasierte Maxim, ein brummiger Greis von sechzig Jahren, schmutzig und nach schlechtem Branntwein riechend, angetan mit einem Friesmantel mit schwarzem Kragen, in der einen Hand Anna Jakimownas Pelzsaloppe hielt, während er mit der andern die Tabaksdose in die Tasche steckte. Maxim war bei sehr schlechter Laune: Er war schon im Begriff, auf dem Damenbrette zu ziehen und streckte bereits seine schmutzigen Finger darnach aus, als seine Herrin die Tür öffnete. »Verfluchte Krähe«, brummte er wütend und warf die Saloppe um die dürren Schultern der verwitweten Anna Jakimowna.

»Hat der Dummkopf noch immer nicht gelernt, wie man eine Saloppe umhängen muss?«, bemerkte seine Herrin.

»So lassen Sie mich gehen und schaffen Sie sich einen gelehrteren an«, brummte Maxim.

»Da sehen Sie, meine Liebe, in welche Lage kommt eine Witwe; von allen habe ich zu leiden, selbst von dem untersten Diener. Was soll man machen? Einer Frau bleibt nichts anderes übrig. Ja, wenn mein Seliger noch lebte, dann würde er mit diesem Tölpel umspringen ... Dann würde er Jesum Christum erkennen lernen ... Ein bitteres Los, möchte der liebe Gott Sie davor bewahren!«

Diese Rede rührte Maxim nicht; indem er seine Herrin am Arm die Treppe hinunterführte, fand er noch Gelegenheit, sich zu andern vorübergehenden Dienern umzuwenden und ihnen zuzublinzeln, wobei er auf Anna Jakimowna deutete, was der Dienerschaft des Adelsmarschalls des Dubassoffschen Kreises lange ein herzliches Vergnügen bereitete.

Ich überlasse es dem Leser, sich die ganze Freude, die ganze Zufriedenheit der wackeren Maria Stepanowna auszumalen, als sie eine solche Neuigkeit hörte, die es ihr möglich machte, eine Skandalgeschichte nicht bloß von Beltoff, sondern auch von Krupoff zu verbreiten. Nebenbei musste allerdings auch der gute Name einer Frau vernichtet werden. Das war schade; aber was war da zu tun! Es gibt nun einmal Fälle, in denen ein einzelner Mensch großen Plänen geopfert werden muss.

Viertes Kapitel

Zu derselben Zeit, als die ehrenwerte Witwe Anna Jakimowna bei der nicht weniger ehrenwerten Maria Stepanowna Tee trank und sie beide mit derselben zärtlichen Aufmerksamkeit, die nur dem weiblichen Herzen eigen ist, sich mit Beltoff beschäftigten, saß dieser in größter Traurigkeit zu Hause auf seinem Zimmer und dachte voll Gram an etwas sehr Trauriges und Bedrückendes. Wäre er mit der Gabe des Hellsehens ausgestattet gewesen, so würde es ihm leicht geworden sein, sich zu trösten, er hätte deutlich gehört, wie nicht weit von ihm, hinter einer großen unsauberen Straße und einem unsauberen kleinen Quergässchen zwei Frauen eine verwandtschaftliche Teilnahme für sein Geschick bewiesen und wie die eine von ihnen - natürlich ohne verletzende Gleichgültigkeit - der andern zuhörte.

Aber Beltoff war nicht mit der Gabe des Hellsehens behaftet; jedenfalls würde er, wäre er ein echter Russe und nicht durch westeuropäische Neuerungen verdorben gewesen, zu schlucken angefangen haben und das Schlucken hätte ihn davon überzeugt, dass dort - dort, irgendwo in der Ferne, ganz im Geheimen seiner gedacht werde. Aber in unserem negierenden Zeitalter hat das Schlucken seine mystische Kraft verloren und ist jetzt weiter nichts als eine hässliche, gastrische Erscheinung.

Beltoffs Trübsinn stand übrigens in gar keinem Zusammenhang mit der bekannten Unterhaltung bei der sechsten Tasse Tee. Er war an diesem Tage spät und mit schwerem Kopf aufgestanden. Er hatte am vorhergehenden Abend lange gelesen, aber unaufmerksam und in halbem Schlummer - die letzten Tage hatten in ihm mehr und mehr ein gewisses krankhaftes Etwas entwickelt, worüber er sich noch nicht recht klar geworden, das aber zu trübem Denken stimmte. Fortwährend fehlte ihm etwas, zu nichts konnte er sich entschließen. Seit einer Stunde hatte er seine Zigarre aufgeraucht, den Kaffee ausgetrunken und überlegte schon lange, womit er den Tag beginnen sollte, mit Lektüre oder einem Spaziergang. Er entschloss sich zu dem Letzteren und warf die Pantoffeln von den Füßen; aber da erinnerte er sich, dass er sich das Wort gegeben, des Morgens die neuesten Werke über Nationalökonomie zu lesen; und so zog er sich die Pantoffeln wieder an, nahm sich eine neue Zigarre und wollte sich mit Nationalökonomie beschäftigen. Aber unglücklicherweise lag Byron neben der Zigarrenkiste. Er legte sich wieder auf das Sofa und las bis fünf Uhr im Don Juan. Als er auf die Uhr blickte, hatte er seine Lektüre beendet und er wunderte sich sehr, dass es schon so spät war, rief seinen Kammerdiener und befahl demselben, ihm so schnell wie möglich die Kleider zu bringen, damit er Toilette machen könne. Übrigens war sowohl das Erstaunen wie der Befehl mehr etwas Instinktives, weil er nirgend hin wollte und es ihm vollkommen gleichgültig war, ob es sechs Uhr morgens oder zwölf Uhr nachts sei.

Nachdem er sich mit jener Sorgfalt und Sauberkeit angekleidet, welche wir uns bei längerem Aufenthalte im Auslande angewöhnen und die wir uns in der Provinz so schnell wieder abgewöhnen, legte er sich wieder mit dem festen Entschluss, nunmehr Nationalökonomie zu studieren, auf dieselbe Stelle und schlug eine englische Broschüre über Adam Smith auf. Der Kammerdiener schlug inzwischen einen kleinen Tisch auf und begann denselben zu decken. Das Schicksal war dem Kammerdiener günstiger als seinem Herrn. Gregor deckte den Tisch mit der größten Ruhe, stellte die Wasserflasche und die Flasche Lafitte hin, stellte auf einen andern Tisch ein Fläschchen Absinth sowie Käse, betrachtete dann gelassen sein Werk, und als er sah, dass sich alles am rechten Ort befand, ging er um die Suppe zu holen. Einen Augenblick später kam er zurück, aber nicht mit der Suppe, sondern mit einem Briefe.

»Von wem?«, fragte Beltoff, ohne den Blick von der Broschüre über Adam Smith abzuwenden.

»Er muss aus dem Auslande kommen, es ist ein fremder Stempel darauf; zudem ist er rekommandiert.«

»Gib her« – und Beltoff warf die Broschüre fort.

»Von wem mag er denn sein?«, dachte er ... »Aus Genf ... Das begreife ich nicht ... Sollte ... Nein – und doch ... Nein –«

Natürlich wäre es viel einfacher gewesen, den Brief zu öffnen und die Unterschrift auf der letzten Seite anzusehen, als zu raten. Ohne Zweifel. Warum raten denn aber alle so gern beim Empfang eines Briefes? Das ist ein Geheimnis des Menschenherzens, das übrigens seinen Grund darin hat, dass es dem Menschen schmeichelt, sich als scharfsinnig anzuerkennen.

Endlich nahm Beltoff den Brief und begann ihn zu lesen. Mit jeder Zeile ward sein Gesicht bleicher, und die Tränen traten ihm in die Augen. Der Brief war von einem Neffen seines Erziehers. Dieser teilte Beltoff mit, dass der Greis gestorben sei. Das Leben dieses einfachen, edlen Mannes war erloschen wie es dahin geflossen, still und klar. Er war vier Jahre hindurch Oberlehrer an einer Dorfschule nicht weit von Genf gewesen.

Zwei Tage war er unwohl gewesen, am dritten hatte sich eine Besserung eingestellt; kaum hatte er sich wieder auf den Beinen halten können, da war er wieder in die Schule gegangen und dort ohnmächtig umgesunken. Man hatte ihn nach Hause gebracht, ihm zur Ader gelassen; er war wieder zu sich gekommen und hatte bei vollem Bewusstsein von den Kindern, die schweigend, erschreckt und bestürzt um sein Lager herumstanden, Abschied genommen und sie aufgefordert, nach seinem Grabe zu spazieren und auf demselben herumzuspringen. Dann hatte er nach Woldemars Porträt verlangt, es lange und liebevoll betrachtet und zu seinem Neffen gesagt: Welch ein Mann hätte aus ihm werden können ... aber offenbar kannte ihn sein alter Oheim besser ... Schicke dieses Porträt Woldemar zurück, sobald ich ... Seine Adresse ist da in der Mappe enthalten, auf welcher sich Washingtons Porträt befindet ... Es ist schade um Woldemar, sehr schade ... Dann, schrieb der Neffe, begann der Kranke zu fantasieren; sein Antlitz nahm den erhabenen Ausdruck an, wie er den Menschen in den letzten Momenten ihres Lebens eigen; er bat, ihn aufzurichten, und seine hellen Augen öffnend, wollte er den Kindern etwas sagen, allein die Zunge ließ ihn im Stich. Er lächelte ihnen zu und sein graues Haupt sank auf die Brust. Wir haben ihn auf unserem Dorffriedhof zwischen dem Organisten und dem Küster beerdigt.

Als Beltoff den Brief gelesen, legte er ihn auf den Tisch, trocknete sich die Tränen, ging im Zimmer auf und nieder, blieb am Fenster stehen, nahm von Neuem den Brief und las ihn noch einmal vom ersten bis zum letzten Wort.

»Wunderbarer Mann! Wunderbarer Mann!«, murmelte er vor sich hin. »Der Glückliche, er verstand zufrieden zu sein, er verstand zu arbeiten und sich an jedem Platze, wohin das Schicksal ihn auch warf, nützlich zu machen ... Jetzt habe ich auf dem weiten Erdenrund niemand mehr als meine Mutter ... Niemand ... Und wenn ich auch nur von Zeit zu Zeit Nachricht von dem Greise erhielt, es tat mir schon wohl, zu wissen, dass er existierte. Und nun ist er nicht mehr! O wie schwer ist dies Leben zu ertragen. Wahrlich, würden uns vorher die Bedingungen genannt, es fänden sich nur wenige Narren, die sich zum Leben entschließen würden.«

»Die Suppe wird kalt, Wladimir Petrowitsch«, bemerkte der Diener teilnahmsvoll, da er sah, dass der Inhalt des Briefes kein angenehmer sei.

»Gregor«, fragte Beltoff, »erinnerst du dich des Lehrers, der bei uns war?«

»Wie sollte ich mich des Genfers nicht erinnern.«

»Er ist gestorben«, fuhr Beltoff fort und wandte sich ab, um seine Erregtheit zu verbergen.

»Gott hab ihn selig! Er war ein guter Mensch und so freundlich gegen unsereins: Noch jüngst sprach ich mit Maxim Fedoroff, dem Büffetdiener Ihrer gnädigen Mutter; das heißt, wir sprachen von Ihnen. Ich muss sagen, Maxim Fedoroff kann sich nicht genug über Sie wundern; ich habe durch Ihre Gnade verschiedene Nationen und ihr Wesen und ihre Gebräuche gesehen; na, er aber hat Zeit seines Lebens hier im Gubernium gelebt; da wundert er sich über alles. Natürlich, sagte er, der Herr hat ein gutes Herz, ebenso wie seine gnädige Mutter. Nun, auch von dem Lehrer konnte man gewissermaßen etwas lernen; ich erinnere mich, dass er einmal dem Wladimir Petrowitsch befahl, vor einem Bauernjungen, der ihn grüßte, die Mütze abzunehmen; denn auch ein solcher sei nach Gottes Ebenbild geschaffen.«

Beltoff schwieg und begann traurig seine Suppe zu essen.

Die Nachricht von Josephs Tode rief Beltoff seine ganze Jugend und dann sein ganzes Leben wieder in die Erinnerung. Er gedachte der Lehren Josephs, wie begierig er dieselben in sich aufgenommen, wie er an alles geglaubt, und wie es sich im Leben so ganz anders erwiesen, als es Joseph geschildert, und – seltsam, alles was er gesagt, war so schön, so wahr, nach jeder Richtung hin so wahr und doch so durchaus falsch für Beltoff. Er verglich das, was er damals gewesen, mit dem, was er jetzt war; sie hatten nichts miteinander gemein als das Band der Erinnerung, als diese beiden verschiedenen Wesen vereinte. Jener war voller Hoffnungen, mit dem Glauben an Aufopferungsfähigkeit, bereit zu schwierigen Taten, zu uneigennützigen Arbeiten, und dieser – er war vor äußeren Hindernissen zurückgewichen, aller Hoffnungen bar, ein Mann, der nur noch Zerstreuung suchte.

Als Gregor das Porträt von der Post brachte, riss Beltoff hastig den Umschlag ab und zog es mit großer Ungeduld hervor ... Er wechselte die Farbe, als er einen Blick auf die Züge warf, wie sie einst gewesen, er konnte sich nicht von ihnen abwenden. Da drückte sich alles in seinem Antlitze aus, was in seinem Kopfe gärte. Wie frisch, wie hell war dieses Knabengesicht, dieser entblößte Nacken! Der Hemdenkragen lag auf die Schulter zurückgeschlagen, und welcher nicht zu bezeichnende Zug von Nachdenken spielte um den Mund, in dem Blicke – dies unbestimmte Sinnen, das einem mächtigen zukünftigen Gedanken vorausgeht; was wird aus diesem Jüngling werden, hätte jeder Theoretiker gesagt, wie es Monsieur Joseph sagte; aber es war ein müßiger Tourist aus ihm geworden, der wie zu seinem letzten Anker nach einer Anstellung bei den Adelswahlen zu N. griff.

Damals, dachte Beltoff, vorwurfsvoll noch immer das Porträt betrachtend, damals zählte ich vierzehn Jahre, jetzt dreißig – und was liegt noch vor mir? Nur grauer Nebel, nichts als das langweilige, einförmige ›Fortsetzung folgt‹, ein neues Leben beginnen ist zu spät, das alte fortsetzen, unmöglich. Wie viele Anfänge, wie viele Knüpfungen ... und alles endete mit Müßiggang und Vereinsamung ... Das Band der bitteren Gedanken wurde von Doktor Krupoff zerrissen; aber diese spannen sich in Form eines Gespräches weiter aus.

»Wie steht's mit Ihrer Gesundheit, Wladimir Petrowitsch?«

»Ah! Guten Tag, Semen Iwanowitsch; freut mich sehr, Sie zu sehen; eine solche Schwermut, eine solche Last bedrückt mich, dass ich gar keinen Ausweg weiß. In der Tat, ich bin krank, ich habe eine Art Fieber, zwar ist es nicht gefährlich, aber es erhält mich fortwährend in einer gewissen Aufregung.«

»Sie führen ein zu unregelmäßiges Leben«, versetzte Krupoff, die langen Ärmel seines Rockes zurückschlagend, um Beltoff gründlich den Puls zu fühlen. »Der Puls ist normal; Sie leben doppelt so schnell, als man darf; Sie schonen weder Räder noch Teer; lange kann das so nicht weiter gehen.«

»Ich fühle eben, dass ich moralisch und physisch zugrunde gehe.«

»Das ist noch zu früh; die heutige Generation lebt zu rasch; Sie sollten sich übrigens ernstlich mit Ihrer Gesundheit beschäftigen, Ihre Maßregeln treffen.«

»Welche Maßregeln?«

»Gar manche. Legen Sie sich zeitig schlafen, stehen Sie früh auf und lesen Sie etwas weniger. Dann denken Sie nicht zu viel, gehen Sie mehr spazieren, verscheuchen Sie die trüben Gedanken, trinken Sie nicht viel Wein und gar keinen starken Kaffee.«

»Das scheint Ihnen alles sehr leicht, namentlich das Verscheuchen der Gedanken ... Und wollen Sie mich lange zu einer solchen Diät verdammen?«

»Ihr ganzes Leben lang.«

»Danke ergebenst; das ist langweilig und widerwärtig und es lohnt auch nicht der Mühe.«

»Wieso nicht? Ich sollte doch meinen, es lohnt sehr wohl der Mühe, ein Opfer zu bringen, um länger zu leben.«

»Nun, wozu sollte ich lange leben?«

»Seltsame Frage! Nun, wozu – ich weiß es selbst nicht; es ist doch immerhin besser zu leben als zu sterben; jedes Tier hat Liebe zum Leben.«

»Wenn sich aber nun eins fände, das keine solche Liebe hätte?«, bemerkte Beltoff mit bitterem Lächeln. »Byron sagt sehr wahr, dass ein ordentlicher Mensch nicht länger als fünfunddreißig Jahre leben dürfte. Und wozu ein langes Leben? Das muss sehr langweilig sein.«

»Alle diese Sophismen haben Sie aus den verfluchten deutschen Philosophen herausgelesen.«

»In diesem Falle muss ich die Deutschen in Schutz nehmen; ich bin ein Russe und habe aus dem Leben denken gelernt und nicht in Gedanken gelebt. Es ist gut, dass wir auf diese Frage gekommen sind. Denken Sie nach und dann sagen Sie mir aufrichtig, welchen Nutzen es gewährt, wenn ich nicht zehn, sondern fünfzehn Jahre lebe; wer bedarf meines Lebens, als meine Mutter, und auch diese hat ein langes Leben nicht mehr zu hoffen. Ob es Schwäche ist oder Mangel an Charakter, jedenfalls bin ich ein unnützer Mensch, und da ich hiervon überzeugt bin, so denke ich, ich allein bin Herr meines Lebens. Noch ist es mir nicht so zuwider, um mich zu erschießen, aber ich liebe es auch nicht mehr genug, um nach der Diät zu leben, um mich am Gängelbande führen zu lassen, um heftige Empfindungen und schmackhafte Speisen zu vermeiden – einzig und allein, um dies kranke Leben weiter fortzuführen.«

»Sie ziehen also den chronischen Selbstmord vor«, entgegnete Krupoff, der bereits böse zu werden anfing. »Ich verstehe, aus Müßiggang sind Sie des Lebens überdrüssig – das Müßiggehen muss doch sehr langweilig sein; Sie wie alle reichen Menschen sind nicht an Arbeit gewöhnt. Sollte Ihnen das Schicksal eine bestimmte Beschäftigung geben oder Ihnen Ihr Bjeloje-Pole nehmen, Sie würden zu arbeiten beginnen, nehmen wir an, Ihrer selbst wegen, ums Brot, aber es würde doch anderen Nutzen bringen; so geschieht alles auf der Welt.«

»Ich bitte Sie, Semen Iwanowitsch! Glauben Sie denn, außer dem Hunger gäbe es keinen hinreichend kräftigen Antrieb zur Arbeit? Schon der Wunsch, sich mitzuteilen, sich auszusprechen, nötigt einen ja zur Arbeit. Ich dagegen würde ums Brot allein nicht arbeiten können. Ein ganzes Leben lang arbeiten, um nicht Hungers zu sterben und nicht Hungers sterben, um zu arbeiten – wirklich eine vernünftige und nützliche Art, seine Zeit hinzubringen!«

»Nun, Sie brauchen ja nicht ums Brot zu arbeiten und haben ja auch den Wunsch, sich auszusprechen – aber was haben Sie vollbracht?«, fragte der Greis jetzt ganz ärgerlich.

»Das ist es ja eben. Aus besonderer Vorliebe habe ich mir natürlich kein müßiges, lästiges Leben gewählt. Zum Gelehrten tauge ich nicht, ebenso wenig wie zum Musiker; und wie es scheint, sind mir auch alle übrigen Wege versperrt ...«

»Damit trösten Sie sich; die Erde ist Ihnen zu eng, Sie finden keinen Platz auf ihr, es fehlt Ihnen an festem Willen, an Beharrlichkeit.«

»*Gutta cavat lapidem*«, beendete Beltoff. »Sie sind ein Mann von Fach, Sie haben also gut reden.«

»Und Sie machen schöne Worte«, bemerkte Krupoff, »allein mir scheint, der gute Arbeiter findet stets Arbeit.«

»Sie meinen also, diese Lyoner Arbeiter, welche Hungers sterben, obgleich sie arbeiten möchten, aber keine Arbeit finden, verständen nichts oder machten sich nur einen schlechten Scherz? Ach, Semen Iwanowitsch, Sie urteilen zu schnell, Sie verordnen viel zu schnell geistige Ruhe und Kräuter: Das Erste ist unmöglich und das Zweite vermag nicht zu helfen. Wenige Krankheiten sind so schlimm, wie das Bewusstsein, unnütze Kräfte zu haben. Was soll da Diät? Erinnern Sie sich der Antwort, die Napoleon dem Doktor Anton Marchi gab: Das ist nicht ein zurückgetretener Krebs, sondern ein zurückgetretenes Waterloo. Ein jeder hat sein Waterloo *rentré*! Gehen wir zu Kruziferski, Semen Iwanowitsch, zu den Kruziferskis, bei ihnen bin ich schon mehrmals meinen trüben Sinn los geworden; solche Mittel wirken besser als alle Dekokte.«

»Da erwarte einer von Ihnen Dank und Anerkennung! Wer hat Ihnen denn diese Familie verordnet?«

»Verzeihen Sie, verzeihen Sie – das hatte ich ganz vergessen! O, Sie sind ja der größte aller Söhne des Hippokrates, Semen Iwanowitsch«, antwortete Beltoff, indem er seine Zigarre ansteckte und dem Doktor gutmütig zulächelte.

Was aber war es denn, fragen wir mit Maria Stepanowna, das Beltoff in das bescheidene Haus des Lehrers zog? Fand er in ihm einen Freund, einen ihm sympathischen Menschen, oder war er wirklich in seine Frau verliebt? Er selbst hätte auf diese Fragen trotz aller Aufrichtigkeit schwer eine Antwort gefunden. Gar manches brachte ihm dieses Haus nahe. Die Wahlen mit ihren Diners und Bällen waren zu Ende. Selbstverständlich war Beltoff für kein Amt gewählt worden und er blieb nur in N., um beim Ziviltribunal einen Prozess zu beenden. Ihr könnt euch daher leicht vorstellen, wie sehr sich dieser Mann in N. gelangweilt hätte, wäre er nicht mit den Kruziferskis bekannt geworden. Das stille, ungetrübte Leben dieses Ehepärchens bot Beltoff etwas Neues, Anziehendes.

Er hatte sein ganzes Leben mit allgemeinen Fragen, mit wissenschaftlichen Beschäftigungen in fremden Städten zugebracht, wo es so schwer ist, sich dem häuslichen Leben zu nähern, oder in Petersburg, wo es so wenig Familienleben gibt. Er meinte, häusliche Zufriedenheit sei entweder nur Erfindung oder sie komme nur bei unbedeutenden, kleinen Leuten vor. Bei den Kruziferskis war es anders. Der Charakter Kruziferskis ist nicht leicht zu schildern: eine zarte, im höchsten Grade liebevolle Natur, ein hingebendes Weib, fast weibliches Gemüt, war ihm eine solche Offenherzigkeit, eine solche Lauterkeit eigen, dass es unmöglich war, ihn nicht lieb zu haben, wenngleich seine Lauterkeit nahe an Unerfahrenheit, an kindliche Unkenntnis grenzte; es war schwer, einen Menschen zu finden, der weniger das praktische Leben kannte; alles, was er wusste, hatte er aus Büchern und darum war sein Wissen unzuverlässig, romantischer, abstrakter, theoretischer Art. Er glaubte heilig an die Wirklichkeit der Welt, wie Schukowski sie besungen – an Ideale, die allem Irdischen entrückt sind. Aus der Vereinsamung des Studentenlebens, in welcher er die Welt der Leidenschaften und der Kämpfe nur von der Galerie des Moskauer Theaters kennengelernt, trat er an einem trüben Herbsttage still hinaus. Überall begegnete ihm das Leben als drückende Not, alles erschien ihm feindselig, fremd, und der junge Kandidat lernte mehr und mehr seinen Trost, seine ganze Ruhe in der Welt der Träume finden, in welche er sich von den Menschen und von den Verhältnissen flüchtete.

Dieselbe äußere Not trieb ihn in Negroffs Haus. Dieser Zusammenstoß mit der Wirklichkeit veranlasste ihn, sich noch mehr in sich selbst zu konzentrieren. Von sanfter Gemütsart, dachte er gar nicht daran, sich auf einen Kampf mit der Wirklichkeit einzulassen, er wich ihrem Angriff aus, er verlangte nur in Ruhe zu leben. Aber die Liebe zeigte sich bei ihm so, wie sie sich in solchen Organismen stets zeigt, nicht rasend und wild, sondern für alle Ewigkeit, aber mit solcher Selbstaufopferung, dass er sofort sein Leben hingab.

Eine nervöse Reizbarkeit erhielt ihn beständig in einer gewissen begeistert melancholischen Stimmung. Er war stets zum Weinen, stets zur Traurigkeit geneigt – er liebte es, an milden Abenden lange, lange zum Himmel emporzuschauen und wer weiß, was für Gesichte ihm in solcher Stille erschienen. Oft drückte er seiner Frau die Hand und schaute ihr mit unaussprechlichem Entzücken in die Augen; aber in dieses Entzücken mischte sich eine eigentümliche, tiefe Schwermut, sodass selbst Lubonka sich der Tränen nicht erwehren konnte. In all seinen Handlungen offenbarte sich dieselbe Milde, dieselbe Ruhe, dieselbe Aufrichtigkeit, dasselbe ängstliche Sinnen, die sich auf seinem Antlitz spiegelten. Braucht man erst zu sagen, wie ein solcher Mann seine Frau lieben musste? Seine Liebe wuchs unablässig, um so mehr, da nichts ihn abzog. Er konnte keine zwei Stunden leben, ohne seiner Frau in die dunkelblauen Augen zu sehen; er zitterte, wenn sie ausging und nicht zur bestimmten Stunde zurückkehrte; kurz, man sah deutlich, dass alle seine Lebenswurzeln in ihr ruhten. Vieles dazu trug die Gesellschaft bei, in welche er geraten war.

Die Lehrer an dem Gymnasium zu N. waren wie überall an unsern Schulen größtenteils Menschen, die in dem Provinzialleben träge und roh geworden, die sich groben materiellen Gewohnheiten hingegeben, die jedes Verlangen, etwas zu lernen, in sich erstickt hatten. Ich glaube nicht, dass Kruziferski den Beruf hatte, die Wissenschaft zu fördern, sich ganz und voll ihren Fragen zu widmen und sie zu eigenen Lebensfragen zu machen, aber er nahm Anteil an ihnen, und vieles war ihm zugänglich – außer den Mitteln.

Sich selbst Bücher zu kaufen, daran war nicht zu denken; das Gymnasium schaffte einige an, aber nicht solche, welche das Interesse eines jungen Lehrers wach erhalten konnten. Das Provinzialleben ist überhaupt für diejenigen verderblich, welche sich nicht bloß ihr unbewegliches Vermögen bewahren, die auch Geist und Körper die Beweglichkeit erhalten wollen. Wer verfiel nicht bei dem vollständigen Mangel an geistigen Interessen an dieser Stätte moralischer Schlafsucht in einen langen, wenn auch nicht süßen Schlummer? ...

Dem Menschen sind äußere Anreize unentbehrlich. Er muss Zeitungen haben, die ihn täglich mit der ganzen Welt in Berührung bringen, er braucht Schriften, die ihm jede Bewegung des zeitgenössischen Gedankens mitteilen, er braucht Unterhaltung, ein Theater – freilich kann man sich all diese Dinge abgewöhnen, und man kann sich einbilden, dies alles sei überflüssig und dann wird es einem in der Tat überflüssig, d. h. in dem Augenblicke, da man selbst ein vollständig überflüssiger Mensch wird.

Kruziferski gehörte durchaus nicht zu jenen kraftvollen, beharrlichen Menschen, die sich das zu verschaffen wissen, was nicht vorhanden ist. Die Abwesenheit jedes wahrhaft menschlichen Interesses um ihn her übte auf ihn einen mehr negativen als positiven Einfluss – unter anderem darum, weil er sich in der schönsten Epoche seines Lebens befand, das heißt kurz nach seiner Verheiratung. Später aber gewöhnte er sich daran und blieb bei seinen Träumen stehen, bei einigen höheren Ideen, die bereits einige Jahre alt waren, bei seiner allgemeinen Liebe zur Wissenschaft, bei Fragen, die längst gelöst waren. Die Befriedigung der wichtigeren geistigen Bedürfnisse suchte er in der Liebe und er fand alles in der kräftigen Natur seiner Gattin.

Die Dispute mit Krupoff, welche schon vier Jahre währten, hatten denselben provinziell stabilen Charakter angenommen: In diesen Jahren hatten sie täglich einen und denselben Gegenstand behandelt. Kruziferski trat als Verteidiger des Spiritualismus auf, gegen welchen der alte Krupoff rau und unwirsch mit seinem medizinischen Materialismus zu Felde zog.

In diesem stillen Laufe floss das Leben unseres Freundes dahin, als plötzlich eine Persönlichkeit von ganz anderem Gepräge, ein Mann mit innerem Tatendrang, der allen Fragen der Zeit zugänglich war, ein Enzyklopädist, ein kühner, scharf denkender Geist in dasselbe hineingeriet. Unwillkürlich unterwarf sich Kruziferski der energischen Natur seines neuen Freundes und Beltoff seinerseits blieb durchaus nicht unberührt von dem Einfluss Lubonkas. Einer kräftigen Natur, die sich mit nichts Besonderem beschäftigte, ist es fast unmöglich, sich des Einflusses einer kraftvollen Frauennatur zu erwehren. Man muss entweder sehr beschränkt oder sehr stumpf oder völlig charakterlos sein, um gefühllos seine Unabhängigkeit gegenüber der sittlichen Macht zu bewahren, welche uns in einer schönen, jugendlichen Frauengestalt entgegentritt.

Freilich ließ sich Beltoff, der von Natur feurig war, leicht hinreißen; jede Kokette, jedes hübsche Gesicht hatte bei ihm leichtes Spiel. Schon oft hatte er sich bis zur Tollheit in irgendeine Primadonna verliebt – oder auch in eine Tänzerin oder zweideutige Schönheit, die in den Bädern ein vereinsamtes Dasein führte, oder in irgendeine rotwangige deutsche Blondine, die Anwandlungen von Schwärmerei hatte und stets bereit war, sich nach Schillerschen Mustern zu verlieben und beim Gesang der Nachtigall für das Leben hienieden und dort oben ewige Liebe und Treue zu schwören; auch eine Französin hatte es ihm einmal angetan, die sich ohne jede Heuchelei der Freude und dem Genuss hingegeben ... Aber einen solchen Einfluss hatte Beltoff noch nicht erfahren.

In der ersten Zeit ihrer Bekanntschaft dachte Beltoff mit Frau Kruziferski ein wenig zu kokettieren. In dieser Beziehung verfügte er über reiche Mittel. Durch aristokratischen Schimmer oder affektierte Würde war er nicht leicht einzuschüchtern; voll Selbstvertrauen, da er es mit ungemein leicht zugänglichen Schönheiten zu tun gehabt, gewandt und von gefährlicher Keckheit in seinen Reden, besaß er alles, um das Gewissen einer Provinzialin zu betäuben. Aber der kluge Beltoff ließ das alberne Kokettieren bald fallen; er begriff, dass für ein solches Wild seine Netze zu schwach waren. Das Weib, dem er in dieser Wüste begegnete, war so einfach, so naiv natürlich und dabei mit solcher Kraft und solchem Verstande ausgerüstet, dass Beltoff bald die Lust verging, mit ihr eine Intrige einzufädeln. Es war schwer, auf sie einen Angriff zu machen, da sie sich nicht wehrte, sich nicht *en garde* stellte. Aber ein anderes, mehr menschliches Verhältnis brachte Beltoff und Lubonka schnell einander näher. Sie begriff seine Trauer, sie begriff jene scharfe Säure, welche in ihm gärte und ihn bedrückte, sie begriff das tausendmal klarer und besser als zum Beispiel Krupoff. Und nach dem sie begriffen, konnte sie ihn nicht mehr ohne Teilnahme, ohne Sympathie ansehen, und wenn sie ihn so anblickte, lernte sie ihn mehr und mehr kennen, entdeckte sie täglich neue, immer neue Seiten in diesem Manne, der dazu verdammt war, einen großen Reichtum von Kraft, eine unendliche Fülle von Gedanken in sich zu ersticken. Beltoff wusste sofort den Unterschied zwischen der gewissenhaft ermahnenden Teilnahme Krupoffs, der romantischen Sympathie Kruziferskis, die stets bereit war, sich in Tränen zu äußern und dem sicheren Takt zu ermessen, den er an Lubonka gewahrte. Manchmal, wenn sie alle vier zusammen im Zimmer saßen, brachte Beltoff unwillkürlich die Rede auf seine innersten Überzeugungen; teils aus Gewohnheit, sie zu verschweigen, teils aus Neigung versetzte er dieselben fast immer mit Ironie oder warf sie nur so beiläufig, so flüchtig hin; bei seinen Zuhörern fanden sie in der Regel keinen Widerhall, aber wenn er seinen traurigen Blick auf Lubonka warf, dann glitt ein leichtes Lächeln über sein Antlitz - er sah, dass er verstanden wurde. Unmerklich entstand zwischen ihnen - ich erinnere nur ungern daran, aber was soll ich machen - dieselbe Situation, in welcher sich einst Lubonka und Dmitri in Negroffs Familie befunden hatten, wo sie, noch bevor sie miteinander zwei Worte gewechselt, begriffen, dass sie einander verstanden.

Sympathien dieser Art lassen sich durch nichts hervorrufen, durch nichts ersticken; sie geben einfach der Tatsache verwandter Entwickelung in zwei Menschen Ausdruck, wie und wo sich dieselben auch begegnen. Haben sie sich einander erkannt, sind sie sich ihrer Verwandtschaft bewusst geworden, so opfert jeder, wenn die Umstände es erheischen, die niedere Verwandtschaft mit all ihren Abstufungen der höheren.

»Raten Sie einmal, wer das ist«, sagte Beltoff, Lubonka sein Porträt gebend.

»Aber das sind Sie ja!«, schrie Lubonka fast auf und errötete über das ganze Gesicht. »Das sind Ihre Augen, das ist Ihre Stirn ... wie schön Sie als Jüngling waren! Welch sorgloses, keckes Antlitz! ...«

»Es gehört viel Mut dazu, einer Frau zum Vergleiche ein Porträt von sich zu übergeben, das vor mehr als fünfzehn Jahren angefertigt wurde; aber es verlangte mich so sehr danach, Ihnen zu zeigen, Sie möchten selbst sehen, welch' Bursch ich war in meiner Blüte Jahre. Aber ich muss mich wirklich wundern, dass Sie mich erkannt haben: Nicht ein einziger Zug ist mir ja geblieben.«

»Ja, man erkennt Sie wieder«, antwortete Lubonka, unverwandt das Porträt betrachtend. »Warum haben Sie es mir nicht schon früher gebracht?«

»Ich habe es erst heut erhalten; mein guter Joseph ist vor vier Wochen gestorben, und sein Neffe sandte mir dieses Porträt nebst einem Briefe.«

»Ach, der arme Joseph! ... Ich zähle ihn zu meinen intimen Bekanntschaften nach allem, was Sie mir von ihm erzählt.«

»Der Greis starb mitten in seinen stillen Beschäftigungen; und Sie, die Sie ihn nicht persönlich gekannt, und eine Menge Kinder, die er unterrichtete, ich und meine Mutter, wir denken seiner mit Liebe und Trauer. Sein Tod ist für viele ein schwerer Schlag. In dieser Beziehung bin ich glücklicher als er: Sterbe ich nach meiner Mutter, so bin ich überzeugt, dass ich niemandem einen bitteren Augenblick bereite, weil niemand Anteil an mir nimmt.«

Beltoff sagte das mit voller Aufrichtigkeit und doch mit einer gewissen Koketterie: Er wollte Lubonka gern zu einer warmen Antwort herausfordern.

»Das glauben Sie ja selbst nicht«, antwortete sie, Beltoff fest anblickend.

Er senkte die Augen.

»Nun, mir ist's nach meinem Tode vollkommen gleichgültig, wer über mich weint oder nicht«, bemerkte Krupoff.

»In der Beziehung bin ich mit Ihnen nicht einverstanden«, entgegnete Kruziferski. »Ich kann mir sehr wohl die ganzen Schrecken des Todes vorstellen, wenn man nicht bloß an seinem Sterbelager, sondern auch in der weiten Welt keine liebende Seele hat, wenn eine fremde, kalte Hand ein Häufchen Erde auf unser Grab wirft und dann ruhig die Schaufel beiseitelegt, um nach dem Hut zu greifen und nach Haus zu gehen. Lubonka, wenn ich sterbe, so komme recht häufig an mein Grab, mir wird dann leichter sein ... Ja, mir wird dann leichter sein ...«

»Außerordentlich leicht, das ist wahr«, versetzte ärgerlich Doktor Krupoff, »so leicht, dass man es nicht einmal mit einer chemischen Waage abwägen kann ...«

»Und sollten Sie denn außer Joseph keine anderen Freunde haben?«, fragte Lubonka; »wie wäre das möglich?«

»Ich hatte viele, sogar sehr glühende, sehr hingebende – o, ich hatte noch manches andere! Einst hatte ich solch ein Gesicht, jetzt ein ganz anderes. Übrigens, wozu braucht man Freunde? Die Freundschaft ist eine liebe Jugendkrankheit; wehe dem, der es nicht versteht, sich selbst zu genügen!«

»Aber soviel ich weiß, ist Ihnen doch Joseph bis an sein Lebensende nahe gestanden?«

»Weil wir fern voneinander lebten. Wir blieben einander Freunde, weil wir uns seit fünfzehn Jahren nur einmal wiedersahen. Bei diesem flüchtigen Wiedersehen verdeckte ich mit Erinnerungen den Unterschied, den ich zwischen uns bemerkte.«

»Sie haben ihn also seit der Zeit, da er nach Schweden reiste, wiedergesehen?«

»Einmal.«

»Wo?«

»An dem Orte, wo er sein Leben beschlossen.«

»Vor langer Zeit?«

»Vor einem Jahre.«

»Ach, statt uns alle Ihre finstern Gedanken mitzuteilen, erzählen Sie uns lieber Ihr Zusammentreffen mit dem Greise.«

»Mit dem größten Vergnügen. Es verlangt mich, mit ihm mich zu beschäftigen, es macht mir Freude, von ihm zu sprechen. Das kam so. Zu Beginn des vorigen Jahres reiste ich aus dem südlichen Frankreich nach Genf. Warum? Ich weiß es selbst kaum. Ich wollte nicht nach Paris gehen, weil ich dort nichts anzufangen wusste und weil ich dort beständig an Neid litt: Alles um mich herum war beschäftigt, alle mühten sich ab, entweder mit etwas Vernünftigem oder mit etwas Unvernünftigem. Und ich las nur in den Kaffeehäusern die Zeitungen und ging als teilnehmender aber immerhin fremder Zuschauer umher. In Genf war ich noch nicht gewesen. Es ist eine stille, abgelegene Stadt. Darum hatte ich sie zu meinem Winteraufenthalt gewählt. Ich wollte mich mit Nationalökonomie beschäftigen und in Muße überlegen, was ich den nächsten Sommer treiben und wohin ich mich wenden sollte.

»Es versteht sich von selbst, dass ich mich am zweiten oder dritten Tage bereits bei den Lohndienern, Bankiers, kurz überall erkundigte, ob niemand den Herrn Joseph kenne oder von ihm gehört habe. Kein Mensch wusste etwas von ihm. Nur ein alter Uhrmacher erzählte mir, er habe Joseph allerdings gekannt, er sei mit ihm in die Schule gegangen, später sei dieser nach Petersburg gereist, in der Folge habe er ihn nicht wiedergesehen.

»Ärgerlich gab ich meine Nachforschungen auf. Meine nationalökonomischen Studien wollten nicht in Fluss kommen. Es war zu Beginn des Frühlings und helles, kühles Wetter. Das Wanderleben hatte in mir geradezu eine Leidenschaft für das Herumstreifen ausgebildet; und so wollte ich einige kleine Fußwanderungen in der Umgegend von Genf machen. Die Landstraße übt auf mich einen ungemein starken Einfluss: Auf der Landstraße lebe ich auf, namentlich, wenn ich zu Fuß gehe oder reite. Der Wagen rüttelt einen, lenkt einen ab, die Anwesenheit eines Kutschers stört die Einsamkeit, aber allein, zu Pferde oder mit einem Wanderstabe in der Hand geht sich's so herrlich; wie ein Band windet sich die Straße dahin, so fern das Auge reicht, um sich irgendwo zu verlieren. Niemand ringsum als die Bäume, die Bächlein, die Vögel, welche da und dort erschreckt aufflattern – es ist wunderbar schön!

»Als ich einmal in dieser Weise einige Meilen von Genf umherwanderte, schritt ich lange allein fürbass ... Da plötzlich kamen von einem Seitenwege etwa zwanzig Bauern auf die Landstraße. Sie führten ein ungemein hitziges, von kräftiger Mimik unterstütztes Gespräch; so gingen sie nahe an mir vorüber und schenkten mir, dem Fremden, so wenig Beachtung, dass ich ihre Worte sehr deutlich hören konnte: Es handelte sich um gewisse Kantonalwahlen. Die Bauern hatten sich in zwei Parteien geschieden und morgen sollten die entscheidenden Stimmen abgegeben werden. Es war deutlich zu sehen, dass die Frage, die sie beschäftigte, ihr ganzes Interesse vollständig in Anspruch nahm: sie gestikulierten mit den Händen, warfen die Mützen in die Höhe u.+s.+w. Ich setzte mich unter einen Baum, die Wählerschaar zog vorüber und noch lange tönten Bruchstücke demagogischer Reden und konservativer Erwiderungen an mein Ohr. Fortwährend quält mich Neid, wenn ich Menschen sehe, die mit irgendetwas beschäftigt sind, die eine Arbeit haben, welche sie vollständig in Anspruch nimmt ... Und somit war ich schon vollständig verstimmt, als ich auf der Landstraße einen neuen Gefährten erblickte, einen schlanken Jüngling, in dicker Bluse, mit grauem, breitkrempigem Hut, einem Felleisen auf den Schultern und einer Pfeife zwischen den Zähnen. Er setzte sich in den Schatten meines Baumes. Indem er Platz nahm, berührte er den Rand seines Hutes. Als ich ihn grüßte, nahm er seinen Hut ganz ab und begann sich den Schweiß vom Gesicht und seinem schönen kastanienbraunen Haar zu wischen. Ich lächelte, da ich die Vorsicht meines

Nachbars wohl verstand. Er hatte vorhin seinen Hut nicht abgenommen, damit ich nicht dächte, es geschähe meinetwegen. Als der junge Mann sich gesetzt, wandte er sich nach mir um und fragte: »Wohin geht Ihr Weg?«

»Das kann ich Ihnen nicht so leicht sagen, als Sie vielleicht denken; ich wandere auf Geratewohl umher.«

»Sie sind wohl ein Fremder?«

»Ich bin Russe.«

»Ah! Das ist fern ... Ja, da bei Ihnen zu Hause herrscht wohl jetzt noch eine strenge Kälte?« ...

»Bekanntlich kann ein Ausländer nie von Russland reden, ohne an unsere Kälte oder unsere schnellfahrende Post zu erinnern, obgleich man sich doch überzeugt haben sollte, dass es bei uns weder furchtbar strenge Kälte noch fabelhaft schnellfahrende Wagen gibt.

»Ja, jetzt ist es in Petersburg noch Winter.«

»Na, und wie gefällt Ihnen denn unser Klima?«, fragte der Schweizer mit Stolz.

»Ganz gut«, antwortete ich. »Sie sind wohl hier aus der Nähe?«

»Ja, ich bin nicht weit von hier zu Hause, und jetzt komme ich nach Genf, um in meiner Heimat an den Wahlen teilzunehmen; ich habe noch nicht das Recht, meine Stimme bei den Wahlen abzugeben, aber dagegen habe ich eine andere Stimme, die zwar noch nicht zählt, die aber doch vielleicht Zuhörer findet. Und wenn es Ihnen gleichgültig ist, wohin Sie gehen, so kommen Sie mit mir; das Haus meiner Mutter steht Ihnen zur Verfügung, und Käse und Wein gibt's bei uns auch; und dann sehen Sie morgen mal, wie unsere Partei über die Alten den Sieg davonträgt.«

»Aha, das ist ein Radikaler!«, dachte ich, meinen Nachbar wieder mit den Augen messend.

»Gut, ich begleite Sie«, sagte ich und reichte ihm die Hand; »mir ist's gleich, wohin ich gehe.«

»Es wird Sie interessieren, unsere Wahlen sich anzusehen; bei Ihnen zu Hause haben Sie ja wohl so etwas nicht?«

»Wer hat Ihnen das gesagt?«, antwortete ich. »Sie müssen wirklich in der Geografie einen schlechten Lehrer gehabt haben. Im Gegenteil, wir haben sehr viele Wahlen: die Adelswahlen, die Kaufmannswahlen, die Bürgerwahlen und die Dorfwahlen; ja auf den großen Gütern heißt sogar der Dorfälteste der Erwählte.«

»Der junge Mann errötete.

»Es ist schon lange her, da ich Geografie lernte, auch war's nicht viel. Unser Lehrer, mit Verlaub sei's gesagt, war ein ausgezeichneter Mensch. Er war selbst in Russland gewesen, und wenn Sie wollen, mache ich Sie mit ihm bekannt. Er war ein solcher Philosoph; weiß Gott, was er nicht alles hätte werden können, und doch wollte er nur unser Lehrer werden.«

»Das war sehr edel«, antwortete ich; ich hatte nicht das geringste Verlangen, so einen philosophischen Dorfschulmeister kennenzulernen.

»Aber er war wirklich in Ihrem Lande!«

»Wo denn?«

»In Petersburg und in Moskau.«

»Und wie heißt er?«

»Wir nennen ihn Père Joseph.«

»Père Joseph?«, wiederholte ich meinen Ohren nicht trauend.

»Na, was ist denn da Wunderbares?«, entgegnete mein Gefährte.

»Kurz nach zwei, drei Fragen war ich vollständig überzeugt, dass dieser Père Joseph niemand anderes als mein Joseph war. Wir verdoppelten unsere Schritte. Der junge Mann freute sich sehr, dass er mir ein so unerwartetes Vergnügen bereitet und noch mehr, dass er auch Joseph, den er über alle Maßen liebte und hochschätzte, eine Freude bereiten würde. Ich befragte ihn über die Lebensweise des Greises, und aus all den Einzelheiten, die er mir mitteilte, ersah ich, dass er derselbe edle, jugendlich begeisterte Mann geblieben; die Erzählung meines Gefährten überzeugte mich bald, dass ich Joseph an Jahren überholt habe, dass ich älter sei, als er. Erst vor fünf Jahren hatte er das Amt eines Oberlehrers und Schulinspektors übernommen. Er arbeitete doppelt soviel, als seine Pflicht verlangte, er hatte eine kleine Bibliothek, welche dem ganzen Dorfe zur Verfügung stand, und besaß einen Garten, in welchem er in den Freistunden mit den Kindern arbeitete. Als wir vor dem sauberen Häuschen des Schullehrers Halt machten, das von den Strahlen der untergehenden Sonne und dem Widerschein eines hohen Berges, an den das Häuschen sich lehnte, hell beleuchtet wurde, da schickte ich meinen Gefährten voraus, damit die Überraschung den Greis nicht zu sehr aufrege, und ließ ihm sagen, ein Russe wünsche ihn zu sprechen.

Père Joseph befand sich im Garten; er ruhte gerade, auf einen Spaten gelehnt, von der Arbeit aus. Bei dem Worte Russe fuhr er zusammen und kam mir mit schnellen Schritten entgegen. Ich warf mich ihm in die Arme. Das Erste, was mir auffiel, war die kränkelnde Gewalt der Zerstörung, welche die Zeit geübt. Keine zehn Jahre waren seit der Zeit verflossen, da ich ihn zuletzt gesehen – aber welche Veränderung! Er hatte fast sein ganzes Haar verloren, sein Antlitz war eingefallen, sein Gang schwer geworden, sein Nacken hatte sich gekrümmt; nur die Augen blickten ebenso jugendlich wie in früheren Tagen. Ich kann Ihnen nicht die Freude schildern, mit der er mich empfing: der Greis weinte, lachte und überschüttete mich mit Fragen, ja er erkundigte sich sogar, ob mein Neufundländer noch lebte; er erinnerte sich all meiner Streiche; und fortwährend plaudernd führte er mich in seine Laube, wo er mich ausruhen hieß und Charles, das heißt meinen Begleiter, aus dem Keller eine Flasche seines besten Weins holen ließ. Ich muss gestehen, dass ich kaum den ausgezeichnetsten Cliquot mit solchem Entzücken getrunken, wie ich hier Glas auf Glas von Josephs saurem Wein leerte. Ich war neu belebt, verjüngt, glücklich; allein der Greis machte meiner ausgezeichneten Stimmung bald ein Ende mit der Frage: »Was hast du nun während dieser ganzen Zeit gemacht, Woldemar?«

Ich erzählte ihm die ganze Geschichte meiner Misserfolge und schloss damit, dass allerdings mein Leben sich hätte besser gestalten können, dass ich aber doch nichts bereue; wenn ich auch meinen jugendlichen Glauben eingebüßt, so hätte ich mir dagegen eine nüchterne Anschauung erworben, die vielleicht trostlos, traurig, dafür aber wahr sei.

»Woldemar«, entgegnete der Greis, »hüte dich vor einer allzu nüchternen Anschauung – dein Herz könnte dabei erkalten, deine Liebe erlöschen! Vieles in deinem Leben habe ich nicht vorausgesehen; du hast es schwer gehabt, aber man muss doch nicht gleich die Waffen strecken; im Kampf besteht die Würde des menschlichen Lebens ... Den Lohn gewinnt man nur durch heißes Ringen.«

Ich betrachtete alle Dinge schon damals mit einfacherem Blick; allein die Worte des Greises übten eine mächtige Wirkung auf mich.

»Erzählen Sie mir lieber, Père Joseph, wie Sie diese Jahre verlebt haben. Mein Leben ist verfehlt, also fort damit. Ich gleiche dem Helden in unsern Volksmärchen, die ich Ihnen zu übersetzen pflegte; ich bin auf alle Kreuzwege hinausgegangen und habe gerufen: ›Ist da ein lebender Mensch auf dem Felde?‹ Aber kein lebender Mensch gab mir Antwort ... Das war mein Unglück! ... Aber allein auf dem Felde ist man kein Kämpfer ... Und so verließ ich das Feld und kam als Gast zu Ihnen.«

»Zu früh, viel zu früh hast du dich ergeben«, bemerkte der Greis kopfschüttelnd. »Was soll ich dir erzählen? Mein Leben fließt still dahin. Als ich euer Haus verließ, hielt ich mich eine Zeit lang in Schweden auf – dann reiste ich mit einem Engländer nach London, wo ich zwei Jahre lang seine Kinder unterrichtete; aber meine Denkweise harmonierte nicht mit der Anschauung des ehrenwerten Lords und so verließ ich ihn. Es verlangte mich nach Hause, und so reiste ich direkt hierher nach Genf.

In Genf fand ich niemanden als einen Knaben, den Sohn meiner Schwester. Ich sann und sann, was ich an meinem Lebensabend beginnen sollte – da ward an der hiesigen Schule die Stelle eines Lehrers frei, ich nahm dieselbe an und bin mit meiner Beschäftigung außerordentlich zufrieden. Es ist unmöglich und auch durchaus nicht notwendig, dass alle sich in die erste Reihe stellen; tue jeder seine Pflicht in den ihm angewiesenen Kreise – zu tun gibt es überall, und nach getaner Arbeit lege er sich ruhig schlafen, wenn sein letztes Stündlein geschlagen hat. Unser heißes Verlangen, in der bürgerlichen Gesellschaft einen hervorragenden und überall sichtbaren Platz einzunehmen, beweist eine große Unreife, welche zum Teil einem Mangel an Selbstachtung entspringt. Solches Streben aber macht den Menschen von äußeren Umständen abhängig. Glaube mir, Woldemar, jeder ist es.«

In diesem Tone sprachen wir über eine Stunde miteinander.

Von diesem Wiedersehen ergriffen, gerührt, war ich außerordentlich empfänglich, außerordentlich gut gestimmt. Alle jugendlichen, längst vergessenen Träumereien umschwebten mich wieder. Ich betrachtete Josephs Gesicht, das so ruhig, so ungetrübt dreinschaute und mir ward so schwer ums Herz, meine Überreife drückte mich so schmerzlich, und er war so gut, so edel! Das Alter hat eine eigentümliche Schönheit; es entzündet keine Leidenschaft, verlockt nicht zu stürmischen Ausbrüchen, aber es versöhnt, beruhigt. Die Reste seiner grauen Haare wiegten sich im Abendwinde, milde glühten seine infolge unseres Wiedersehens so beseelten Augen; ich fühlte mich so jung, so glücklich, wenn ich ihn ansah; er erinnerte mich an die katholischen Mönche des Mittelalters, wie sie uns die italienischen Meister dargestellt haben. Auch sie waren jung, dachte ich, und auch er ist jung in seinem grauen Haar, aber ich bin alt, warum habe ich so viel erfahren, was jene nicht wussten?

Joseph stand auf, um in sein Zimmer zu gehen, ergriff meine Hand und wiederholte mit inniger Liebe: »Es ist Zeit ins Haus zu gehen, Woldemar.«

Ich blieb über Nacht bei ihm; und während der ganzen Nacht quälten mich tausend Pläne und Entwürfe. Josephs Beispiel wirkte zu mächtig auf mich; er, der völlig mittellose Mann, der Greis, hatte sich eine Tätigkeit geschaffen, er fand darin seine Ruhe, und ich hatte aus Ärger mein Vaterland verlassen und wanderte als unnützer Mensch, der nichts mit sich und seiner Zeit anzufangen wusste, in fremden Landen umher.

Am andern Morgen erklärte ich dem Greise, dass ich mich direkt nach N. begeben wolle, um mich bei den Wahlen um eine Stellung zu bewerben. Der Greis brach in Tränen aus, legte mir die Hand aufs Haupt und sprach: »Geh, mein Sohn, geh. Du siehst, der Mensch, der geraden, ehrlichen Sinnes sich einen Wirkungskreis sucht, vermag viel Gutes zu stiften, und«, fügte er mit bebender Stimme hinzu, »möge Ruhe in deine Seele einkehren.«

Wir schieden; ich ging nach N. und er in jene Welt. Das ist alles. Das war meine letzte jugendliche Aufwallung. Seitdem ist meine Erziehung beendet.«

Lubonka betrachtete ihn mit tiefer Teilnahme. Seine Augen, sein Antlitz drückten eine so wahre, bedrückende Trauer aus; seine Schwermut überraschte umsomehr, da sie nicht in seinem Charakter lag, wie zum Beispiel bei Kruziferski. Wer ihn aufmerksam beobachtete, begriff, dass äußere Umstände diese frohe Natur lange bedrückt, dass finstere, fremdartige Elemente sich gewaltsam in sie hineingedrängt hatten und sie verzehrten.

»Warum sind Sie hierhergekommen?«, fragte Lubonka mit leiser Stimme.

»Ich danke Ihnen von Herzen für diese Frage.«

»In der Tat, das ist recht merkwürdig«, bemerkte Krupoff, »es ist unbegreiflich, warum in den Menschen solche Kräfte und Strebungen hineingelegt werden, die sie nicht benutzen können. Jedes Tier ist von der Natur zu einer bestimmten Lebensform passend ausgerüstet. Aber der Mensch ... Sollte da nach irgendeiner Seite ein Irrtum vorliegen? In der Tat, Geist und Herz mögen die Möglichkeit nicht einräumen, dass schöne Kräfte und Bestrebungen den Menschen nur darum verliehen seien, damit sie ihre eigene Brust verzehren. Wozu denn das?«

»Sie haben vollkommen recht«, entgegnete Beltoff mit Wärme, »und von diesem Gesichtspunkt kommen Sie aus der Frage nicht heraus. Es handelt sich darum, dass die Kräfte sich beständig ohne jede Rücksicht entwickeln und ausbilden, während die Geschichte den Bedarf derselben bestimmt. Sie wissen jedenfalls, dass in Moskau an jedem Morgen sich eine Menge Arbeiter, Tagelöhner usw. an einen freien Platz begeben, die einen von ihnen werden genommen und diese begeben sich an die Arbeit; die andern schlendern, nachdem sie lange gewartet, mit gesenkten Köpfen nach Hause, gewöhnlich auch in eine Schenke; so verhält es sich mit allen andern menschlichen Dingen. Kandidaten gibt es für alles Mögliche genug – braucht sie die Geschichte, so nimmt sie sie, wenn nicht – so ist es ihre Sache, wie sie ihr Leben verbrauchen. Daher dieses komische Apropos bei allen, die wirken und arbeiten. Frankreich brauchte Feldherrn, und da kam Dumouriez, Hoche, Moreau, Napoleon mit seinen Marschällen und unzählige andere; dann traten wieder friedliche Zeiten ein und von kriegerischen Talenten hörte und sah man nichts mehr.«

»Aber was wird aus den anderen?«, fragte Lubonka traurig.

»Wie es gerade kommt. Ein Teil von ihnen geht zugrunde und verliert sich in der Menge; ein anderer Teil versorgt ferne Länder, die Galeeren und verschafft den Nachrichtern Praxis. Natürlich kommt das nicht auf einmal – zunächst werden sie Wirtshaushelden und Spieler, dann je nach ihrem Beruf Touristen auf der Landstraße oder in kleinen Quergassen. Auch geschieht es wohl, dass plötzlich auf der Straße ein schriller Ruf ertönt – dann werden die Dekorationen vertauscht: Der Räuber Jermak verwandelt sich in den Eroberer Sibiriens. Am seltensten jedoch werden friedliche, gute Menschen aus ihnen; am häuslichen Herde fühlen sie sich von aufregenden Gedanken beunruhigt. Und in der Tat, seltsame Dinge gehen dem Menschen durch den Kopf, wenn er keinen Ausweg mehr weiß, wenn der Drang nach Tätigkeit sein Gehirn mit krankhaftem Stoff erfüllt, das Gehirn, das Herz, in krankhafte Gärungen versetzt, wenn man die Hände müßig in den Schoß legen muss ... und doch sind die Muskeln so gesund, und durch die Adern rollt eine solche Fülle von Blut ... nur eines vermag dann den Menschen zu retten und ihn ganz zu erfüllen ... das ist die Begegnung ... die Begegnung eines –«

Er sprach es nicht aus.

Lubonka erbebte.

»Ist das ein Wirrkopf!«, bemerkte Krupoff, »was er da nicht alles zusammengeredet hat. Ein Chaos, ein wahres Chaos! Na, das muss ich sagen, ein prächtiger Kandidat für einen Assessor- oder Kreisrichterposten!«

Alle lachten.

Fünftes Kapitel

Unter andern Sehenswürdigkeiten der Stadt N. verdient eine besondere Aufmerksamkeit der öffentliche Garten. In der reichen Natur der mittleren Zone unseres Vaterlandes sind öffentliche Gärten ein vollständiger Luxus. Daher benutzt sie auch niemand, d. h. an Wochentagen. Was die Sonn- und Feiertage betrifft, so könnt ihr von sechs bis sieben Uhr abends die ganze Stadt in einem solchen Garten treffen. Aber um diese Zeit findet sich das Publikum nicht des Gartens wegen ein, sondern um zu sehen und gesehen zu werden.

Wenn der Gouverneur mit dem Regimentskommandeur auf gutem Fuß steht, so finden sich an diesem Tage Trompeter oder Tambours in demselben ein, je nach dem Militär, das in dem Gubernium steht; und die Ouvertüren aus Ladoiska und dem Kalifen von Bagdad, sowie französische Quadrillen, welche an die unvordenklichen Zeiten des griechischen Freiheitskampfes und des Moskauer Telegrafen erinnern, erfreuen das Ohr der sommerlich, das heißt in Samt und Atlas, gekleideten Kaufmannsfrauen und jener Provinzialfräulein, denen niemand mehr den Hof macht, von denen übrigens fast keine unter vierzig Jahren zählt.

An Wochentagen, wie bemerkt, sind die Gärten leer. Kaum, dass irgendein zugereister Fremder aus Verzweiflung darüber, dass er keine Postpferde bekommt, aus Verzweiflung, dass auch diese Stadt allen andern Städten ähnlich ist, sich in den Garten begibt, in der Hoffnung, dort eine irgendwie erträgliche Aussicht zu finden.

Die Dichter haben schon längst darauf aufmerksam gemacht, dass die Natur in empörendem Grade gleichgültig dagegen ist, was die Menschen in ihr treiben, dass sie weder über Verse weint, noch über Prosa lacht, sondern vollständig ihre eigene Bahn wandelt.

Ganz so verfuhr auch die Natur in N.; sie sah gar nicht darauf, dass in dem Garten niemand spazieren ging; wenn aber einmal jemand dort lustwandelte, so wandte er seine Aufmerksamkeit nicht den Bäumen, sondern der herrlichen Laube im chinesisch-griechischen Geschmack zu.

Diese Laube war wirklich wunderschön. Die Frau des Gouverneurs hatte sie sehr glücklich Monrepos getauft. Beruhigend war sie namentlich dadurch, dass das aus Blech geschnittene, lebkuchenartige Pferdchen, das die Funktionen einer Wetterfahne versah und auf der Spitze angebracht war, sich fortwährend drehte, wobei es einen eigentümlich klagenden Ton von sich gab, der einen zu Träumereien stimmte und die Überzeugung gewährte, dass der Wind, der den Hut auf die linke Seite fortgetragen, wirklich von der rechten Seite herwehte. Außer diesem Wetterpferdchen waren zwischen den Säulen struppige, sehr grimmige Löwenköpfe aus Alabaster angebracht, die, vom Regen gesprungen, stets im Begriff schienen, auf das Haupt des Vorübergehenden ihre Ohren oder ihre Nase herabzuschleudern.

Ungeachtet dieses kläglichen Geheuls des Wetterpferdchens und der Gefahr, durch die Löwen ums Leben zu kommen, wie in Daniels Löwengrube, entfaltete sich die gleichgültige Natur in herrlichster Weise, namentlich in den Seitenalleen, und zwar nicht aus Bescheidenheit, sondern weil der frühere Gartenaufseher in der Hauptallee die alten Linden hatte abschneiden lassen; ein solch eigenmächtiges Wachstum der Linden erschien ihm unvereinbar mit der buchstäblichen Erfüllung seiner Amtspflichten.

Ihrer Wipfel beraubt, glichen diese Linden mit ihren zum Himmel starrenden Ästen unseren Sträflingen, denen man, um einer etwaigen Flucht vorzubeugen, den halben Kopf abrasiert hat, und es schien, als wiederholten sie mit Titanentrotz Oseroffs Vers:

Zwar Götter gibt's, doch herrschen Frevler hier.

Dagegen hatten die Bäume auf den kleinen Wegen völlige Freiheit zu wachsen, wie es ihnen beliebte oder so weit ihr Saft reichte.

In einer derselben lustwandelten an einem warmen Frühlingstage – der sich wahrscheinlich nur darum in N. eingestellt hatte, damit die Bewohner später die ganze Kälte des ihm nachfolgenden Mai empfindlicher zu fühlen bekämen – eine gewisse Dame in weißem Burnus mit einem Herrn in schwarzem Überrock. Der Garten lag oben auf einer Anhöhe. Auf dem höchsten Punkt befanden sich zwei Bänke, die gewöhnlich mit allerlei Zeichnungen von unbekannter Hand illustriert waren. Welche Mühe der Polizeiinspektor sich auch gab, er vermochte niemals die Schuldigen abzufassen, und resigniert schickte er vor jedem Feiertag einen Soldaten von der Löschmannschaft – da diese einmal ans Zerstören gewöhnt waren – hin, um diese künstlerischen Erzeugnisse, die da periodisch auf der Bank zum Vorschein kamen, zu vernichten.

Die Dame und der Herr nahmen auf der Bank Platz. Die Aussicht war nicht übel; die Landstraße, die allerdings sehr schmutzig war, wand sich wie ein Saum rings um den Garten und verlor sich in dem Flusse. Der Fluss war über seine Ufer getreten. Auf beiden Seiten standen Telegen,

Karren, Tarantasse, ausgespannte Pferde, Weiber mit Körben, Soldaten und Leute aus der Stadt. In einem fort gingen zwei Fähren herüber und hinüber. Ganz vollgepfropft von Menschen, Pferden und Wagen bewegten sie sich langsam mit den Rudern; sie glichen gewissen vielfüßigen Insekten, die ihre Füße nacheinander heben und senken.

Die verschiedenartigsten Töne drangen an die Ohren des auf der Bank sitzenden Paares: Räderknarren, Schellengeklingel, das Rufen der Fährleute und die kaum hörbare Antwort von der andern Seite her; das Zanken der sich drängenden Passagiere, das Getrappel der Pferde, das Brüllen der mit den Hörnern an die Wagen angebundenen Kühe und am Ufer das laute Reden der Bauern, die sich um ein Feuer gesammelt hatten.

Die Dame und der Herr unterbrachen ihre Unterhaltung und blickten und horchten schweigend in die Ferne. Warum wirkt aus der Ferne alles so mächtig auf uns ein? Warum ergreift es uns so? ... Ich weiß es nicht; aber ich weiß, dass die Viardot und Rubini Gott danken würden, wenn man immer mit solchem Herzklopfen auf sie hörte, wie ich manchem lang gezogenen, endlosen Liede eines Schiffers gelauscht, der des Nachts die Barke bewachte – einem schwermütigen, vom Plätschern des Wassers und dem in den Weiden rauschenden Winde unterbrochenen Liede. Und an was dachte ich nicht alles, wenn ich die eintönigen, schwermütigen Klänge vernahm? Mir war, als ob mit diesem Liede der arme Schiffer aus seiner niedrigen Sphäre in eine andere emporstrebe; dass er, ohne sich darüber Rechenschaft zu geben, seinen Gram zu unterdrücken suchte; dass seine Seele töne, weil sie traurig sei, weil sie sich gedrückt fühle usw. usw. Das war jedoch früher, in meiner Jugend!

»Wie schön ist's hier«, sagte endlich die Dame in dem weißen Burnus. »Wollen Sie nun nicht eingestehen, dass auch die nordische Natur sehr schön ist?«

»Wie überall. Wo der Mensch auch hinblickt, wie und wann der Mensch die Natur und das Leben mit offenem Herzen, ehrlich und ohne Selbstsucht betrachtet, gewähren sie ihm stets eine Fülle von Genüssen.«

»Das ist wahr. An allem in der Welt kann man seine Freude haben, wenn man nur will. Mir geht oft eine seltsame Frage durch den Kopf – warum vermag der Mensch an allem sich zu freuen, an allem etwas Schönes zu finden, nur nicht an dem Menschen?

»Begreiflich ist das schon, aber darum wird es nicht anders und besser. Wir tragen in unsern Beziehungen zu unsern Mitmenschen stets einen Hintergedanken hinein, der sofort das poetische Verhältnis mit der niedrigsten Prosa vernichtet. Der Mensch sieht im Menschen stets einen

Feind, mit dem er kämpfen, den er überlisten, dem er günstige Friedensbedingungen abgewinnen müsse. Wo sollte da eine ungetrübte Freude herkommen? Damit sind wir aufgewachsen, und es ist uns fast unmöglich, das loszuwerden. Wir sind alle mit jener bürgerlichen Selbstsucht behaftet, die uns nötigt, stets um uns zu blicken und auf unserer Hut zu sein; die Natur dagegen ist kein Nebenbuhler des Menschen, sie fürchtet er nicht. Es ist uns so leicht, so frei zumut in der Einsamkeit; da geben wir uns dem Entzücken vollständig hin; nehmen Sie Ihren teuersten Freund mit sich, und es ist Ihnen schon nicht mehr möglich.«

»Ich verkehre überhaupt wenig mit Menschen und fast gar nicht mit solchen, die mir nahe ständen; allein ich glaube, dass doch wenigstens eine solche Sympathie zwischen den Menschen möglich ist, dass alle Missverständnisse zwischen ihnen schwinden, und dass sie sich in keiner Lebenslage einander stören können.«

»Ich bezweifle, dass Ihnen solche Sympathie auf die Dauer möglich sei; das sagt sich zwar sehr leicht. Diejenigen, welche vollständig miteinander sympathisieren, haben sich noch nicht über diejenigen Gegenstände ausgesprochen, über welche sie entgegengesetzter Ansicht sind; aber früher oder später werden sie sich aussprechen.«

»Aber immerhin können sie, bis sie sich ausgesprochen, Augenblicke voller Sympathie haben, wo sie einander in dem Genuss der Natur und ihrer selbst nicht stören.«

»Und diese Augenblicke sind die einzigen, an die ich glaube. Das sind die heiligen Augenblicke seelischer Hingebung, wo der Mensch nicht geizt, wo er alles hingibt und selbst über seinen Reichtum und seine Liebesfülle staunt. Aber diese Augenblicke sind sehr selten; und in den meisten Fällen verstehen wir sie, solange sie währen, nicht zu würdigen, nicht wert genug zu halten, ja in der Regel lassen wir sie uns sogar entschlüpfen, vernichten sie durch allerlei Torheiten, und so gehen sie am Menschen vorüber und lassen nur eine krankhafte Herzbeklemmung und eine dumpfe Erinnerung an etwas zurück, das schön hätte sein können, es aber nicht war. Man muss gestehen, der Mensch richtet sein Leben sehr dumm ein: Neun Zehntel davon bringt er in törichtem, kleinlichem Tun hin und das letzte Zehntel versteht er gar nicht auszunutzen.«

»Warum aber sollte derjenige solche Augenblicke verloren gehen lassen, der ihren Wert kennt? Auf ihm lastet doppelte Verantwortlichkeit«, bemerkte Lubonka lächelnd; »Sie sehen und begreifen so klar.«

»Ich weiß nicht bloß solche Augenblicke, sondern überhaupt jeden Genuss zu schätzen; aber das ist leicht gesagt: Verlieren Sie solche Augenblicke nicht; eine einzige falsche Note – und die Harmonie ist vernichtet. Wie kann man sich vollständig hingeben, wenn man sofort allerlei Gespenster sieht ... die mit dem Finger drohen ... die uns höhnisch ansehen ...«

»Was für Gespenster? Sind das nicht etwa die eigenen Launen?«, bemerkte Lubonka.

»Was für Gespenster?«, wiederholte Beltoff, dessen Stimme vor innerer Aufregung nach und nach einen andern Klang angenommen hatte; »es würde mir schwer, Ihnen das klar zu machen, aber mir ist es sehr klar; der Mensch hat sich so eingeengt, dass er es nicht wagt, auch nur einem Gefühle freien Lauf zu lassen. Hören Sie, ich will Ihnen ein Beispiel anführen, just das, welches ich nicht anführen sollte – aber ich will es doch sagen ... da ich einmal angefangen habe, vermag ich nicht mehr an mir zu halten. Seit den ersten Tagen unserer Bekanntschaft habe ich Sie lieb gewonnen – ist das Freundschaft, Liebe oder einfach Sympathie? – Aber das weiß ich, dass Ihre Gegenwart mir unentbehrlich geworden ist; das weiß ich, dass ich ganze Vormittage in kindischer Ungeduld, in krankhafter Erwartung des Abends hingebracht habe ... Da kam endlich der Abend, und ich eilte zu Ihnen, atemlos bei dem Gedanken, dass ich Sie sehen würde; vollständig beraubt, von allen Seiten mit Kälte umgeben, betrachtete ich Sie als meinen letzten Trost ... Glauben Sie mir, in diesem Augenblick liegt mir nichts ferner, als Redensarten zu machen ... Aufgeregt überschritt ich die Schwelle Ihres Hauses, trat kaltblütig ein und sprach von gleichgültigen Dingen; und so vergingen die Stunden ... Wozu diese dumme Komödie? ... Ja, ich sage noch mehr – auch Sie sind nicht gleichgültig gegen mich geblieben; wahrscheinlich haben auch Sie mich manchen Abend erwartet, ich bemerkte Freude in Ihren Augen bei meinem Erscheinen, und in solchen Augenblicken schlug mein Herz so heftig, dass es mir den Atem versetzte, und Sie behandelten mich mit erkünstelter Höflichkeit, setzten sich fort von mir, und wir taten fremd gegeneinander ... Warum denn? ... Gab es vielleicht etwas in meiner oder in Ihrer Seele, dessen wir uns hätten schämen müssen, das wir vor den Augen der Menschen verbergen mussten? Nein! ... Was sage ich, vor den Augen der Menschen? Noch lächerlicher: wir verbargen es voreinander trotz unserer Nähe; jetzt reden wir zum ersten Mal hiervon und auch jetzt ist es mir, als verschwiegen wir noch die Hälfte. Die reinste Empfindung wird scharf und brennend und trübe – um nicht ein anderes Wort zu gebrauchen – wenn man sich davor fürchtet; wenn man es versteckt, so beginnt es sich selbst für verbrecherisch zu halten und wird es dann auch, in der Tat, etwas heimlich zu genießen, wie der Dieb das Gestohlene bei verschlossenen Türen, auf jedes Geräusch horchend – das erniedrigt den Gegenstand des Genusses sowohl wie den Menschen.«

»Sie sind ungerecht«, antwortete Lubonka mit bebender Stimme; »ich habe meine Freundschaft für Sie niemals verheimlicht und brauchte das auch nicht –«

»So sagen Sie mir«, entgegnete Beltoff, ihre Hand ergreifend und fest drückend, »so sagen Sie mir, warum hatte ich – gequälten Herzens und von dem Verlangen erfüllt, Ihnen zu beichten, mich gegen Sie auszusprechen, warum hatte ich mit meinem Herzen voll Liebe zu einem Weibe nicht die Kraft, vor dieses Wesen hinzutreten, ihre Hand zu ergreifen, ihr ins Auge zu schauen und ihr zu sagen – zu sagen ... dass ... und mein müdes Haupt an ihre Brust zu lehnen? ... Warum konnte sie mich nicht mit den Worten empfangen, die ich auf ihren Lippen bemerkte, die aber niemals über ihre Lippen kamen?«

»Darum«, antwortete Lubonka mit einer gewissen verzweifelten Energie, »darum, weil dieses Weib einem andern gehört und diesen andern liebt ... Ja, ja, ihn von Herzen liebt.«

Beltoff ließ ihre Hand los.

»Denken Sie sich: Gerade diese Antwort hatte ich nicht erwartet; und jetzt ist es mir, als ob etwas anderes gar nicht zu erwarten war. Aber erlauben Sie: Müssen Sie sich denn unbedingt von dem einen Wesen abwenden, um sich dem andern zuwenden zu können? Als ob dem Menschen ein ganz bestimmtes Maß von Liebe gewährt sei!«

»Mag sein. Aber eine Liebe zu zwei Menschen begreife ich nicht. Mein Mann hat sich, von allem andern abgesehen, schon durch seine unendliche Liebe große, heilige Rechte auf meine Liebe erworben.«

»Warum verteidigen Sie die Rechte Ihres Mannes? Niemand hat dieselben ja angegriffen. Und zudem verteidigen Sie sie noch schlecht. Also wenn seine Liebe ihm solche Rechte erworben hat, warum hat denn die Liebe eines anderen, die aufrichtige, tiefe Liebe gar keine Rechte? Das ist seltsam! ... Hören Sie, Lubonka, seien Sie offen, nur ein einziges Mal im Leben, dann will ich immerhin gar nichts mehr sagen, sogar fortgehen, wenn Sie's verlangen ... Sie sagen, Sie begriffen die Möglichkeit nicht, außer Ihrem Mann noch einen andern zu lieben. Sie begreifen das wirklich nicht? Greifen Sie doch tiefer in Ihr Herz und sehen Sie, was jetzt, in diesem Augenblick darin vorgeht. Nun, haben Sie doch den Mut, zu gestehen, dass ich recht habe, sagen Sie wenigstens, dass Sie das alles jetzt erst fühlen, fühlen und denken, ich weiß dieses ja, ich sehe diese Gedanken auf Ihrer Stirn, in Ihren Augen.«

»Ach Beltoff, Beltoff, wozu dies Gespräch?«, sprach Lubonka mit einer Stimme voll finsterer Traurigkeit. »Es war uns so wohl ... jetzt ist das nicht mehr möglich ... das werden Sie sehen ...«

»Das heißt, solange wir die Dinge nicht bei ihrem Namen nannten? Wie kindisch!«

Beltoff schüttelte betrübt den Kopf und blinzelte mit den Augen; sein Gesicht, das vor einem Augenblick noch Begeisterung, noch grenzenlose Zärtlichkeit ausgedrückt, nahm eine spöttische Miene an.

Mit Tränen und mit Entsetzen betrachtete ihn das erschreckte Weib ... Lubonka war in diesem Augenblick auffallend schön; sie hatte den Hut abgenommen; ihr schwarzes, vom feuchten Abendwinde gelöstes Haar wallte auseinander; jeder Zug ihres Antlitzes war belebt, redete, und Liebe strömte aus ihren blauen Augen; bald drückte ihre bebende Hand das Tuch, bald ließ sie es fallen und zupfte an dem Bande des Hutes; von Zeit zu Zeit hob sich tief aufatmend ihr Busen, aber es schien, als vermöchte die Luft nicht bis in die Lungen zu dringen. Was wollte dieser stolze Mann von ihr? ... Er wollte ein Wort, er verlangte einen Triumph, als ob es dieses Wortes bedurft hätte; wäre sein Herz noch jünger gewesen, hätten in seinem Kopfe sich nicht so lange bittere, seltsame Gedanken festgesetzt, er würde dieses Wort nicht verlangt haben.

»Sie sind ein schrecklicher Mensch«, sprach endlich die arme Lubonka und sah ihn mit ihrem ängstlichen Blick an.

Er hielt diesen Blick aus und sagte: »Wo nur dieser Semen Iwanowitsch bleiben mag? Er wollte doch sofort kommen. Sollte er uns nicht in den andern Alleen suchen? Gehen wir ihm entgegen, sonst wird es ganz dunkel.«

Sie regte sich nicht von der Stelle; der Ton der letzten Worte verletzte sie.

Nach kurzem Schweigen hob sie den Blick wieder zu Beltoff empor und sprach mit leiser, stehender Stimme zu ihm: »Ich stehe so tief da in Ihren Augen; Sie haben vergessen, dass ich ein einfaches, schwaches Weib bin.«

Und die Tränen stürzten ihr aus den Augen. Da besiegte wie immer die Liebe und die Innigkeit des Weibes den anspruchsvollen Sinn des Mannes. In tiefster Seele gerührt, ergriff Beltoff ihre Hand und drückte sie an seine Brust; sie fühlte das Pochen seines Herzens, sie hörte, wie heiße Tränen auf ihre Hand fielen ... er war so schön, so hinreißend mit seiner stolzen Leidenschaft ... und in ihr selbst wallte das Blut so heftig, es war ihr so wirr im Kopf, und in ihrem Herzen war ihr so wohl, sie war so reich an Gefühlen, dass sie wie in einem besinnungslosen Drang sich in seine Arme warf – und wie im Strom flossen ihre Tränen über Wladimirs geblümte Pariser Weste.

Fast in demselben Augenblicke ließ sich Krupoffs Stimme vernehmen: »Wo seid ihr?«, rief er, »wo seid ihr denn?«

»Hier«, antwortete Beltoff und reichte Lubonka den Arm.

Beltoff war trunken vor Glück; seine eingeschlummerte Seele erwachte plötzlich mit all ihrer Kraft. Die bisher zurückgehaltene Liebe entfaltete sich in ihm, er empfand eine unaussprechliche Seligkeit in seinem ganzen Wesen. Es war ihm, als hätte er gestern, vorgestern noch nicht gewusst, dass er liebte und geliebt wurde.

Von Kruziferskis Haus kehrte er in den Garten zurück und warf sich auf dieselbe Bank, das Herz war ihm so voll und die Tränen flossen ihm über die Wangen. Er war erstaunt, dass er noch so viel Jugend und Frische besaß ... Freilich mischte sich bald etwas Unbehagliches in seine überströmende Freude, etwas, worüber er die Stirn runzelte; aber als er zu Hause angekommen war, ließ er sich nach dem Abendessen eine Flasche Champagner geben, und darin versank das unbehagliche Gefühl, während das freudige desto heller wurde.

Lubonka hatte sich totenbleich von Beltoff an ihrem Hause verabschiedet, wohin sie auch der Doktor begleitet hatte. Sie wagte nicht, klar daran zurückzudenken, was geschehen war ... Aber eins kam ihr in furchtbarer Weise von selbst in die Erinnerung, an eines mahnte sie ihr ganzer Organismus ... das war jener brennende, flammende, lange Kuss auf die Lippen; sie hätte ihn vergessen mögen, aber er war so schön, dass sie die Erinnerung daran um nichts in der Welt hätte hingeben können. Doktor Krupoff wollte nach Hause gehen; da erschrak Lubonka und sie bat ihn, mit einzutreten; sie scheute sich, allein ihre Schwelle zu überschreiten, es war ihr so schrecklich zumut.

Sie traten ein.

Ihr Mann saß am Tisch und las in irgendeinem Journal; es schien, als sei sein Aussehen ruhiger und ungetrübter als gewöhnlich.

Gutmütig lächelte er den Eintretenden zu, schob das Journal von sich und fragte, indem er seiner Frau die Hand reichte: »Wo seid ihr denn spazieren gegangen? Ich wartete und wartete auf dich, und es wurde mir schon ganz schwer ums Herz.«

Die Hand seiner Frau war kalt und mit Schweiß bedeckt, wie es bei Totkranken der Fall zu sein pflegt.

»Wir sind im Garten gewesen«, antwortete Krupoff statt ihrer.

»Was fehlt dir?«, fragte Kruziferski, »deine Hand – wie ist dir denn? Und dein Gesicht, liebes Kind, du bist ja kreidebleich?«

»Mir ist etwas schwindlig, aber sei nur unbesorgt, Dmitri, ich gehe ins Schlafzimmer und trinke ein Glas Wasser und es ist gleich vorüber.«

»Erlauben Sie, erlauben Sie, wohin wollen Sie denn so schnell? Lassen Sie mal sehen ... Haben Sie denn vergessen, dass ich Arzt bin? ... Was ist das? Ihr wird übel? Dmitri Jakowlewitsch, legen wir sie aufs Sofa, fassen Sie so, unter die Arme ... so, so ... Ich bemerkte es schon unterwegs, dass ihr nicht recht wohl war. Die Frühlingsluft, eine gewisse Schärfe im Blut, dann die Ausdünstungen, die das tauende Eis ausströmt – aller mögliche Unrat taut jetzt auf ... Wenn nur englischer Senf zur Hand wäre, dann könnte man ein Pflästerchen machen, ein ganz kleines, fast handgroßes ... mit Schwarzbrot und Essig ... Ist Ihre Köchin zu Hause? ... Schicken Sie sie zu meinem Koch, er weiß schon ... einfach Senf verlangen ... das binden wir unter die Füße und hilft das nicht, dann noch ein zweites tief unter die Achseln, da auf die weiche Stelle.«

»Ich bin nicht krank, ich bin nicht krank«, wiederholte Lubonka mit schwacher Stimme, wieder zu sich kommend und am ganzen Leibe bebend. »Dmitri, komm her zu mir, Dmitri, ich bin nicht krank ... Gib mir deine Hand.«

»Was fehlt dir, was fehlt dir, mein Engel?«, fragte sie der Mann, der selbst schon krank war und in Tränen ausbrach.

Sie sah ihn mit einem seltsam traurigen Blicke an, vermochte aber nicht zu sagen, warum sie ihn zu sich gerufen. Er fragte sie noch einmal.

»Gib mir einen Trunk Wasser ... und dann lass mich ein wenig schlafen, dann wird mir wieder wohl, mein Lieber.«

Einige Stunden später lag Lubonka, innerlich mit Gewissensbissen, äußerlich mit Senfpflaster für Beltoffs Kuss bestraft, in tiefem, lethargischem Schlafe oder vielmehr in einer Art Betäubung im Bett. Die Erschütterung war zu heftig gewesen, ihr Organismus hatte es nicht zu ertragen vermocht. Im Wohnzimmer lag Krupoff vollständig angekleidet auf dem Sofa. Sowohl der Kranken als auch Kruziferskis wegen, der ganz besinnungslos geworden, war er geblieben. Krupoff ärgerte sich ganz entsetzlich über die Federn des Sofas, welche demselben durchaus nichts Elastisches gaben, sondern ihm vielmehr jene Eigenschaften verliehen, welche es dem Fasse ähnlich machten, in welchem die Karthager den Regulus herumwälzten – nach einer Viertelstunde schlummerte er süß und mit der Ruhe eines Menschen ein, der sich weder von seinem Gewissen noch von seinem Magen beschwert fühlt.

Am Lager der Kranken brannte in einer Untertasse ein Nachtlicht, das einen ziemlich hellen Schein auf die Decke des Zimmers warf, der in einem fort größer oder kleiner wurde, je nach den Bewegungen der flackernden Flamme.

Kruziferski saß bleich und verstört an dem kleinen Tisch, auf dem das Nachtlicht stand. Wer jemals in der Lage war, eine Nacht an dem Lager eines Schwerkranken, eines Freundes, eines Bruders, eines geliebten Weibes durchzuwachen, namentlich eine unserer ewig lange dauernden Winternächte, der wird begreifen, wie es dem nervösen Kruziferski ums Herz war. Ein dumpfes und zugleich dummes Gefühl der Hilflosigkeit, die Angst vor der Zukunft, gepaart mit aufregender Schlaflosigkeit und Müdigkeit, hatten ihn in einen gereizten Gemütszustand gebracht. In einem fort richtete er sich auf, um nach ihr zu sehen, legte ihr die Hand auf die Stirn und fand, dass die Hitze sich gemindert, und dachte sich dann, das sei vielleicht ein schlimmes Zeichen, die Krankheit könnte nach innen gedrungen sein. Er stand auf, setzte das Nachtlämpchen und das Arzneifläschchen zurecht, sah nach der Uhr, hielt sie ans Ohr und ohne gesehen zu haben, wie spät es sei, legte er sie wieder hin; dann setzte er sich wieder an den Tisch und begann die Augen auf den zitternden Lichtschein an der Decke zu richten, verlor sich in Sinnen und Träumen – und seine entflammte Einbildungskraft ging fast in Wahnsinn über.

Nein, dachte er, das ist unmöglich, vollständig unmöglich, ganz und gar unmöglich; wie, ich habe ja nur sie allein auf der Welt, und sie ist so jung. Gott sieht meine Liebe, er wird sich unser erbarmen. Es ist ja nur eine Kleinigkeit und wird vorübergehen; ja, ja, die kalte, feuchte Luft, das scharfe Blut, das auftauende Eis – aber Frühlingserkältungen sind ja so schrecklich. Ein Nervenfieber, Schwindsucht, wie kommt es, dass man die Schwindsucht noch immer nicht zu heilen versteht? Eine schreckliche Krankheit! ... Übrigens ist sie ja doch nur bis zum achtzehnten Jahre gefährlich ... Aber die Frau unseres französischen Lehrers war dreißig Jahre alt und starb doch an der Schwindsucht, ja, ja, sie starb ... und wenn ... Und leibhaftig sah er im Zimmer einen mit einem Bahrtuch bedeckten Sarg stehen; er vernahm das Totengebet, Doktor Krupoff steht traurig daneben, die Wärterin in ein weißes Tuch geschlungen, hält Jascha auf dem Arm.

Und dann schwebte ihm noch Schrecklicheres vor: dass auch der Sarg verschwunden, im Zimmer alles aufgeräumt, der Fußboden abgewaschen sei ... es riecht nur noch nach Weihrauch ... Einer Ohnmacht nahe, stand er auf und ging zu seiner Frau.

Ihre Wangen glühten, schwer ging ihr Atem, ein krankhafter Schlaf hielt ihren Körper gefesselt ... Kruziferski faltete die Hände über der Brust und begann bitterlich zu weinen ...

Ja, dieser Mann verstand zu lieben, man brauchte ihn nur anzusehen; er sank auf die Kniee, ergriff die brennende Hand seiner Frau und drückte sie an seine Lippen.

»Nein«, sagte er laut, »nein, er wird sie mir nicht nehmen, sie wird mich nicht verlassen; was sollte ohne sie aus mir werden?«

Und er richtete die Blicke gen Himmel und betete ...

Da kam Krupoff mit ganz verschlafenem Gesicht herein: Sein linkes Auge wollte sich durchaus nicht öffnen, wie sehr er auch die dem Auge zu diesem Zwecke extra angewiesene Muskel anstrengte.

»Na, fantasiert wohl, wie?«

»Nein, sie schläft ganz ruhig.«

»Hab's doch selbst gehört, mein Bester; oder sollt's mir im Schlaf nur so vorgekommen sein?«

»Jedenfalls hat Ihnen das nur geträumt, Doktor«, entgegnete Dmitri Jakowlewitsch mit dem Gesicht eines ertappten Schulknaben.

Krupoff trat ans Bett.

»Hitze ist noch da; hat aber allem Anschein nach nichts zu sagen; Sie aber, Dmitri Jakowlewitsch, sollten sich zu Bett legen – na, was nützt Ihnen denn das, dass Sie sich abhärmen?«

»Nein, ich lege mich nicht hin«, antwortete Dmitri Jakowlewitsch.

»Das steht Ihnen vollkommen frei«, bemerkte Krupoff, gähnte und lenkte seine Schritte wieder nach dem harten Sofa, auf welchem er ruhig bis halb acht schlief; um diese Zeit stand er täglich auf, mochte er sich um zehn Uhr abends oder sieben Uhr morgens niedergelegt haben.

Nachdem er die Kranke betrachtet hatte, entschied Semen Iwanowitsch, dass es ein ganz leichtes Erkältungsfieber sei, wie er sich ausdrückte, und er fügte noch hinzu, das liege jetzt in der Luft.

Was nach diesem Fieber sich ereignete, mag Lubonka selbst erzählen.

Hier sind einige Bruchstücke aus ihrem Tagebuch.

18. Mai

Wie lange habe ich schon nicht mehr in dieses Buch geschrieben – seit länger als zwei Monaten ... länger als zwei Monat! Manchmal denke ich, es seien Jahre verflossen seit dem Tage, da ich krank wurde. Jetzt ist mir, als sei alles vorüber und das Leben fließe wieder still und ruhig dahin.

Gestern ging ich zum ersten Male aus. Wie froh wurde mir, als ich die frische Luft atmete! Das Wetter war herrlich ... Aber ich bin doch sehr schwach geworden während meiner Krankheit. Ich ging einige Mal in unserm Gärtchen auf und nieder, und da war ich so müde, dass mir geradezu schwindlig wurde. Dmitri erschrak, aber es ging gleich wieder vorüber. Mein Gott, wie er mich liebt, der gute, gute Dmitri! Wie er mich gepflegt hat! Ich brauchte des Nachts nur die Augen aufzuschlagen, mich nur zu rühren – gleich stand er an meinem Lager, fragte, ob ich etwas wünschte, ob ich nicht trinken wollte ... Der Arme! Er selbst sieht so angegriffen aus, als wäre auch er krank gewesen. Wie leidenschaftlich er liebt! Man müsste ein Herz von Stein haben, um einen solchen Mann nicht wiederzulieben. O, ich liebe ihn, es wäre mir unmöglich, ihn nicht zu lieben.

Der Vorfall im Garten – er hat nichts zu bedeuten, die Krankheit war damals schon im Anzug, und ich befand mich in einer eigentümlichen Stimmung, meine Nerven waren in Aufregung.

Gestern sah ich ihn zum ersten Mal nach meiner Krankheit ... Seine Stimme tönte mir ins Ohr wie im Traum, aber ich sah ihn nicht. Er war sehr erregt, aber er suchte es zu verheimlichen, und seine Stimme zitterte, als er zu mir sagte: »Endlich, endlich also befinden Sie sich auf der Besserung.« Dann sprach er nur noch wenig mit mir, irgendein Gedanke schien ihn zu beschäftigen, er fuhr sich wiederholt mit der Hand über die Stirn, als wollte er ihn verscheuchen, aber er kehrte immer wieder. Nicht die geringste Anspielung auf das Vergangene, er hat wahrscheinlich begriffen, dass es ein krankhafter Rausch war.

Warum habe ich nicht Dmitri alles erzählt? An jenem Abend, als er mir so sanft die Hand reichte, hätte ich mich ihm in die Arme werfen und ihm alles sagen mögen, aber ich hatte nicht die Kraft, mir war so schlimm zumut. Und dann ist ja auch Dmitri so zärtlich, dass dies ihn schrecklich gekränkt haben würde. Später werde ich ihm unbedingt alles sagen.

20. Mai

Gestern waren Dmitri und ich in dem Garten. Er wollte sich auf jene Bank setzen, aber ich sagte, ich fürchtete mich vor dem Luftzug vom Flusse her – ich hatte geradezu eine schreckliche Angst vor dieser Bank. Mir war als wäre es eine Beleidigung für Dmitri, sich auf dieselbe zu setzen.

Sollte es denn wahr sein, dass man zwei Menschen zugleich lieben könnte? Ich fasse es nicht. Man kann ja nicht bloß zwei, sondern viele Menschen lieben, aber dies ist nur ein Spiel mit Worten; mit wahrer, echter Liebe kann man nur einen lieben, und mit dieser Liebe liebe ich nur meinen Mann.

Und dann liebe ich ja auch Krupoff und scheue mich nicht, es zu gestehen, dass ich auch Beltoff liebe. Das ist ein so kraftvoller Mensch, dass es mir unmöglich ist, ihn nicht zu lieben. Dieser Mann ist zu Großem berufen, denn er ist ein ungewöhnlicher Mensch. Aus seinen Augen leuchtet Genie. Was braucht ein solcher Mann jene Liebe? Was ist ihm ein Weib? Sie vermag seine große Seele nicht auszufüllen ... Er braucht eine andere Liebe ...

Er leidet, leidet tief, und zärtliche Frauenfreundschaft vermöchte ihm diese Leiden zu lindern; er wird sie immer bei mir finden; nur dass er die Freundschaft zu feurig auffasst – er fasst überhaupt alles zu feurig auf. Und zudem ist er so wenig an Beachtung, an Teilnahme gewöhnt; er lebte fast immer vereinsamt, und so wallt seine gekränkte, verbitterte Seele plötzlich auf, wenn er eine mitfühlende Stimme vernimmt. Das ist sehr natürlich.

23. Mai

Man hat manchmal eigentümliche Augenblicke, ein unruhiges Verlangen nach einem noch volleren Leben. Ist das Undankbarkeit gegen das Geschick, oder ist der Mensch einmal so angelegt? Aber ich empfinde oft, namentlich seit einiger Zeit, ein Streben, ein Sehnen ... es ist sehr schwer, dafür ein Wort zu finden.

Ich liebe Dmitri aufrichtig, aber manchmal verlangt meine Seele noch etwas anderes, etwas, das ich nicht an ihm finde – er ist so sanft, so zärtlich, dass ich ihm jede Traurigkeit, jeden kindischen Gedanken, der mir flüchtig durch die Sinne geht, offenbaren kann; er weiß alles zu würdigen, er lächelt nicht spöttisch, er verletzt nicht mit einem kalten Wort und einer gelehrten Bemerkung. Aber das ist nicht alles. Es gibt noch ganz andere Anforderungen, die Seele sehnt sich nach Kraft, nach Kühnheit im Denken. Warum besitzt Dmitri nicht diese Eigenschaft, zur Wahrheit vorzudringen, sich mit Gedanken abzuquälen? Oft wende ich mich mit einer Frage, einem Zweifel an ihn, die mich lebhaft beschäftigen; aber er beruhigt und tröstet mich, er will mich einlullen, wie man Kinder einlullt ... Aber das ist's durchaus nicht, was ich verlange ... Auch sich selbst lullt er ein mit diesem kindlichen Glauben; ich vermag es nicht.

24. Mai

Jascha ist krank. Zwei Tage hatte er Hitze, heute hat sich ein Ausschlag gezeigt. Semen Iwanowitsch täuscht mich. Es ist zehnmal besser, alles gerade herauszusagen; man muss die Einbildungskraft erschrecken und ihr nicht die Zügel lassen: Sie erfindet sich selbst noch viel Schrecklicheres noch viel Ärgeres. Ich kann Jascha nicht gerade in die Augen blicken. Das Herz blutet mir; das Kind leidet furchtbar.

Wie mager er geworden, der arme Schelm, und wie bleich er ist! ... Und doch, kaum ist ihm einen Augenblick leichter, so lächelt er und verlangt nach seinem Ball. Der Gedanke, dass alles, was uns so teuer, so vergänglich sei, ist doch furchtbar; wie in einem Wirbel treibt und dreht sich alles, Gutes und Böses, auch der Mensch gerät hinein; bald wird er auf den Gipfel der Seligkeit gehoben, bald tief hinab geschleudert. Der Mensch bildet sich ein, er selbst bestimme das alles, aber er ist wie der Span, der sich auf dem Flusse in kleinem Kreise dreht und mit der Welle fortgetragen wird – er wird irgendwo ans Ufer geschleudert oder hinausgeführt in das Meer, oder er versinkt im Schlamme ... Das ist schrecklich traurig.

26. Mai

Er hat das Scharlachfieber. Dmitri hat drei Brüder durch das Scharlachfieber verloren. Semen Iwanowitsch härmt sich, zürnt und zankt und verlässt Jascha nicht einen Augenblick. Mein Gott, mein Gott, was kommt doch alles über uns! Dmitri vermag sich kaum auf den Beinen zu halten. Ist dies das Glück, das ich dir gebracht habe?

27. Mai

Still schleicht die Zeit dahin; noch immer dasselbe. Ob ein Todesurteil oder Begnadigung ... Aber nur recht schnell ... Welch eiserne Gesundheit muss ich haben, dass ich dies alles ertragen kann. Semen Iwanowitsch sagt in einem fort: Geduld, Geduld ... Jascha, mein Engel, gute Nacht ... gute Nacht, mein Junge!

29. Mai

Die letzten anderthalb Tage sind ruhiger verlaufen, die Krisis ist vorüber. Aber auch jetzt noch bedarf es großer Vorsicht. Während dieser ganzen Zeit befand ich mich in einer solchen Spannung ... Jetzt überkommt mich eine furchtbare, geistige Ermattung. Ich möchte mich so recht von Herzen aussprechen. Wie wohl tut es zu reden, wenn man so recht verstanden, ganz und voll und mit Teilnahme verstanden wird.

1. Juni

Alles geht gut ... Es scheint, diesmal ist die Wolke noch an seinem Haupte vorübergezogen. Jascha spielte heute zwei Stunden mit mir und seinem Pferdchen. Er ist noch so schwach, dass er sich nicht auf den Beinen halten kann. Guter, guter Semen Iwanowitsch! Welch ein Mann!

6. Juni

Alles ist beruhigt. Jascha ist viel wohler, aber ich bin krank, krank, das fühle ich. Manchmal sitze ich an seinem Bettchen, und statt mich zu freuen, steigt ohne jede Veranlassung mit einem Male aus innerster Seele eine solche Traurigkeit auf ... sie wächst und wächst, und plötzlich hat sie sich in dumpfen, grausamen Schmerz verwandelt; mir ist, als könnte ich sterben.

In diesen Tagen habe ich nicht Zeit gehabt, allein mit mir zu sein. Meine und Jaschas Krankheit und all die Sorgen ließen mir nicht eine Minute Gelegenheit, mich in mich selbst zu versenken. Kaum wurde es ruhiger und besser mit uns, da forderte mich eine klagende Stimme auf, einen Blick in mein Herz zu tun – und ich erkannte mich nicht mehr.

Gestern nach dem Essen war mir ein wenig unwohl. Ich setzte mich zu Jascha, legte mein Haupt auf sein Bettchen und schlief ein ...

Ich weiß nicht, ob ich lange geschlummert, aber plötzlich ward mir so schwer, ich schlug die Augen auf und vor mir stand Beltoff. Sonst war niemand im Zimmer ... Dmitri war ausgegangen, um Unterricht zu geben ...

Er blickte mich an und seine Augen waren voller Tränen; er sagte nichts, reichte mir die Hand, drückte mir sie fest, so fest, dass es schmerzte ... und dann ging er. Warum sagte er mir nichts? ... Ich wollte ihn zurückhalten, aber die Stimme erstickte mir in der Brust.

9. Juni

Den ganzen Abend war er bei uns und schrecklich heiter: in einem fort scherzte und lachte er, er war geradezu ausgelassen; aber ich sah, dass dies alles nur erkünstelt war; es schien mir sogar, als ob er viel Wein getrunken, um sich in dieser Stimmung zu erhalten. Es war ihm schwer zumut, er täuschte sich, er ist gar nicht so heiter. Wäre es möglich, dass ich, statt ihm Erleichterung zu bringen, seinem Herzen nur neues Leid zufügte?

15. Juni

Heute war ein schwüler Tag, ich verschmachtete förmlich vor Hitze. Nach dem Essen zog ein Gewitter herauf, und der herabströmende Regen erfrischte mich vielleicht noch mehr als Gräser und Bäume.

Wir begaben uns in den Garten. Es war wunderschön da draußen: Die Bäume strömten einen kräftigenden, feuchten Duft aus; mir ward so leicht ...

Zum ersten Male erinnerte ich mich jenes Tages in anderer Weise; vieles war doch so schön ... kann denn etwas Verbrecherisches voll Reiz, voll Süßigkeit, voll Seligkeit sein? ...

Wir wandelten in jener Allee. Es saß jemand auf der Bank; wir gingen hin; er war es. Fast hätte ich vor Freude aufgeschrien.

Er war sehr traurig; und all seine Worte waren so schwermütig, so voll Gram und Ironie ... er hat recht – die Leute selbst erfinden sich allerlei Qualen. Nun, wenn er mein Bruder wäre, könnte ich ihn dann nicht offen lieben und davon mit Dmitri, mit allen Menschen sprechen? ... Und niemand würde das seltsam vorkommen ... Aber er ist ja mein Bruder, das fühle ich ... Wie schön könnten wir unser Leben, unsern kleinen aus vier Personen bestehenden Kreis einrichten! Ich denke, es existiert doch gegenseitiges Vertrauen zwischen uns und Liebe und Freundschaft, und wir machen keine zu großen Ansprüche, bringen Opfer, sprechen uns gegenseitig aus.

Als wir nach Hause gingen, war es schon spät. Der Mond stieg herauf. Beltoff ging neben mir. Welch merkwürdige, magnetische Gewalt hat doch der Blick dieses Mannes! Dmitris Blick ist sanft und ruhig, wie der blaue Himmel – aber er regt auf, beunruhigt – und doch auch wieder nicht.

Wir sprachen wenig ... Aber beim Abschied sagte er zu mir: »Ich habe während dieser ganzen Zeit viel an Sie gedacht und – ich möchte gern mit Ihnen reden, ich habe so viel auf dem Herzen.«

»Auch ich habe an Sie gedacht ... gute Nacht, Woldemar ...« Ich weiß es selbst nicht, wie mir diese Worte über die Lippen kamen; noch nie hatte ich ihn so genannt; aber es war mir, als könnte ich ihn gar nicht anders nennen.

Er erbebte, als er sich so nennen hörte: nun verbeugte er sich gegen mich und sagte mit der Zärtlichkeit, die ihm zuweilen auf Augenblicke eigen ist: »Sie sind die Dritte, die mich so nennt, ich freue mich darüber wie ein Kind, das wird mich für zwei Tage glücklich machen.«

»Gute Nacht, Woldemar«, gute Nacht. Er wollte mir noch etwas sagen, dachte nach, schaute mir in die Augen und ging.

20. Juni

Ich habe mich sehr verändert. Ich habe an Kraft gewonnen, seit ich Waldemar begegnet bin. Er ist eine feurige, arbeitende, unablässig beschäftigte Natur; er berührt alle inneren Saiten, er setzt alle Fibern des Menschen in Bewegung. Wie viele neue Fragen sind in meiner Seele aufgetaucht! Wie viele einfache, alltägliche Dinge, die ich früher überhaupt gar nicht beachtete, regen mich jetzt zum Denken an. Vieles, das ich kaum zu vermuten wagte, ist mir jetzt klar. Natürlich muss ich dabei oft Gedanken opfern, an die ich mich gewöhnt hatte, die ich hegte und pflegte. Der Augenblick, da ich von ihnen scheide, ist bitter, aber dann wird mir leichter, freier.

Es würde mich sehr betrüben, wenn er abreiste. Ich habe ihn nicht gesucht, aber es hat sich so gefügt; unsere Lebenswege begegneten sich – ganz auseinandergehen können sie nicht mehr. Er hat meinem inneren Auge eine neue Welt erschlossen. Und ist es nicht wunderlich, dass dieser Mann, der nirgend Arbeit, nirgend Ruhe fand, der einsam die ganze Welt durchwanderte, plötzlich hier in dem kleinen Landstädtchen Teilnahme fand bei einer wenig gebildeten, armen, seinen Kreisen fernstehenden Frau! Er mag mich zu sehr lieben – aber hängt das von seinem Willen ab? Zudem hat er soviel Kälte und Teilnahmslosigkeit ertragen müssen, dass er gern jedes warme Gefühl hundertfach vergelten möchte.

Ihn so einsam zu lassen, wie er war, ihm fremd zu werden vermöchte ich nicht. Das wäre geradezu Sünde ... Ja, er hat recht – auch seine Liebe hat ihre Rechte!

Seit einiger Zeit ist Dmitri gar nicht bei Laune: Er ist fortwährend nachdenklich und weit öfter als sonst zerstreut. Das liegt bei ihm im Charakter, aber es ist schrecklich, dass dies immer mehr zunimmt; diese Traurigkeit beunruhigt mich und zuweilen erkläre ich sie mir falsch ...

22. Juni

Ich glaube, ich habe mich nicht geirrt. Gestern war Dmitri so finster, dass ich es nicht mehr ertragen konnte und ihn fragte, was ihm fehle.

Ich habe Kopfweh, antwortete er, ich muss spazieren gehen. Und damit griff er nach seinem Hut.

Wir wollen zusammengehen.

Nein, liebes Kind, jetzt nicht; ich gehe sehr schnell, du würdest bald müde werden; und mit Tränen in den Augen ging er fort.

Das vermochte ich nicht zu ertragen und während der ganzen Zeit musste ich bitter weinen. Als er zurückkam, fand er mich auf demselben Platze am Fenster; er sah, dass ich geweint hatte, drückte mir traurig die Hand und setzte sich.

Wir schwiegen, dann nach einigen Augenblicken sagte er zu mir: Lubonka, weißt du, an was ich denke? Wie schön wäre es, wenn ich in einer lauen Sommernacht irgendwo in einem Walde mein Haupt in deinen Schoß legen und auf demselben einschlummern könnte!

Ich bitte dich, Dmitri, rief ich aus, was sind das für finstere Gedanken? Tut es dir nicht leid, dass du jemanden hier zurücklassen würdest?

Leid? Es tut mir sehr leid um dich und Jascha; aber ich glaube auch, dass du ihn besser zu erziehen verstehst als ich. Zudem, Geliebte, kann ich dort so gut wie hier stets für euch beten; ein Gebet voll Glauben und Zuversicht findet stets Erhörung ... Du wirst um mich trauern, das weiß ich, Geliebte, denn du bist so gut; aber du wirst die Kraft finden, diesen Schlag zu ertragen.

Es schmerzte mich unaussprechlich, ihn so reden zu hören. Aus diesen Worten hörte ich ein böses Gefühl heraus, und die Tränen strömten mir über die Wangen. Was ist das? Ich fange an zu fürchten, dass ich Jammer und Elend in unser Leben heraufbeschworen habe. Und doch ist mein Gewissen rein ... Sollte ich ihn wirklich in einen solchen Zustand gebracht haben aus Mangel an Liebe, oder ... Er glaubt nicht mehr wie früher an mich, das sehe ich! Wie, in seiner edlen Seele sollte Raum sein für ein Gefühl, das ich nicht nennen mag? Sollte er den Verdacht hegen, dass ich ihn nicht mehr liebe, dass ich einen andern liebe? O Gott, wie soll ich ihm das erklären? Aber ich liebe ja keinen andern, ich liebe ihn und liebe auch Woldemar; aber meine Sympathie für Woldemar ist eine ganz andere ... Seltsam, ich glaubte, unser Leben sei nun ruhig geworden, es würde so weit, so weit, so voll werden.– und da plötzlich tut sich ein Abgrund zu unsern Füßen auf ... wenn wir uns nur noch am Rande des Abgrundes halten können ... Mir ist so schwer ...

Wenn ich gut, sehr gut Klavier spielen könnte, so würde ich die Töne aus meiner Seele herauslocken, welche ich nicht auszusprechen vermag; Dmitri würde mich begreifen; er würde begreifen, dass in mir alles rein ist. Armer Dmitri! Du leidest für deine unendliche Liebe! Ja, ich liebe dich, mein Dmitri! Wäre ich gleich anfangs offen gegen ihn gewesen, so würde dies nie so gekommen sein.

Welche böse Macht hat mich nur daran verhindert?

Sobald er sich wieder beruhigt hat, spreche ich mit ihm und dann sage ich ihm alles, alles ...

23. Juni

Auch Semen Iwanowitsch, scheint mir, hat sich gegen mich verändert. Aber was habe ich denn getan? ... Ich begreife nichts, weder was ich getan, noch was geschehen ist. Dmitri ist heute ruhiger; ich habe viel mit ihm gesprochen, aber ich habe nicht alles gesagt; manchmal schien es mir, als begriffe er mich; aber einen Augenblick später sah ich wieder deutlich, dass wir das Leben mit ganz verschiedenen Blicken ansehen. Ich fange an zu glauben, dass Dmitri auch früher mich nicht ganz verstanden, nicht ganz mit mir sympathisiert hat – das ist ein furchtbarer Gedanke.

24. Juni, abends spät

Leben, Leben! Mitten im Nebel und in der Trauer, mitten in krankhaften Ahnungen und gegenwärtigem Leid erglänzt plötzlich die Sonne und es wird so hell, so schön ... Soeben ging Woldemar. Wir haben lange miteinander gesprochen ... Auch er ist traurig und leidet sehr, und wie verständlich ist mir jedes seiner Worte! Warum mögen nur die Menschen in die Umstände unserer Sympathie einen anderen Charakter legen und sie verdrehen? Warum tun sie das alles?

25. Juni

Gestern war Johannistag. Dmitri war bei einem Kollegen, um dessen Namenstag mitzufeiern. Er kehrte, spät und nicht ganz nüchtern zurück. Noch niemals hatte ich ihn so gesehen. Bleich, mit zerzaustem Haar und unsicheren Schritten ging er im Schlafzimmer auf und ab.

Ist dir nicht wohl, Lieber?, sagte ich, soll ich dir nicht ein Glas Wasser geben?

Ja, sprach er mit vor Aufregung stockender Stimme und mit einem Ausdruck, der mir an ihm ganz fremd war, wenn du mir nur soviel Wasser brächtest, dass ich darin ertrinken könnte, ich würde es dir Dank wissen.

Ich sah ihn fest an; er wurde verwirrt.

Höre nicht darauf, um Gottes willen, höre nicht auf das, was ich fantasiere, fuhr er fort, wahrscheinlich durch meinen Blick erschreckt. Ich weiß selbst nicht, wie ich dazu gekommen, ein Glas zu viel zu trinken – daher die Hitze, das Fieber ... Gute Nacht, Geliebte, ich will mich hier ein wenig ausruhen.

Und er warf sich ganz angekleidet auf das Sofa und war bald in tiefen Schlaf gesunken. Ich konnte die ganze Nacht kein Auge zutun; tiefer Schmerz war auf seinem schlummernden Gesicht zu lesen; manchmal lächelte er, aber es war nicht sein früheres Lächeln ... Nein, Dmitri, mich täuschest du nicht! Du hast nicht zufällig ein Glas zu viel getrunken! Nicht im Fieber hast du das gesagt; der Wein verlieh dir eine Härte, die gar nicht in deiner Natur liegt. Was zieht sich denn über unserm Haupte zusammen, barmherziger Gott! Das geht ja über alle menschlichen Kräfte! Dir ist schwer ums Herz, armer Dmitri, aber dass ich diesen Schmerz ansehen und mir sagen muss, dass ich dies alles verschuldet habe! ...

Drei Stunden später

Noch vermag ich dies alles nicht zu fassen. Ein so unendlicher Gram drückt mich ... Das Blut klopft mir an die Schläfe und das Herz pocht so gewaltig, dass ich mir an die Brust fassen muss. Dmitri, ist es nicht sündhaft, dass du mich so falsch verstehen kannst? Und wie er dafür leidet, der Arme! ... Linderung, o wie schaffe ich ihm Linderung? ... Ach, mir schwindelt, der Kopf brennt mir! Werde ich wieder krank? Ich sprach mit Dmitri, ich verlangte eine Erklärung von ihm, ich wollte wissen, warum er so unendlich traurig sei, warum er so zu mir gesprochen ... Ja, er hat den Glauben an mich verloren, er wird niemals begreifen, was in mir vorgeht. Das ist entsetzlich, da ich nichts zu ändern vermag ... Alles ist in Nebel gehüllt, und die Brust zittert mir vor Schmerz; warum bin ich Woldemar begegnet?

26. Juni

Wie seltsam und verwirrt sind doch die Menschen! Wenn man das oft bedenkt, so weiß man nicht, soll man zürnen oder lachen. Heut ging mir der Gedanke im Kopf herum, dass die aufopferndste Liebe der höchste Egoismus, dass die tiefste Demut der schrecklichste Stolz, eine geheime Grausamkeit sei; dieser Gedanke ist mir ebenso schrecklich, wie damals, da ich mich als Mädchen für ein Ungeheuer, für eine Verbrecherin hielt, weil ich Glafira Lwowna und Alexis Abramowitsch nicht lieben konnte. Was soll ich beginnen? Wie mich vor meinen eigenen Gedanken schützen? Und warum? Ich bin doch kein Kind mehr. Dmitri klagt mich nicht an, macht mir keine Vorwürfe, fordert nichts von mir; er ist noch zärtlicher geworden, noch zärtlicher! Dieses »noch« ist der klarste Beweis, dass dies alles etwas Unnatürliches ist; darin liegt so viel Stolz und eine solche Demütigung für mich, ein solcher Mangel an Verständnis! Er leidet sehr, aber was soll man zu dem Weibe sagen, das Liebe mit Gift vergilt? Aber mein Gott, was habe ich denn gewollt? Ich sprach aufrichtiger mit ihm, als das jede andere Frau getan hätte; er gab sichtlich nach, aber zugleich drängte sich in seine Seele etwas anderes, und dieses andere vermochte er nicht zu besiegen.

27. Juni

Sein Gram hat sich in fortwährende Verzweiflung verwandelt. In früheren Tagen kamen nach traurigen Gesprächen doch wieder frohe Augenblicke. Jetzt nicht mehr. Ich weiß nicht, was ich beginnen soll. Meine Kräfte sind erschöpft. Wie viel gehörte dazu, diesen sanften Menschen zur Verzweiflung zu bringen, und ich habe ihn dazu gebracht, ich verstand es nicht, mir diese Liebe zu erhalten. Er glaubt nicht mehr an meine Liebesworte, er wird zugrunde gehen. Jetzt möchte ich sterben ... Sofort, sofort sterben!

Ich fange an, mich zu verachten. Und was das Schlimmste, was das Unbegreiflichste ist, mein Gewissen ist ruhig; ich habe einem Manne, der mir sein ganzes Leben geweiht und den ich liebe, einen furchtbaren Schlag gegeben – und ich fühle mich nur unglücklich; mir ist, als wäre mir wohler, wenn ich mich als Verbrecherin fühlte – o da würde ich ihm zu Füßen fallen, mit meinen Armen seine Knie umklammern und mit meiner Reue alles sühnen: Reue löscht ja alle Herzensflecken aus. Er ist so zärtlich, er könnte nicht widerstehen, er würde mir verzeihen und wir würden, nachdem wir beide so gelitten, noch glücklicher werden. Was ist das für ein verwünschter Stolz, der in meiner Seele keine Reue aufkommen lässt! Jetzt möchte ich allein sein, irgendwo in der Ferne, nur Jascha möchte ich mit mir nehmen; ich würde irgendwo unter fremden Menschen umherirren und mich dann aufraffen ... Du wirst keinen Seelenfrieden finden, Dmitri. Ach, Geliebter, meinen letzten Blutstropfen möchte ich hingeben, könntest, wolltest du mich verstehen! Wiewohl würde dir dann sein! Du wirst das Opfer deiner maßlosen Verkennung, und ich folge dir in diesen Abgrund, ich folge dir, weil ich dich liebe, weil die überirdischen Mächte mich zu deinem Verderben erkoren haben.

Manchmal scheint es mir, als könnten ein paar Worte Woldemars mich erleichtern, aber ich scheue mich, eine Gelegenheit zu suchen, um ihn zu sehen. Das haben die Klatschereien zuwege gebracht! Es ist ihnen geglückt, mich scheu zu machen; es ist ihnen geglückt, ein lauteres, übles Gefühl zu vergiften. Möge Gott ihnen verzeihen!

Semen Iwanowitsch hat mir andeutungsweise die Moral gelesen ... O guter Semen Iwanowitsch! Es tut mir sehr leid um ihn, er begreift nichts, er spricht von den heiligen Mutterpflichten ... Ist ihm denn niemals der Gedanke in den Sinn gekommen, dass auch ich zuweilen darüber nachgedacht! Die Teilnahme der Menschen ist manchmal verletzender als ihre Kälte ... Die Freundschaft hält es für ihr erstes Recht, den Andern an den Schandpfahl zu binden ... und dann die Erfüllung ihrer Ratschläge zu fordern ... mögen sie demjenigen, dem sie erteilt werden, noch so sehr widerstreben; ach, wie kleinlich ist dies alles! O, mir ist so schwül, als befände ich mich in einem kleinen Stübchen, dessen sämtliche Fenster lange verschlossen gewesen, und in dem noch die Fliegen herumsummen! ...

Wäre Beltoff nicht nach N. gekommen, so würde die Familie Kruziferski noch viele ruhige, glückliche Jahre verlebt haben – gewiss. Aber das ist nicht sehr trostreich. Wenn ich an einem abgebrannten Hause vorübergehe – an einem Hause, das der Rauch geschwärzt, aus dem die Fensterrahmen verschwunden, dessen Schornsteine gespenstig in die Luft ragen, dann ist mir auch mehr als einmal der Gedanke durch den Kopf gegangen: wenn der Funke nicht hineingefallen, wenn die Flamme nicht angefacht worden wäre, so würde dieses Haus noch viele Jahre stehen, man würde darin noch lange pokulieren und sich des Lebens freuen; jetzt aber ist es nur ein Steinhaufen.

Eigentlich ist unsere Erzählung zu Ende; wir könnten hier innehalten und es dem Leser überlassen, zu unterscheiden, wer schuld ist; aber da sind noch einige Einzelheiten, welche uns ziemlich bemerkenswert erscheinen; wenn ihr gestattet, teile ich sie euch mit.

Wenden wir uns vor allem dem armen Kruziferski zu.

Bald nach der Krankheit seiner Frau hatte er bemerkt, dass ein gewisser Gedanke sie lebhaft beschäftigte. Sie war oft unruhig, saß lange in Sinnen verloren ... auf ihrem Antlitz lag ein Etwas, das mehr Stolz und Kraft verriet, als ihr sonst eigen war.

Kruziferski gingen verschiedene Erklärungen dieser auffallenden Erscheinung durch den Sinn, alle seltsamer, unwahrscheinlicher Art. Endlich lachte er darüber, aber sie kehrten immer wieder.

Als er einst mit Jascha in seinem Zimmer saß, klopfte plötzlich im Vorzimmer jemand an die Tür. »Zu Hause?« Das ist Beltoff, sagte Kruziferski aufblickend und seine Augen bemerkten eine leichte Röte auf Lubonkas

Wangen, und ihr Antlitz hatte sich belebt, und zwar, schien es, nicht seinetwegen.

Er zuckte zusammen, bewahrte jedoch Schweigen. Er wusste sehr wohl, dass seine Frau mit Beltoff innig befreundet war, und darüber wunderte er sich durchaus nicht; aber dieser Blick, diese Nöte, die über ihr Antlitz zuckte! ... Wäre es möglich?, dachte er, und abermals beobachtete er, was vorging.

Beltoff liebkoste Jascha. Aber welch einen Blick voll Zärtlichkeit und Leidenschaft warf er auf die Mutter! In diesem Blick hätte nur ein Blinder keine Liebe, keine heiße Liebe – ja noch mehr als Liebe: glückliche Liebe gelesen.

Sie stand da mit gesenktem Blick, ihre Hände bebten ein wenig, und sie schien sich so glücklich zu fühlen. Kruziferski sprach ein paar Worte und ging dann in das anstoßende Zimmer. Ist es wirklich wahr?, fragte er sich entsetzt. Es war ihm so wirr, so wüst im Kopf, so betäubend sauste es ihm in den Ohren, dass er sich schnell auf das Bett setzen musste. Lange saß er da; es war ihm unmöglich zu denken, er empfand nur etwas widerlich Bedrückendes. – Dann ging er wieder zu ihnen in das Zimmer ... Sie sprachen so freundschaftlich, so teilnehmend miteinander, es schien ihm, als sei er vollständig überflüssig. Er begann im Zimmer auf und ab zu gehen, und da kamen ihm verschiedene Kleinigkeiten in die Erinnerung, auf die er seinerzeit gar nicht geachtet, die ihm aber jetzt als erhärtende Beweise erschienen.

Als Beltoff ging, begleitete sie ihn; sie lächelte ihm zu – und wie lächelte sie!

Ja, sie liebte ihn. Kaum hatte er sich das gestanden, so begann er diesen Gedanken voll Entsetzen von sich zu bannen; aber es war ein hartnäckiger Gedanke, er kehrte immer wieder. Eine finstere, wahnsinnige Verzweiflung bemächtigte sich seiner. Ich hab's geahnt! ... Was soll ich beginnen? ... Auch du, auch du liebst mich also nicht? Und er raufte sich das Haar und biss sich in die Lippen, und in seiner milden, weichen Seele entwickelte sich eine furchtbare Wut, Hass, Neid, Rachedurst, und um diese Empfindungen zu befriedigen, fand er die Kraft, alles in sich zu verbergen.

Es ward Nacht. Er empfand einen heftigen Drang zu weinen, aber er fand keine Tränen. Auf kurze Augenblicke schloss der Schlaf ihm die Augen, aber er wachte sofort wieder auf, ganz in kalten Schweiß gebadet. Er träumte von Beltoff. Dieser führte Lubonka an der Hand, sie mit seinem Liebesblick anschauend; und sie geht, und er begreift, dass sie auf immer geht ... Wiederum erschien ihm Beltoff ... und sie lächelte ihm zu – o das ist entsetzlich ... Er stand auf.

Draußen begann der Tag zu grauen. Sie schlief. Ihr Antlitz war so ruhig. Das Gesicht eines Schlafenden hat zuweilen einen eigentümlich rührenden Reiz – einen solchen Ausdruck hatte in diesem Augenblick Lubonkas Antlitz. Da plötzlich spielte ein Lächeln um ihre Lippen. Sie träumt von ihm, dachte Kruziferski, und er sah sie mit solchem Hass, mit solcher Wildheit an, dass, wären ihm nicht die friedliebenden Gewohnheiten unseres Jahrhunderts eigen gewesen, er sie just so erdrosselt hätte, wie der Mohr von Venedig Desdemona erdrosselte. Aber bei uns schließen die Tragödien nicht so jäh ab. Womit hat sie diese unendliche Liebe gelohnt? O, mein Gott, mein Gott! Eine solche Liebe!, wiederholte er, und als wollte er sich selbst und der furchtbaren Versuchung entfliehen, trat er an das Bettchen seines Kindes.

Da lag Jascha ausgestreckt. Festschlummernd hatte er das Händchen unter die Wange gestützt. Du wirst bald eine Waise sein, dachte Kruziferski, sein Kind betrachtend. Armer Jascha! Du wirst bald keinen Vater mehr haben; dies kann und will ich nicht ertragen ... armes Kind! Ich befehle dich dem Schutz dessen, der alle Waisen schirmt ... Wie er ihr gleicht! ... Und er begann zu weinen. Die Tränen, das Gebet und das ruhige Gesichtchen des schlummernden Jascha linderten ein wenig den Schmerz des Leidenden. Andere, viele andere Gedanken erfüllten sein weiches verstimmtes Herz. Tue ich recht daran, dass ich sie anklage? Wollte sie ihn denn lieben? Und zudem war er – ich hätte mich ja fast selbst in ihn verliebt ...

Und unser überspannter Träumer, der soeben noch in rasender Eifersucht war, der strafende Ehemann fasste auf einmal den Entschluss, zu entsagen und zu schweigen. Mag sie glücklich sein, mag mein Opfer ihr sagen, wie ich sie liebe! Wenn ich sie nur sehen kann, wenn ich nur weiß, dass sie lebt; ich werde ihr Bruder und Freund sein!

Und es ward ihm leichter, als er sich zu dieser Riesentat unendlicher Selbstaufopferung entschlossen hatte, und er tröstete sich mit dem Gedanken, dass sein Opfer sie rühren werde. Aber das waren Augenblicke geistiger Abspannung; in weniger als vierzehn Tagen hatten seine Kräfte sich erschöpft und er sank unter einer so furchtbaren Last zu Boden.

Wir wollen ihn nicht tadeln. Solche widernatürlichen Tugenden, solche Vorsätze der Selbstaufopferung sind der Menschennatur durchaus fremd und existieren zum größten Teil nur in der Fantasie, aber nicht in der Wirklichkeit. Einige Tage hielt sein übermenschlicher Entschluss vor;

aber dann schwächte seinen Heroismus ein ganz kalter, engherziger Gedanke: Sie glaubt, ich sehe nichts, sie spielt die Schlaue, sie heuchelt.

Und von wem dachte er das? Von der Frau, die er so geliebt, so hoch geschätzt, die er durch und durch kennen sollte und doch nicht kannte. Dann begann sich der Schmerz, der ihn verzehrte, in Worten Luft zu machen, weil Worte lindernd wirken. Das führte zu Erklärungen, bei denen er nicht innehalten konnte und Lubonka nicht mochte. Nach diesen Gesprächen war ihm immer so bedrückend zumut; er wollte es vermeiden, mit ihr unter vier Augen allein zu sein, und doch waren sie bei der Abgeschlossenheit ihrer Lebensweise fast immer allein. Er versuchte sich eifriger zu beschäftigen, aber die Wissenschaft vermochte ihn nicht zu fesseln. Wenn seine Augen in einem Buche lasen, so pflegte seine Fantasie ihm glänzende Erinnerungen zurückzurufen, und oft flossen die Tränen auf die Blätter einer gelehrten Abhandlung. In seiner Seele entstand eine gewisse Leere, welche buchstäblich mit jeder Stunde zunahm – es ward ihm unmöglich, mit dieser inneren Leere zu leben. Er begann Zerstreuung zu suchen. Wir haben aus dem Tagebuch ersehen, wie er am Johannistage von der Abendgesellschaft seines gelehrten Freundes Medusin heimkehrte.

Apropos – um uns von den pathetischen Stellen zu erholen, wollen wir die gelehrte Gesellschaft Medusins aufsuchen. Erfüllen wir erst die Vorbedingung, ohne welche wir uns nicht daran beteiligen können: Machen wir zunächst die Bekanntschaft des ehrenwerten Wirtes. Diese Bekanntschaft ist so angenehmer Art, dass wir damit ein neues Kapitel beginnen müssen.

Sechstes Kapitel

Iwan Afanassjewitsch Medusin, Lehrer der lateinischen Sprache und Inhaber einer Privatschule, war ein sehr vortrefflicher Mann. Er glich in nichts einer Meduse. Äußerlich nicht, weil er kahlköpfig, innerlich nicht, weil er nicht von Bosheit, sondern von Liqueur erfüllt war.

Medusin wurde er im Seminar genannt, erstens, weil er überhaupt irgendeinen Namen haben musste, und dann zweitens, weil die Haare des zukünftigen Gelehrten alle voneinander abstanden und sich durch eine ungewöhnliche Dicke auszeichneten, sodass man sie für Draht hätte halten können; allein die zerstörende Macht der Zeit und der Wind hatten sie zerstreut.

Aus dem Seminar brachte Iwan Afanassjewitsch außer dem angenehmen mythologischen Familiennamen jene gründliche Bildung mit heim, welche gewöhnlich die Seminaristen bis zum letzten Tage ihres Lebens geleitet und ihnen jenes eigentümliche Gepräge verleiht, an welchem man bei allen Aufzügen den ehemaligen Seminaristen erkennt. Aristokratische Manieren waren nicht die hervorstechendsten Eigenheiten Medusins: Er konnte sich niemals entschließen, seine Schüler mit »Sie« anzureden und in der Unterhaltung Worte zu vermeiden, die in guter Gesellschaft selten gebraucht werden.

Iwan Afanassjewitsch stand in den Fünfzigern. Erst hatte er in verschiedenen Familien Unterricht gegeben, dann es aber dahin gebracht, dass er sich eine eigene Schule gründen konnte.

Einst traf ihn ein Lehrer, Namens Kafernaumski, der sein Freund und in alten Zeiten ebenfalls ehemaliger Seminarist war und sich dadurch auszeichnete, dass er seit dem Tage seiner Geburt niemals aus dem Schweiß gekommen und bei dreißig Grad Frost sich fortwährend die Stirn wischte, während es bei dreißig Grad Wärme einfach von seinem Gesicht tropfte – dieser Mann also traf Iwan Afanassjewitsch im Schulzimmer und sagte zu ihm – absichtlich und in Gegenwart von Zeugen: »Ich glaube, Iwan Afanassjewitsch, wenn ich mich nicht irre, naht Ihr Namenstag heran. Natürlich werden wir ihn auch in diesem Jahre in gewohnter Weise feierlich begehen.«

»Wollen sehen, Verehrtester, wollen sehen«, antwortete Iwan Afanassjewitsch lächelnd und beschloss, diesmal seinen Namenstag großartiger denn je zu feiern.

Das Hauswesen des Iwan Afanassjewitsch war nicht »eingerichtet«. Seit fünfzehn Jahren lebte er in N.; allein man konnte glauben, er habe sich erst gestern in der Stadt niedergelassen und noch nicht die Zeit gefunden, sich etwas anzuschaffen. Das geschah weniger aus Geiz, als vielmehr aus vollständiger Unkenntnis der Dinge, die ein in der bürgerlichen Gesellschaft lebender Mensch braucht. Indem er die Vorbereitungen zu einem Balle traf, musterte er seine Wirtschaft: es zeigte sich, dass er sechs Teetassen hatte; zwei davon hatten sich in Gläschen verwandelt, weil sie den einzigen Henkel verloren hatten; für alle zusammen waren drei Untertassen vorhanden; dann hatte er noch einen Samowar, einige Teller, die auf dem Tische wackelten, da die Köchin dieselben als Ausschuss gekauft hatte, ferner zwei Weingläser, die Medusin bescheiden seine »Schnapsgläschen« nannte, und drei Pfeifenrohre, die sich mit einem gewissen Schmutz verstopft hatten – wahrscheinlich, damit kein Zugwind hindurchdringe.

Das war alles. Nun aber hatte er sämtliche Schullehrer eingeladen. Lange sann er hin und her, wie er's anfangen sollte, und endlich rief er seine Köchin Pelagia herbei (wohlgemerkt: er nannte sie niemals Pelagia, sondern, wie der Name eigentlich lautet, Pelagea).

Pelagia war die Frau eines tapferen Kriegers, der eine Woche nach der Hochzeit zur Armee abgegangen war und seitdem keine Zeit gefunden hatte zurückzukehren oder Nachricht von seinem Tode zu senden, wodurch er Pelagia in die sehr unangenehme Lage einer Witwe brachte, welche im Verdacht steht, dass ihr Mann noch am Leben sei.

Ich habe tausend Gründe zu glauben, dass die dicke große Pelagia, das Haupt mit einem Tuche umwunden, mit einem Wahrzeichen im Gesicht und mit sehr dunklen Brauen geschmückt, nicht nur die Küche, sondern auch das Herz Medusins leitete; aber ich werde euch dieselben nicht angeben, weil mir Privatgeheimnisse heilig sind.

Pelagia erschien.

Er erklärte ihr, in welch schwieriger Lage er sich befinde.

»Aber Sie sind doch ein so kluger Mann«, antwortete Pelagia, »und obendrein so gelehrt – verzeih mir's Gott, so gelehrt wie ein unvernünftiger Knabe! Rufen da so eine Menge zusammen und ein ander Mal kann man Ihnen nicht einmal zehn Kopeken Waschgeld abzwacken! Was sollen wir jetzt beginnen? Es ist ja eine Schande vor den Leuten: Wir sind ja wie abgebrannt.«

»Pelagea!«, rief Medusin mit Donnerstimme, »missbrauche meine Geduld nicht; ich will einmal meinen Namenstag mit meinen Freunden feiern; da dulde ich keinen weiblichen Widerspruch.«

Hier war der Einfluss Ciceros für jeden deutlich zu erkennen; aber Pelagia war durch die Nachricht von dem Fest in solche Aufregung geraten, dass sie an Cicero nicht dachte.

»Meinetwegen, nun ich schweige ja auch; es steht Ihnen ja frei, das Geld zum Fenster hinauszuwerfen, wenn Ihnen das Vergnügen macht. Geben Sie mir fünfzig Rubel und ich kaufe alles – ohne die Getränke.«

Pelagia wusste sehr wohl, dass Medusin ihre Worte nicht gefallen würden, und als sie daher ihren Spruch gesagt hatte, stemmte sie im Bewusstsein ihrer persönlichen Würde den Ellenbogen in die eine Hand und erwartete ruhig die Wirkung ihrer Worte.

»Fünfzig Rubel für dieses Zeug! Na, da müsst' ich ja vollkommen verrückt sein! Fünfzig Rubel ohne die Getränke?! Welch' eine Verrücktheit! Welch' ein dummes altes Weib? Hast du denn gar kein Gewissen? So geh nur zum Popen Joanikius, bitte ihn, zum Vierundzwanzigsten dieses Monats zu mir zu kommen und leihe dir von ihm Geschirr für einen Abend.«

»Das ist ja herrlich – in fremden Familien Geschirr zusammenbetteln!«

»Pelagea, ist dir dieser Mann bekannt?«, fragte Medusin, auf einen in der Ecke stehenden Stock zeigend.

Als Pelagia ihren Bekannten erblickte, ging sie hinaus in die Küche, um ihren Mantel und ihr seidenes Tuch umzunehmen, und begab sich dann brummend zum Vater Joauikius. Medusin jedoch setzte sich an den Schreibtisch und verbrachte eine Stunde in tiefem Grübeln; dann ergriff er plötzlich ein Blatt Papier und schrieb – ihr glaubt wohl: Einen Kommentar zur Äneïde oder zu Eutrops Abriss der Geschichte? Aber da irrt ihr euch. Er schrieb Folgendes:

1) Russische Grammatik und Logik	verbraucht viel.
2) Geschichte und Geografie	ziemlich viel verbraucht.
3) reine Mathematik	schlecht.
4) französische Sprache	viel Wein.
5) deutsche Sprache	sehr viel Bier.

6) Zeichnen und Schönschreiben	bloß Likör.
7) Religion[11]	verschlingt alles.

Nach diesen anthropologischen Bemerkungen brachte Iwan Afanassjewitsch das entsprechende Programm zu Papier:

1	Eimer	Santorin	16	Rubel	-	Kop.
1/2	"	Branntwein	8	"	–	"
1/2	"	Bier	4	"	–	"
2	Flaschen	Met	–	"	50	"
10	"	Medoc	10	"	–	"
3	"	Jamaika	4	"	–	"
1	Flasche	Liqueur	2	"	–	"

Medusin war mit der Berechnung zufrieden; es war nicht sehr teuer und doch genug zum Trinken da; außerdem bestimmte er noch eine bedeutende Summe Geld zum Ankauf von Kuchen, Schinken, Kaviar, Zitronen, Heringen, Tabak und süßen Pastetchen – Letztere schon mehr aus Luxus als aus Notwendigkeit.

Gegen sieben Uhr kamen die Gäste an. Gegen neun Uhr strömte schon von Kafernaumskis Gesicht ein Platzregen; um zehn Uhr wollte der Lehrer der Geografie, als er mit dem Lehrer der französischen Sprache von dem Tode seiner Frau sprach, vor Lachen vergehen, obgleich jener durchaus nicht begreifen konnte, was denn eigentlich an dem Tode der ehrenwerten Dame lächerlich sei. Aber noch weit bemerkenswerter ist, dass auch der Franzose, der trostlose Witwer, wenn er ihn anblickte, in Lachen ausbrach, obgleich er nur Wein getrunken hatte.

Medusin ging seinen Gästen selbst mit gutem Beispiel voran. Er trank unablässig alles, was Pelagia ihm präsentierte: Punsch und Bier, Branntwein und Santorin; es glückte ihm sogar, ein Glas Met zu erwischen, wovon es nur zwei Gläschen gab. Durch ein solches Beispiel ermuntert, blieben die Gäste hinter dem Wirt nicht zurück.

Nur Kruziferski, den der Hausherr anstandshalber eingeladen hatte, weil er dem höheren Gelehrtenstande der Stadt angehörte – nur Kruziferski beteiligte sich nicht an dem allgemeinen Lärmen und Schmausen. Er saß in einer Ecke und rauchte seine Pfeife.

---

11 In der ersten in Russland erschienenen Ausgabe hatte die Zensur die »Religion« mit »griechischer Sprache« vertauscht.

Der scharfe Blick des Wirts traf endlich auch ihn: »Dmitri Jakowlewitsch, ist Ihnen nicht ein Glas Punsch mit Zitronensaft gefällig? ... Na, in der Tat, Sie dürfen nicht den Kopf so hängen lassen; trinken selbst nicht und stören noch die andern.«

»Sie wissen, Iwan Afanassjewitsch, ich trinke niemals.«

»Von solchem Unsinn mag ich nicht hören, mein Verehrtester; Sie mögen trinken oder nicht; aber auf einem Freundesschmause muss pokuliert werden; und dann freundschaftliche Unterhaltung und ... Pelagia, bring mal ein Glas Punsch – und zwar recht starken!«

Die letztere Bemerkung motivierte sich der Wirt wahrscheinlich damit, dass Kruziferski auch keinen schwachen Punsch trinken mochte.

Pelagia brachte ein Glas Kislarschen Spiritus, in welchem ein sichtlich sinnlos betrunkenes Stückchen Zitrone lag und worin einige Teelöffel voll heißen Wassers spurlos verschwunden waren.

Kruziferski nahm das Glas, um sich des Wirts zu entledigen und in der Hoffnung, dass er Gelegenheit finden werde, drei Viertel des Inhalts zum offenen Fenster hinauszuschütten. Das war jedoch nicht so leicht, weil Medusin seine Bostonpartie von einem andern spielen ließ und sich zu Kruziferski setzte.

»Siehst du, Dmitri Jakowlewitsch, ich muss dir aufrichtig sagen, du hast mich außerordentlich verbunden, wahrhaft freundschaftlich verbunden; das ist doch nichts, in deinen Jahren sich zu Hause einsperren; natürlich hast du ein junges Weibchen; na, aber man muss doch auch mal einen Blick in eine andere Welt tun. Na, Dmitri Jakowlewitsch, dafür lass dich küssen.«

Und ohne die Erlaubnis abzuwarten und ohne Rücksicht darauf zu nehmen, dass er einen Dunst ausströmte wie eine offene Wirtshaustür, drückte er seine dicken Lippen ziemlich fest auf Kruziferskis Wange. Dann umarmte auch Kafernaumski, von welchem der Schweiß förmlich herabströmte, ohne ein Wort zu sagen, Dmitri Jakowlewitsch. Dieser wollte sich das Gesicht abwischen, ohne seinen Kollegen von der Volksaufklärung sichtlich zu beleidigen, und so trat er in eine Ecke und zog sein Taschentuch hervor.

Da stand der Lehrer der französischen Sprache, der trostlose Witwer, vor ihm, jedoch mit dem Rücken, ferner Gustav Iwanowitsch, der Lehrer der deutschen Sprache, der in diesem Augenblick sein Bier vollständig ausgetrunken hatte und seine Pfeife rauchte.

Beide bemerkten Kruziferski nicht und setzten in halblautem Ton ihr Gespräch fort. Es versteht sich von selbst, dass Kruziferski gar nicht hätte hören mögen, was sie sprachen; aber der Name Beltoff wurde zugleich mit seinem eigenen ziemlich laut genannt – da fuhr er zusammen und hörte instinktmäßig zu.

»Das ist ein alter Scherz«, sprach der Franzose; »und wenn Adam keine Hörner getragen hat, so kam das nur daher, weil er im Paradies der einzige Mann war.«

»Ja, ja«, antwortete Gustav Iwanowitsch, »ja, ja, dieser Beltoff ist ein wahrer Don Juan!« Und nach einigen Augenblicken lachte er laut auf.

Er hatte nämlich nach deutscher Weise nachträglich eine tiefsinnige Betrachtung darüber angestellt, was der französische Lehrer von Adam gesagt hatte. Als er endlich den Sinn herausgefunden, nahm er die von seinen germanischen Zähnen vollständig zerbissene Pfeife aus dem Munde und setzte mit großer Befriedigung hinzu: »Ich habe die Pointe. Sehr gut!«

Aber den größten Eindruck machte diese Pointe nicht auf Gustav Iwanowitsch, sondern auf jemanden, der sie nur halb gehört hatte, nämlich auf Kruziferski. Was bedeuteten diese beiden Namen nebeneinander? Wäre es möglich, dass das schreckliche Geheimnis, welches er kaum ahnte, das er sich selbst noch nicht gestehen mochte, schon zum Stadtklatsch geworden. Und hatten jene das wirklich gesagt? Gewiss hatten sie das gesagt – da standen sie noch an derselben Stelle, und Gustav Iwanowitsch fuhr noch immer fort zu lachen...

Es war Kruziferski, als sei in seiner Brust etwas zerrissen, als füllte sie sich mit heißem Blut, als steige dies höher und immer höher, als wollte es bald zum Munde heraussprudeln ... Der Kopf drehte sich ihm, es wurde ihm blau vor den Augen, er fürchtete irgendjemandes Blicken zu begegnen, er fürchtete zu Boden zu sinken und lehnte sich an die Wand ...

Plötzlich ergriff ihn eine schwere Hand am Arm; er erbebte am ganzen Körper.

»Was gibt's da noch?«, dachte er.

»Nein, mein lieber Dmitri Jakowlewitsch, so benehmen sich anständige Leute nicht«, sagte Iwan Afanassjewitsch, Kruziferski mit der einen Hand am Ärmel festhaltend und mit der andern das Glas emporhebend. »Nein, Freundchen, du hast dich beiseite gedrückt und denkst wohl: Nun ist die Sache erledigt? Das ist nun einmal so Regel bei mir, du magst dir dein Glas nehmen oder nicht, das steht dir frei; aber hast du's genommen, so musst du's auch austrinken.«

Kruziferski sah und hörte lange hin – etwa so wie Gustav Iwanowitsch vorhin über die Bemerkung des französischen Lehrers nachgegrübelt hatte; endlich begriff er dunkel, um was es sich handelte, nahm das Glas, trank es auf einen Zug aus und lachte hell auf.

»Das lob ich mir. Bravo! Und da sagt er noch: Ich trinke nicht; ein solcher Schlaukopf! Nun, Dmitri Jakowlewitsch – Mitja, bring noch ein Gläschen ... Pelagea«, fügte Medusin hinzu, aus Kruziferskis Glase mit seinem eigenen Finger das Zitronenstückchen herausnehmend, »noch ein Glas Punsch, aber etwas stärker ... Willst du trinken?«

»Her damit!«

»Bravo, bravo!«

Und Medusin küsste jetzt Kruziferski nur darum nicht, weil sein Mund mit der Zitrone beschäftigt war, die er mit Schale und Kernen verzehrte, wie zur Erläuterung die Bemerkung hinzufügend: »Saures schmeckt ausgezeichnet, wenn das Fundament gelegt ist.«

Der Punsch wurde gebracht, Kruziferski trank denselben wie ein Glas Wasser. Niemand bemerkte, dass er wachsbleich geworden und dass seine blau angelaufenen Lippen bebten – vielleicht weil den Gästen die ganze Erde zu beben schien.

Während noch immer gespielt wurde, stellte die unermüdliche Pelagia auf ein kleines Tischchen ein Teebrett mit einer Flasche und Gläsern, dann einen Teller mit rauchdurchwürzten Heringen. Die Heringe waren zwar durchschnitten, im Übrigen aber ihrer Gräten durchaus nicht beraubt, was ihnen eine eigentümlich angenehme Schärfe verlieh.

Das Spiel endete mit kleinem Verlust und großem Zank unter den Personen, die während einer ganzen Bostonpartie zusammen gewesen waren. Medusin befand sich unter den Gewinnenden und war deshalb in der glücklichsten Stimmung.

»Gut, gut«, rief er, »nehmen wir lieber, und Gott gebe seinen Segen dazu, nehmen wir lieber etwas Kantafresner zu uns.«

Iwan Afanassjewitsch nannte den Branntwein Kantafresner; aber ich weiß nicht warum, doch vermute ich, er tat's nach glaubwürdigen vollständig zuverlässigen Quellen.

Die Gäste setzten sich zu Tisch.

»Dmitri Jakowlewitsch, hoffentlich schlägst du doch den Kantafresner nicht aus?«

»Gib mir auch den Kantafresner her«, antwortete Kruziferski und leerte ein ungeheures Glas Branntwein, der mit verschiedenen Kräutern gemischt war, die widerlich schmeckten, aber – wie gewisse Leute glauben – gut für den Magen waren.

Die Begeisterung der Gäste war unbeschreiblich; da brachte Pelagia eine Pastete von unglaublicher Größe ...

Übrigens bin ich der Ansicht, dass wir jetzt in den Charakter des Balthasarschen Gelages, mit welchem Medusin seinen Namenstag feierte, genügend eingeweiht sind; um so mehr halte ich es für überflüssig, den weiteren Verlauf desselben zu schildern, da ich meine Leser versichern kann, dass der Schmaus ganz in derselben Richtung und auf derselben Basis fortgesetzt wurde.

Am folgenden Tage hatte Kruziferski eine lange Unterredung mit Lubonka.

Sie stand in seinen Augen wieder sehr hoch, so unerreichbar hoch ... Er konnte sie begreifen und würdigen; aber es hatte sich irgendetwas zwischen sie gedrängt, und der schreckliche Gedanke »Man spricht davon« vernichtete ihn.

Übrigens sagte er ihr hiervon kein Wort. Es wurde ihm schwer, mit ihr zu sprechen, und er eilte ins Gymnasium. Da er hier ankam, ehe die vorhergehende Stunde beendet war, so stellte er sich im Erholungszimmer ans Fenster. Wie lange war es her, dass er so ruhig zu diesem Fenster hinausgeblickt, wie lange war es her, dass er auf dem Gipfel menschlichen Glücks angelangt, so schnell nach Hause geeilt war? Und da hatte sich mit einem Male alles geändert, er hätte aus seinem Hause fliehen mögen ... Und dennoch drückte ihn ihre Größe und Geisteskraft; er begriff, dass sie nicht weniger litt als er, dass sie aber aus Liebe zu ihm alle diese Leiden verberge.

Aus Liebe zu mir! Aber kann sie mich denn lieben? Kann man den Balken lieben, der auf dem Wege zu unserm Glücke liegt? ...

Warum könnt' ich's ihr nicht verheimlichen, dass ich alles weiß? Wäre ich vorsichtiger gewesen, so würde sie nicht so leiden. Und gern möchte ich doch alles tun, um sie glücklich zu sehen ... Aber was beginnen ... Fliehen, fliehen – wohin? ....

Kafernaumski hielt ihn an. Offenbar hatte er sich von dem gestrigen Schmause noch nicht wieder erholt; seine Augen waren rot und von einer Art Hof umgeben, wie der Mond an frostigen Winterabenden; Nase und Wange zeigten rote Flecken.

»Nun, alter Freund«, sprach Kafernaumski, sich den Schweiß vom Gesicht wischend, »wie geht's? Katzenjammer?«

Kruziferski schwieg.

»Ich selber bin mehr tot als lebendig.

Sahst du ein Wrack auf hoher See?
Dem gleich' ich jetzt in meinem Weh.

Was sagen Sie zu diesem Medusin? Der alte Hund, wie der mal losgegangen ist! Und Sie, Dmitri Jakowlewitsch, noch nicht wieder flott? Ich denke immer: ein Keil auf den andern ...«

»Wieder flott? – Wie meinen Sie das?«

»Das will ich Ihnen auseinandersetzen: Man sieht's Ihnen gleich an, Sie sind noch ein Neuling; kommen Sie mit zu mir, ich wohne hier ganz nebenan –

Komm mit in meine Klause,
Dort gibt es Rum zum Schmause ...«

Kruziferski ließ sich von Kafernaumski mitnehmen. Warum? Das wusste er selbst nicht. Statt Rum setzte ihm übrigens Kafernaumski ein Gläschen Schnaps und Gurken vor. Kruziferski trank und bemerkte zu seinem Erstaunen, dass ihm in der Tat leichter ums Herz wurde. Eine solche Entdeckung konnte ihm natürlich niemals angenehmer sein, als zu einer Zeit, da unablässig ein so tiefer Gram an ihm nagte ...

Gegen zehn Uhr erschien Semen Iwanowitsch Krupoff in dem kleinen Saal der Stadt Keresberg. Mit zornigem finsterem Gesicht begann er auf- und niederzuschreiten. Nach einigen Minuten ging die Tür zu Beltoffs Zimmer auf und heraus trat Gregor mit einer Bürste und einem Rock auf dem Arm.

»Dein Herr schläft wohl noch?«

»Er ist soeben aufgestanden.«

»Sage ihm, dass ich hier sei und ihn zu sprechen wünschte.«

»Semen Iwanowitsch!«, rief Beltoff sich an der Tür zeigend, »bitte, treten Sie ein!«

»Haben Sie ein halbes Stündchen für mich übrig?«, fragte er.

»Sogar den ganzen Tag«, antwortete Beltoff.

»Ich habe Sie doch nicht gestört? Es scheint, Sie beschäftigen sich des Morgens mit Nationalökonomie?«

Der Greis suchte ihm nicht im Mindesten den ironischen Ton seiner Frage zu verbergen.

»Es scheint, Sie sind heute zwar früh aufgestanden, aber mit dem linken Fuße«, sprach Beltoff, der die Bemerkung des alten Isegrims mit der größten Sanftmut hinnahm.

»Na, dann bin ich just so aufgestanden, wie ich's wollte.«

»Wenn ich bitten darf«, sprach Beltoff, nach der Tür zeigend.

Schweigend trat Krupoff in das Zimmer.

»Wladimir Petrowitsch«, begann dieser, und welche Mühe er sich auch gab, kalt und ruhig zu erscheinen, es war ihm nicht möglich – »ich bin gekommen, um ein Wort mit Ihnen zu reden, und diesen Schritt habe ich mir zuvor wohl überlegt. Es tut mir weh, Ihnen bittere Wahrheiten sagen zu müssen; aber es war mir ja auch nicht leicht ums Herz, als ich sie erfuhr. Man hat mich noch in meinen alten Tagen zum Narren gehalten; ich habe mich in einem Menschen so getäuscht, dass ein sechszehnjähriger Knabe darüber erröten müsste.«

Beltoff sah den Greis erstaunt an.

»Da ich einmal zu reden begonnen habe, so werde ich, wie der lakedämonische Krieger, die Dinge beim rechten Namen nennen – es komme, was da wolle.

»Was liegt mir daran, ich bin alt, aber einen Feigling soll mich niemand nennen; und niemals werde ich eine gemeine Tat aus Feigheit edel nennen.«

»Hören Sie, Semen Iwanowitsch! Ich bin überzeugt, dass Sie kein Feigling sind, und noch fester bin ich überzeugt, dass auch Sie mich nicht für einen solchen halten. Es wäre mir jedoch sehr unangenehm, käme ich in die Notwendigkeit, Ihnen, den ich aufrichtig schätze, das beweisen zu müssen. Ich sehe, Sie sind in gereizter Stimmung, darum wollen wir's, mag vorkommen, was da will, zur Bedingung machen, keine groben Ausdrücke zu gebrauchen. Die üben eine seltsame Wirkung auf mich. Sie lassen mich alles Gute an dem vergessen, der sich zum Schimpfen erniedrigt. Durch Schimpfen wird nichts erklärt, und darum zur Sache, und halten Sie mir mein Aviso zugute.«

»Sehr wohl. Ich werde mich höflich ausdrücken, verehrter Herr, außerordentlich höflich. Gestatten Sie, dass ich mir die Freiheit nehme, Wladimir Petrowitsch, Sie zu fragen: wissen Sie's oder wissen Sie's nicht, dass Sie das Glück einer Familie zerstört, an der ich vier Jahre hindurch meine Freude hatte, und die mir eine eigene Familie ersetzte? Sie haben ihr Leben vergiftet und vier Menschen zugleich unglücklich gemacht. Weil ich Mitleid fühlte mit Ihrer Einsamkeit, führte ich Sie in diese Familie ein. Sie wurden wie ein Verwandter aufgenommen, man hätschelte Sie dort förmlich. Und wie haben Sie das vergolten? Bedenken Sie wohl: heute oder morgen wird der Mann sich erhängen oder ertränken – ich weiß nicht, ob in Wasser oder in Wein; – sie wird die Schwindsucht bekommen, dafür bürge ich Ihnen; das Kind bleibt als Waise in fremden Händen – und um der Sache die Krone aufzusetzen, posaunt die ganze Stadt Ihren Sieg aus. Gestatten Sie auch mir, Ihnen zu gratulieren!«

Der edle Greis bebte vor Zorn, als er die letzten Worte sprach. »Indes«, fügte er nach kurzem Schweigen hinzu, »vielleicht hat dies von Ihrem höheren Standpunkt nichts zu bedeuten.«

Beltoff stand vom Sofa auf und schritt heftig im Zimmer auf und nieder; dann blieb er plötzlich vor dem Greise stehen. »Gestatten Sie nun mir, Sie zu fragen, wer Ihnen das Recht gab, so frech und roh an das heiligste Geheimnis meines Lebens zu rühren. Woher wissen Sie, dass ich nicht doppelt so unglücklich bin als die andern? Aber ich will Ihren Ton vergessen; wohlan, ich antworte Ihnen: Was wollen Sie denn von mir wissen? Ob ich diese Frau liebe? Ja, ich liebe sie! Ja, ja, tausendmal wiederhole ich's Ihnen, ich liebe diese Frau mit der ganzen Kraft meiner Seele. Hören Sie's, ich liebe sie!«

»Warum richten Sie sie denn zugrunde? Wären Sie ein Mann von Herz, so würden Sie auf der ersten Stufe haltgemacht und Ihre Liebe nicht offenbart haben. Warum mieden Sie dieses Haus nicht?«

»Warum? – Fragen Sie lieber: Warum leben Sie überhaupt? Wirklich ich weiß es nicht. Vielleicht, um diese Familie zugrunde zu richten, um das beste Weib, das mir je begegnet, ins Verderben zu stürzen. Ihnen wird es so leicht zu fragen und zu verurteilen! Man sieht es, Ihr Herz hat von Jugend auf ruhig geschlagen; sonst würde Ihnen doch irgendetwas in der Erinnerung geblieben sein. Gut ... gut, ich will Ihre Fragen beantworten; ja ich empfinde jetzt das Bedürfnis nicht, mich zu rechtfertigen – denn ich erkenne keinen Richter über mich an außer mir selbst – sondern mich auszusprechen; zudem haben Sie mir ja doch nichts mehr zu sagen. Ich habe Sie wohl verstanden; Sie könnten es nur noch versuchen, dieselben Dinge in eine mehr oder minder beleidigende Form zu bringen; schließlich würden wir beide dadurch gereizt, und ich wünsche wirklich nicht, dass wir an der Barriere uns gegenüberstehen; unter anderm schon darum nicht, weil Sie dieser Frau unentbehrlich sind.«

»Reden Sie, reden Sie; ich will hören.«

»Ich kam hierher in einem der schwersten Abschnitte meines Lebens. Ich hatte mich kurz vorher im Auslande von meinen Freunden getrennt; hier gab es keinen Menschen, der mir nahe stand; in Moskau begegnete ich zwar verschiedenen Leuten, aber wir hatten nichts miteinander gemein. Das bestärkte mich noch mehr in dem Entschluss, nach N. zu reisen. Sie wissen, was ich hier trieb und ob ich ein fröhliches Leben führte. Da plötzlich begegne ich dieser Frau ... Sie lieben und achten sie; aber Sie kennen sie durchaus nicht, gerade so wenig, wie Sie mich kennen. Sie haben ihr Familienglück, ihre Liebe zu Mann und Kind hochzuschätzen gewusst; aber – nehmen Sie mir's nicht übel – es gibt Augenblicke, in denen man nicht bloß süße Worte sagt – glauben Sie nicht, dass äußere Vertraulichkeit oder eine gewisse Anzahl von Jahren die Seele eines Menschen erfasst, o durchaus nicht! Gar oft bleiben Menschen, die zwanzig Jahre zusammengelebt, bis an ihr Grab sich fremd, während andere sich gegenseitig lieben, ohne es zu wissen; das Mitgefühl einer verwandten Seele aber offenbart in einem Augenblick zehnmal mehr; zudem haben Sie bei Ihrer Gewohnheit zu moralisieren, von Ihrer Doktoralen Höhe auf sie herabgeschaut, während ich über ihre ungewöhnliche Kraft erstaunt, mich vor ihr beugte. Ein wunderbares Wesen!

»Wie geschah es nur, dass dieselben Resultate, um welche ich mein halbes Leben geopfert, zu denen ich mit Mühe und Qualen gelangte und die mir so neu erschienen, dass ich sie für teure Errungenschaften hielt, für sie ganz einfache selbstverständliche Wahrheiten waren? Ihr erschienen sie als etwas ganz Gewöhnliches. Es ist mir unfassbar. Ich bin vielen Menschen begegnet. Mit jedem kommt man früher oder später an den fernen Horizont, an einen Abgrund, über den er nicht hinübergelangen kann; bei ihr sah ich diesen Horizont nicht. Welche Augenblicke wahrer Glückseligkeit erlebte ich jeden Abend, wenn wir lange miteinander plauderten! ... Ich erholte mich von aller Kälte, welche ich in meinem Leben empfunden. Ein Mensch erfährt zum ersten Mal, was Liebe, was Glück ist, und Sie fragen, warum er sie empfunden? Das wird ja geradezu lächerlich; so viel Vernunft besitze ich nicht; übrigens hätte das auch nichts genutzt. Als ich mir Rechenschaft darüber geben wollte, als ich es selbst begriffen – da war es zu spät.«

»Aber so sagen Sie mir doch nun endlich, welches Ziel haben Sie vor Augen? Wo wollen Sie nun hinaus?«

»Daran habe ich nie gedacht und kann es Ihnen darum auch nicht sagen.«

»Da liegen nun vor Ihren Augen die Früchte Ihrer Unbedachtsamkeit.«

»Sie meinen, ich sähe diese Früchte gleichgültig an, ich hätte erst darauf warten müssen, dass Sie mir das sagten? Ich habe es schon vor Ihrem

Besuch gefühlt, dass mein Glück dahin, dass ein Lebensabschnitt voll Poesie und Seligkeit für mich vorüber, dass mau dieses Wesen zu Tode quälen wird, weil – weil sie wunderbar hoch steht.

»Dmitri Jakowlewitsch ist ein vortrefflicher Mensch, er liebt sie über alles, aber bei ihm ist die Liebe zum Wahnsinn geworden, er richtet sich selbst zugrunde mit seiner Liebe ... Was ist da zu machen? ... Das Schlimmste dabei ist, dass er auch sie zugrunde richtet.«

»Nach Ihrer Ansicht also hätte er es kaltblütig mit ansehen sollen, dass seine Frau einen andern liebte?«

»Das sage ich nicht. Wahrscheinlich musste er tun, was er getan hat; jede Natur bleibt ihrem innersten Wesen treu, namentlich in kritischen Augenblicken. Aber wissen Sie, was er hätte tun sollen? Sein Leben nicht mit einem solchen Wesen wie sie vereinen.«

»Das habe ich ihm schon vor der Hochzeit gesagt; aber Sie werden zugeben, dass es jetzt zu spät ist, davon zu reden, und dass sie bis zu Ihrer Ankunft glücklich waren.«

»Semen Iwanowitsch, das wäre nicht immer so geblieben. Missverständnisse dieser Art offenbaren sich uns früher oder später; wie können Sie in diesem Punkte so inkonsequent sein!«

»Wirklich, es ist eine schwierige Sache. Ach, nicht umsonst habe ich's immer gesagt, dass das Familienleben etwas Gefährliches sei; aber ich predige wie Johannes in der Wüste; niemand hört auf mich. Sie sollten schon aus Mitleid –«

»Ich weiß wirklich nicht, was Sie von mir verlangen. Nach ihrer Krankheit bemerkte ich ihren Gram und seine zärtliche maßlose Verzweiflung. Ich kam fast niemals mehr in ihr Haus, das wissen Sie; und was mich das gekostet hat, das weiß ich allein; zwanzigmal nahm ich mir vor, ihr zu schreiben; aber um ihren Zustand nicht noch zu verschlimmern, schrieb ich ihr nicht; war ich bei ihnen, dann schwieg ich, was haben Sie mir also vorzuwerfen? Was verlangen Sie von mir? Ich hoffe doch, dass Sie nicht der bloße Wunsch zu mir geführt hat, mir ein paar beleidigende Worte ins Gesicht zu sagen.«

»Wladimir Petrowitsch, zeigen Sie jetzt, dass Sie ein starker Mann sind; ich glaube ja, dass es Ihnen schwerfallen wird; aber bringen Sie ein Opfer, ein schweres Opfer ... und vielleicht retten wir diese Frau noch. Wladimir Petrowitsch, reisen Sie ab!«

Und die gezwungene Härte hatte einer gewissen Zartheit weichen müssen; die Stimme des Greises bebte. Er hatte Beltoff lieb.

Beltoff öffnete seine Mappe, suchte unter den Papieren herum und übergab ihm einen angefangenen Brief.

»Lesen Sie«, sagte er.

Es war der Anfang eines Briefes an seine Mutter. Er teilte ihr darin seinen festen Vorsatz mit, so bald wie möglich wieder ins Ausland zu reisen.

»Sie sehen, ich will ja fort, und denken Sie wirklich, sie könnte dadurch gerettet werden?«, fragte er traurig und schüttelte den Kopf, »denken Sie das wirklich, lieber Doktor?«

»Aber was nun beginnen?«, fragte Krupoff mit einer gewissen Verzweiflung.

»Das weiß ich nicht«, antwortete Beltoff.

»Semen Iwanowitsch, ich will ihr einen Brief schreiben und Sie sollen ihr denselben überbringen. Ihr Ehrenwort, dass Sie ihn ihr übergeben wollen!«

»Ich gebe es«, antwortete Krupoff.

Beltoff begleitete den tief erschütterten Arzt bis an die Tür. Dann kehrte er an seinen Tisch zurück und warf sich, wie völlig entkräftet, auf das Sofa. Es war ihm anzusehen, das Gespräch mit Krupoff hatte ihn furchtbar ergriffen; er konnte es noch nicht begreifen, nicht für möglich halten, nicht bewältigen.

Zwei Stunden lag er da, die erloschene Zigarre im Munde; dann ergriff er ein Blatt Papier und begann zu schreiben.

Nachdem er den Brief beendet, faltete er ihn, kleidete sich an, steckte den Brief in die Tasche und ging zu Krupoff.

»Da ist der Brief«, sagte Beltoff; »können Sie mir Gelegenheit verschaffen, sie zu sprechen, in Ihrer Gegenwart, auf ein paar Minuten – ja?«

»Wozu denn?«

»Warum fragen Sie erst? Schlimmer als es ist, kann es nicht werden. Wenn Sie jemals die geringste Neigung zu mir hatten, so erweisen Sie mir diese Gefälligkeit!«

»Wann reisen Sie?«

»Morgen früh.«

»Seien Sie gegen acht Uhr im Garten!«

Beltoff drückte ihm die Hand.

»Ihn habe ich heute in dem bedauernswertesten Zustande gesehen.«

»Halten Sie an, kein Wort mehr, lieber Doktor, ich beschwöre Sie!«

Bleich, abgemagert, mit verweinten Augen ging die unglückliche Lubonka an Krupoffs Arm. Sie fieberte und ihre Augen hatten einen schrecklichen Ausdruck. Sie wusste, wohin sie gingen und auch warum. Sie kamen an jene Bank und setzten sich. Sie weinte, sie hielt einen Brief in den Händen. Und Krupoff, der nicht einmal erbauliche Bemerkungen machen konnte, trocknete sich Träne auf Träne.

Beltoff kam. Alle Heiterkeit war aus seinem Gesicht verschwunden. Jeder seiner Züge verriet heftiges Leid. Totenbleich fasste er ihre Hand.

»Leben Sie wohl«, sagte er mit kaum vernehmlicher Stimme. »Ich muss wieder fort; aber unsere Begegnung, Ihr Bild bewahre ich in meinem Herzen ... Es wird mich trösten im letzten Augenblick meines Lebens.«

»Muss es für immer sein?«, fragte sie.

Er schwieg.

»Mein Gott!«, sagte sie und verstummte. »Leben Sie wohl, Woldemar«, fügte sie flüsternd hinzu. Und dann plötzlich, als hätten ihre Kräfte sich verzehnfacht, stand sie auf, drückte seine Hand und sagte laut und deutlich: »Woldemar, vergessen Sie nicht, dass ich Sie unaussprechlich geliebt habe ... unaussprechlich, Woldemar!«

Sie ging, er hielt sie nicht zurück; sie hatte noch Mut genug, mit festeren Schritten fortzugehen, als sie gekommen war.

Er schaute ihr nach; und seine Augen folgten, so weit sie konnten, dem Schimmer des weißen Burnus zwischen den Birken. Sie hatte nicht die Kraft, sich umzublicken.

Wladimir blieb zurück. ›Muss ich‹, dachte er, ›sie denn wirklich verlassen – und auf immer?‹ Er stützte das Haupt auf die Hand, schloss die Augen und saß so eine halbe Stunde, vernichtet, erdrückt von seinem Leid, als ihn plötzlich jemand beim Namen rief; er hob den Kopf und erkannte mit Mühe das allgemeine Ratsgesicht des Rats.

Beltoff grüßte ihn trocken.

»Wie es scheint, Wladimir Petrowitsch, kommen Sie hierher, um sich Ihren Träumereien und Betrachtungen hinzugeben.«

»Ganz recht, und eben darum bin ich gern allein!«

»Daran tuen Sie sehr wohl, und auch ich bin der Ansicht, für einen gebildeten Mann kann es nichts Besseres geben als die Einsamkeit«, bemerkte der Rat und setzte sich auf die Bank. »Übrigens gibt es manchmal auch Gesellschaft, die ebenso angenehm ist wie die Einsamkeit. Soeben begegnete ich dem Doktor Krupoff. – Welch' ein Dämchen er da gefischt hat!«

Beltoff war in demselben Augenblick aufgestanden, als der Rat sich gesetzt hatte, und wollte schon gehen; aber dessen letzte Worte hielten ihn zurück. Das spöttische Gesicht des Rats verriet nur zu deutlich, in welcher Absicht er das gesagt hatte. Höchst wahrscheinlich war er auch nur infolge eines geheimen Auftrags einer gewissen Maria Stepanowna in den Garten geraten.

»Ich kenne die Dame, Doktor, welche Krupoff begleitete«, sagte Beltoff, vor Wut fast erstickend.

»Ja, ja, wie sollten Sie sie auch nicht kennen? Ha, ha, ha!«, bemerkte der gesprächige Rat; »ihr jungen Leute kennt ja alle hübschen Frauenzimmerchen!«

»Sie sind entweder verrückt oder ein Narr. In beiden Fällen: Adieu!«, sagte Beltoff und ging die Allee hinunter.

»Wie können Sie die Kühnheit haben, mich so zu nennen!«, schrie der Rat, rot wie ein Krebs werdend, und sprang von der Bank auf.

Beltoff blieb stehen.

»Was wünschen Sie von mir?«, fragte er den Rat. »Soll ich mich mit Ihnen schießen? Gut! So widerwärtig es mir auch ist, ich bin bereit. Wenn nicht, so entschuldigen Sie, ich habe die abscheuliche Gewohnheit, diejenigen, welche mich beim Spazierengehen stören, mit dem Stock fortzujagen.«

»Wie so mit dem Stock, wie meinen Sie das?«, fragte der Rat. »Wer sind Sie denn, dass Sie sich erdreisten, mir mit dem Stock zu drohen?«

Bei jeder anderen Gelegenheit würde Beltoff über den Rat von ganzem Herzen gelacht haben; aber in diesem Augenblick, da er ohnehin heftig gereizt war und kaum recht begriff, was er tat, bewies er dem Rat, wie er es meinte.

Dieser machte große Augen. Beltoff ging.

Früh am folgenden Morgen war Gregor eifrig mit dem Einpacken beschäftigt; Beltoff ging im Zimmer auf und nieder; in Kopf und Brust empfand er eine solche Leere, es war ihm, als lebte er nur halb, es war ihm so schrecklich und weh zumut, es ergriff ihn eine Art Beben – und plötzlich traten ihm Tränen in die Augen.

Schon zehnmal hatte sich Gregor mit einer Frage an ihn gewendet; aber er antwortete immer: »Es ist mir alles gleich«, und in der Tat war es ihm in diesem Augenblick nicht bloß gleich, welchen Rock er auf der Reise anziehe, sondern auch, wohin er reise, ob nach Paris oder nach Tobolsk.

Da trat Semen Iwanowitsch in das Zimmer, ganz anders als gestern; in seinen Augen waren Spuren von Tränen zu sehen, er ging ganz langsam;

strich mit dem Ärmel über den Hut, stand eine Weile am Fenster, sagte dann Gregor, dass etwas am Wagen nicht ordentlich befestigt sei, kurz, befand sich in einer ganz eigentümlichen Stimmung.

»Sind Sie mit mir zufrieden, Semen Iwanowitsch?«, sagte Beltoff, halb lachend, halb weinend.

»Ich habe Sie gestern beleidigt, verzeihen Sie mir, was ich tat ... Wenn Sie abreisen sollten« - und die Stimme ließ den Greis im Stich.

»Genug, genug, Semen Iwanowitsch, wie können Sie nur –«

Beltoff streckte ihm beide Hände entgegen.

»Da haben Sie etwas, das ich Ihnen zum Andenken übergeben möchte; ich habe Sie aufrichtig lieb gehabt und möchte Ihnen« - und er übergab ihm ein ziemlich großes Saffianfutteral - »möchte Ihnen etwas Kostbares, mir sehr Kostbares, geben.«

Beltoff öffnete das Futteral, sah den Greis an und fiel ihm um den Hals. Der Greis schluchzte und sprach: »Ich muss mich wirklich schämen, bin rein von Sinnen, eine solche Dummheit, werde in meinen alten Tagen noch ein Greiner.«

Beltoff warf sich auf einen Stuhl und hielt das Futteral vor sich ...

Es war ein Aquarellporträt Lubonkas.

Krupoff stand vor ihm und um Beltoff vollständig davon zu überzeugen, dass er gar nichts empfinde, gab er ihm folgenden Kommentar, wobei er heimlich seine Tränen trocknete: »Vor zwei Jahren kam ein englischer Maler hier durch, ein tüchtiger Künstler; er malte große Porträts überall, so z. B. hat er das Porträt der Frau des Gouverneurs gemalt, das in diesem Zimmer hängt. Ich beredete Lubonka, ihm zu sitzen, im Ganzen dreimal; hätten Sie das wohl gedacht?«

Beltoff hörte ihn nicht an, und so war es kein großes Unglück, dass Krupoffs Rede durch den Gastwirt unterbrochen wurde, der atemlos herbeistürzte, um die Ankunft des Herrn Polizeimeisters zu melden.

»Was will denn der?«, fragte Beltoff.

»Er hat mit Ew. Gnaden zu reden«, antwortete der Gastwirt.

»Lassen Sie ihn eintreten!«

Der Polizeimeister trat ein, laut mit dem Säbel rasselnd. Von Weitem wurde durch die geöffnete Tür ein hagerer Polizeikommissar sichtbar so wie der Kellner, der ängstlich den Mantel des Polizeikommissars auf dem Arm hielt.

Beltoff stand auf und seine ganze Gestalt drückte nur eine Frage aus, sodass es der Worte nicht bedurfte. Die Frage lautete selbstverständlich, was er denn von ihm wolle.

»Es tut mir sehr leid, Wladimir Petrowitsch, dass ich Sie einige Augenblicke aufhalten muss; wie es scheint – haben Sie die Absicht, unsere Stadt zu verlassen?«

»Ja!«

»Der General bittet Sie, sich zu ihm zu bemühen. Peter Jelkanowitsch hat Ihnen in einem Privatschreiben den Vorwurf gemacht, Sie hätten seine Ehre angegriffen. Es ist mir sehr peinlich, aber Sie begreifen selbst, dass ich meine Pflicht erfüllen muss; Sie werden mir zugestehen, es bleibt mir nichts anderes übrig.«

»Das kommt mir sehr ungelegen. Erlauben Sie mir eine Frage: Kann das lange dauern?«

»Das wird von Ihnen abhängen; Peter Jelkanowitsch ist ein sehr anständiger Mann; er wird die Sache sicherlich nicht in die Länge ziehen, wenn Sie eine Erklärung abgeben.«

»Welche Erklärung?«

»Ach, Wladimir Petrowitsch, was kann man mit Ihnen anfangen? Sie verstehen aber auch gar nichts«, bemerkte Krupoff.

»Na, wenn Sie wollen, machen Sie mit einem Polizeimeister die Sache in einer Viertelstunde ab.«

»Sie würden mich sehr verbinden.«

»Ich bitte sehr«, bemerkte der Polizeimeister, »das ist ja unsere heilige Pflicht; denn nichts kann uns angenehmer sein, als wenn wir so etwas auf friedlichem Wege und zu allgemeiner Zufriedenheit beilegen können.«

Und so geschah es denn auch.

... Vierzehn Tage später kam über den Damm, der von Bjeloje-Pole nach der Landstraße führt, ein vierspänniger Reisewagen angefahren. Gregor saß auf dem Bock und rauchte seine Pfeife; der Postillon redete den Pferden zu, besseren Schritt zu machen, und um sich ihrem Fassungsvermögen besser anzupassen, sprach er in lauter Vokalen: ... o, o, o ... u, u, u ... a, a, a ... usw.

Diesseits des Flusses stand eine alte Frau in weißer Haube und weißem Kleide; sie stützte sich auf den Arm ihres Dienstmädchens und winkte mit einem schwer von Tränen befeuchteten Taschentuch einem Manne, der sich zu dem Wagen hinauslehnte und ebenfalls mit einem Tuch winkte.

Der Weg wandte sich ein wenig nach rechts; als der Wagen dort umlenkte, war nur noch der hintere Teil zu sehen, und bald war er von einer Staubwolke verhüllt, und dieser Staub zerstreute sich, und dann war nichts mehr zu sehen als die nackte Straße. Aber die alte Frau stand noch immer da, hob sich auf die Fußspitzen und spähte in die Weite.

Öde und verlassen wurde es der alten Frau in Bjeloje-Pole. Sonst kam doch Wladimir immer ein- oder zweimal wöchentlich; sie war so daran gewöhnt, schon von ferne auf dem Berg das Schellengeklingel zu hören und sich auf den Balkon hinaus zu begeben, auf welchem sie ihn einst als sonnenverbrannten Knaben mit hell leuchtenden Augen erwartet hatte. Jetzt zog es sie nach N. Dort lebte die Frau, die ihren Sohn liebte und die das unglückliche Opfer ihrer Liebe zu ihm geworden.

Und in der Tat übersiedelte die alte Frau im Winter nach der Stadt. Sie fand Lubonka im Erlöschen, hoffnungslos.

Doktor Krupoff, der noch einmal so finster geworden, schüttelte den Kopf, wenn man ihn fragte, wie es um sie stände; Kruziferski verging vor Gram, betete und trank.

Frau Beltoff bat um die Erlaubnis, die Kranke pflegen zu dürfen, und ganze Tage brachte sie an ihrem Lager zu; und es lag etwas ungemein Poetisches in dieser Gruppe, dieser sterbenden Schönheit und diesem schönen Alter, in diesem verwelkenden Weibe mit den eingefallenen Wangen, mit den großen glänzenden Augen und dem nachlässig auf die Schultern herabfallenden Haar, wenn sie, das Haupt auf die abgemagerte Hand gestützt, mit halb geöffnetem Munde und einer Träne im Auge den endlos langen Erzählungen der alten Mutter von ihrem Sohne lauschte – von Woldemar, den sie beide so über alles liebten und der jetzt so fern von ihnen weilte ...